向为新中国钢铁工业发展建设做出卓越贡献的老一辈钢铁人致敬

共和国钢铁脊梁
——庆祝新中国成立 70 周年主题出版工程

钢铁红流

（上部）

安岗　著

北京
冶金工业出版社
2022

图书在版编目(CIP)数据

钢铁红流．上部／安岗著．—北京：冶金工业出版社，2020.10
(2022.3 重印)
共和国钢铁脊梁·庆祝新中国成立 70 周年主题出版工程
ISBN 978-7-5024-8636-5

Ⅰ.①钢…　Ⅱ.①安…　Ⅲ.①长篇小说—中国—当代　Ⅳ.①I247.5

中国版本图书馆 CIP 数据核字(2020)第 214729 号

钢铁红流　上部

出版发行	冶金工业出版社	电　　话	(010)64027926
地　　址	北京市东城区嵩祝院北巷 39 号	邮　　编	100009
网　　址	www.mip1953.com	电子信箱	service@mip1953.com

责任编辑　夏小雪　美术编辑　吕欣童　版式设计　禹　蕊
责任校对　卿文春　责任印制　李玉山
北京富资园科技发展有限公司印刷
2020 年 10 月第 1 版，2022 年 3 月第 2 次印刷
710mm×1000mm　1/16；25.5 印张；290 千字；396 页
定价 58.00 元

投稿电话　(010)64027932　投稿信箱　tougao@cnmip.com.cn
营销中心电话　(010)64044283
冶金工业出版社天猫旗舰店　yjgycbs.tmall.com
(本书如有印装质量问题，本社营销中心负责退换)

序

鞍钢是新中国历史上第一个恢复生产的特大型钢铁联合企业，曾为新中国的经济建设立下了不可磨灭的卓越功勋，同时也为国家培养出一批又一批冶金工业的管理和技术人才，被誉为“共和国钢铁工业长子”和“新中国钢铁工业摇篮”。从某种意义上来说，弄懂了鞍钢的历史也就弄懂了中国钢铁工业的历史。然而，这个过程中到底发生了哪些不为人知的故事，从何种角度，以何种方式才能将其展示给世人始终是一个难题。

拨开历史的迷雾，我们发现在新中国的历史上，在鞍钢的发展进程中曾有过这样一个绝无仅有的现象——自从1948年解放鞍山接收鞍钢直至1954年全国第一个五年计划期间，国家先后委派550余名地县级以上干部进入鞍钢支援建设，日后他们被统称为鞍钢“五百罗汉”。这个特殊的群体历经接收鞍钢、保厂护厂、抢运物资、恢复生产、支援抗美援朝以及三大工程建设、支援全国建设直至“鞍钢宪法”诞生等重要历史节点。而诸如曹凤岐、孙照森、孟泰、王崇伦、雷锋等无数工人阶级的楷模和代表也都是在他们的帮助下逐步成长起来的。而后，这些经过工业战线历练的杰出干部们又奔赴大江南北，支援全国的建设，成为了新中国钢铁工业的中坚力量。可以说，鞍钢“五百罗汉”的共同经历见证了新中国钢铁工业从无到有、从弱到强的发展历程。

本书作者以史实为基础，酝酿三年有余，采访了数十位健在的鞍钢“五百罗汉”，查阅了大量书籍资料，包括历年《鞍钢志》《鞍山志》，国家领导人回忆录、相关文献、内部资料，以及160余位鞍钢“五百罗汉”的回忆录、档案和口述材料等，力求历史事件及时间真实可靠，有据可查。

工业题材文学的创作向来具有难度，范围广、门类杂、专业性强、受众面窄，可读性、史料性和专业性之间的关系难以权衡，因此一直以来鲜有人触及，但这不影响其特殊的作用和地位。就本书而言，以鞍钢“五百罗汉”及工人阶级的奋斗史为主线，通过历史事件以及鲜为人知的鲜活故事展示了从1948年新中国成立前夕到改革开放之初，鞍钢和新中国钢铁工业艰苦卓绝而又气势恢宏的发展史，展现了在中国共产党领导下，工人阶级所迸发出的伟大生命力和创造力，突出了工人阶级在新中国经济建设和发展中所起到的决定性作用。本书在对新中国第一代钢铁人的缅怀、对那段厚重历史回顾的同时，也激励着我们当代青年人“不忘初心，牢记使命”，为实现伟大的“中国梦”砥砺前行。

在此，我还要提出几点感谢：感谢鞍钢集团公司党委宣传部、鞍山钢铁党委宣传部、鞍钢集团博物馆、鞍钢日报社、鞍钢炼铁总厂等部门和单位，是他们的全力支持和指导，使我获得了最为全面的关于鞍钢历史的文献和资料；感谢原鞍山钢铁党委宣传部部长聂振勇，鞍钢集团博物馆馆长车千里，鞍钢日报社张雷，鞍山钢铁党委宣传部吴峥、张健、李宇、王帅，鞍钢集团党委组织部韩喜鹏，鞍山市委宣传部杨子葶，鞍钢退休干部智春山、杨伟平、钟翔飞和鞍钢“五百罗汉”本人及子女等人，是他们的启发和帮助使我对鞍钢历史有了更为全面和生动的认识；感谢鞍钢集团博物馆靳秋瀛，她为本书提供了许多重要资料和线索，并义务担当起初稿的史料和文字校对工作；诚挚感谢冶金工业出版社总编辑任静波及本书责任编辑夏小雪的付出；同时，要感谢所有为本书创作出版予以全力支持的领导和同志们，您们的支持和鼓励，永远是我投身创作的最大动力，也正是由于以上多方的共同努力才使得这部小说最终呈现在读者面前。

由于本人年纪尚轻、阅历尚浅、驾驭文字的水平能力有限，在创作过程中难免会有许多不当之处，敬请大家批评指正。

最后，永远缅怀以鞍钢“五百罗汉”为代表的新中国第一代建设者，永远感谢培养我哺育我成长的伟大沃土——鞍钢！

安 岗

2020 年 9 月于鞍钢博物馆

目　录

引　子

夜，漆黑而漫长，黑得人们做梦都想看到光，哪怕是一点烛光；长得人们做梦都盼着天明，哪怕只是听到一声鸡鸣。然而，东北的夜就是这样漆黑而漫长……

突然，一声巨响远远传来，夜被震动了。

一户低矮的民居内，小娃娃被响声吓得哇哇直哭，母亲大莲惊醒，一边把孩子搂进被窝里护起来，一边小声召唤着鼾声如雷的丈夫。

“他爸，他爸！”大莲反复叫了几声见丈夫没反应，伸出脚猛踹了他一下，“二赖子！”

丈夫被惊醒，鼾声戛然而止，还没等他反应过来是咋回事只听得又一声巨响。

二赖子被吓得一激灵赶忙用棉被蒙住了头，在被窝里闷声闷气喊道：“赶紧，赶紧猫被窝里，一会儿炮弹落下来炸死你！”

孩子哭的愈加厉害了，大莲心慌，见丈夫这么窝囊又踹了一脚。

“你这个熊货，那炮弹掉下来你蒙个棉被就顶事儿啦?”

二赖子在被窝里缩成一团，哆里哆嗦，也不理会大莲。突然，他又蓦地坐了起来，朝窗外望去。

“你说这回解放军能赢不?”二赖子问。

“大伙儿都说国民党站不住了，保不住这回解放军能站稳脚跟，这可是好事!”

“坏了!”二赖子猛地坐起来，看着火光的方向喊道：“坏了坏了，是在宁钢那个方向打起来的，坏了坏了!”

二赖子一边喊着一边摸索着衣服，对着媳妇说：“大莲，你赶紧给我带上俩饽饽，我得找上大白话再进一趟宁钢弄点东西出来，看这架势宁钢是彻底保不住了!”

“没饽饽了，就剩下俩晚上都吃了，咱家现在断粮了!”

“啥，断粮了?我从宁钢里背回来的扁铁你卖没?”

“现在谁家没有点扁铁焦炭的，兵荒马乱的就缺粮食，你卖谁去啊?”大莲没好脸子地说：“让你务点正业，哪怕卖膀子力气也好，至少能换点粮啊，可你，好吃懒做，就在偷东西上下工夫，弄回那么多破铜烂铁能当饭吃?”

让媳妇这么一数落，二赖子也没了话，只觉得肚子饿得慌，屋里冷得慌。他心里盘算着，大莲说的也对，如今还真是家家都有宁钢里面卸回来的东西，一推车的焦炭都换不来两瓢白面，自己弄来的那些东西也只能等着生锈了。

二赖子越想越气，肚里“咕噜咕噜”叫得厉害。“你下地给我舀点凉水，我来个水饱。”

大莲顺着炕沿边摸来一把榔头扔了过去，砸得二赖子“妈呀”一声。“干啥啊你这臭老娘们!”

“缸里的水都冻上了，要喝你自己凿去!”大莲继续哄孩子。

“灯给我点上，我自己下地凿!”二赖子无可奈何。

“灯没油了，明天你再弄点灯油回来。”

“这日子得过到啥时候啊，一颗炮弹炸死我们全家算了，活着也是受罪！”二赖子哭咧咧地说。

突然，窗外又传来一声巨响，二赖子吓得赶忙蒙上被子，又猫进被窝里。

第一章

—— 接收宁钢 ——

一

1948年2月18日，农历大年初九深夜，东北宁山的天空中飘飘洒洒落下了鹅毛大雪，这本该是寒冷而宁静的冬夜却被枪炮声震得地动山摇。这一夜，东北人民解放军第四、六纵和辽南独立师对宁山的制高点铁架山和神社山发起了猛攻，战斗一直持续到凌晨，敌人溃败，一路向宁钢逃窜，蜷缩在宁钢的标志性建筑大白楼里负隅顽抗。

雪片渐小，但还是一直下个不停。蜷缩在宁钢大白楼里的最后一股敌军已经被团团包围，此时集中火力歼灭他们犹如瓮中捉鳖。清晨6时，上级的命令传来——要攻下大白楼，夺取最后的胜利，但前提是不能炮击，一定要全力保护厂区内设备的安全。

在茫茫白雪的映衬下，最后的战斗打响了。

距离宁山80里外的海城县，辽南一地委书记杨秋盛在临时驻扎的老乡家厢房里不停踱步。队伍里唯一的电台一个月前在战斗中损坏了，如今宁山那边战况如何不得而知，他心急火燎，安稳不下来。

“小王，宁山那边炮声是不是又响起来了？”杨秋盛又一次问警卫员。

“是，是，肯定是，炮声这一宿基本就没停！”这问题小王回答不下十几遍了。

“我说首长，您吃点东西吧，从一大清早到晌午也没见您坐下来闲一会！”老乡家的大娘端着一碗碴子粥说道：“你静静神儿，北面肯定是打起来了，动静不小，我这老太太都听得贼清楚。”

杨秋盛谢过大娘，可端着碴子粥无论如何也喝不下去。直到下午，民运科科长冷亦水来找杨秋盛，告诉他宁山那边来消息了，战斗有可能在今天全部结束。闻听此言，杨秋盛悬着的心才稍稍放下，他思索片刻告诉冷亦水，眼下需要把队伍都集合起来，一旦上级有命令就立刻开赴宁山。

当天下午4点，龟缩在宁钢大白楼里负隅顽抗的敌人被全部消灭。当解放军战士们爬上楼顶准备插上红旗时，雪渐渐停了，夕阳在西边的天空中显现。下了一天一夜的雪覆盖了黑色的大地，覆盖了地上的斑斑血迹和一具具尸体，覆盖了所有的污秽。余晖下，神社山、铁架山、大白楼——宁钢的每一处被雪覆盖的地方都闪烁着金光。宁山——这座拥有全国最大钢铁企业的城市终于解放了，这一天定格在1948年2月19日。

二

宁山解放当晚二赖子被大白话拖着拽着进了宁钢去偷东西。二赖子知道宁山变了天，知道解放军邪乎得很，说啥也不敢去，他听说这回解放军来了，见到戴眼镜梳分头的都得抓起来打一顿，更何况是偷东西的。可听大白话说解放军当天就开始从宁钢往外成车地运物资，二赖子着了急，心想宁钢本来就停了产，厂子再被倒腾空那今后就彻底没活路了，得赶紧再去弄点东西回来。

二人带好了麻绳撬棍，深一脚浅一脚摸着黑到了轧钢厂的原料库，离老远就见那有一束束暗黄色的灯光晃动，近了一看原来真有人在那搬东西。

“这到底是解放军还是贼？”二赖子一惊。

大白话拍打了二赖子一下，示意他换个地方，结果在炼钢厂和炼铁厂的仓库都发现有人搬东西，人数还不少。

“我的妈啊，咋这么多人进来了，咱赶紧过去啊，要不然啥都弄不到了！”二赖子着了急。

“你傻啊，肯定是解放军！你这时候去不得挨枪子啊！”大白话吓唬二赖子。

“你咋肯定那就是解放军？”

“宁山都换了天了，共产党的天下了，除了他们自己谁敢来搬东西？”

“自己家东西也用不着大半夜的来啊，白天有的是工夫！”二赖子犯了嘀咕。

“你合计都像你啊，白天倚着墙根晒太阳，饿了就喝凉水啊！看到没，看到没，还有几个人端着枪的，是解放军没错！”

“我咋感觉不像呢，一个个猫着个腰，咋看咋像贼！”

“那你过去问问呗，一枪给你天灵盖掀翻！”

“拉倒，我可不去！”二赖子向来胆小怕事，听大白话这么一说更不敢去了，一个劲儿嘟囔："要这么说解放军和老毛子、国民党也没啥区别啊，一个德行，来了不也搬东西嘛！"

"换谁谁不搬啊，国民党军队说不定哪天还得打回来，他们这是心里没谱，现在不搬啥时候搬？我看这天下还得是国民党的！这事儿咱回去了可得好好传一传，得让大家伙知道咋回事啊！"大白话继续忽悠着二赖子，其实他明知道对面搬东西的不是解放军，而是国民党留在宁钢里的"特勤队"。

"国民党？你可别提国民党，更不是物！"二赖子撸起袖子一屁股坐在雪地里抱怨道："没一个好东西！我看这日子真是没法过了！"

三

宁山解放第二天上午，辽南一地委进入了宁山开展各项接收工作。当日下午，杨秋盛与民运科科长冷亦水、城工部部长徐木等人路过宁钢，见宁钢正门前集结了不少解放军队伍，有的正在往里进，有的或车推或肩扛向厂外转运器材和物资。

"这是怎么回事，是谁让你们运这些东西的？"杨秋盛叫住一个扛东西的小战士。可小战士愣了一下，也不说话，自顾自地走了。

"我去那边问问！"徐木说着朝人多的地方去打听。

几分钟后徐木回来对杨秋盛和冷亦水说道："这些战士都是四、六纵和辽南独立师的战士，说是吴司令下的命令。"

"吴司令，吴司令让他们拆设备运物资？可这些设备他们拆回去有什么用，扔个小马达去砸敌人？"杨秋盛一阵吃惊。

"杨书记，宁钢情况特殊，我听说昨天攻打大白楼前上级下了死命令，绝对不能毁坏厂内设备，就是为了日后的生产，现在兄弟部队这样搬东西是要出问题的！”冷亦水说。

杨秋盛意识到了问题的严重性，赶忙拦在路中央大喊：“战士们，同志们，我是辽南一地委书记杨秋盛，大家不要再搬东西了，快停下来，赶快停下来！”

杨秋盛一阵呼喊，然而战士们反应不大，只是微微一愣，而后继续干活。

“不行，这样绝对不行，我要立刻打电话到东北局请示领导！”杨秋盛说着一路小跑回了市政府所在地。

杨秋盛把电话打到了东北局，上级说现在大战在即，宁钢的情况特殊，还没有具体的定论，需要研究决定。对于杨秋盛所反映的各队伍转运物资的事，上级暂时不持反对意见。这个答复让态度一向温和的杨秋盛急了眼，大喊这算是啥答复，再这样下去用不了几天宁钢就会被搬空，这是要犯大错误的。东北局的同志也犯了难，只是回答说要依照上级决定行事。

电话挂了好一会，杨秋盛迟迟平静不下来。他想不通，这明摆着的事情还要研究什么，等研究明白了宁钢就没了！

“哎，这可怎么办！”杨秋盛心疼地一拍大腿。

市政府各项接收工作在紧张持续的进行中。忙了一天的冷亦水刚回到市政府办公室喝了一口水，就见徐木带着一个人大步流星走了进来。简单介绍后得知，这名同志叫做许昌，是1946年在东北局安排下隐藏在宁钢内部的共产党员，几年里一直秘密开展地下工作。城工部部长徐木在进入宁山后第一时间找到了许昌同志向他了解情况。

许昌和冷亦水握手之后便直奔主题，严肃地说道：“冷大姐，如果徐木同志再不来找我我就要主动来找你们了！”

“别着急，慢慢说！”冷亦水说着给许昌倒了一杯水。

许昌接过水直接放在桌子上，说道：“冷大姐，咱们四、六纵和辽南独立师开始到宁钢拆设备运物资了是不？”

“是，没错，杨秋盛同志特意为了这个事儿请示了东北局。”

“那东北局是什么意思？”

“东北局暂时还没定论，说目前形势不稳定，宁钢情况又特殊，要具体研究。”说到这里冷亦水话音渐小，有些无奈。

“大形势咱说不准，这里的形势可是不妙！”许昌拍着大腿说：“当初国民党撤退前安排在宁钢里一支‘特勤队’，专门从事破坏活动，据我掌握的消息现在他们已经开始动起来啦，一到了晚上就进宁钢，见什么拆什么，还对外放出风说是解放军拆的！现在市内风言风语传得贼邪乎，说共产党打下了宁山也呆不住，这是要把宁钢搬空了赶紧走。”

“咱们的队伍只是白天去有序转运物资，怎么会晚上连夜搬，明显是栽赃嘛！”

“老百姓哪管那些，反正就看到解放军运物资了，况且还有‘特勤队’的在那煽风点火！”

“城工部这边也得了这个消息，情况大致也是如此！”徐木说。

“宁山太特殊了，不到三十万的人口有十万人是宁钢工人，整个城市都指着工厂活着，这么搬就等于是搬工人的家，断了大伙儿的活路啊，所以传出这个风那可不得了！”

冷亦水额头冒了冷汗，她心里明白宁山情况复杂，相隔不远的海城是张作霖发迹的地方，老百姓向来都是打心眼里相信这位土生土长的大帅，就连她自己小时候也是听着张作霖的故事长大的；“九一八”后日本人控制了这里，抗战胜利后国民党又大肆宣扬自己的正统地位，笼络了不少人替他们卖命。此时，宁山刚刚解放，立足未稳，最怕的就是敌人趁虚而入。冷亦水越想越觉得事态严重，她顾不上别的起身就出了办公室。徐木和许昌二人不知冷亦水要干嘛，急忙跟了出去。

冷亦水出了市政府大楼，大步流星奔向宁钢。一路上，转运物资的部队排成了一列，路两旁卖呆儿的群众交头接耳，指指点点。宁钢大白楼前的空地上，几股部队交汇于此，原地待命、跃跃欲试。

“放下，放下，不能拿，不能运走！”冷亦水扯拽着搬运的战士们，把物资从他们身上卸下，可这哪能顶用，她的叫喊声被淹没在人群中。

冷亦水急了眼。“啪啪啪……”突然响起三声巨大的枪响。战士们一惊，以为是敌人放冷枪立刻警戒起来，寻了半天才发现原来是一名女战士冲着天开的枪。

“这……这人是冷大姐！”有战士认出了冷亦水。

“她就是冷大姐？”战士们纷纷议论起来。

冷亦水带兵打仗是出了名的勇猛无敌，在辽南一带赫赫有名，不少人都知道她。

冷亦水的脸被气得煞白，一双大眼睛似乎冒着火。她高高的举着枪，浑身因用力过猛不停发抖。

“我是冷亦水，我命令所有人立刻停止转运物资，在运的就地放下，出了一切问题我负责！”冷亦水说着又朝天上开了一枪。

所有人都被震慑住了，谁不知道这冷大姐人如其名，在辽南上阵杀敌一马当先，从不手软，很多首长都要敬她三分。此时，正在气头上的她谁敢惹。

大白楼前突然静了下来，战士们彼此对视搔头，不知所措。过了好一会儿才有一个营长站出来说话："冷大姐，我们都敬重您，可我们是军人，我们要服从上级命令！"

"对啊，我们得服从命令啊！"战士们纷纷响应，大家又熙攘起来，有的战士又扛起了东西准备走。

"你要是敢动我就毙了你！"冷亦水被逼得快要失去了理智，她用枪对准了站出来的营长。

冷亦水被逼得无路可退，众人不敢拦，这一枪真要是下去她可是犯了军纪，得枪毙。一时间，局面僵持不下。

"冷大妹子，好大的火气啊，咋地，还要枪毙我的兵啊？"这时一个洪亮的声音从战士们背后传来，只见一人分开人群，径直来到冷亦水面前，微笑着说："咋啦，宁山没敌人啦？这子弹留着杀敌多好，我这马上要出发了，你跟我去不？"

众人纷纷被逗笑，冷亦水也被这突如其来的首长弄得不知所措，不由得放下枪来，片刻前还剑拔弩张的局面顷刻被化解。

冷亦水面前的这位首长就是吴司令，二人是老相识，在辽南战场上经常碰面，吴司令总调侃说冷亦水是母夜叉转世。熟人见面，本该问候几句，但一想到转运物资的事她便有一股闷火，只是用眼斜了一下吴司令也不作声。

"呦，到底还是女同志，还用眼睛斜我！"吴司令说着爽朗地笑了起来，继而对周围的战士们下达命令："各部队，所有在运物资立刻送回原处，然后马上归队准备南下营口和大石桥一带！"

闻听此言，冷亦水一阵激动。吴司令转过来，看着冷亦水佯怒道："你啊你，啥时候能改改这臭毛病，哪天我要是惹到你了还毙了我不成？"

冷亦水有些尴尬，也觉得自己的举动太过鲁莽。之后她从吴司令口中得知，四纵、六纵还有辽南独立师都将陆续南下，东北局军工部将派军建处进驻宁钢协调物资的转运任务，照此看来，辽南一地委得加快接收工作了，说不定很快他们也得开进营口一带。

四

清晨，一个身材健硕、腰杆笔直、衣着军装、挎着手枪的军人出现在宁钢大白楼前，他四处打量了一番，发现这座经历过最后一仗的大白楼四壁满是弹孔，没一扇窗户是完好的。他上楼想寻找一间相对好点的屋子，结果发现国民党守军的尸体还横七竖八地躺在楼道和房间里。

这名军人叫做尚世杰，是辽宁营口人，受东北局指派到宁钢成立军建处。就在临行前上级领导反复嘱托，成立军建处目的在于组织协调好宁钢物资的转运工作，切不可一刀切全搬空，为部队提供必要物资的同时也要顾及到日后宁钢恢复生产的任务，这个度需要拿捏好。尚世杰是个典型的军人，做事向来雷厉风行，直来直去，多年来行军打仗穷怕了，没吃没穿，没枪支没弹药，这样的亏吃的不计其数。1942 年鬼子在"五一大扫荡"期间，还是连长的他带领连队在冀中打游击，专门半夜打冷枪吓唬伪军，搅扰得敌人整夜担惊受怕睡不安稳，后来弹药不足舍不得打冷枪就在铁桶里放鞭炮弄出动静。敌人实在受不了了，最后日军出动了一个小队把他们逼到了山头，没打上多久子弹就用完了，只能用石头砸。敌人攻上山头，战士们拿着大刀砍。副连长猛推了一把尚世杰让他赶紧撤退，不承想这一把推得尚世杰顺着山坡轱辘下去，等他被闻声赶来的兄弟部队救醒连滚带爬上了山坡，发现自己成了连队里唯一活着的人。每当想起这件事他就心如刀绞，悔得咬牙切齿，心想如果这弹药物资充足，哪怕就再多那么一点，也能再多打死几十个鬼子，也能等来兄弟部队，连队也不至于全部死光。如今宁山是解放了，但沈阳、辽阳等地还在敌人手里，战局未定，反复拉锯的可能性极大，正因为如此，对于军建处到底如何开展工作在来之前他心里就做好了打算。

“拿捏什么，拿捏留多少给国民党？老子一个钉子也不给他们留！”尚世杰心里合计着，险些被一具尸体绊倒。

“尚团长，你看哪个办公室行，我带人给你收拾收拾，换上几块玻璃！”警卫员问道。

“算了，不用折腾了，没一处房间不漏风，换完了玻璃要是国民党军队再打回来了不就浪费了，留着吧！”尚世杰说着向窗外看了看，发现在大白楼西南角有几间低矮的砖瓦房几乎没受到损坏。“就那了！”尚世杰用手指了指那间平顶小房。

到了下午，警卫员已将小砖瓦房清理出来，从大白楼里搬来了两张相对好一点的桌子，又找来一块大小适中的木板用毛笔写上了“军建处”几个字。

五

主力部队撤出了宁山，转运物资的事算是告一段落，风言风语平息下来，这多少让杨秋盛和冷亦水等人松了一口气。可不承想没过几天又来了军建处开始有计划有步骤地实施设备和物资的转运。说是有计划有步骤，可实际上也没见有什么约束，更可气的是有一些地方部门也想弄点东西回去压箱底，其中最过分的要数辽南铁路局，他们先是从宁钢开走了两个车头，没几天又回来拉走了几节车厢。车头车厢都有了，扁铁、钢材、马达、焦炭……有用没用的凡是能装的都往上装，一趟又一趟地运回辽南铁路局。按规定，所有单位都要开介绍信到军建处批准才可，可军建处尚处长本着“一切以战争优先，一件不落在敌人手里”的思想，只要带着介绍信来绝不为难，在他看来无论哪个单位运走都是在咱们手里，这样一来，宁钢物资的转运反而更加严重了。

这天下午，灌了个水饱的二赖子和大白话游荡在八家子破烂市场里，打算把从宁钢偷出来的几个小马达卖掉，结果发现这里人挤人，人挨人，都是摆摊儿的，工厂里的物件比以前更多了，堆积如山，价格一下子被拉低成了白菜价。

二赖子慌了神，不明白为啥会这样。大白话告诉他现在宁钢里没人管了，看这架势不用问，准是马上又要离开宁山。老百姓看到他们拆东西，自然也不管不顾了，他们白天拆，老百姓就晚上拆。这么个拆法，破烂市场的东西自然堆得老高没人要。

“那我的东西咋整？我还指它吃饭呢！”二赖子哭丧个脸。

“咋了，家里又没粮了？”大白话问。

“可不咋地，我家米缸里的米啥时候多过三天，这解放军进城都快五六天了，兵荒马乱的更没着落，我们家孩子饿得成天嗷嗷直哭。我这出门前就喝了一大瓢凉水顶饿！”

听了这话，大白话眼睛转了转，从怀里掏出两块大洋给了二赖子。

“我天啊，你咋有大洋？”

“你别问，给你你就拿着！”

“拿我肯定得拿，但你得告诉我，咱俩成天在一起你咋突然有钱了，是不是有啥来钱道儿了？”二赖子追问。

“来钱道儿倒是有，也不难，但是狼多肉少，你没那命！”大白话说完就要走。

“那不行，不行，绝对不行！”二赖子上来赖劲儿了，抓着大白话的腿坐在地上就不动弹，“有好事你得想着我，咱家孩子都快饿死了，还有我媳妇和我，你不救我咱家三口都得饿死在炕上，你看着办吧！”

“你真想干？”

“想干，只要不杀人放火我啥事都干！”

“那好吧，我只能尽力帮你了！”大白话故作为难，一边说着一边拉起二赖子就走。

而后大白话带着二赖子去了铁西乐天地。

铁西乐天地是宁山为数不多的娱乐街，里面赌场、酒楼、窑子和大烟馆儿一应俱全，平日这里的生意就不错，后来宁钢停了工，工人们都没了事儿靠着偷东西过活，卖了钱就来这里消遣，人就更多了。二赖子虽然好吃懒做，但还分得清好歹，这种地方他从没来过。

在一家窑子门前大白话努努嘴，示意让他上楼，几个窑姐赶忙上来接待，吓得二赖子退身要走，心想这要是进去了两块大洋肯定得没。大白话翻着白眼拉扯着他进了屋。“完蛋玩意儿，一到关键时候就掉链子，还是老爷们儿不！”

大白话带着二赖子上了二楼，轻轻推门进了一个房间。房间里烛光摇曳，昏暗中可以看出布置十分讲究，二赖子被一台朱红色的留声机吸引住了，刚要摸被一个轻咳声吓得缩回了手。里屋里传来脚步声，只见一个身穿黑褂子头戴貂皮帽的人迈着方步走了出来，四平八稳坐在八仙桌前，又轻咳了一声。二赖子伸脖儿去看，可太过昏暗看不出这人的模样，想上前却被大白话一把拉了回来。

“李老板，这个就是二赖子，和我一起有年头了，大毛病没有，就是赖了点，但人保靠！”

李老板微微抬头瞭了二赖子一眼，而后呷了一口茶。“想发财吗？”李老板问。

“想，咋不想！”二赖子赶忙回答，他极力想看看这个暗处的李老板到底啥样，可仍看不清。只发现这李老板习惯似地转动着另一只手上闪着绿光的戒指。

“胆儿够大够狠吗？”

“咋……”被这么一问，二赖子有点懵，“还得杀人放火？”

“哈哈……”李老板突然笑了起来，“如果真的要杀人放火你敢吗？”

二赖子语塞，一时不知如何回答。

“哃”的一声，李老板扔地上一个沉甸甸的袋子让二赖子捡起来。二赖子一摸，里面是银元，至少得有十多块。

“如果真的需要杀人放火你敢吗？”李老板又问。

二赖子捧着沉甸甸的银元双手直哆嗦，急得满头大汗干张嘴说不出话来。

“敢……敢！”大白话见二赖子又要掉链子赶忙接过话去，“敢，绝对敢，别看他平时爱放赖，关键时候手贼黑！”

大白话说着怼了二赖子一下，二赖子缓过神来，看着钱袋子赶忙回答：“对，贼黑，贼黑！”

“你也不用担心，我就是逗逗你！”李老板轻笑着，“咱是个生意人，倒卖设备物资的，杀人放火的事情咱不干！”

听到这话二赖子松了口气，继而问道：“那这钱？”

“我听说你还认识一群偷鸡摸狗的半大小子？”

“是是是，认识，认识，以前都是捡煤球的，吃不饱饭，我看着可怜，就带他们进宁钢里偷东西。”

“那叫他们一起吧，跟着我干，把他们带进来，这钱就是你的了。”

“啥也不干就给我钱？要不我那小马达给你弄来？”二赖子有些吃惊。

“哈哈哈，这袋子钱就算是见面礼，你尽管在宁钢里面偷东西，偷出来的我全包圆了，跟着我，有你好日子过！”李老板说着站起身来，摆弄着手上的戒指进了里屋。

见过李老板已是晚上八点多了，二赖子没敢在乐天地里多停留，生怕银元被那帮窑姐糊弄走。他一路小跑到了小市场，敲开了肉铺的门，称了一斤半猪头肉，回到家里大摇大摆扔在炕上，只说是马达卖了好价钱，然后吆喝着大莲赶紧把肉都炖上。大莲说没了米，二赖子说今天只吃肉不吃米。

那天夜里，肚子里许久没有油水的二赖子就着二两散白酒美美地大吃了一顿，而后靠在炕头心里盘算着自己的好日子算是来了。

六

宁山解放十来天了，各项工作忙得不可开交，也遇到了不少问题。

此前，国民党政府在宁山的军政要员早就看出苗头不对，在解放前就已装满了大车小车逃跑了。话说那一阵子宁山市政府那一左一右可是热闹的很，有些当官的蹑手蹑脚在街上徘徊，想把自己的宝贝都卖了换钱，但又有些抹不开面子。有的人怕显露自己的身份就把貂皮大衣脱下来卖。他们东走西溜，想叫卖又张不开嘴，样子很难为情。

不少老百姓都奚落他们，说咱们吃豆饼的肚子怕捂着，穿上你们那皮大衣上来热乎劲儿还不得"当当"放屁啊！官员们被羞臊的脸一阵红一阵白，用手挡着脸推着小手推车继续溜达。卖宝贝的官员越来越多，看热闹的老百姓也越来越多，结果市政府前面这个原先戒备森严的地方竟然成了熙熙攘攘的小市场。就在十几天前，这里还张灯结彩庆祝春节，伪市长罗永信誓旦旦说道："宁山固若金汤，那帮泥腿子共匪打不进来！"私底下不少人嘲笑说前不久辽阳市长也是这么说的，可没几天辽阳就失守了。

没几个人信伪市长的话，有门路的官员抢着变卖家产逃往沈阳，次一点的也是划拉了不少东西到农村投亲靠友躲避风头。但更多的公职人员还是留下来观望，心想贪污腐败都和自己无关，无论谁来了老老实实干活就是了，而这部分人中也掺杂着不少特务和蛰伏的奸细。

说起伪市长罗永还干了一件看起来颇为悲壮的事，搅得城内风言风语——解放前一天，他在政府办公室里破口大骂逃跑的军政大员，骂他们没有气节，做了逃兵丢了宁山，而后竟号啕大哭，饮弹自尽。

在熟悉他的官员看来他确实也该如此，暂不说丢了宁山这个重要的工业城市，断送了他的官路，单单是家中的那些乱糟事也弄得他没脸活下去——原来这个市长家中是老夫少妻，整日里把这个小媳妇当做姑奶奶一样供着，表面上恩恩爱爱。这段日子伪市长得了病，时日不多了，本以为太太会百般照顾自己，不承想她早就与公安局长混到了一起，如今更是到了明目张胆的地步。而后，小媳妇背着他变卖所有家产，据说已经和那局长逃到南方去了。罗永看病回到家看着空荡荡的房子，气得猛吐了两口血，昏死在地。之后，解放军进了城，没人再去理会这可怜的市长，他用尽最后气力大骂了一通，自杀身亡。

这伪市长死得虽然窝囊，但在那些不知情的公职人员和支持国民党的人看来这简直是可歌可泣的，还没听说哪个国民党官员如此恪尽职守。隐藏在暗中的特务趁机借题发挥，把这件事无限美化，在街头巷尾吹风传话。国民党是正统的思想向来在宁山百姓心中根深蒂固，又有这新鲜事自然传得快，没过几天这个窝囊的伪市长摇身一变，竟成了一部分顽固分子心中的英雄。在他们看来靠着这股气节、这股力量，国民党“中央军”用不了几天就能打回来，天下一准儿还是国民党的。

针对目前宁山的种种情况，辽南一地委组织了一次碰头会，会上冷亦水坦言，各项接收工作表面上还是顺利的。说表面上顺利是因为一部分人，特别是一些小官员都是笑脸相迎，唯命是从，但口是心非，背地里使坏，这种现象也得到了众人的共鸣。同志们纷纷指出，隐藏在人民内部的国民党特务煽风点火是一方面，但苍蝇不叮无缝的蛋。那边特务不断造声势，我们自己这边又从宁钢转运设备，老百姓们能不风言风语嘛！老百姓和咱们不一条心，那什么工作都难以开展。

“主力部队已经撤出，这段时间城工部的同志一定要打起精神来，防止敌特分子作乱。”杨秋盛提醒道，“其他各个部门也都要注意这一点，这是眼下最重要的工作。”

“稳定民心是关键，打铁还需自身硬，咱们能不能再向东北局反映反映，停止转运，迅速派人来接管宁钢？”冷亦水向杨秋盛再次表达了想法。

“我想你们大概也知道，这些天我没少请示东北局，可答复都是一样的，一方面让我们要有大局观，保证战争所需物资的转运；一方面又让咱们一定要稳定住局面，防止敌特作乱。”杨秋盛边说边摇着头。“不过据我所知，东北局已经敲定了接管宁钢的人选，而且很快就能到任。”

“现在最大的问题是地方单位，都带着介绍信来。”

“地方上真的需要那些物资？”

“需要啥！”憋了半天的徐木来了火，“一提这事我气就不打一处来，有个叫马瑞的人，是辽南铁路局副局长，派卡车拉嫌不过瘾，后来找来工人修好了宁钢里面的一个火车头，又从库里面偷走了几节车皮，还刷上了‘辽南铁路局’几个字，这下可好了，光是水泵就拉走了一车皮，他一个辽南铁路局要那个有啥用？”

此时大家纷纷议论起来，声音渐渐嘈杂。实际上，对于转运物资的做法大家伙意见不一，基本分成两派，行政干部反对继续转运物资，部队干部则支持，但大多数人都觉得无选择无节制转运的做法十分不妥，势必会影响到未来宁钢恢复生产的进程。

“本以为军队不转运问题就解决了，结果挡住了一只虎却引来了一群狼！”徐木仍十分不满，继续抱怨。

“徐木同志，你这么说就过分了，谁是狼谁是虎啊，转运的物资又没给敌人送去，怎么就又狼又虎的了？”立刻有人提出了反对。

“谁是狼谁是虎不用争论，咬文嚼字没什么用，反正这么运东西就不是个办法！”徐木反驳。

“咱们再等等看，既然是东北局的指示自然有他的道理，军建处刚来，对宁钢不熟悉，给他们些时间相信会好的！”杨秋盛说。

“希望是这样吧！”徐木低声道。

七

这些天二赖子的日子过得相当滋润，整天美滋滋地浑身酒气，还时不时称半斤肉回家。有一天他竟破天荒地给媳妇大莲十几块大洋让她收起来，大莲问钱从哪儿来，他只说是卖马达挣的。可大莲还是心里犯嘀咕，就凭二赖子攒下的那点物件才能换几个钱，她琢磨着二赖子肯定是没干好事。

这天晚上，二赖子又酒气熏天地回到家里。大莲听人说最近二赖子总奔着乐天地跑，那里出来进去的哪有一个好人，大莲气不过，想好好和二赖子吵一架，可刚一张嘴二赖子就一头栽到炕上睡着了。也不知这二赖子到底是真睡还是假睡，听着是鼾声震天，可深夜里只要敲门声轻轻响起他就“蹭楞”一下坐起来，打了鸡血一样拎起一破麻袋工具推门就走。

门外等待二赖子的自然是他的好伙伴大白话还有那一群半大小

子。二赖子对于这个认识了多年的工友十分敬佩，觉得他这个人脑瓜儿好使，人机灵。也说不上是咋回事，无论是在伪满时期还是在国民党时期人家都吃得开，风光得很，就算如今共产党来了，人家活得还是贼滋润。自从上次大白话带他认识了李老板之后，二赖子终于找到了来钱道，觉得今后跟着李老板，跟着大白话准定能吃香的喝辣的，于是成宿成宿到宁钢偷设备，又招呼那些半大小子偷电线扁铁，眼见着一打一打东北票揣进了口袋，二赖子乐得合不拢嘴。

军建处的转运工作只在白天进行，夜间只有一个小护厂队看守，可宁钢那么大如何能护得过来。所以，这一段时间宁钢里的盗窃行为几乎达到猖獗的地步。

这天半夜十几个半大小子每人在大白话那领了一个雪白的大馒头，而后顺着熟悉的小路走进了炼铁厂的成品库房里去偷扁铁。二赖子照例准备跟着大白话去卸马达。可大白话却把他领到了厂房一个黢黑的地下泵坑里。二赖子不知道这是为啥，一个劲儿追问，大白话也不搭话，只告诉他等着就是了。

等了好一会儿，一阵杂乱沉闷的脚步声从黑暗中传来，十几把发着暗黄色光束的手电筒来回乱晃，径直下到了泵坑中，见到早已等候在此的大白话，十几个人纷纷低声叫到：“小队长，我们来了！”

“小队长，啥小队长？”二赖子心中嘀咕。

“这个就是二赖子，以后就是我们队的人了，要互相照应！”大白话说。

几道光束照到了二赖子，晃得他睁不开眼。“知道了小队长！”

“行了，都忙各自的去吧，这几天厂子里空，没人碍事，都使点劲儿干，能弄多少弄多少！”

众人应承之后转身离开，而后二赖子张嘴说了话。“大白话，那些是啥人啊，我一个也没看清，他们咋叫你小队长，你咋又变成小队长了？”

“我可告诉你二赖子，我把你带上了一条升官发财的路，烧高香去吧，以后有你享福的日子！”

“到底咋回事啊？”

“你知道国民党走之前留在宁钢一支‘特勤队’不？”

“知道，传的可邪乎了，说他们人人配枪，是专门留下来对付共产党的，可谁也没见过！”

“那你知道我是谁不？”

“你不是大白话吗……”说完这句话二赖子立刻反应过来，“咋地，你就是‘特勤队’的，还是个小队长？”

“总算是明白了一把！”大白话得意扬扬说道，“知道那天带你见的李老板是谁不？那就是大队长！”

“我的妈啊，你们都是国民党？”二赖子一阵吃惊。

“我现在还不是，但估计照这样下去也快了！”

“可不行啊大白话，这要是让共产党知道了不把你抓监狱里才怪，说不定枪毙了你！”

“闭上你这臭嘴！”大白话怼了二赖子一拳，“你嘴可给我严实点，对谁也不许说，对你老婆也不许，我们现在是一条绳上的蚂蚱，有了钱一起享福，有了难一起遭罪！”

“和我有啥关系啊，我也不是国民党的人，我就是个偷东西的，大不了抓起来蹲两天呗！”

“啥，你说啥？你已经是‘特勤队’的了，出了事谁也跑不了！”

“我咋就成‘特勤队’的了，啥时候的事啊？”

“你别和我俩放赖，李老板的钱你以为是白拿的？前几天算是考验你，从刚才开始你就正式加入了！”

“完了完了完了，这下完了！”听到此话二赖子冒出一身冷汗，一屁股坐在地上，自言自语说：“我媳妇说了，共产党肯定是能坐稳了，我也就想偷点东西卖点钱，这一下跟你进了啥破‘特勤队’，你真是坑了我了！”

“少说倒霉的话，要是没有我你能吃上肉，看看你之前穿那棉裤都露屁股！我还就告诉你了，共产党呆不了几天，用不了多久国民党中央军就能打回来，到时候我们就是功臣，是要当官的！”大白话一脚把二赖子踹倒在地，“还有，从今天开始，别张嘴大白话闭嘴大白话的，我是‘特勤队’的小队长，以后见面就要叫小队长！”

这大白话最近脾气见涨，骂完了还不解恨，回过头来又踹了二赖子一脚。二赖子挨了两脚，又被吓得不轻，趴在地上赖唧唧地哭了起来。

八

宁山这个城市十分特殊，因厂而建，依厂而生，“伪满时期”工人数量就已经达到十万之众，而整个城市的人口也仅仅只有三十万，简单地按照一家三口人来算，这个钢铁厂几乎养活了整个城市。“8·15”日本投降后国民党接管了宁钢，还雄心勃勃地要复工，为此还上演过几出荒唐戏。

那还是1946年，宁钢初轧厂要举行开工庆典，巨大的轧钢机被擦得光洁油亮，均热炉燃烧起来了，所有的电灯都开亮了，厂房里一片通明。大员们从五十二军借来了一支军乐队，他们裤线熨得笔直，穿着端正的黄咔叽军服，捧着闪亮的乐器，像是接受检阅的仪仗队一样。轧钢机旁悬挂着剪彩用的五色彩绳，前面摆好了一张铺着蓝台布的桌子。要开工了，这可是大事，不少工人来看热闹，越挤越多，闹闹哄哄。可有些明白事的老师傅兴趣不大，说这就是摆样子，扯淡的。

在资源委员会副主任委员邓少凤的陪同下，国民政府行政院院长张群稳步走来，若有所思，心不在焉。而后宁钢经理一路小跑上了台，信誓旦旦讲道："今天我们初轧厂正式开工，这在一定意义上等于向世人宣布宁钢正式开工，因此，今天可以说是宁钢走向全面繁荣的开端！国民政府一直以来十分重视宁钢，把很大的希望寄托在我们身上，使我们感到无限欢欣鼓舞，尤其是我们的行政院院长能亲自来参加今天的开工大典，亲自主持剪彩，这更是宁钢巨大的光荣。现在，请张院长剪彩开工！"

这边话音刚落，那边军乐声就立刻响起。工人感到奇怪，这么"重大的节日"，张群这个大主角竟然一句台词也没说，这是咋回事。再看那张群，面无表情，眉头紧蹙，心里究竟是合计着林彪的春夏攻势还是合计着如何调节杜聿明和陈诚之间的明争暗斗？总之，他根本没把宁钢这所谓的开工典礼放在心上。不过当宁钢经理点头哈腰地把剪子送到他面前时，他还是意识到自己所扮演的角色的重要意义——自己是以国家的名义来鼓舞宁钢，鼓舞东北，于是，他提着剪子，神色庄重地迈步上前，稳稳地剪断了彩绳。紧接着，火红的钢锭从轧钢机上溜了出来，"行驶"在滚道上，以不可抵挡的势头蒸发掉了迎面而来的冷却水，冒出一阵白色的蒸汽，又进入轧钢机沉重的大轧辊下，一阵阵“轰隆轰隆”的巨响似乎是庆祝节日的礼炮。在宁钢经理看来，这已经是完美的演出了，已经充分地展示了宁钢的“精气神儿”，他难以抑制自己的兴奋，一边带头鼓掌一边扬手示意军乐队继续加把劲儿。因为站在冒着火焰的炉子旁边，乐手们大汗淋漓，小号都已经走了调儿，大鼓也跟不上点儿了，加上巨大的机械声和工人们的吆喝声，庆典现场乱七八糟地响成一片。

这时不知怎的，从吊钢锭的机器上掉下来一块砖头，不偏不倚砸在了一个乐手的脑袋上，乐手“咣当”一声倒在地上。其他乐手们愣住了，经理反应快，赶忙示意身边的人把那乐手拖下去，片刻后觉得还不妥，赶忙举着手护着张群的脑袋狼狈地匆匆离开。

工人们起哄道：“咱们经理这回不怕自己挨砸了，护着别人了，敢情是官儿越大越怕砸啊！”

“哪儿啊，是身边的官儿越大他就越不怕砸！”

又有工人唱起了工厂里的歌谣：

妖精装神仙，归根是妖精。不用照妖镜，也能现原形。他们是咱们身上的大虱子，他们是制钢所的破败星，破败星！

工人们一阵哄笑，声音压过了七零八落的军乐声。

经理护着张群离开了，隆重的“开工”闹剧草草收场。开工这天初轧厂共轧了五块钢锭，而后机器就没再开起来过。

在国民党接管宁钢的22个月里，大员们吃拿卡要、中饱私囊，没干什么好事，提到生产，仅仅产了钢900吨，生铁1.25万吨，焦炭2万吨，这其中还包括用原有的库存来充数的。无论如何，对于巨大的宁钢来说，这个产量和停产也并没什么区别。

工厂停工，工人没了营生便回到农村投亲靠友做了农民，剩下的只能到工厂里偷东西为生，人人都偷，铁西八家子的破烂儿市场竟成了一个巨大的备件库，可兵荒马乱，根本没人来买。1948 年恰逢辽南旱灾，到解放前全市仅剩的 15 万人之中竟有 13 万人面临着缺粮断顿、无米下锅的困局。宁山解放时正值初春，青黄不接，饥荒更为严重。按照东北局“不准饿死一口人”的指示，自救工作率先展开。人民政府紧急从北满调粮 90 万斤在市内各区发放，算是暂时缓解了饥荒。

与此同时，宁山市内的社会秩序频频受到破坏，国民党余部、三青团和特务组织摇身一变成了普通人隐藏在群众中，妖言惑众、蛊惑人心，实施破坏和暗杀活动。傍晚后，经常有人在暗地里放冷枪，迫害我方公职人员，特别是在主力部队撤出后，这种情况愈演愈烈，好在赈灾粮及时到达，在一定程度上稳定住了混乱的局面。

这一天，辽南一地委民运科科长冷亦水到各个区检查粮食发放情况，眼见着饥肠辘辘的百姓们捧着粮食喊着共产党好，她的心里美滋滋的。到了下午三点多她才回到市政府的办公室中，边在炉子上烤着苞米饼子，边听其他几个同志讨论如何稳定宁山的社会秩序。正在这时，徐木走了进来，一脸沮丧，将军帽扔在桌子上一屁股坐下，不吭声。

“小徐，遇到啥困难了？”冷亦水边吃着黢黑的饼子边问道。其实她心里也理解，他们这群党员干部习惯了行军打仗，对于管理城市没有太多经验，特别是面对宁山这样一个硕大的工业城市，一切都是无比艰难的，心里都顶着巨大的压力，有时候遇到了挫折只能大家互相打打气。

“我……”徐木欲言又止。

“咋了，你倒是说啊，杨书记又给你气受了？”

“我可不是生气，我是心疼！”

“心疼啥啊？”

“你这几天去没去宁钢？”

“这几天太忙，还真没去看。那里不是有军建处管着呢嘛，杨书记也说了要给他们点时间，我们可以省心了。”

“还省心，你去看看吧，给他们时间，指望着他们能管一管，可物资抢运的更邪乎了！”徐木边说边拍着大腿。

“军建处在那管着还能邪乎？”冷亦水满脸吃惊。

“你去看看就全明白了！”

冷亦水扔下饼子，转身出屋。徐木赶紧拿起帽子跟上。

还没进到宁钢里，冷亦水便看到几辆军用卡车满载着钢材和设备经过。冷亦水见状着了急，一路小跑奔军建处，发现大白楼前聚集了很多人和要被转运的物资，东侧的火车道上掩着两节车厢的火车又出现了，不用想就是辽南铁路局的。

“这还了得！”冷亦水说着三步并两步要进军建处找那个尚处长理论。可徐木一下子拦住了她，赶忙劝道：“冷大姐，别冲动，咱们先看看再说，可别像上回一样开枪啦！”

冷亦水心想确也如此，上回太激动，造成了不好的影响，这回得试探试探再说。

九

宁钢军建处门外人排得老远，有穿着军装的，有穿着蓝色制服的，还有不少穿着便衣的，看不出是什么单位的人。不大的办公室里挤满了人，抻着脖子往办公桌望去。办公桌上的电话响个不停，都是各个单位打来的，希望通融通融批一些物资。

“喂，我是尚世杰，啊，老郑啊……”尚世杰打着电话，一封介绍信送到了他的面前，他看了一眼公章，又撩眼皮看了一眼对方，继而签字同意。“啊，我知道，我知道，叫你的人赶紧过来吧，咱不提交情，只讲原则，这是我的工作！”

尚世杰挂了电话，又一封介绍信放到他面前，可上面没有公章。尚世杰抬头看了看，是一个女同志。

“同志，你这介绍信没公章啊？”尚世杰问。

“公章在打仗时弄丢了！”冷亦水回答。

“你们是哪个单位的？”

“我是辽南一地委民运科的，想申请一批小马达！”对面的冷亦水答道。

“辽南一地委民运科？”尚世杰又仔细看了看介绍信和列出的清单，落款签着冷亦水的名字，说道：“冷亦水这人我知道，听说这个女人不简单，骑在马上能使双枪，邪乎的狠！”

尚世杰边说边签字同意。

“同意了这就？”冷亦水问道。

“什么意思？”尚世杰被问得一愣。

“请问你认识冷亦水？”

“听说过，但不认识，怎么了？”

“介绍信上没公章，人你也不认识，那怎么说批准就批准呢？”冷亦水质问道：“上级成立军建处是为了既能保证战争需要，同时也要保证宁钢日后的恢复和生产，你现在闭眼睛签字，要啥都给批，搬空了宁钢日后咋生产？”

“呦呵，我看你这个女同志不是来领物资的，是诚心来捣乱的，你是谁，想干啥？”

“我就是冷亦水，我们民运科根本用不到马达，你也不甄别，闭着眼盖公章，这是玩忽职守！”冷亦水暴跳如雷，惊呆了办公室里所有人。

“哦，我说的呢，原来你就是大名鼎鼎的冷亦水！”尚世杰有些奚落的味道：“赈灾粮都发完了，民运科没事了？”

“没！你问这干嘛？”

“你这大妹子真有意思，没干完活儿那就赶紧回去呗，来我这干啥！”尚世杰往椅子背上一靠，半笑不笑地说道：“这的工作我自有安排，心里有数。你要保证赈灾粮运输通畅，稳定秩序，我要保证军队物资充足，设备不落入敌人之手！我们各忙各的，你咋还来个‘微服私访’？如果你觉得我的工作有问题可以直接反映到东北局！”

冷亦水被尚世杰噎得一时说不出话来，徐木在一旁也搭不上话干着急。

“大妹子，你用也好不用也罢，这马达我批给你，但你可得好好保存，以后恢复生产说不定还能用上，到时候你得再给我送回来！”尚世杰说完示意后面的人上来。

冷亦水头一回被人噎得没话反驳，满肚子窝火，愤愤不平往回走。平日里她一向泼辣蛮横，嘴上不饶人，就连那吴司令见到她都要叫她一声“冷大妹子”，让她三分，不承想今天在这个“活土匪”身上吃了闷亏，越想越觉得憋屈，一转身准备要回去，被跟在后面的徐木赶紧拦下。“冷大姐，怎么了，要杀个回马枪啊！”

“别拦着我，我要回去，这口气我咽不下去！”

“你回去有什么用啊，那个尚处长是东北局军工部派来的，我们管不了人家！”

“那我就去劝来拉东西的，挨个劝，劝回去一个是一个！”

“哎呀，我的冷大姐！”徐木急得直跺脚，恼怒道：“我刚才一路也想明白啦，人家也说了，东西批给你但以后用的时候还得拿回来，这样做也没啥错，当前形势下东西还是握在自己人手里最稳妥！”

徐木突如其来的恼怒让冷亦水冷静下来，其实她心里也清楚，东北局无明确指示实际上也就是默许，就当下来看转运走重要物资也是必要的。况且辽南一地委目前只是负责接收宁山，对于宁钢她其实是无权过问的，说不定很快就要随着队伍离开宁山。

“可是要这么搬日后宁钢可怎么办啊？”冷亦水自言自语，心里觉得像割了自己肉一般地疼。

十

宁山市人民政府加大了稳定社会秩序的决心和力度，乐天地被封了，隐藏在里面的反革命和特务被抓起来不少，严厉打击了一批抢劫犯、盗窃犯、杀人犯，责令散落在民间的枪支弹药立即上缴。在强压之下，主动前来登记造册的原国民党宪兵队和三青团的人不下千人。就连畏罪逃跑半路被抓回来的国民党警察局局长江乐山也在人民的审判下被执行了枪决，可谓大快人心。与此同时，饥荒得到了控制，商店市场逐步恢复，共产党的宣传攻势持续开展。为了满足党政机关和各个行业的用人荒，辽南一地委开办了“建国学院”，招收知识分子和有志青年学习深造，短时间内培训了200余名基层干部。种种措施的实施使得宁山的社会秩序在短时间内稳定了下来。

政府管得严，铁西八家子破烂儿市场一时间冷清了下来，没人敢再去卖宁钢里的物资了。在破烂儿市场头上有一处不显眼的五金店，半开着门，摆放的无非是一些焊条螺丝之类的普通五金件，生意相当冷清。单从这些看实在是没啥，焊条螺丝这类东西就连市民家里都有的是。然而，这个小店后面硕大的院子里和地下室的库房里却别有洞天，苫布下面都是成吨的钢坯和铁管，库房里满是马达水泵之类的设备，数量之多足可以撑起一个小工厂。

地下室的铁门“嘎吱”一声被打开，几个人抬着一个马达蹭了进来。

“二赖子你使点劲儿啊，别让‘王八’滚下去！”大白话叫嚷着，他口中的“王八”并非真王八，因为马达都刷绿漆，所以他们都把马达叫做“王八”。

“我这使着劲儿呢！”二赖子满头大汗，“哎呀哎呀，不行了不行了，胳膊没劲儿了！”

二赖子说着脱了手，脚底下一滑，连人带马达一同滚下了台阶。

“你这个瘪犊子！”大白话咒骂着追了下去，一脚蹬开二赖子，检查那马达有没有摔坏。见没大碍，继续骂道：“二赖子啊二赖子，我看你真是干啥啥不行，吃啥啥没够，你说你都摔了多少次了？”

“怕啥，我这大活人滚下来都没事儿，那‘王八’铁皮包着的能摔坏？”二赖子拍打拍打身上的土，一脸不满地回答。“再说了，这以前半夜才去偷，现在可倒好，太阳落山就奔厂里去，一干干一宿，就给俩馒头，谁能受得了！”

“哎呀，我说二赖子，你又犯耍赖的病了是不是?”大白话说着扯起了二赖子的耳朵，“现在有钱还嫌累了，咋地，成天在家光着屁股挨冻，饿了喝凉水，那样的日子还想过是不?”

被大白话这么一骂，二赖子闭了嘴，自动自觉地和其他几个人抬起马达放在了架子上。他打眼这么一扫，吃惊不小，心想这些日子“特勤队”的几个小组真是没少划拉东西啊，这么大的库房就快要装满了。

“行了，别看了，赶紧回去养足精神，最近抓的严，都机灵点，别落在他们手里，明天还是老时间老地点!”大白话打发着几个人走。眼见着二赖子关上了门，他回过身去。黑暗中一扇木门被推开，一个身材瘦削的中年男人走到了灯下，他的手习惯性地扭动着指头上的绿宝石戒指。

“李大队长您看，这几天东西又多了不少!”大白话点头哈腰说道。

李大队长环顾了一下，点头道：“有些成绩，但是还远远不够，这军建处一到，他们转运的速度就更快了，不是我们的就是他们的，得争分夺秒!”

“是是是，我这正合计着再多划拉一些人进来，人多好干活!”

“嗯，不错，但是人一定要可靠，一定要注意保密，千万不能暴露!”李队长对大白话的表现十分满意，他环顾了一下四周继续说道：“这屋子里的东西都是我们的功绩，等不久后国民党中央军打回来，这就是升官发财的资本!”

“是是是，我仰仗着李大队长提拔!”大白话听到这话脸上乐开了花。

“大白话，我怀里的馒头可能是摔掉了!”正在这时，二赖子推门进来，看到了正在谈话的二人。

“瘪犊子，谁让你进来的，你给我滚！”大白话勃然大怒。

“我这饿的难受，我来……”

“赶紧给我滚！”还没等二赖子说完话，大白话就脱下棉鞋朝他扔了过去。二赖子自己也知道可能是来错了时候，赶忙关门走人。

“这个二赖子靠得住吗？”李队长问。

“靠得住靠得住，人是赖了点，但只要给点钱啥都给你干！”

“那就好……再考察考察，暂时别让他知道我们太多事情。”李队长说着转身离开。

十一

这天中午，宁钢大白楼里来了个首长，他安排警卫班把敌军的尸体都抬了出去，又挑了两个相对好一点的办公室清理出来，换上了玻璃，抬进去两张木床，忙前忙后一切妥当了之后已是晚上。警卫送来一碗粥、一碟咸菜和两个馒头。他用汤匙搅和着粥，一圈又一圈，只觉腹中饥饿，却又吃不下。

“这可真比打仗还要难啊！”这个人自言自语道，不禁回忆起了来宁钢的经过。

这个人叫做郝树英，是东北局财政委员会经济建设处副处长。宁山刚解放第二天，正在辽源一带负责工业管理的他被一份电令召回。在辽东分局，上级领导就目前宁钢的情况对他做了具体介绍，并给他看了辽南一地委书记杨秋盛连日来发来的一封封电报。郝树英是一个老红军，又在延安搞过军工，当过军工厂厂长，威望很高，是工业方面的行家里手，此时派他去接管宁钢在上级看来是最好不过的选择。

“啥？让我去宁钢当厂长？”郝树英吃惊地看着领导。在他心中宁钢是个大得不能再大的企业，伪满时期光工人就有十万人，自己当时领导的兵工厂不过四五百人，简直没有可比性，这样的重担他哪敢轻易就扛。然而领导也开诚布公地告诉他，目前前往宁钢的主要任务是“看摊儿”，防止敌人的破坏、他人的盗取和各个单位随意的转运，尽最大可能保证宁钢的完整，为日后恢复生产做准备。

“目前宁钢很混乱，需要尽快建立秩序，这是东北局的指示。困难当然是有的，但你是个老红军，这个时候就算是硬着头皮你也得上啊！”领导最后再次强调。“东北局还会陆续派遣干部前往宁钢，关于副厂长的人选你可以提一提！”

听到这话，郝树英心里多少宽慰了一些。

那天一大早郝树英就到了宁山。在市政府，杨秋盛大老远便迎上前去，拉着手把他请进了办公室，两人的对话整整持续了一上午。杨秋盛办公桌前的电话虽然响个不停，但他还是把宁山和宁钢的情况详细地为郝树英介绍了一遍。话中，郝树英也听出了这个地委书记心中的焦急与无奈。辽南一地委进驻宁山后，除了开展接收工作之外，面临最棘手的问题就是如何接管宁钢。我党在接收和管理城市方面的经验尚且不足，更别提这么大的企业了。况且在东北局没有明确指示下辽南一地委只是暂时负责接收宁山的事宜。可这一接收问题就多了，一方面精力不足，人手不够，无暇顾及那么大的宁钢；另一方面，各个兄弟单位都在解放宁山期间做出过贡献，来运点东西也属正常，可运着运着就乱成了一锅粥。

“上级没有明确指示，我也没有管理的权利，只能干着急啊！”杨秋盛一脸无奈。然而，他还是在能力范围之内为宁钢的长远发展做着打算。解放第二天，约200名中日技术人员被东北人民解放军六纵带到市郊后又送还市内。因当时情况混乱无专人负责，杨秋盛当机立断，将他们安顿下来，并立刻电报请示中央。之后，根据中央指示，他协调部队将这批中日专家安全送往相对安全的安东，这些人当中包括104名日本专家和国民党统治时期宁钢的6名协理。

“秋盛同志，你这是没少操心啊，特别是安全送走的200名专家，将来会对宁钢恢复生产产生不可估量的作用!”

“你就别给我戴高帽了！以前我们国家连个钉子都生产不出来，什么东西都要在前面加个‘洋’字，这好不容易打下了宁山，却眼见宁钢被这样搬弄，我这心疼啊!”杨秋盛有些动情。

“你说的对，虽然我这次来的主要任务是‘看摊儿’，但我相信随着军事上的节节胜利，宁钢恢复生产就在眼前，去掉‘洋’字是早晚的事!”

杨秋盛比郝树英小几岁，之前有过几次接触，虽不是十分熟悉，但对于这个老红军却十分信服，刚刚的一席话也一扫他这几天心头的阴沉，继而脸上放了晴。

“有你这个内行人来接管宁钢，我这心里踏实多了!”

“是有人替你扛了重担你暗自高兴吧!”郝树英打趣道。

“看你说的，哪是替我扛啊，你这是替党扛，替人民扛，可得把这个大摊儿看好了!”

“对了，还有个好事，上级把王立群也调过来了，三两天就能到!”

“那个老军工?”

“对，就是他！”

“哎呀，好啊好！用东北话说，那咱这事就‘妥妥’的了！”杨秋盛兴奋不已。“再有一个问题，军建处驻宁钢的处长叫尚世杰，这个同志是带兵打仗的团长出身，强硬的很，对于宁钢的物资他的态度很明确，就是能拿多少拿多少，你去了之后要费点心了！”

“哦，这个人我听说过，立过战功的人，受了重伤才安排到机关，是个意志坚定的好同志！”

“难就难在他意志坚定，他认准的事儿你说不通啊！”杨秋盛长出了一口气，停歇片刻继续说道：“这副担子太重，我挑了这几天就累的筋疲力尽，老郝，你任重道远啊！”

在郝树英看来，杨秋盛确实像个挑夫，虽然筋疲力尽却又舍不得放下担子，也是够难为他的了，不过今天这副重担是彻底落在了自己的肩上。

“管他呢，啥大风大浪咱没遇到过，枪林弹雨也都闯过来了，怎么能在这点事情上卡了壳……”郝树英转念一想，觉得自己未免把困难估计的过于严重，这对于一个老红军来说实在是不应该。“再难还能难过翻雪山过草地，再难还能难过打小鬼子？”

想到这里，郝树英突然觉得心里亮堂了不少，食欲大振，三口两口把凉粥扒进嘴里。

十二

宁山各个区的大街小巷上满是横幅标语，通俗醒目地宣传着共产党的方针政策。开仓放粮、打奸除恶、稳定秩序和恢复工商等各项工作在按部就班地进行，这让市民们心里都有了底，不由得在心里跟国民党统治时期社会混乱的景象相比，觉得还是共产党好。一时间，人心所向，更多的百姓站出来举报甚至参与到了揭发和打击国民党特务的队伍中。

铁西八家子是宁钢职工住宅区，是工人阶级最集中的地方，也是宣传工作队最为关注的一个地方。这天，宣传队伍来到了八家子，队员们有的高声宣讲，有的粘贴着标语，有的向路两旁看热闹的人们散发宣传单。

听到外面有动静，大莲捅了两下炕上埋头大睡的二赖子。

“他爸，外面有动静，咱出去卖卖呆儿！”

“我困着呢，你别捅我……”二赖子翻了个身又睡过去了。

“这懒汉……”大莲无可奈何，“说不定又要放粮了呢！”

大莲拉着孩子蹦下了地，一溜小跑上了街。

街两旁人头攒动，都挤着看热闹。大莲个头不高，踮起脚也看不到啥，于是抱着孩子死劲儿往人堆里挤，边挤边喊：“让一让，让一让，挤着孩子啦！”众人见这女人抱着孩子也就纷纷腾出了地方。

刚挤到前面就有一名宣传队员把宣传单塞到了大莲手中，大莲端详了半天也没认出几个字来。恰巧一名穿着军装的女队员从她身边经过，她立马抓住了女队员的手。

“女……”刚说出一个“女”字大莲就有些语塞，不知该叫什么。她心里合计着叫女老爷，转念一想共产党好像宣传什么打倒地主恶霸，不让叫老爷，那叫什么啊？憋了半天叫出了个女首长。

那“女首长”微笑着回答道：“可别叫首长，叫我同志就行！”

“对对，同志，我想了半天也没想起这个词儿，现在都兴叫同志啦！”

大莲一阵欢喜，“女同志啊，这纸上写的啥啊，我看了半天就认识几个字，也不知道啥意思！”

女同志看这位年轻的母亲说话爽朗，快人快语，觉得很有意思，告诉她宣传单上的内容又为她讲了共产党的政策。

“你觉得共产党好吗？”女同志问。

“好啊，贼好，拿我们老百姓当亲人！你可不知道啊女同志，45年鬼子刚走时要是没有你们开仓放粮我和爸就得饿死，前两天也是因为你们放粮我们家才吃饱了饭，好人啊你们是！”

“哈哈，你这姑娘口齿伶俐，说话不打怵，一看就是个利索人！”女同志十分喜欢面前这个年轻母亲，“你叫什么？”

“大莲，张大莲！”

“名字也利索！”女同志继续问道：“既然你觉得我们共产党是亲人，那可得帮着多宣传啊！”

“我咋不宣传啊，你打听打听八家子这一左一右，我逢人就说共产党好！就是我家那口子……”说到这里大莲有些失落，不过片刻之后又活泛起来：“不说那赖货，反正我就认准了共产党啦！”

女同志越看越喜欢这个大莲，继续说道：“在这一左一右宣传还不够，要把全区，全市的人动员起来才行，我看你挺适合干宣传工作的，可以进宣传队来！”

“啥，你说啥，你说我可以进宣传队？”大莲不敢相信自己的耳朵。“可我啥也不会啊！”

“当然可以，只要你愿意为人民服务就行！”女同志鼓励道：“你这已经为我们搞了不少宣传工作了，我看这方面你没问题，至于文化，咱可以慢慢学！”

闻听女同志的话，大莲乐得抱着孩子原地蹦了老高，激动得半天说不出话来。

“你在哪住？”

“就在后面！”大莲指着身后，“就那个靠着沟边糊窗户纸的小房！”

“知道了！回头我跟宣传队的同志说一声，叫他们来找你！”女同志说着回到了宣传队伍中。

突然能加入宣传队，这真是喜从天降，大莲缓了好半天才回过神来，意识到自己对那个女同志还一无所知，赶忙追了上去大喊道：“女同志，我还不知道你叫啥！”

“冷亦水，你就叫我冷大姐吧！”宣传队伍中女同志应答。

十三

由于沈阳和长春一线城市还在国民党军队控制之中，所以我方从北满驶来的火车只能经朝鲜绕道，于安东到辽南，这种情况就导致宁山火车站实际上没有多少火车经过。

这天清晨，伴着一声汽笛，宁山火车站走出一个体形消瘦，穿着军装戴着军帽的中年男人，他是从东北局财政委员会计划室主任被调来宁钢的王立群，同他一起来的还有一个警卫员。虽已是三月份，可宁山却依然寒冷如冬日，湛蓝的天空中没有一丝云，更没有王立群想象中那从工厂烟囱中冒出的滚滚浓烟。他用手扶了扶眼镜，虚了虚眼，生怕是由于自己眼神不好没看到，可无论如何还是看不到一丝烟。

“真是可笑，怎么可能会有烟呢……”王立群心中嘀咕，早在来宁钢之前上级领导找他谈了话，介绍了宁钢的情况和他的任务，“我和郝树英同志一样，都是来看摊儿的，宁钢要想真正的生产起来恐怕还要一段时日。”

然而，都说这宁钢现在如同一片废墟，到底能废成什么样王立群还是想亲自看一看，做到心中有数。

“同志，宁钢离这不远了吧？”王立群询问一名站岗的战士。

“不远，你顺着这火车道走的话，二十分钟就能到大白楼，再往北就是宁钢里！”

王立群道了谢便踏着枕木和警卫员一路向北，他边走边张望，边张望边思索。铁路旁垒砌的一间小砖房门口，一个壮汉正靠墙晒着太阳抽着旱烟，王立群看到了便上前搭话：“老乡，你是本地人吧，你对宁钢熟吗？”

“熟，咋？”那壮汉态度不冷不热。

“我想问问，顺着这铁路往北走能到什么厂？”

“打听那干啥？”

“我想进去看看？”

“宁钢里一堆破铜烂铁，野草长得比人都高，还有狼，你不怕被叼走啊！”

“嚯，有这么邪乎，还能叼人？”王立群觉得这壮汉有些夸张，便打趣道：“有狼也不怕，咱有猎枪嘛！再说，宁钢始终要恢复生产，管它是狼还是虎终得搬家！”

壮汉能听得出来面前这人口气不小，看穿着知道是解放军，肯定还是个领导。

“你是接管宁钢的大员？”

“我可不是什么大员，那是国民党的叫法！我就是一名普普通通的共产党员！”王立群笑着回答。

虽然在壮汉看来，大员和共产党员没啥区别，都是官儿，但他也能感觉到这领导说话和蔼可亲，和那些耀武扬威的国民党大员完全不同，不禁产生好感。

“合着我听你这意思，共产党是要来恢复宁钢生产呗？”

“是，宁钢肯定要恢复生产，而且要尽快！”

壮汉闻听，又靠在墙上默不作声抽着旱烟。

“怎么，你不信？”

“你是大……”壮汉要说大员，又憋了回去，“反正我不和你争，你自己进厂里看看就知道了！但可别说我没提醒你，里面真有狼，被叼走了我可不管！”

“哈哈，我看你是个好同志啊！”王立群拍了拍壮汉，“不如你给我当个向导怎么样，不用怕，我这带着枪呢，保证你没事儿！”

壮汉一想，反正也没事干，这大清早的出去溜达溜达也无妨。他点了点头，磕了磕烟灰，把烟袋杆别在腰间。“你还真找对人了，我以前是宁钢的火车司机，厂区里面我最熟了！”壮汉说着前方带路。

三人沿着铁道继续向北，壮汉不时用手指点着周围，王立群频频点头。

十四

傍晚，郝树英终于在大白楼“精心”布置的办公室中迎来了王立群同志。王立群虽然小郝树英五六岁，但是同在延安搞过军工，都是行家里手，同在抗战胜利后跟随干部团进入东北，同在东北局工作，又同样分管工业，因此二人相当熟悉，相当亲近。就这次王立群来宁钢也是郝树英专门向东北局提出的要求，他坚信王立群的到来必定会大大加强宁钢的领导力量。然而对于这件事，郝树英又特意请求上级保密，原因是这个王立群是个大学生出身，真正的知识分子，做起事来爱钻牛角尖认死理，他原本手里的工作刚刚有了头绪一下子又被调到宁钢这个“破大家”中难免会闹情绪。“这知识分子闹起情绪可不好办！”郝树英心里合计。

“老王，你再不来我都要派警卫连去救你啦！”郝树英快步迎上去与王立群握手。

“救我啥，北满的土匪都没把我怎么地，坐个火车能咋地？”王立群不冷不热地回答。

“得救得救，宁钢少了你还能成？我得拿你当宝贝啊！”郝树英一边接待这王立群，一边安排警卫员把晚饭拿来。

“你可不得拿我当宝贝嘛，我可听说，你这个‘老郝人’为了让我来宁钢可没少找领导谈话，可谓煞费苦心啊！”王立群佯装严肃。

“呦！”郝树英知道露馅儿了还颇感紧张，心想这个王立群说话可真直，赶忙从怀里掏出“骆驼”牌卷烟笑嘻嘻地递上一根，“你看这事儿，还没等说上两句话就被你揭了老底儿，是领导告诉你的吧？我还特意嘱托他别给我泄密！”

这时，警卫员送来了晚饭，两碗稀粥，四个馒头，一碟咸萝卜，还有一小盘炒鸡蛋。

王立群一看，嗔怪道：“呦呵，你这算是给我接风？”

虽知道是打趣，可这一问也是让郝树英有些尴尬，好一会儿没说出话来。多亏警卫员圆场：“首长，我们首长说啦，你们延安来的干部都艰苦朴素，有良好的工作作风，特别是您更是清茶淡饭，我这劝了半天才同意炒了个鸡蛋，就怕你生气！”

“你这个警卫员不简单啊，从前是个饭店伙计吧？还得是国统区的！”王立群瞪着眼睛问，继而哈哈大笑起来。

“好啦好啦老王，现在就这条件，没办法，有的吃就不错啦，宁山好多市民还饿着肚子呢！”

王立群的肚子也饿得“咕噜噜”响，不再抬杠，端起碗便吃。喝完了粥，他擦了擦嘴看着郝树英问道：“都说现在的宁钢是个‘火坑’，我来了，你说吧，让我怎么跳！”

这句话让郝树英彻底放了心，他笑着从床底下掏出一瓶茅台酒，说道：“今天只给你接风，不谈工作！”

“你这‘老郝人’是挖了多大一个坑啊，竟然用茅台来哄着我跳！不过我滴酒不沾，茅台也没用！”

“哪有茅台啊，瓶子，瓶子！里面装的是有名的辽阳烧酒，好喝的很，接风得喝一点！”郝树英张罗着给王立群倒酒。

王立群也不推辞，看着郝树英慢慢给自己倒满了一盅，又静静地等待着盅里的波纹平静下来，酒杯里的倒影中，他看到了自己紧皱的眉梢。有那么好一会儿，屋子里静得出奇。突然，王立群自己把酒盅拿了起来，一饮而尽，被烈酒呛得猛咳了一阵。郝树英一头雾水，不知所措。

“老郝，这一白天我都在宁钢里面转悠来着，是一个叫做栗清波的火车司机带我进去的，他说有狼开始我还不信，没曾想真听到了狼叫。厂区的荒草比人都高，那么大的厂房被炸得七零八落，乌鸦满天飞，硕大的高炉上面被鸟絮上了窝，我进了几个厂房里，能拆的设备都拆了，能卸的都卸了……”

宁钢的现状郝树英几天前就摸得清清楚楚。王立群第一天到宁钢，他本想只接风不泼冷水，没曾想王立群先进了宁钢。郝树英一时没了话，自己一连干了好几盅，继而拎起酒瓶，拉着王立群出了屋。

两人在大白楼的楼顶上四周环顾，宁钢厂区的颓废一览无余。

“看啊老王，你四周看看！南面是神社山，东面是对炉山，我们脚下就是大白楼！”郝树英用手指着，“就在上个月，国民党据守两块高地负隅顽抗。为了阻碍冲锋，敌军往山坡上泼水，水结了冰又厚又滑，咱们的战士们冲不上去，敌人居高临下狠劲儿地打。正面攻不上去只能沿着小路上，敌人守住了几个山路口扔手榴弹。咱们战士脑袋上顶着炮火一次又一次冲锋，可一次又一次被打回来，鲜血沿着山坡流下，也冻成了冰。”郝树英一边说着，眼圈已经湿润，“宁山这块地方，俄国人占完了日本人占，好不容易抗战胜利了国民党又占上了，咱们赶跑了一波儿又一波儿为的是啥，你告诉我咱为的是啥？”郝树英张开双臂转着圈，指着四周继续说道：“为的是宁山四周那山里蕴藏的宝藏，蕴藏着能做出炮弹，能架起桥梁的钢铁！”

郝树英有些难以控制自己的情绪，继续说道：“国民党部队最后龟缩进了大白楼里，你我都是打过仗的人，要你打你怎么打？几发炮弹就解决啦！可是战士们不能，还要一枪一枪拼，冒着枪林弹雨冲锋。前几天我和警卫连清理白楼，抬出去不少敌人的尸体，可当时我们倒下的战士也不少啊！为啥，你说这又是为啥？为的是不破坏与大白楼近在咫尺的厂房，不破坏那些生产设备！”郝树英又开始用手指点着四周，“我一开始也不想来这，有人说我怕吃苦，放屁，咱共产党员哪有没吃过苦的，哪有怕吃苦的？我怕的是扛不起这份重担，我怕的是辜负了党对我的信任！刚到那天我同样站在这里，我四周这么一看，我就这么站着转了一圈，就深深被这里吸引住了。你看，那是炼铁厂，那是炼钢厂，那是炼焦厂，机修厂、煤气厂、铸造厂、氧气厂……远处还有无数我们看不到的矿山，这里是宁钢，这里是全国最大的钢铁企业，是国家未来的希望啊，而你和我就是要为党和人民看好这个大摊子的共产党员！”

郝树英一番慷慨激昂的讲话听得王立群目瞪口呆，同时也被其深深的感染，内心的顾虑和阴霾随之烟消云散。“老郝，其实在你要求东北局调我来之前我就已经表了态，要来宁钢了，我们都是搞工业出身的，搞工业的有谁不想来宁钢呢？这个‘火坑’我是跳定了，而且我还要往里添柴加火，让这火越烧越旺，直到烧出铁水钢水来！”王立群说着从郝树英手中夺过酒瓶，猛灌了一口。而郝树英伸出那结实的胳膊搂住王立群，激动之情溢于言表。

夕阳的余晖照在了两位老友的身上，也播撒在硕大的宁钢里。整个大地，一片金黄。

十五

大莲进了区里的宣传工作队，每天可领到一斤半的高粱米，这可是家里的大喜事，婆婆主动把孩子接走帮忙照看，逢人就说儿媳妇出息了，吃公粮了，高兴得走路带小跑。

大莲虽然没啥文化，但是在人面前说话嗓门高，不打怵，有工作热情，而且对八家子这块儿十分熟悉，每天发传单，贴标语，到各家各户了解情况，晚上还在夜校里学习文化，忙得热火朝天。这些天宁钢来了正副两位厂长，开始修大白楼了，窗户上的玻璃全换了，领导们都搬进去了，听说还要在4月正式成立宁山钢铁厂，马上就要招工了，有工作经验的优先，每天两斤高粱米，以后还能涨。这消息可成了一颗定心丸，让那些谣言不攻自破，老百姓相信共产党这回可算是坐稳了，打算恢复生产了，两斤高粱米虽然也不多，但总算是有班上，有饭吃。工人们守着宁钢，想吃饭就得有活干，于是大家抢着去报名。

宁山稳定下来了，宁山钢铁厂要成立了，大莲本就不愿意再让二赖子干那些偷鸡摸狗的事情，现在这种想法就更强烈了。“工厂要生产了，工人要有饭吃了，这个时候偷是坑自己！”大莲心里清清楚楚。二赖子以前就是宁钢炼铁厂里的一个钳工，虽不是大工，但好歹也是门手艺，现在有了正经营生，谁还干那个。况且，最近大莲发现二赖子不再往家里拿钱了，早上他回来的时候自己已经走了，晚上他走了自己才回来，根本碰不到面。大莲合计着，定要找个时间好好给二赖子讲讲政策，让他去宁钢上工，干正经事儿。

另外，大莲的另一项工作就是发展进步青年一同参加到宣传队伍中，这些天她发传单讲政策的时候经常看到李家五金店的儿媳妇陈玉凤来看热闹，而且看宣传单看得很仔细，按理来说可以作为发展的对象。可大莲也犯了难，这个陈玉凤的父亲陈强柱在伪满时期是初轧厂的一个工头，手下也管着二百多号人，逢年过节上门送礼的人不断，生活十分滋润。但这陈强柱也是一条汉子，看不惯日本人作威作福，曾打过日本工头一嘴巴，因此被抓进号子里毒打了一顿，又被开除回家，至此没了营生。国民党接管期间，钢铁工会的二号人物李坦来找了他，俩人在屋里谈了一宿，第二天陈强柱就进了厂子又当起了工头。没过多久，李家就在八家子开起了一个五金店，门面不大，但据说屋里摆的都只是幌子，后院儿里要啥有啥，都说这店有陈强柱的股，里面卖的东西都是从宁钢里弄出来的。两家打得火热，各自的儿女都年纪相仿，又到了谈婚论嫁的时候，按理来说搭个亲家也在情理之中。可李家的儿子没有三块豆腐高，脑子不灵光还是个跛子。陈家的女儿陈玉凤可是又高挑又水灵，来上门说亲的人快踏破了门槛，陈强柱眼光也高得很，死活不同意这门亲事，两家一度闹得不愉快。可就在解放军打进来前不久，李坦又来到了陈家，又是一夜长谈，没过几天陈强柱就低调地把女儿陈玉凤送到了李家，而后陈强柱便窝在家里大门不出二门不迈。

大莲对玉凤这个人十分熟悉，都是八家子从小玩到大的孩子，谁咋样心里都跟明镜一样。玉凤从小长得就漂亮，陈强柱就这么一个女儿，十分疼爱，供她一直读到了高小，如果不是家中突然断了营生估计还能供她考高中念大学。可谁曾想他把女儿嫁给李家那个三块豆腐高的李大海。玉凤从小胆小文弱，父亲说啥是啥不敢违抗，这火坑她算是跳了进去。都说这陈强柱是财迷心窍，为了东山再起，可私下也传出李坦是国民党，解放前二人的那一夜谈话把陈强柱拉下了水，玉凤和大海的婚事是政治联姻，是有预谋的。然而这些都只是猜测，都是左邻右舍嚼舌头，谁也不知道实际上到底是咋回事。大家唯一能看到的就是玉凤和那跛子丈夫一直照看着“半死不活”的五金店。

此时的大莲对“阶级”二字的理解还不深，在她看来有钱人和穷人肯定不是一个阶级的，是斗争的对象，陈家和李家都有钱，那自然是阶级敌人。但是，他们也都是宁钢的工人，都是工人阶级，那就不是斗争的对象。但是李坦真如传言是国民党，那即使是工人也还是敌人，就又是斗争的对象了。可敌人的儿媳妇是不是斗争的对象呢，可不可以加入到人民的队伍里呢？想到这里，大莲觉得脑袋瓜儿里一阵浆糊，没个头绪。

“这事儿还是问问冷大姐吧，眼下最要紧的就是把二赖子那货拽回来！”大莲心里合计着。

十六

自从东北局派来了郝树英和王立群之后，宁钢算是有了主心骨。知道工厂来了厂长，要恢复生产还要招工，市民们奔走相告，一时间前来报名的工人不计其数，要知道那两斤的高粱米可是救命的，更重要的是这让困在寒冬里太久了的人们看到了温暖和希望。

有了东北局的明确指示，有了郝树英和王立群这两个延安干部坐镇，各个单位再也不敢轻易进入宁钢拿东西了，转运物资的事情基本得到了控制。可让郝树英头疼的就是当初杨秋盛提到的那个军建处的尚世杰。几天里，二人打过几次照面，有过几次简单沟通，都是关于转运物资的事情。由于没有隶属关系，郝树英谈不上命令，只能算是建议，尚世杰话不多，只是点头不作回应。从几次接触中，郝树英还是能看出来这个尚世杰办事麻利讲原则，为人坚毅不拐弯。如今其他单位的介绍信尚世杰已经一律不批，无论你说破大天还是搬出哪个领导，他只回复一句话：不管是谁，我只讲原则！但是对于军建处自己的转运他却还是一切照常，他说这也是原则，一切以战争为前提，这是在他来宁钢之前东北局领导对他的指示。事儿倒是这么个事儿，但一刀切就容易出问题。

这天早上东北局军工部的领导没好气儿地给尚世杰来了电话，就是关于宁钢军建处无节制转运物资的事，并让他来一趟军工部接受谈话。尚世杰心想，这准定是郝树英告他的状了，可他也不怕，自己一切按照原则办事，去东北局又能咋地。

正当尚世杰收拾东西要走时，郝树英来到了他的办公室，说要和他谈谈。尚世杰心想这是劈头盖脸啊，要给我来个歼灭战。心里虽不满，可他无论如何也要压着火，郝树英是老红军，资格老，年纪又长于他，于情于理都要以礼相待。

“世杰，我来找你还是想谈谈关于转运物资的问题，我也看到了，其他单位基本不来宁钢运东西了，多亏你卡得紧，作为厂长我得谢谢你！”

尚世杰没有应答，等着郝树英继续说话，从前一个老首长告诉过他“但是”之前的一切话都是客套话。

“但是……”

“来了，‘但是’了……”尚世杰心想。

“但是，我觉得你们军建处也应该适当的停止转运。”

“军建处也停止？”尚世杰以为郝树英会让他“节制”，不承想直接来了个“停止”。“那国民党来了咋办？”

“国民党来了的话就给他！”郝树英半开玩笑说。

尚世杰平日里爱说笑，可此时心里有火，也没听出这是句玩笑话，只觉火气噌噌往上蹿，质问道：“自己人不让搬，要留给国民党？你可真大方！幸亏你是在延安审干时做过结论的，不然我要怀疑你有政治问题啦!”

见气氛一下子变得这么紧张，郝树英心想这尚世杰是当了真，赶忙把话拉了回来，说道：“尚世杰同志，搬还是要搬的，但是要停止一刀切的搬，要按照上级指示，按照实际需求去搬。至于局势上，上级也明确地表示了，宁山有反复的可能，但从长远来看必定会复归，明天给了他们但后天就还是我们的!”

“我也知道最后胜利是我们的，但眼下问题是咱们在宁山这待不长，我们跟国民党还在拉锯。所以，无论是啥都不能留给敌人，能拆的拆，能搬的搬!”

“如果继续按照你这样‘坚壁清野’下去，等咱们再回来时宁钢就彻底毁了，到时候怎么恢复生产，怎么支援全国的解放战争?”

郝树英和尚世杰二人针锋相对。

“郝树英同志，你的太平观念太浓厚，你老兄大概是在山沟里蹲怕了吧，着急把江山挪到城里来!可是你草鞋未免也脱得太早了吧!我的态度很明确，宁山仍有可能被敌人占领，我是个大老粗也管不了什么未来，但是在我看来战争还要持续一段时间，至于宁钢的复工遥遥无期，宁钢首先要做的就是尽一切力量支持战争!”尚世杰毫不留情面。

“尚世杰同志，你说的对，宁钢必须全力支持战争，否则就要犯错误，所以只要战争需要的，宁钢要什么给什么，这我都赞同，可是据我了解，你们弄走很多根本用不到的东西，不但浪费了人力物力，还破坏了宁钢未来的生产，这是何苦呢?”

“拿走的都是有用的，今天不用明天也能用!”

“这话未免太绝对了吧，况且你不是说不考虑未来嘛?”

“这……”尚世杰被顶的没了话。

“别的咱都可以不说，但据我所知你现在张罗着拆炼钢厂那二百马力的水压机和炼铁的直流发电机，这两样对于你们军建处有啥用？”郝树英也有些激动，“我可以很负责任的告诉你，这两样东西对于军建处毫无作用，今天没有，明天也没有，但是炼钢和炼铁没了它那就彻底毁了！你这种行为是对宁钢的一种破坏，和那些破坏分子没什么区别！”

“嚯，这大帽子给我扣的，你这个钦差大臣有点太邪乎了吧，我可不是你手下，你给我扣帽子我也不怕，我就听东北局和军工部的！”

“我刚刚说的实际上就是东北局一直以来的意见和考量，世杰同志，你还没意识到，你的问题就是本位主义，愿意搞一刀切！”

“嚯，这帽子越扣越大！”尚世杰气得手足无措，在办公室里来回转圈，而后突然想起要赶火车，强忍着气不再和郝树英争论。“我说郝厂长，何必呢，这东北局都已经让我回去接受批评了，你又来这么一通，你这是不解恨啊？我还是那句话，无论如何我只听东北局和军工部的！”

尚世杰说完推门而出。郝树英看着尚世杰气呼呼迈着大步就出了门，心里着实有气，觉得他思想顽固，可又一想那是个身体里还有十几个弹片没取出来的战斗英雄，又瞬间消了气，觉得这个老尚方式方法虽有些问题，但有性格，有原则，说话不掖着藏着，是个好同志。

十七

郝树英到宁钢之后在不到一周的时间里就招募了2000多名工人，按照事先的计划，这些招来的工人大部分组成了北部、中部、南部和西部四个护厂队散布在宁钢内大大小小几十个工厂内，防止国民党敌特的破坏和当地流氓恶棍的盗窃。还有百余人的队伍前往北部一个小锻造车间，修复设备，准备恢复生产军锹军镐之类急需的军用物资，这一小队人马由王立群主要负责。按照东北局的意思，最近还会陆续派来一批干部前往主要厂区和矿山逐步开展工作。

由于时间紧迫，护厂队在不到一周之内就被迅速建立起来，队伍成分比较复杂，其中一部分是本地的共产党员、老工人以及他们推荐出来的工人，另一部分则是由副大队长李坦招募的，在工人队伍里有些影响力的人。话说这个李坦身份和背景有点复杂。他是原国民党钢铁工会副委员，但自从共产党进了宁山以后，特别是郝树英来担任厂长之后，他在各个方面都表现很积极。在我方建立政权之初也确实需要一些像他这样具有影响力的，并向我党靠拢的人起带头作用，这样更利于团结各个阶层。正因如此，上级决定让李坦继续在宁钢工会任副职，并担任宁钢护厂队副大队长。但用这样的人的弊端也是十分明显的，李坦推荐了一部分人进入护厂队，在一些老工人看来那都是当地一些地痞流氓，甚至是身份可疑的人。

李坦这人向来低调，平日里不显山不露水。这个国民党时期就有头有脸儿的人物，曾在台町那高级住宅区分得过一栋小别墅。共产党来了以后他积极靠拢，主动搬到了八家子和工人们住在一起，保住官儿，而且还当上了护厂队副大队长，这确实抵消了一部分人内心对共产党的恐惧，要知道1945年共产党第一次进宁山的时候，有人谣传但凡是穿西服的，戴眼镜的，梳分头的都要抓起来枪毙，后来传得更邪乎，说不管当官的还是老百姓，吃过猪牛羊肉的都要抓起来，把老百姓吓得都直用袖口擦嘴，就更别提那些上层人和政府公职人员了。

李坦发达了，有些在宁山投机倒把的商贩和心怀不轨的人高兴了，私下去找了他，希望到宁钢里“做买卖”的时候能行个方便，可但凡遇到这样的人他都是一顿臭骂轰出去，实际上这些也都是过往李坦的熟客，平日没少暗地里吃回扣，如今他却跟换了个人似的，义正词严，刚正不阿，大伙私下都撇着嘴骂他吃回扣比谁都狠，变起脸比谁都快。

投机倒把的人碰了钉子，只能把希望寄托在护厂队大队长身上，可大队长到底是谁还都不知道。有些聪明人奉劝大伙死了心，说这副的都是牌位，给人看的，正位的肯定都得是自己人，就共产党那作风，能和投机倒把的同流合污？

这天尚世杰从东北局回到宁钢，整个人如霜打了的茄子一般，心里在敲拨浪鼓，叮叮当当的。原来他到了东北局后挨了一顿批，领导口径和郝树英差不多，说他那不是讲原则，是一刀切。对于尚世杰这样耿直的人，挨批评是常事，但他就有一点好，做事守规矩讲纪律，不改军人本色，对于上级的批评从来都是服从和接受。但接下来的安排可着实让尚世杰不能接受，上级说，按照多方面的意见和整体考量，决定派尚世杰到宁钢抓起工厂工会和护厂任务，兼顾军建处工作。

“啥，让我转业去宁钢？”尚世杰这个老兵无论如何也接受不了转业这事，“不行，绝对不行，我死也要死在部队里！”

尚世杰态度坚决，可上级的考虑也不无道理。目前，解放军在东北战场上占据优势，解放东北是大势，而后就要南下解放全国。打仗打的就是钢铁，需要工业做支撑，保住了宁钢就是保住了打胜仗的本钱。再说，等全国都解放了，不打仗了，当兵的咋办？还是得转业。

都不愿意去工厂，那工业又咋办？眼下的宁山，政权刚刚建立，我党又没有任何接管大企业的经验，这个时候就需要能打硬仗能啃硬骨头的老兵。领导的话说得尚世杰无言以对，细合计也是，不过转念一想他还是觉得不行，说让他转业没意见，但就是不去宁钢。

“咋地，为啥不去宁钢，是怕和人家吵架还是怕别人给你穿小鞋？”领导没好气地问。

“啊，你是知道了还是咋地？”一听这话尚世杰就猜出领导肯定听说了啥。“那都是传言，别当真！”

“啥传言，郝树英亲自给我打来电话了！”

“啥，他打我小报告？”尚世杰脸蹭得一下胀红了。

“打小报告算不上，让你去宁钢工作却是他极力要求的！”

“这是公报私仇！”尚世杰气得直蹦。

“什么公报私仇啊！”领导的脸一下子严肃起来，“我告诉你尚世杰，你可别门缝里看人，这郝树英可是老红军，老军工，人家好好的财经处副处长不干了去了宁钢，你以为人家就那么点度量？”

尚世杰没了话。

“我还就告诉你了，老郝不但没说你半点坏话，还好一顿夸你来着，说你工作讲原则，和我点名要的你！”

“真……真的？”尚世杰十分吃惊。

“你啊你，倔驴一头，还真得去工业战线上磨一磨！”领导说着从抽屉里拿出了一封介绍信。

办公室里，尚世杰来回踱步，心想自己刚和郝厂长大吵了一架，人家不但不埋怨自己，还点名要了自己，如今有啥脸去找人家报道啊。正发愁的时候，郝树英自己推门进来了，看到尚世杰在屋里打转转，挖苦道："我们这战场上纵横驰骋的大团长怎么在屋里打转转了，要拉磨啊？"

尚世杰一看到郝树英亲自来找自己，给了台阶下，内心感激不已，一时语塞。

郝树英走上前去，主动接过尚世杰手中的介绍信说道："让你转业来宁钢，心里不少想法吧！"

"有，但也没有，咱们军人到哪都是打仗，现在宁钢就是新战场！"尚世杰露出了笑容，但又迅速调转了口风："但是郝厂长，我这人做事讲原则，专门爱唱黑脸，到时候咱俩再因为啥吵起来你可不能生我气！"

"呦呵，你这是给我来个下马威吗？哈哈，好，好，我们共产党员一向实事求是，对事不对人！"

十八

黑脸的原解放军团长当上了护厂队大队长，这下子可断了不少想投机倒把的人的念想。但是李坦也"改邪归正"，归顺了共产党，这让很多人惊掉了下巴。可实际上他哪有那种觉悟，只不过是蛰伏起来，伺机而动罢了。尚世杰还要分出精力主管军建处的事，副大队长李坦的话语权自然就多了不少，在他的安排下大白话混进了西部护厂队，当上了中队长，另有一些他的心腹也被安插到了各个护厂队。

大白话当了中队长自然想让自己的左膀右臂二赖子当副中队长，可是二赖子死活不愿意，说自己不成事，不是当官的料。大白话看这货是烂泥扶不上墙，气不打一处来，可但凡是要和他来硬的，二赖子就一会儿肚子疼，一会儿脑袋疼，躺在地上不动弹要死要活的，拿出那放赖的架势。大白话也知道二赖子是故意的，转念一想这货干活不卖力，吃饭一个顶俩，也确实难当大用，干脆也就不管他了。

护厂队建立起来了，分班昼夜巡逻，1285 人的护厂队乍一听人数是不少，可分派到大大小小近 30 个厂区，而且还要分成两班倒，实际到每个小队也没几个人。有一次半夜，两名护厂队员眼见着一大群半大小子一拥跑了进来，拿着麻袋就装焦炭，有的他们还认识，打也打不得，抓还抓不住，急的直跺脚。况且，都传说这国民党撤退之前留下了一支“特勤队”，各个配了枪，再一看这工人护厂队，每小队就配一把土枪，其余的都是铁棍镐把，要是真遇到也打不过人家。

不过，这护厂队好歹是建了起来，昼夜巡逻，盗窃分子就没有那么猖獗了，这也让“特勤队”不再那么明目张胆了。为了能继续盗取物资，大白话故意给自己和二赖子安排了夜间巡逻，表面上装好人让其他队员去睡觉，实际上是为了掩护“特勤队”深夜来盗窃。眼见着炼铁厂的物资少了，其他队员有了疑问，大白话只说又是那群半大小子深夜摸了进来，自己没看住。他是队长，平日里对大家也都“不错”，况且真要是“特勤队”来抢那也是干瞪眼儿没招儿，所以大家也就不去计较了。可是护厂队里的副中队长曹凤琦眼里不揉沙子，对大白话的人品多少也有些了解，合计着这其中肯定有猫腻儿。

这一天又是大白话和二赖子夜班，到了十点多大白话照例让大家进一间小水泥房子里睡觉。

“要不我和你俩一起去？”曹凤琦试探着问，“咱们人多点一吆喝那半大小子就能吓跑！”

“你眯一觉吧，我和二赖子去就行！”大白话赶忙拒绝，“那小崽子哪有个准儿，今天不来你不就瞎了这一觉了吗！”

“那有啥瞎的，咱拿着共产党的粮，干的就是护厂的活儿，窝在屋里睡觉我这心里不踏实！”

“拉倒吧，你还是窝在那里睡觉吧，这护厂队能维持多久还不一定呢，要真是遇到‘特勤队’一枪给你放趴下了，你媳妇来找我哭咋整？为了那一斤半高粱米搭上一条命不合适！”大白话说完拉着二赖子转身就走，曹凤琦无奈地摇了摇头。

炼铁厂外的一个小土包上，大白话拿着手电筒朝远处两长两短晃了几下，片刻后只听那漆黑的荒草丛中发出“沙沙”的响声，继而十几个手拿撬棍腰挂麻绳的人猫腰走了出来。

“护厂队现在越来越紧了，手脚都麻利点，争取一周之内让这里的马达一个不剩！”大白话说完挥了挥手，示意他们各自行动。

一处排水泵房内，几个“特勤队”的人说啥也拧不下马达的地脚螺栓，其中一人急了眼，抡起锤子猛砸了下去，砸断了螺栓，砸得底座冒出火星，响亮的碰撞声随即在寂静的深夜里传出去老远，吓得旁边的人一缩脖儿。

“你傻啊，别弄出动静，恐怕护厂队的不知道咱来了是不？”旁边的人数落他一顿。几个人赶忙出去向四周观察了一番，见没啥情况才放下心来。

“没事，小队长都让护厂队的睡觉了，春困秋乏睡得死，谁能听到！”这人替自己开脱。

“谁啊，是谁？”突然，一束暗黄的灯光照射过来，随之传来一阵咒骂声：“又是谁家的小瘪犊子不学好，肚子饿你去捡煤块儿卖钱啊，非得到这来当贼！”

几人心中一惊，知道这准是护厂队的人来了，赶忙要溜，可手电筒的灯光已经照到了他们身上。“别走，往哪走！”护厂队员顺着灯光看去发现并不是偷铁的半大小子，而是一群成年人，心想这肯定就是“特勤队”的。他赶忙拎起手中的镐头把子朝着其中一人抡去，正抡在对方腰眼儿上。对方“啊呀”一声惨叫，趴在地上动弹不得。其他几个人回过味儿来，心想这护厂队就来了一个人怕啥，赶忙又折了回来，你拉胳膊我扯腿把护厂队员按倒在地。护厂队员见对方人多势众，张嘴便喊，想唤来同伴，可没喊两声就被一棒子抡在了后脑勺上，晕了过去。

听到了惨叫的大白话和二赖子也急忙赶到这里，用手电一照，发现地上躺着的正是副中队长曹凤琦。大白话心想，这曹凤琦近来一直就对他有所怀疑，今晚还拿话试探他，这要是让他活着回去可就露馅儿了，干脆弄死他算了。可转念一想，护厂队现在有1200多号人，要是真弄出这么大动静恐怕对他们不利。正犹豫间，只听那被打坏了腰的人在地下嚎叫道：“哎呀小队长啊，我这腰可折了，为咱们‘特勤队’折的啊，你可不能不管，不能饶了这货，得弄死他啊！”

“是啊队长，现在护厂队这么猖狂，我们说是‘特勤队’，可比贼也好不了多少，得给他们点狠的看看，不然镇不住他们！”周围的人七嘴八舌，煽风点火。“是啊队长，你看咱的人被打成这样，这恶气咱可不能咽啊！”

被大伙儿这么一吵吵，大白话也没了主意，干脆看了看二赖子说道：“二赖子，你好歹也算是我的左膀右臂，你说咋办？”

“我……我赖人一个，能有啥主意。”二赖子一脸茫然，“不过我觉得都是乡里乡亲的，抬头不见低头见，要了人的命干啥啊，这不是造孽嘛，死了要下油锅的！”

“去你妈的下油锅，尽说那丧气话，我怎么找了你这么个废物！”一听这话大白话没有好气，踹了二赖子一脚，“就你了，你把他给我背到附近哪个坑里埋了！”

“诶呀，大白话……小队长啊，咱可不敢啊，杀人偿命啊，咱可不敢啊！”二赖子吓得一下子哭了出来。

“少废话，我有心栽培你，没想到你这副熊样子，杀一个也是杀，杀一双也是杀，今天你不弄了他我就弄了你，然后一起都埋了！”大白话正在气头上，他说着端起了土枪指着二赖子。

二赖子从来都是装熊耍赖，哪见过这架势，脸吓得煞白，哭哭唧唧的爬到了曹凤琦身边，颤颤巍巍将他背起，嘴里还念念叨叨的嘟囔着什么。

“队长，用不用看着二赖子点儿？”一旁的人问。

“不用，这赖货我了解，他不敢骗我，今天我就练练他！”大白话看着这赖货没有好气，将土枪往地上一杵。

突然冒出个曹凤琦，还闹出了人命，“特勤队”的人心里都后怕，也无心干活儿。大白话之前没干过这么伤天害理的事，心里也瘆得慌，觉得弄死曹凤琦太过莽撞，可这拉下来的屎又不能往回坐，好在这黑锅是让倒霉的二赖子去背了。

曹凤琦死一样没了动静，二赖子背着他深一脚浅一脚走了老远，一路上各路神仙让他拜了个遍，说这事和他没关系。他也不知道曹凤琦是死是活，但觉得死了更好，这样他就不是杀人的了，顶多算是埋人，还算是做好事，下油锅也轮不到他。

筋疲力尽的二赖子被一块石头绊倒，连背上的曹凤琦一同翻滚到一个草坑中。缓了半天二赖子才爬了起来，见这草坑不大不小正合适，心想干脆就埋这算了。直接埋了又怕曹凤琦没死透，那不成活埋了，更损阴德。于是他又跪着拜了半天才掏出别在腰间的撬棍，想了又想，最后还是颤颤巍巍地高高举起。

撬棍"嗖"的砸下，一声闷响。二赖子顺势跪在地上，抓着草拍着地"呜呜"地哭了起来。

十九

1948年4月4日，这一天出奇的暖和，天空晴朗无云，阳光明媚。宁钢大白楼前搭起的不大的会台上，郝树英、王立群等几位同志并排而坐。空地上前来参会的多是近一段时间招入宁钢的工人和人民政府的工作人员，更多的是前来看热闹的群众。会上，郝树英宣布了从这一天起，宁山钢铁厂正式成立，并把保厂护厂和逐步恢复生产作为当下最紧要的任务。特别是护厂任务，郝树英说最近一周，地痞流氓和盗窃犯破坏、盗窃物资的现象已经得到了很大程度上的控制，并且护厂队的规模还要继续扩大，要在短时间内彻底恢复宁钢的秩序，恢复部分工厂的生产。会场规模不大，场面并不隆重，但是却给宁山这个城市的工人和老百姓们吃了颗定心丸，绝大多数人都坚定不移地相信共产党这回是坐稳了，宁钢真的要生产了。

在人群当中，大白话竖起耳朵一字不落地听完了郝树英和王立群的讲话，越听越觉得不对。之所以觉得不对是因为一切都太过正常了，自己前几日让二赖子弄死曹凤琦的事情为啥到了现在都没个动静，除了他们中队内部议论议论之外，这个人简直是活不见人死不见尸，好像从世间蒸发了一样。他曾为此把二赖子堵到了墙角踹了一顿，想问个究竟，二赖子哭着满地爬着说确实先照着脑袋给了一撬棍，而后埋了。等他要去找尸体，可黑灯瞎火的二赖子也记不得到底埋在了哪里。看二赖子那熊样子，他确信曹凤琦是死了。可为啥就没动静？大白话本以为今天的大会上能听出点什么风声，哪怕是要对杀人者严查到底之类的话也能让他心里踏实点，可从始至终就是没听到半句，这让他心里发慌。人群当中同样发慌的还有护厂大队副大队长李坦。

郝树英和王立群讲完了话，二人脸上洋溢着笑容，会场前回响起了经久不息的掌声。工人们自发唱起了歌谣：

鹅毛大雪飞满天，
二月十九救宁山。
干部住进大白楼，
组织工人好几千。
大谷薄板精钢业，
还有神钢久保田。
共产党啊共产党，
日后开工万万年。

工人和老百姓们欢天喜地，如过节一般。殊不知一群隐藏在阴暗角落里的敌人嘴里已经龇出了獠牙，眼里也已经露出了凶光。

第二章

—— 保厂护厂 ——

一

宁山钢铁厂成立后护厂队又得到了扩充，尚世杰也开始把更多的精力放在了这边，并初步制定了规章制度，规定夜班巡逻采取监督和举报的方式，一旦发现偷懒耍滑的一次扣公粮，两次当众批评，三次直接开除回家。针对西部护厂队，尚世杰安排了一个可靠的老工人胡景林并亲自把他送到队里，以示重视。而对于曹凤琦的突然消失，西部护厂队中风言风语，议论的热火朝天，神乎其神。有的说是被狼叼走了，有的说是被“特勤队”活埋了，有的说的更悬乎，说他年前打死了一只黄鼠狼，这准是被黄大仙儿给收了，不然咋活不见人死不见尸。私下里的议论都是闲来无事嚼舌头，唯有大白话是真的火急火燎，急得像热锅上的蚂蚁。他弄不清这到底是个啥情况，要说上面不知道情况吧，可这么大个活人就算是没了，而且还是个副中队长，咋能说不知道呢？况且已经又派下来个副中队长顶替。但要是说知道，可咋就一点动静都没有，风平浪静的，跟没事儿似的。他曾经私下里问过李老板上面的情况，可李老板也一头雾水，说不出个大概。“可能他们就是软了，害怕“特勤队”，害怕国民党中央军也说不定！”大白话自己宽慰自己。

话说这胡景林是个老实能干的人，自打来了之后就没闲着，成天在西部厂区里转悠，圈出了几个最好的瞭望点建议大白话安排人昼夜看守，还时不时去看一眼帮帮忙，不是他的班他也不咋回家，就在厂里盯着。老胡以前是个手艺不错的老钳工，他在厂里转悠着划拉回来不少废铁片儿，连捶带磨做出几十把扎枪头儿，配上了把儿，看起来有模有样，算是给大伙儿换上了新武器。

西部厂区太大，电力还没有得到完全恢复，到了晚上两眼一抹黑啥也看不到，即使发现了盗匪报信儿又成了问题。喊吧，声音太小听不见，跑回去报信儿人家说不定早跑了。胡景林琢磨了好几天有了办法，他找人搬来了十几个大空油桶，在隐蔽的草丛里竖起了三角支架，吊起了油桶，旁边放上一把锤子，一旦有情况就敲桶，就近的人听到后立马响应，这样一来大家就都能听到了。事实证明，这个“信号钟”确实很有效，盗窃犯一听到这“咣咣”的声音就吓得慌了神，都不用来人就自己跑了。

这个发明被报到了尚世杰那里，而后就连郝树英和王立群也都知道了，连连称赞这个方法好，说这叫敲山震虎，要在全厂各个护厂队推广，还要着重表扬西部护厂队，这可是令人振奋的消息。可大家没高兴几天就发生了意外，一天早上大家发现所有的架子都被放倒了，桶里面灌上了水泥。众人傻了眼，心想这油桶废了倒是小事，厂里有的是，关键是这信号钟隐藏的这么好，是怎么被发现的？

“这也太神了吧，这‘特勤队’的有夜眼？”

“别扯淡，有那能耐还干偷鸡摸狗的事儿！”大家七嘴八舌。

“那你说没夜眼这十几个信号钟是咋被发现的，我们藏的那么好！”

一旁的胡景林看着被毁的信号钟，抽着烟袋默不作声，心里琢磨着不对劲儿。大白话和二赖子在一旁靠着不言不语，其他人议论了半天也没个结果，也就散了。

刚被领导表扬并要在全厂推广的信号钟被毁掉了，这对西部护厂队来说无疑是泼了一盆冷水，几天里他们一个个像霜打的茄子一样垂头丧气。当然，唯独大白话心里得意，信号钟的位置他一清二楚，这玩意确实好使，“特勤队”的一听到这声音就吓跑了，李老板交给的任务可咋完成。所以，他趁天蒙蒙亮众人睡意正浓之时，带着“特勤队”摸到厂里，把信号钟都毁了。但是那天二赖子突然说自己肚子疼，不能去了，大白话知道这货肯定又要赖。二赖子这些天不言不语，没精打采，像是生了病。实际上，自从那天晚上埋了曹凤琦之后他就跟换了一个人似的，整个人都蔫儿了。大白话也知道，这个人胆儿小怕事，弄死个人肯定一时半会儿缓不过来，所以也就懒得搭理他。

这天早上下了夜班儿的胡景林没回家，找到大白话说自己想给大伙儿开个会，大白话不知他这葫芦里卖的是什么药。胡景林靠在树根底下吧嗒吧嗒抽着烟袋锅儿，见众人来齐了把烟袋锅在脚底板儿一磕打，往腰间一别，走到圈里。这老汉想必是一夜没合眼，眼珠里布满血丝，眼睛肿得厉害，但精神还挺饱满。队里的人对老胡都很尊重，都知道这个人诚实老实，平时没少帮助大伙儿。老胡以前在日本人手下干活没少受苦，日本人跑了大家都偷东西就他不偷，不肯做歪门邪道的事情，于是他自己打零工，可兵荒马乱的哪有零工可打。后来他又从农村推回一车菜来卖，赊这个点，给那个点，结果不赚反赔。解放前，老胡一家子五六口人根本没米下锅，差点都饿死在炕上。后来组建护厂队时尚世杰听说了这件事，得知这胡景林是个老钳工，为人正直可信，家里又困难，直接先送去一袋子高粱米，又让他进了护厂队。共产党是救命的恩人，胡景林感恩戴德，心想就算是豁出老命也得护好厂，可做出来的信号钟刚见点眉目又被“特勤队”毁了，这让老胡受伤不小。

对于这件事，胡景林心里一直犯嘀咕，合计不明白这“特勤队”是咋发现的信号钟，而且干的那么利索。再做信号钟问题倒是不大，但做了也还是得被破坏。老胡觉得这件事是“特勤队”给的下马威，说白了就是明告诉你西部护厂队里有他们的人，对这的情况了如指掌。至于这个奸细到底是谁，胡景林不知道，按照尚队长在送他来之前的交代，西部护厂队有奸细是板上钉钉的事儿了，让他多加注意，可没想到这么快就交了锋。

想揪出奸细不容易，得慢慢放长线钓大鱼，眼下如何再提振士气是当务之急。昨天，胡景林见到了尚世杰，把事情的经过做了详细汇报，并征求下一步行动的意见。尚世杰这个带兵打仗多年的老兵闻听后燃起了兴致，觉得这和战场上与敌人周旋有得一比。对于“特勤队”的事情，他当然知道的更多，只是暂时不能全部告诉胡景林。他思索了一会儿，对胡景林说：“敌人在暗，我们在明。暗处的人都敢给我们下马威，我们怎么就不能给他来个敲山震虎？”而后尚世杰把自己的想法低声告诉了老胡，老胡听得频频点头。

回到护厂队后老胡又熬了一宿没睡，叨咕着尚队长交给他的话。早上，他又开了个会，对大家说：“‘特勤队’破坏咱们信号钟的事儿我昨儿报告了尚队长，后来就连郝厂长和王厂长也知道了，并且都非常重视，他们都觉得我们的队伍里出现了叛徒！”老胡说到这里，特意停顿了一会，用眼睛环顾了周围的人，尽量和每个人的眼神都对视一下，按照尚队长的说法这叫做心理战，平常人不碍事，心虚的人就会有反应。

这一圈环视效果果然不错，队里鸦雀无声，紧张气氛一下子上来了。

“信号钟我们马上就要再支上，而且要支在更隐蔽的地方，一会就弄，至于叛徒的事情，大家伙儿都长个心眼儿，一旦发现谁整事儿立刻把他揪出来！”说完话，胡景林想让大白话也讲两句，可大白话推三推四，说熬了一宿没精神要回家睡觉。老胡来了倔脾气，说啥也不干，叫他忍忍，说尚队长给出了好法子，这回要是试验成功了领导们肯定还会在全厂推广。大白话推脱不掉，只能跟着去看看到底是咋回事。

一整天下来，胡景林带着队员挖了十几个一人多深的大坑，又搬来十几个空油桶，把油桶支在坑里，又在坑上搭上了木板，扬上了枯草，打眼一看就是块荒草地，这样一伪装就是打身边过也很难发现，就算是自己人不好好记一下都很难再找到全部信号钟的地点。

老胡亲自试了试，轮起锤子猛敲了几下，声音用土坑这么一聚集再传出去显得更大，震得大家直捂耳朵。

“哎呀，这个声儿大啊，这个好！”大家纷纷称赞。

胡景林也觉得挺满意，从坑里爬出来告诉大家：“这十几个坑里放着新的信号钟，别说“特勤队”摸黑来找，就算是我们自己都寻齐了也费点劲，所以万一这钟再被破坏，叛徒肯定就是在我们这些人中了！”

“对对，这除了自己人谁能知道！”大家应答。

“还是那句话，咱们都提防着点，一旦抓到奸细将决不轻饶，是吧中队长?”老胡给大白话问了个冷不防。大白话一激灵，赶忙应答：“是是，决不能轻饶了这号吃里扒外的人!”

二

在尚世杰的带领下护厂队的工作渐渐有了起色，王立群也带领工人们开始恢复了部分的生产工作，北部厂区的一个小轧钢加工厂是他最为关心的地方。按照上级指示，宁钢首先要抓紧为部队生产出一批军工用品，包括军锹、军镐和炮弹钢。王立群在延安时搞过军工，在这方面有丰富的经验，招工时也特意找了几个这方面的老师傅。北部厂区由于距离市内较远，受破坏程度相对较小，恢复起来相对容易，几个老师傅左挪右拆好歹是把气锤支吧起来了，调试一番之后效果还不错。薄板厂也送来了原料，气锤“铛铛”地响了，一锤一锤砸在钢板上，干了十多年的气锤工黄凤山终于轧制出了第一把像样的军锹。

可有一件事情让人有些丧气，这老黄一向是个消极的人，爱偷懒，事情厚，轧上十几把就要歇一歇，大家都奚落他干起活来落三锤歇五锤，班长老林说他两句他就顶嘴说：“咱们东划拉西划拉，可就找到这么一个一匹半的小王八，这气锤要动可都指望着它带着，这绿王八和人一样，干时间久了也累，你摸摸，贼呼啦烫手！要真是累坏了动不了了，谁能担得起这责任，还不如让它多歇一歇，干得久点，细水长流嘛!”老林明知道这是为偷懒找借口，可他这么一说也不知道咋反驳，转念一想觉得老黄说的也对，这马达是个旧的，蝎子粑粑独一份，要是真烧了就没得换了。虽说是这么个理儿，但他心里还是火急火燎，只要老黄一停工他就在一旁用扇子扇马达，一会用手一摸，凉下来了就立马催老黄继续干。老黄则慢慢悠悠的嘴里嘟囔着上了气锤，轧个几十把又下来晾马达。

其他的工人都比老黄年轻，手艺没他那么好，轧出来的虽然形状都差不多可不是薄了就是厚了，特别是军镐柄的位置挖到了沙子石头没几下就折了。年轻工人没少询问老黄窍门，这老黄还故意卖关子，说这都是十几年的手艺，只可意会不可言传，说了也没用。其实大伙也知道，这老黄凭借着这手艺，一天比别人多拿着一斤高粱米，教会徒弟饿死师父，老黄心里还是这一套老观念。可就是因为手艺好，大家拿他还就是没办法。

无论如何，生产是开始了，不少人看到北部厂区的烟囱里冒出了久违的青烟，听到气锤又发出了“铛铛”的响声，心里踏实了不少。

三

眼下，市立医院里全部加起来只有三五个人，医疗器械也都是国民党政府撤退时剩下不要的，没几样能用。一间病房里，郝树英、王立群和尚世杰三人紧锁眉头，默不作声。一旁病床上，一个满头裹着纱布的病人面如土色，毫无生气——这个人就是被打伤的西部护厂队副中队长曹凤琦，他已经昏迷十来天了仍不见苏醒。

曹凤琦被打成重伤到底是什么人干的目前还不得而知，可按照经验来看一般的盗窃犯不敢对护厂队员下黑手，除非是有计划有组织的团体。三人不约而同想到了“特勤队”。其实，国民党军队撤退之前在宁钢内部安插特务这件事一直传于坊间不知道是真是假，但从城工部徐木同志反映的情况来看，“特勤队”确实存在，但对方有多少人，分布在哪里却知道的不多。这次曹凤琦被打成重伤估计八成是“特勤队”干的，是个下马威。尚世杰曾提议立刻在全厂内开展一次大运动，揪出这些敌人。可做事一向沉稳的王立群不太同意，说在未摸清敌人的情况下这样大的动静肯定会打草惊蛇。郝树英同意王立群的意见，目前可以肯定的是“特勤队”成员几乎都是隐藏在工人队伍里的本地人，关系错综复杂，不容易被发现，在不明虚实的情况下弄出大动静容易被动，他建议先对曹凤琦这件事闭口不提，就当没发生过。一来，于曹凤琦来说也起到了保护作用，以免敌人再来杀人灭口。二来，“特勤队”必定会觉得此事有蹊跷，让他去猜去动，说不定就会露出马脚。王立群和尚世杰都觉得这个方法十分好，所以才把曹凤琦安排到医院秘密照顾起来，眼下就盼着他能早日醒来提供一些情况。

这时，一名女同志提着暖壶和水杯进了病房，她腿脚不便，走起路来有些踮脚，手中的杯子发出了轻微的碰撞声。

尚世杰这些天没少来医院，知道这名女同志叫徐德芳，是医院的院长，也是从延安来的一名老革命，见她进来立刻迎上去接过暖壶和杯子。郝树英见徐德芳来了，微微点了点头，示意她赶紧坐下。王立群第一次来医院，当他见到这位女同志时可吃惊不小，瞪大了双眼，冒了冷汗。

“这……”王立群不禁吓得站了起来，往后退了几步，幸好尚世杰把他扶住才没撞到墙。

对于王立群的反应徐德芳并不吃惊，这几年里她没少见到老友这种反应，她只是微微一笑，把手指竖在了嘴上，又看了看曹凤琦，示意王立群安静。

王立群扶了扶眼镜，定了定神，仔细打量着徐德芳生怕自己看走了眼，又看了看郝树英希望得到证实。郝树英微笑着点了点头，那意思是说，没错，你看到的不是鬼，是人。

“我的天啊德芳，我以为……”

“你以为见到鬼了是吧?”还没等王立群说完徐德芳就接过了话：“阎王爷说我命太硬，不敢要我，就把我退回来啦!”

此时，王立群已经湿润了眼眶，摘下了眼镜，擦着泪水。他没想到竟然还能见到这位当年的好同学、好战友，而后，他迫不及待地想知道这几年到底发生了什么。

走廊里，徐德芳对王立群谈起自己当年是如何在阎罗殿走了一遭。

1942 年鬼子调集重兵围剿太行山根据地，而后针对八路军总部机关和兵工厂进行扫荡，兵工厂被迫紧急转移。在日军的这次大扫荡中，八路军副总参谋长左权将军英勇牺牲，兵工厂的许多战士和当地百姓惨遭杀害。当时，徐德芳在兵工厂负责保密和妇女工作，而兵工厂的厂长就是她的丈夫郝树英。

扫荡当天，徐德芳背着刚出生一个月的儿子与郝树英走散，被日军逼到了一座山崖上。鬼子嘴里叽里呱啦乱叫着，想必是在喊“抓活的，抓活的!”徐德芳是经历过长征的老红军，长征路上不少襁褓中的孩子生了病，母亲又饿得没奶水，为了不拖累队伍，不让孩子遭罪，咬着牙将孩子捂死，葬在茫茫沼泽中。山穷水尽，徐德芳想也先捂死儿子然后自己再跳崖，可眼见着孩子憋得通红的小脸和空中乱抓的小手，她无论如何也下不去狠手，豆大的眼泪顺着面颊直流。鬼子已爬上了山头，见是一个抱着个孩子瘦小的女人就要伸手去抓，可鬼子万万没想到这女人先是恶狠狠地看了自己一眼，接着抱着孩子跳了悬崖。

当天下午，鬼子到谷底又寻了一遍，把没死透的又补了几刀，见一个女人抱着孩子摔的血肉模糊便也就绕着走过去了。

包括王立群在内，绝大多数认识徐德芳的人所知道的就到此为止了。

鬼子扫荡过后的第三天，转移的同志纷纷返回。郝树英不知妻儿如何，逢人就问，听说跳了崖，他顿感五雷轰顶，天昏地暗，而后又一口气跑到谷底，见一些战士正在替牺牲的同志收敛遗体就疯了似地扑上去问见没见着一个抱着婴儿的女人。一名小战士说三天前鬼子刚走他就回来寻找生还的同志，可无一例外都牺牲了。他倒是见到了一个抱着小孩儿摔下来的女同志，觉得十分敬佩，就把二人的尸体抬到了附近的一个小山洞里算是安葬。

郝树英赶忙让小战士带路去寻，可在山洞中只找到了儿子的遗体，妻子的遗体哪去了，难不成被狼叼走了？他抱着儿子，丢了魂儿似地跑到山洞外寻找，心想就算是只剩下一块骨头也要从狼嘴里抠出来。

远处传来一阵呼叫，那个小战士在洞外不远处发现了徐德芳，看样子像是自己爬出来的，摸摸鼻息竟然还有微弱的呼吸，奇迹发生了，徐德芳竟然还活着。

“这不，腿摔坏了，脑袋也受了重伤，时不时就疼那么一阵子，疼的撕心裂肺，想死的心都有。有时候我合计，为啥老天爷就不让我死呢，为什么就不让我和儿子一起走呢？活着对我来说也是一种折磨。”徐德芳回忆着痛苦的经历，泪水已在眼圈里打转儿。

“你看你说的，活下来怎么还是痛苦了，你还有树英啊，还有组织啊，还有党啊，还有未完成的事业啊！”

“是啊，还有组织还有党！这不，我在炕上整整躺了半年才能开口说话，一年以后才慢慢下了地。解放以后组织上照顾我，树英到哪儿工作我就跟着去哪儿。组织上本来不打算安排我工作，想让我修养，可我也不能白吃饭啊，现在腿脚虽还有些不便，但一般性的工作是没问题的。宁山解放后我就和树英一起到了这，正好市政接收工作缺人手，我就负责了医院。”

说到这里，王立群不禁对这个瘦小的四川女人肃然起敬，当初印象里只觉得她干练利索能吃苦，可不承想这么坚韧不拔。

这时，郝树英和尚世杰从病房里走出来准备回宁钢。徐德芳告诉他们几个，最近曹凤琦情况稳定了不少，但到底能不能醒，什么时候能醒都不好说。而后，郝树英又嘱托了几句便离开了医院。

一路上三人也无话，都各自合计着工作的事，不知不觉就走到了宁钢大白楼。

四

尚世杰工作抓得越来越紧，每天都带着副大队长李坦到各个护厂队检查，就连郝树英也时不时到这来看一看，动员大家搞好护厂工作。王立群厂长主抓生产，北部厂区的烟囱冒了烟，开始为部队生产兵工铲，听说最近还要涨口粮，要从一斤半涨到三斤。好事一件接着一件，护厂队都觉得有奔头，也都觉得这共产党说话算数，靠得住，所以一个个眼睛都睁得铮亮，草丛里跑出个野兔子都能看到。再有，胡景林发明的地下信号钟也确实好使，最开始一部分盗窃犯摸了进来偷东西被护厂队发现，光听着“铛铛”响也不知道是从哪发出来的，吓得赶忙逃跑。这些小毛贼倒是好对付，主要是胡景林那次下马威让“特勤队”的人一时不敢下手。而后，这个管用的家伙事儿终于在全厂推广开了，解决了大问题。各个护厂队之间其实也是暗自较劲儿比着来，谁也不肯落后，大家集思广益又提出了不少好意见。这下一来，“特勤队”几乎就被封死，连续半个月时间里都没了动静。大白话麻了爪，说啥也弄不出东西来，就连幕后的李老板也束手无策。可要说毫无收获也并不是，如今“特勤队”唯一能弄出来点东西的还就属二赖子手下那十几个半大小子。这十几个小子都是在八家子长起来的苦孩子，一个个饿的皮包骨，乡里乡亲的也都认识，所以他们进厂偷点扁铁之类的东西护厂队的骂两句赶跑就算了，就算抓起来顶多也就是扣下来在厂房里蹲一晚上吓唬吓唬，第二天给块饽饽然后就放了，从不为难。

与此同时，尚世杰三天两头找那四个护厂队队长开会强调护厂问题，一再强调护厂队会继续扩大，而且已经掌握了“特勤队”的一些情况，接下来定要揪出这群隐藏在宁钢内部的敌人。然而，狡猾的副大队长李老板心里有一杆秤，他坚信尚世杰目前只是虚张声势，真正知道的事儿并不多。平日里他忙前忙后，事无巨细，十分积极，很多事情甚至都想在了尚世杰前面，使得尚世杰对他十分信任，很多事情不背着他，直接和他商量。李坦从尚世杰那里得知一个重大消息，目前宁山的粮食供应又出了问题，而且还没有解决的办法，厂里所说的给护厂队涨粮食一时间兑现不了，对于“特勤队”来说这无疑是件大好事。

“最近太子河北岸的岗哨又多了起来，这国民党中央军估么是快要打回来了！”李老板心里盘算着，“既然你们加强了护厂，拢住了人心，那我就从里面瓦解你，看你们共产党还能蹦跶几天！”

一天夜里，李老板把大白话叫到了自家五金店的地下室里安排了一番。第二天一早就让儿媳和面。

“蒸一锅大大的馒头，中间再放一颗大枣！”李坦安排儿媳玉凤。

“大大的是多大啊？”儿媳问。

“能做多大做多大，越大越好！”

玉凤不知公公想干啥，也不敢多问。

五

胡景林又三天没回家，成天住在厂里，熬得两眼通红。大伙儿都劝他回去歇一歇，说他脸上这褶子越来越深了，可他不听，就是不肯走。他自己也不知是咋了，自从厂里给他这个护厂的任务，他就觉着自己浑身有着使不完的劲儿。他以前给鬼子干过活，给国民党干过活，他们不把工人当人看，工人们也就是为了混口饭吃养活一家老小，能混一天是一天。可现在不同了，共产党的干部都不像干部，一个个说话都带着笑容，工作不讲排场，和工人们吃一起住一起，让大家打心眼里感到舒坦。现在这护厂队虽然给的口粮也不多，但他觉得这不是给共产党看家，是给自己看家，所以给多少就无所谓了。

“给自家干活哪有那些条件！”胡景林经常对大伙说。

老胡一周回家呆不上两天，到家也就是睡觉，家里老婆和孩子一开始有意见，可眼见着一向都沉默寡言的老胡如今走路都带小跑，活像个年轻小伙子，也就都理解了。媳妇心疼丈夫，每天都让二女儿胡杏儿跑到厂里给他爸送饭，虽然都是高粱米饭就咸菜疙瘩，可老胡吃的就是香。

这天中午，老胡的烟丝抽完了，本想回家再弄点顺便换套衣服，可没等走女儿杏儿就一溜烟跑来了，高兴得不得了。老胡见杏儿今天没提饭盒来，肚子里鼓鼓囊囊隆起个大包，像是塞了个球。

“你肚子里藏的啥，咋那么大？”老胡问。

“你猜是啥，你肯定猜不到！”杏儿一脸神秘。

“不是个球？”

“不是，是吃的！”

“吃的，难不成你妈把高粱米饭团成球了？不对，高粱米也不黏啊，哪能弄这么大！”

“不是不是，你再猜！”

“我可不猜，猜不出来，到底是啥！”

杏儿准知道爸猜不出来，小心翼翼从肚子里掏了出来，揭开两层白布漏出来的竟然是两个大馒头，摞起来足有小皮球那么大，馒头中间还加了一个大红枣。

“我的妈呀，这是馒头还是球啊，活了半辈子头一次见到这么大的馒头，开了眼了！”老胡吃惊不小，“这是从哪弄来的？”

“有人送来的！”

“谁啊？”

“不认识，他只说要谢谢你，然后扔下一个麻袋就走了，妈妈打开一看里面装着六个这么大的白馒头，老好吃了！”

“那人长啥样？”

“没看清楚，那人戴着帽子，穿的也不咋地！”

老胡想不清楚到底这是咋回事。

护厂队队员离老远便看到了老胡的女儿杏儿从肚里掏出来个白花花的东西，也不知道是啥，赶忙上前看热闹，离近了一看都吓傻了眼。

“我的个妈啊，这……这是馒头？”护厂队员围了一圈，不敢相信世上还有这么大的馒头，一个个用手杵了杵，留下好几个黑手指印儿。

“诶呀，别弄，这是给我爸的馒头！”杏儿见大人们脸都快贴到了馒头上赶紧捧了回来抱在怀里。

“行啊老胡，当副队长的就是不一样，我们这成天吵吵着要涨口粮还没动静，你这可倒好，这么大的白馒头已经吃上了！”

“是啊，要不咋都爱当官儿呢，谁不爱吃白面馒头啊！”

众人起了哄。

老实人胡景林何时被人这样奚落过，瞬间臊得满脸通红说不出话来。憋了半天，他猛拉起杏儿就走。

“走，回家看看去，到底是咋回事！”

“老胡，你可慢着点，别噎着，馒头吃多了再喝凉水能把人活活撑死！”

六

大莲在区宣传队工作快一个多月了，干得有声有色，已经成为队里缺不了的人物。介绍她加入区宣传队的冷大姐此时已跟随辽南一地委前往大石桥一带开展工作。临走时，冷亦水趁着来八家子工作的空闲特意去看了大莲，鼓励她一定要继续努力为党开展好宣传工作。冷大姐特意来鼓励自己，大莲自然是高兴得不得了，而后她也把关于陈玉凤的事情做了汇报。冷大姐说，只要是有热情有意愿，并且真心实意为党和人民做事的都可以加入到我们的队伍中，况且玉凤家里的情况和她本人没啥必然关系，可以吸收加入，但是也需要一段时间的考验和观察才行。

听了冷大姐的话，大莲心里有了谱，平日里见到她在街上卖呆儿准往她手里塞传单，并唠上几句。大莲心想，这玉凤一向守规矩，大门不出二门不迈，可一见了宣传队就往外跑，发给她的传单也都读的认真，肯定是个能发展的对象。

一天傍晚，大莲忙完了队里的活儿就往家走，路过八家子破烂儿市场时习惯性地朝着玉凤家的店看了一眼，见她正一个人上窗户板儿准备关门，有些吃力。她就赶忙过去帮忙。

“呀，是大莲，你放下，放下，这活儿你咋会干！”玉凤看到大莲时脸上闪过一阵惊喜，片刻之后又胆怯似地收回了那鲜有的兴奋。

“我咋不会干，啥活儿没干过！”

大莲手脚麻利，没几下就把窗户板儿都上上了，又在裤子上蹭蹭手看着玉凤。玉凤有些木讷，沉默了半天才想起来应该让大莲进去喝口水。大莲心想，就等着你这句话呢。

店里光线昏暗，大莲打眼儿一瞧架子上放的物件儿也不多，还都是些十分常见的。玉凤进了后屋厨房，大莲径直跟了进去。后屋厨房里热气腾腾，一阵蒸馒头的香气。透过热气，大莲看到碗架的屉布上放着好像是切开一半的白皮球，仔细一看原来都是大白馒头。

“我的妈呀，你家那是馒头啊，要了命了，这个吃一个不得活活把人撑死!”大莲看着白面馒头，俩眼发直，嘴里直咽吐沫。

“啊，你说那馒头……那都是公公让我做的，说做的越大越好，我也不知道为啥。”玉凤说从屉布上拿了两个正常大的馒头塞到大莲手里，说道:“大馒头有数，我说话不算，小的给你拿两个没事儿!”

大莲不好意思拿，可推辞不过，说道:“从小就熊你糖吃，大了还熊你馒头，多不好!”大莲说着咬了一大口，嚼在嘴里又香又甜，她可真有一阵子没吃到白面馒头了，刚想再咬一口可想起孩子和二赖子就把馒头揣进兜里。

“玉凤，你想不想进我们宣传队?”大莲一边揣着馒头一边问，可这一问让玉凤吃惊不小。

“我……”玉凤足有两分钟没说出话来。

快言快语的大莲等得不耐烦，又问了一遍，“玉凤，我问你呢，想不想加入我们宣传队?”

在大莲看来，想加就加，不想加就不加，一句话的事儿。可她想不到，同样一件事情在玉凤心里却掀起了巨大的波澜。

从前的玉凤也不爱说话，不言不语，但是那种沉默是一种内心的清高。确也如此，在八家子这一块儿，陈家算是上等家庭了。陈强柱当年在厂里独当一面，威望很高，来钱的道道儿也多。他媳妇死的早，又当爹又当妈，把女儿视为宝贝，给吃好的穿好的，还供她读书。可自打陈强柱打了日本监工一巴掌之后就丢了饭碗，家里情况急转直下，陈强柱急火攻心得了一场大病，吃光了老本，又拉不下脸去干些零活儿。而后国民党接收大员到了宁钢，陈强柱被李坦弄回了厂子又当工头。陈强柱原本是对李家感恩戴德，可不久后却因李家前来提亲闹掰了。他打心眼里没瞧上李家那瘸儿子，可不能让自己的宝贝女儿跳这个火坑。可让玉凤无论如何也想不到的是，就在共产党解放宁山前不久，自己却被爸爸急急忙忙嫁到了李家。

玉凤对爸爸一向言听计从，不敢反对，也始终相信爸不会坑害自己，心想这李家的瘸子虽然人差了点，但肯定会心疼自己，把自己当宝。刚开始确也是如此，丈夫和公公都对她相当爱护，可不久后这瘸子漏出了狐狸尾巴，仗着家里有两个钱成天往乐天地里跑，乐天地被封了之后他干脆长住了窑姐家中不回来。公公对自己虽不大呼小叫，但却如对待下人一样冷淡，丝毫感受不到亲近，家中有事从来都是她去办又从不告诉缘由。而且，玉凤也渐渐发现李家走的不是正路，分明就是宁钢的大蛀虫，家里后院和地下室都是从厂里偷出来的设备物资，多得吓人，而且家中还时不时有神秘的人来。当然，这一切都是玉凤偷偷看到的，这等事情家里是不允许她掺和的。总之，在玉凤看来，这个家算不上是家，而如牢狱一般折磨着她的身体和精神。对于那个活泛的大莲，对于宣传队的工作，对于身体和精神的解放，玉凤充满着向往。加入宣传队的事她想，她做梦都想像大莲那样，却又不敢。

“到底咋回事啊玉凤，你给我个话！”大莲又问了一遍。

“这个……我……”玉凤还在支支吾吾。

突然，外屋的门“嘎吱”响了，接着传来一阵打嗓声，玉凤知道是公公回来了，慌了神，赶紧让大莲走。大莲被玉凤推着，和他公公撞个满怀。

李坦一愣，扶了扶眼镜，看着大莲觉得有些眼熟。大莲“嘿嘿”一笑，闪身出了门，一路小跑走了。

“这丫头是谁，感觉在哪见过！”李坦冷冷地问。

“是……是张家的丫头，也是八家子的，从小和我玩到大，进来喝口水!”玉凤赶忙回答。

“看她的衣着是政府的?”

“啊，是，是八家子宣传队的!”

“宣传队的?”李坦愣了一下，继续说道：“以后和政府的人少来往，更别让外人进了咱家!”

李坦有些愠怒，瞪了玉凤一眼转身进了后院。

七

宁钢北部厂区距离大白楼足有二十里地，王立群得频繁来往于两地之间。厂里目前就有两辆吉普车，是公用的，郝树英随时可能接待来报道的同志或是去市委开会，尚世杰又得到各个区检查护厂情况，所以王立群基本从不要车，都是走着去北部厂区，一来一回就得将近六个小时。为了不耽误时间，他都安排好工作，腾出一整天的时间在北部厂区，早上天蒙蒙亮就往那边走，下了工再贪点黑摸回来。郝树英和尚世杰为了车的事情找了王立群不止一回，特别是尚世杰，说什么也要把车给他用，结果推来推去大家都不用了，车干脆闲了下来。王立群是个知识分子，有股子犟脾气，就是起早贪黑地往那走不要车，用他自己的话说当年在延安兵工厂，喝个水都要走几里山路去挑，宁山这路平的很，有啥不能走的。

确也如此，这二十里路对于王立群来说没有实际那么远，他走得带劲儿，走的欢快，走得有奔头儿，特别是快到厂区时，离老远看到那个小炉子的烟囱冒着烟他就更高兴了，要是再近一点能听到气锤发出的“铛铛”声，他准一路小跑过去。虽然宁钢目前恢复生产的厂子寥寥无几，但在他看来这就是一个好的开始。

这天，王立群又大老早从大白楼走到了北部厂区，走近了却没听到气锤声。“坏了，不是出事儿了吧？”王立群心中一惊，一路跑去。

机器旁，老黄靠着墙根坐着“吧嗒吧嗒”抽着旱烟，一旁的班长老林在那没好气儿地数落着他：“老黄啊老黄，我看你真是懒驴上磨屎尿多，这才干了多一会儿你就又下来了，这么干下去那产量能完成吗？”

“夜班儿的倒是着急干了，这王八热的都能摊鸡蛋，我可不敢再干了，要是烧了我可担不起！”老黄也不气也不怒，又拿出这套说辞，一副不在乎的样子。

“你回回都拿这个说事儿，咋只要你一摸就烫手，别人也干了咋就没烧？”

“要不是我晾着，他们那么干早都烧了！”

“合着大伙都得谢谢你了？”老林被气得不轻，叉着腰低着头质问，恨不得上去踹他一脚。“同样在宁钢上工，如今护厂队的才一斤半粮，厂里照顾咱们搞生产的给咱三斤，唯独你老黄四斤，你还要奸耍滑，我看那高粱米都吃狗肚子里了！”

这时候工人们都纷纷聚过来看热闹，你一言我一语，纷纷指责老黄。

“老林，你这说的是啥话，咋就吃狗肚子里去了？”老黄被戳了脊梁骨，脸涨得通红，蓦地站了起来，“你说咱老黄耍滑，那我就和你掰扯掰扯，王八要真是烧了耽误了军工生产，王厂长都得挨批评，说得再严重点都有可能让解放军打败仗。如果现在有一台备用马达，我立马玩了命的干，只要你能拿出来，让我怎么干我就怎么干，你有吗？”

“……”

“再有，咱说说粮食，是，组织上照顾我，每天给我分四斤高粱米，可是都多少天没发粮食了你心里没数吗？我还正想问你这事儿呢，前些天上面还说要涨粮食呢，现在正常的都发不出来，哪去了？是不是你老林自己扛家去了？”

这一席话似乎改变了局面，引起了共鸣，工人们都开始议论起了粮食的事儿。班长老林被说得脸红脖子粗，额头上爆出了青筋半天说不出话，实在没招儿扬起手就要抡老黄一嘴巴，可就在抡的时候被一旁观察的王立群叫住了。

“老林，你这是要干啥！”王立群制止住了老林。

“我……”

“咋地，还打人，咋拿出国民党那套做派了！”

“他……”老林一脸无辜地看着王厂长。王立群看了他一眼，用眼神示意他自己看到了刚刚发生的一切，让他压下火来。

老林气得“哎”了一声手抱着脑袋蹲在了地上。

刚刚的对话王立群听得一清二楚，他心里清楚这个老黄是个消极派，凡事都不积极掉排尾，但马达的事情却也是事实，如果烧了唯一在用的那可不得了。然而关于粮食的事情却令他吃惊不小，由于交通不畅，东北局拨下来的粮食还质押在朝鲜境内，可现有的粮食再维持一周也没问题，怎么就断了粮了？

“老林，老黄刚才说的粮食的事是真的？”王立群问。

“是，一周前我们工人四斤的粮食被减到了二斤，三天前干脆就不发了，说是没粮了。”

“谁说没粮了？”

“李副大队长，他不是兼着宁钢工会的副主席吗，粮食、武器的分发都是他管着，为了这个事儿他还特意开了个会，让大家坚持坚持挺过这一段儿。”

“是啊王厂长，家里都断了粮了，这前一阵子还说要涨呢！”工人们开始抱怨。

这件事儿可让王立群吃惊不小，还有粮食怎么就突然不发了，出现断粮的情况怎么也得让他先知道啊。事情没弄明白之前王立群不便多说，以免引起恐慌。

“你们继续安心生产，我王立群向你们保证，马达和粮食的事情我都会尽快解决！”王立群说完了转身离开了厂房。

“得，看样子厂长也没有办法，用白条子来哄我们，我看啊用不了几天这炉火还得灭！”老黄又开始说起了风凉话。

八

这几天胡景林抓心挠肝，坐立不安，他就不明白了，那个自称受过他帮助的陌生人到底是谁，隔一天两天就来家里送一回大馒头，而且专门挑自己当班儿的时候扔下便走。老婆孩子也追不上，说不准那人到底长啥样。老胡心里犯嘀咕，越想越觉得有问题，可又想不出到底有啥问题。按理来说这吃不上饭的时候送馒头是好事，是在帮你，但这馒头他是吃不下，也不让家里人吃，结果黑黢黢的厨房里被白花花的大馒头占满了，孩子们眼巴巴地看着大馒头长了绿毛。

厂子里关于老胡家吃大馒头的事被传疯了，起初大家还当个新鲜事来议论，可眼见着上面发不下来粮，大家开始饿肚子了，这问题就开始严重了，背后的议论变成了当面的羞臊，众人翻着白眼儿问他哪来的馒头，可笨嘴拙腮的老胡也说不清楚，就说总有人送，具体是谁还不知道。没人信老胡这“鬼话”，这光景苞米茬子都断了顿了，一个个饿得眼睛发绿，谁能白送你大馒头，肯定不是什么正路来的。老胡是个老实人，从来没干过歪事儿也经不起这个，整天被戳脊梁骨，他恨不得找个地缝钻进去。有两回，他故意当班儿的时候跟大白话请了假，在家等着送馒头的人来，可人没等来，风言风语又变着花儿地传出来，说副队长现在大发了，不上工也能活，抱着馒头在被窝里啃呢。

有人闲的闹心，还特意下夜班儿后拐了个弯儿到老胡家，趴着窗户往厨房里看，这一看可吓一跳，急忙又跑回了厂子，如同宣布抗日胜利了一样瞪大了眼睛喊道：“老胡家的大馒头厨房里都放不下了，轱辘到地上长了绿毛了！”

这下子，口水快把老胡给淹没了。

老胡实在被羞臊的没了招儿，成天闷闷不乐，像犯了什么大罪一样抬不起头，人变得低沉沮丧，当班儿的时候也找个地方猫起来不愿见人，下了工立马就回家。他这么一蔫儿，大白话又彻底主了事。

老胡的倒霉日子还没到头。

这天深夜，西部的信号钟突然响了，这回大白话积极的狠，跟打了鸡血一样带着其他队员追了上去，把一群盗贼堵在厂房里，用手电筒这么一照发现又是那群半大小子。还是老办法，带回去说服教育，吓唬吓唬等着第二天放走。下半夜，一个护厂队员闲着没事，一边数落着这些小子一边掰了几个苞米饽饽分给他们，可不承想他们不稀罕要，接着孩子头二蛋从怀里掏出半个大馒头给护厂队员掰了一块让他吃。虽然只是半个馒头，但也比正常馒头大出好几倍，这么大的个头他可见识过，这不跟老胡家的大馒头一模一样吗？这事情有猫腻儿，可不能就这么放过。

下半夜，除了胡景林之外西部护厂队的几个骨干都被大白话连夜找来，开堂审理这十来个半大小子。众人围坐一圈，大白话主审，他掐着小子们大腿根儿的里跨肉，一个个审问这馒头是哪来的。二蛋疼的冒了汗，直和大白话挤咕眼，心说这都他妈你让我干的，下手还这么狠。半大小子们眼见着大腿根儿被掐的冒了血，鬼哭狼嚎的，都招了供。说是招了供，实际上也没啥，他们统一的回答是一个老板分给他们的馒头，那人戴着帽子蒙着脸，让他们拿了馒头就偷东西，偷完了放在指定地点就行。具体那人是谁，他们也不知道。得知这线索，大白话又带着人压着小子们装模作样去了指定地点想抓个现行，等到了天亮也没见人来。

“你们押了我们大半宿，咱们‘老板’肯定是跑了！”二蛋按照事先练好的词儿说。

“错失”了抓盗窃犯头子的机会，大家都拍着大腿喊可惜。大白话揪着二蛋耳朵呵斥说，以后再发现偷东西腿直接打折，而后又踹了一脚，使了个眼色，他们就一溜烟儿跑了。

天蒙蒙亮，护厂队员趁着换班儿前又开了个会，虽然暂时还没证据，但是不少人都认为胡景林有重大嫌疑，很可能就是这帮半大小子的头子，甚至有可能就是“特勤队”的人。也有几个老师傅站出来抱不平，说老胡是个老师傅，几十年了老老实实，本本分分，错事一件没做过，咋可能是什么“特勤队”的。可大白话质问他们馒头咋解释，几个人却又被顶了回去，说不出话。

最后，大家做出了决定，一会儿上工时再开个会，大家问一问老胡到底怎么回事，看他怎么个说法。如果真的和盗窃犯有关系，立马绑了押到厂里。

另一边，孩子头二蛋趁着天还没大亮带着俩小子摸到了胡景林家，见人还没起，悄悄抬着一个乌漆麻黑的麻袋顺着墙角扔到了院子中，又捡了点乱草扬在袋子上，而后猫着腰跑了。朦朦胧胧中，老胡听到后院子“咕咚”一声闷响，穿上衣服出门探探也没发现什么，没了睡意想洗洗脸然后上工，可一想到工厂心里又一阵翻腾，就在十来天前那厂子还是自己最不愿离开的地方，比家还亲，可现在一想到工友们那嘲笑自己的模样他就不想上工。

然而，他万万没想到，此时在厂子里还有更凶险的事情等着他。

九

四月中旬的宁山刚刚有些春意，但仍然清冷。宁钢大白楼左右两侧空地上的大杨树开始冒出新绿，柳树也抽出了嫩芽，枝头之上笼起了一层缓缓流动的雾气，似烟云，似薄纱，静谧无比。

军人出身的尚世杰习惯了早起，此时他披着大衣趴着窗台探出身去，指间夹着旱烟，看着初春的景致陷入沉思，直到烟头火星烫到了手指他才猛然回过神来，继而又拿起烟丝袋子准备再卷一根。这时他的门被轻轻敲响，尚世杰知道这么早来敲门的除了王立群没别人。

郝树英、王立群和尚世杰等这些接管宁钢的干部其实都分到了距离市政府不远的台町的小别墅里居住。台町这个名字听起来有些奇怪，这实际上是当年日本人建起的一片别墅区。郝树英因为要照顾行动不便的妻子所以每天下工后无论多晚都要回到家中，尚世杰单身一人，王立群则是独自来到宁山，都无牵无挂，所以干脆就住在了宁钢里面。二人半夜睡不着或者早上起得早就互相串串门，研究研究工作。

王立群披着件外套推门进来，也不寒暄，径直走到尚世杰床前坐下，盯着他刚卷好的那根烟。尚世杰递了过去，自己又卷了一根。王立群划了根火柴点燃了烟也不说话。

通过一段时间的接触尚世杰也了解了王立群这个人，他是燕京大学毕业的，真正的知识分子，又是延安的老军工，寡言少语，喜怒不流于表，可是心里的事儿比谁都多，考虑得比谁都仔细。所以尚世杰也不主动问，在一旁等着王立群自己说话。

“世杰，有一件事你知道不知道?”抽完了烟，王立群终于开口说话。

“什么?”

“护厂队这几天发不出粮了。”

“是发的少了还是发不下来了?”

“是发不下来了!”

听到这话尚世杰抽了一口烟，而后说：“前几天李坦和我通过气，说“特勤队”的偷了一些粮食，但是不多。”

“一些是多少，一半儿还是八成?这样的大事为什么没有提前汇报?”

“怕引起恐慌就没张扬，只告诉了我，我以为不多就没当回事，没曾想竟然发不下粮了!”尚世杰皱了皱眉头，“这事情我有责任，我没了解实情。”

“我不是要责备你，不过现在看来李坦对我们的口径不太一样，这个人会不会有问题？”

“李坦这人我觉得还是可以的，表现比较积极，也实打实地干了不少工作。”

“我可觉得他不对劲儿，这个人在国民党接管时期就是钢铁工会的二号人物，是有头有脸的，在宁山本地也有势力，这些你也都知道，当初招工时很多人都是他找回来的，立了功，所以才当上护厂队的副大队长，也就是说目前他在宁钢里的力量很大，这个你也是知道的。”

“是，这我都知道，但是咱也得看他现在的表现啊，人都是可以被改造的，原电修厂的副厂长孙照深不就是个例子嘛，李坦现在改造的就不错嘛！”

“你说的也对，不过我觉得这个人还是值得我们多加注意，就拿这次扣粮的事情我觉得就有问题。另外，这些日子我发现西部护厂队的大白话也有些问题，他这个人怎么样？”

“这个人是李坦带来的，很积极，响应号召，李坦指哪他打哪，但感觉就是有点不对劲儿，又说不好哪里不对。”

“我们一定要擦亮眼睛，现在护厂形势刚见好转，可不能让这帮破坏分子作乱，也坚决不能给扣帽子！”

“嗯，是啊，最近我也想动但迟迟未动，一来是想搞清楚“特勤队”到底有多少人，分布在哪里。二来也是怕打草惊蛇。”

“现在知道多少？”

“政府城工部那边已经给我拟了一个名单，宁钢里隐藏的几个党员和可靠的同志也都给了我一些消息，目前看来，西部护厂队的那个叫做大白话的人嫌疑最大。”

“照你这个意思，曹凤琦的事情和他有关？”

“我觉得不是没有可能，但都是猜测。”

“要是曹凤琦能醒过来就好了！”

“对了老王，我一会儿打算去一趟西部厂区，去护厂队了解了解情况，你去不去？”

“去，我也正想去看看呢，开车去吧？”

“咋地？”

“跟着我们尚队长享受享受！”

“哎呀，啥意思，真是知识分子，骂人都不带脏字！”

十

到了上工的时间，西部护厂队的几个骨干都聚在了砖瓦房里并排坐下，其他该下工的队员也都没走等着看热闹。众人都不作声，一片沉默，只等着老胡来这里受审。实际上，骨干中有一部分人是不赞同的，觉得事情没弄清楚之前不该这样，更何况老胡是西部护厂队的副队长，万一误会了岂不是把事闹大了。有人建议大白话先汇报一下尚队长，毕竟老胡是尚队长亲自送来的。可大白话不同意，撇着个大嘴说西部护厂队这一块儿他说了算，况且这事儿到了副大队长那就了了，尚队长那么忙哪有工夫管这个。大家听出了这话的意思，知道大白话又搬出了那个“只手遮天”的副大队长，自然也就不敢反驳。而后，大白话还动员大伙今天无论用什么手段一定要让胡景林招供，一旦坐实了他的罪名就是西部护厂队集体立的功。这时，一个队员急匆匆跑进来，暗中给大白话使了个眼色，而后示意大家老胡来了。

这个小砖瓦房是平时护厂队开会的地方，每天早上来上工都要先来这里报个到。老胡走进来发现骨干们都稳稳当当地坐着，其他人挤挤插插地站在后面，既没人开会，也没人说话，所有人无一例外都紧盯着进门的他。老胡心里合计指定是出了什么事儿了。

“吭吭吭……”坐在最前面的大白话打了几下嗓，而后站起来阴阳怪气地说道：“哎呀，老胡来了，看着红光满面的早上指定吃的不错，还是吃的大馒头吧？”

这几天这样的冷嘲热讽已把老胡的耳朵磨出了茧子，他也不搭茬儿，默不吭声，转身就要走。

“哎，别走啊老胡，事儿还没说完呢可不能这么轻易就让你走！”

“啥事儿？”

“我问你，你半夜当班儿的时候抓到过那群半大小子没？”

“抓到过。”

“然后呢？”

“放啦。”

“为啥要放？”

“你抓他有啥用，大伙抓到了都放啊。”

“啥，你的意思别人抓了你也让放了？”

“都是八家子那些吃不上饭的苦孩子，抓了吓唬吓唬就得了呗，还想咋地？”

“吃不上饭？哼哼……”大白话一阵冷笑，接着哈腰从凳子底下拎出个口袋往桌子上一倒，一个吃剩了一半儿的大馒头轱辘出来。

"你看看，眼熟不？"

"这……"胡景林打眼儿这么一看，虽然是个吃剩下一半儿的但一看就和自己家的大馒头一个样。

"这就是你家的大馒头没错吧？"大白话说着走近了胡景林，厉声说道："你知道这馒头从哪儿来的吗？是从半大小子身上搜出来的，他们还说这是有人给他们的，指使他们进宁钢偷东西！"

闻听这话，胡景林脑袋"嗡"的一声，知道大白话就是在怀疑自己。

"队长，可不是咱干的啊，我可不知道馒头的事，我都说一百八十遍了，这馒头是有人给我送来的！"

"好，那我问你，送你馒头的到底是谁？你说为了答谢你，那你当初又到底帮了谁？再有，既然不是你指使的为啥你每回都放了那群小子？"

接连的质问顶得胡景林说不出话来，急得他一个劲儿拍大腿。

"要我说，那帮小子就是你指使的，你这是知法犯法罪加一等，你这就是枪毙的罪过！"大白话给这场批斗会定下了基调。

大白话红嘴白牙说的轻快，可给一旁卖呆儿的二赖子吓得一缩脖，心想这大白话说的不就是他们自己嘛。可其他几个"特勤队"的也不在乎，还在那起哄。

"队长，无凭无据也不能这么说，老胡是个老实人这咱心里都清楚，那帮小子咱平时抓了确实也放，不能因为几个馒头就定了罪，只要家里有白面是个老娘们都能弄出那么大的馒头，你说是不？"

"是啊，是啊，老胡不至于！"几个老师傅议论起来，开始帮老胡说话，殊不知大白话心里早有数，就等着这句话下台阶呢。

“好，爷儿几个说的也对，我大白话身为队长更是要讲道理，不能错抓好人。”大白话假装思索了一会儿继续说道：“如果真是他老胡指使的盗窃，他家里肯定能藏着东西，咱就去他家看看，没有那这事咱另说，有的话可就人赃并获了，咋样？”

这个办法大家还都觉得在理，纷纷同意，老胡也多少松了口气，心想这黑的永远也说不成白的，自己连个螺丝都没从厂子里拿过还怕啥。

结果一大清早，大白话推搡着胡景林，后面跟着一群人疾步走向八家子。然而这局都是设好的，在老胡家后院一堆杂草下大伙搜出来一个破麻袋，里面装着一台水泵和十几个轴承。见状，老胡“哎呀”一声，直觉天旋地转，一屁股坐在地上说不出话来。紧接着，队员们又拎出来三个麻袋，里面装着从他家厨房里搜出来的长了绿毛的大馒头。人赃并获，老胡无话可说，媳妇和几个孩子呼天喊地说他们抓错了人，街坊邻居也都隔着墙头看热闹。大白话如打了一场胜仗一般宣布抓到了宁钢的大蛀虫，而后让几个人赶紧先回厂子布置个会场出来，要马不停蹄开个批斗会，说不定还能审出“特勤队”的事。他故意提高了嗓门，推搡着老胡慢慢悠悠地走，恨不得让八家子所有人都能看到自己立了大功，更是想羞臊一下这个前几天出尽了风头的副队长。

十一

早上九点多，西部护厂队砖瓦房的墙上已贴上了歪歪扭扭的几个字“胡景林批斗会”，前面的一小块空地上布置上了一面桌子和十几把凳子，大白话一伙儿的几个人如自家里办喜事一般忙前忙后，盼着动静弄得越大越好。

此时的老胡已经被绳子捆了起来，一脸不解，一脸绝望，蹲在墙角，衣服不知道啥时被撕扯的露了几个大口子，看着更落魄悲惨。一宿没睡的大白话可看不出丝毫倦意，反而精神焕发，情绪高涨，他即将以胜利者的姿态去批斗自己的对头，这是何等的骄傲。他故意将衣服纽扣系到了最上面一个，整了整衣襟，用高八度的声调“吭吭”了两声，然后蹩脚地迈着方步走到了那唯一的一张桌子前，又清了清嗓。

护厂队员们已纷纷落座，不少人跟打了鸡血一样瞪大了眼睛，也有老师傅觉得这就是一场闹剧，是诬陷好人，可无奈大白话定下了基调，也确实搜到了赃物，他们也没法替老胡说话，不然自己都得跟着吃瓜落。

“安静安静！”大白话故意把嗓子放粗了讲话，以显得更有气势，“今天，我们西部护厂队要召开批斗大会，批斗的是谁呢？不说大家也心里有数，就是咱们队的副队长胡景林，这个老东西平日里看着挺老实本分，没曾想竟是猫在咱们工人堆里的大盗窃犯，而且还养了一群半大小子替他卖命，现在把他带上来！”

听到大白话的号令，二赖子不情愿地推搡着被五花大绑的胡景林到了圈内。大白话本想按照过去大老爷审犯人的法子让胡景林跪下磕头，可底下的人起了议论，说这都是啥年代了还下跪叫老爷，郝厂长说现在不比过去了，人人平等，不用点头哈腰更不用下跪。

大白话没做成大老爷，不高兴，只好把气都撒在“犯人”身上。此时的胡景林如霜打的茄子一般，任人奚落，他心里不知道这到底是咋回事，自己咋就突然成了盗窃犯。

“安静安静！”大白话又发了话，“各位，胡景林盗窃的事儿人赃并获，板上钉钉了，这个没啥可说的了，可这事儿不能就这么结案，还得深挖！”

“还挖啥啊？”底下问。

“挖啥，我看这老贼很有可能就是‘特勤队’的！”

此言一出可让大伙吃惊不小，谁想到能把老实巴交的胡景林和“特勤队”扯上关系，这个屎盆子扣得可有点大。

“特……特勤队？”胡景林一惊，他心里似乎明白了大白话这是要往死了整自己，抓个替罪羊到厂里邀大功去，今天这一劫自己是躲不过去了。

“说，你是不是‘特勤队’的！”大白话走上前去，薅住胡景林的衣领龇牙咧嘴地问。

“我……”老胡仍觉得自己像做梦一般，混混沌沌一阵怒火袭上心头，“我胡景林行得正，不干那偷鸡摸狗的事，我老实大半辈子了挨点熊受点气我都忍着，可啥时候让人这么埋汰过，谁是‘特勤队’的？谁是谁就不得好死！”

二赖子听了这话浑身不自在，底下的人也愣了半天，心想连老胡都破口大骂了这真是把老实人逼疯了。大白话被喷了一脸吐沫星子，气得脸一阵红一阵白，抡起胳膊就给老胡来了两嘴巴，打得老胡满嘴喷血。

“一个臭贼还这么邪乎，我看你是不要命了，你到底招不招？”大白话把老胡按在地上继续问。

“我招你姥姥！”

“好，今天我打到你招为止！”大白话抡起胳膊又是两个大嘴巴。

这时，老胡的媳妇和女儿胡杏儿老远跑来。媳妇嚎着冲进去阻拦，胡杏儿趴在爸爸身上护着，哭得一塌糊涂。底下的人看不下去了，赶忙上前去劝说，可这大白话越是见人多越来劲儿，推开女人，脱下布鞋朝着老胡父女就抽。

“整个贼窝都出来了，叫你们偷东西，叫你们吃馒头……”

“住手，赶紧住手!”这时，人群外一声大喊。大白话抽得起兴，只觉一个粗壮的胳膊紧紧搂住了自己，薅小鸡儿一样的把自己甩出老远，摔了一个大屁墩儿。

“谁他妈摔我，谁?”大白话扑楞一下站起来，拎着板儿鞋破口大骂。可不承想站在他前面的是尚世杰尚队长，后面还跟着王立群王副厂长，这下他可傻了，呆站在那里说不出话来。

尚世杰看着被打得满脸是血的胡景林和浑身鞋印的胡杏儿火冒三丈，厉声道:“大白话，你这是干啥，说打人就打人，孩子也打，土匪啊?”

大白话哪曾想两位厂领导突然来了，还正赶上他打人，心里发怵，不过转念一想这事儿自己在理，应该论功行赏才对。于是他定了定神说:“王副厂长，尚队长，您二位是不知道啊，胡景林平日里看着挺老实，可其实是个盗窃犯，手下还有一群半大小子听他使唤，在他家里搜出了东西，人赃并获!我还怀疑他是“特勤队”的，这正审着呢你们就来了!”大白话说着走到了他那张小桌子旁，从地下拎出了几个麻袋，其中一个里面装着水泵和轴承，其他的都是长了毛的大馒头。

王立群和尚世杰眉头一皱，不知到底是怎么回事。尚世杰蹲下身，扶起胡景林，问他到底是怎么回事，可是满嘴是血还掉了一颗门牙的老胡只是哭说不出话。一旁的胡杏儿大哭着说："叔叔，爸爸不是盗窃犯，爸爸是好人，那馒头我们也不知到底是谁送来的，爸爸不让吃，放在厨房里都长毛了，那水泵也不是我们家的，不知道咋地就出现在后院啦，爸爸不是坏人啊！"

看到王厂长和尚队长来了，底下的工人也有了主心骨，纷纷替老胡说话。"是啊厂长，这老胡的为人咱们也知道，老实巴交的不可能做坏事嘛，要真是盗窃犯他干啥还弄那信号钟，这不是自己抓自己嘛！"

"对啊，厂长，肯定是弄错了！"

"你们少在那放屁！"大白话又站了出来，发现自己说错了话赶忙改口，"你们别吵吵，刚才咋不见你们说话，我问你们都不吱声，那馒头和水泵到底咋回事，谁能说清楚，他自己不也说不清吗！"

大白话死抓这个理儿，又把大家顶了回去。

尚世杰看了王立群一眼，王立群微微一点头，二人心有灵犀。

"胡景林是当初我安排到西部护厂队的，以我对他的了解，这件事应该是有误会，应该先调查清楚再下定论，怎么能上来就批斗呢，怎么能随便就出手打人呢，还有没有组织性纪律性？"尚世杰质问大白话，"认真负责是好事，主动出击也是好事，但不能过于激进，你这行为和伪满时期日本工头打人有什么区别，连孩子都打！"

"对啊，凭什么打人啊，打得满脸是血，都说不出话来了！"底下又一阵议论。

大白话心说自己倒霉，二人早不来晚不来，偏偏这时候来，胡景林本来就是尚世杰派来的，是他的人，他这一打就等于给尚世杰颜色看，自己势单力薄啊，要是李老板在就好了。

“这件事，还要继续调查，如果真是像大白话说的那样，那我也有责任，大家请放心！”尚世杰说完了摆了摆手，示意大家都散了。

众人听尚队长说了公道话宽心不少，纷纷散去。可大白话却不甘心，急忙上前说道：“别散啊，咋就散了呢？尚队长，事情还没完呢。”

“我刚才说了，事情要继续调查清楚再下结论，赶紧把那标语给我撕了，上工去！”

“可人呢，老胡就这么给放了？”

尚世杰心想，没调查清楚之前就放人也确实不该，他看了王立群一眼，王立群站出来说：“胡景林暂时留在队里看押，先找个卫生员给他处理一下伤，至于你大白话，如果再敢开批斗会，再敢打人，我肯定要处分你！”说完，王立群和尚世杰上了吉普车离开了西部护厂队。

大白话气不打一处来，心想明明是个在厂里立功的机会却反遭一阵批评，倒霉，倒霉。可好歹算是除掉了心腹大患，给厂里制造了混乱，在李老板那算是立了大功一件。虽然没一箭双雕，但也是个胜利。而后，他让人把胡景林关起来，又找来二赖子背地里嘱托了一番，安排下一步行动。

十二

吉普车上，王立群和尚世杰一路无话，没有就此事交换意见，因为两人都看出了门道，心里各自在盘算着。自从曹凤琦出事以后，郝树英和王立群就争取了政府城工部徐木和宁钢几个党员同志的意见，安排胡景林前往西部护厂队监视工作。从今天发生的事情已经足以断定队长大白话这个人存在巨大嫌疑，极有可能就是“特勤队”的人和迫害曹凤琦的罪魁祸首。目前看来大白话是设了一个局，兵不血刃地除掉了胡景林，同时又“立了功”，实在是狡猾。而且，大白话是不是真正的幕后最大的黑手？这都不敢保证。如果不是，那对于解放后的宁钢来说肯定还有一场硬仗要打。

王立群本打算去北部厂区看看生产情况，可事发突然他一面回到大白楼将这件事情向郝树英同志汇报，一面安排尚世杰赶紧去各个护厂队查看一番，看看有没有其他的动静。然而接下来的几天里暗流涌动，酝酿已久的阴谋似乎集体爆发了。胡景林被关押的消息如同导火索一样引爆了反动的情绪，助长了敌人的气焰。虽然批斗大会这类事情没有再度发生，但是各种传言暴涨，匿名举报信像雪片一般顺着大白楼的门缝被扔进来，内容清一色的都是举报各个护厂队队员的盗窃行为。这些信首先到了尚世杰手里，他打眼一看，被举报人几乎都是一些可靠的老工人甚至还有隐藏在护厂队内部的共产党员。而后尚世杰把这一情况又汇报给郝树英和王立群，二人皱着眉头断言，这是敌人向我们发出的宣战书。但郝树英和王立群一直怀疑大白话有没有这样大的能力弄出这么大的动静，二人不禁把注意力再次转移到护厂大队副队长李坦那里。

“这两天李坦有动静吗？”郝树英问尚世杰。

“我去各个护厂队了解情况李坦都和我一起，很积极，看不出有什么不对。”尚世杰回答，实际上他始终对李坦印象很好。

“我们对大白话的怀疑暂时不要让他知道，看看他有什么反应？另外，下午你把他叫到会议室，就这两天厂里发生的事和他具体谈一谈，看看他的态度，我在会议室隔间里也听一听，是人是鬼咱得试试才行。”郝树英说。

这样的决定多少让尚世杰有些不高兴，他觉得两个厂长明显是对李坦抱有成见，处处提防。同样是国民党时期过来的人，他俩对李坦和孙照深完全是两个态度，不公平，他想。

当天下午在大白楼二楼的一间会议室内，尚世杰和李坦对面而坐，别无他人。

“老李，这两天你一直同我在各个护厂队了解情况，在很多方面你甚至比我更了解，今天找你来就是想听听你的看法。”按照郝树英的嘱托尚世杰开门见山，并没有半点废话。

“尚队长，这件事其实早就有了迹象，有些同志早年在伪满和国民党接管时期受了不少苦，现在共产党来给撑腰，翻身做了主人，大家自然是高兴，可也有一些同志腰杆子硬了之后也拿出了当年国民党那一套，以权谋私，专横跋扈，甚至成为了宁钢的蛀虫，据我所知那胡景林就是个典型嘛！”李坦不急不躁，慢条斯理地回答。

“胡景林的事情你了解多少？”

“基本上都知道，被抓了个现行。”

“你没觉得这里面有问题？”

“有没有问题我暂时还不清楚，但依我看来证据确凿，这事情要尽快处理，不然恐怕整个宁钢的工人们都会不满。”

“有这么严重？”

“对，有这么严重！”

“此话怎讲？”

“尚队长，你知道现在宁钢的粮食出现了问题吧？”

闻听此言，内屋听声的王立群来了精神，心想他自己倒是找上门来了。

“说到粮食我正想问呢，之前你告诉我粮食只被偷了一些，你加强了看守，如今怎么断粮了？”

“这件事我要和你检讨，是我工作的失职！”

“先别检讨，你说说到底是怎么回事？”

“之前丢的都是小偷小摸，可如今来了大贼，就连北满运来的粮食也被偷了，就剩了不点儿我想掐在手里留到万不得已时再用！”

“什么，被偷没了？”尚世杰一惊。郝树英和王立群也为此愣了一下。“谁偷的？”

“你别急，别急，我用词可能有些问题，说是被偷了也行，说是被转运走了也行，都差不多。”

“你别卖关子了，到底怎么回事，现在还有人转运？”

“是辽南铁路局的人运走的。一周前，北满的三火车皮粮食刚到大白楼，我带着人准备连夜卸下，可就这吃饭的工夫粮食就被辽南铁路局的人拉走了。”

“确定是辽南铁路局的？”

“肯定是，那几个人之前没少来运东西，我们都认识了。”

“这事情供应科的怎么没告诉我？”

“我听说供应科的联系辽南铁路局了，那边说是拉错了，一两天就给送回来，况且据说北满还有粮食陆续抵达也就没着急，可北满后续的粮食迟迟不到，铁路局又要赖不给，所以这粮食就发不下去了。”

“岂有此理，供应科的吃白饭的啊，这点事情都协调不好……”尚世杰猛拍了一下桌子，“辽南铁路局真是太猖獗了，比土匪还土匪，粮食竟然也敢拉，你们护厂队的为什么不阻止？”

“这……”

“这什么，说！”

“尚队长，我说句话您别不爱听……”

“啥，你说就是了！”

“你也知道，我这人出身不好，宁山解放后共产党看得起我才让我当起了护厂队副队长，我心里感恩戴德，舍了命的干活，可还有不少人对我有看法，我这腰杆儿挺不直啊！你说那辽南铁路局来拉粮食我一个外人咋管啊，毕竟你们是自家人嘛，我这说话没底气。”

“什么自家人不自家人的，只要是为党和人民做事就都是自己人！”尚世杰转而替李坦说了话，“以后再遇到辽南铁路局的，立马给我扣下，出了一切事情我负责！”

“有您这句话我就踏实了！”李坦成功地扭转了局势，眼里闪过一阵兴奋，“您信得过我，我也愿意为咱们组织上多做贡献，我早年开五金店家中还有些积蓄，愿意换成粮食先帮宁钢应应急，哪怕顶上一天两天也好！”

“这个倒是不用，你那能顶几天，厂里会联系市里想办法！倒是咱们护厂队的情绪一定要稳住，不能产生恐慌，更不能让敌人乘虚而入！”

“这个我一定全力以赴，一会儿回去我就找各护厂队中队长开个会，一定把大伙的情绪稳定住，但是……但是……我就怕工人们跟我要说法，胡景林这事情不处理，恐怕不能平愤啊！”

“老胡现在被转到医院治疗了，等他出了院厂里会再作决定！”

“各个护厂队那些群众意见比较大的工人咋办?”李坦又问。

“先稳定好大家的情绪，我会尽快汇报厂里。”

李坦点了点头，转身离开。这次对话使得扣粮的事有了合理解释，此时，尚世杰心里对李坦就更信任了。

隔间内，郝树英推门而出，眉头紧锁，神情复杂。“你看出什么马脚了吗?”他问尚世杰。

尚世杰迟疑了片刻，摇了摇头说道：“我还是觉得李坦这个人没什么问题，你也看到了，办事的立场完全是从我们的角度出发嘛!”

“那他和大白话的关系又怎么解释?”

“这批工人队伍里本就是啥样的都有，用人不当也正常，要分别对待嘛!”

郝树英没有反驳，对李坦的怀疑本也是建立在猜测的基础上，刚刚他的表现也没有看出什么不妥，所以郝树英也不能下定论。然而对于辽南铁路局拉走宁钢粮食的事儿让他吃惊不小。

“李坦的事我们再说，眼下你要去各个护厂队做好安抚工作，实在不行就先从机关食堂弄，有多少算多少，我这边马上协调市里先调些来应急!”

第二天，机关食堂被调动起来，粮食差不多都被搬走了，分给了护厂队和其他工人。可食堂才几袋粮，杯水车薪，解决不了根本问题。郝树英一面给辽南铁路局打电话让他们赶紧把粮食还回来，一面协调市里调些粮食应急，一面又发电报到东北局催粮，可处处碰钉子。辽南铁路局照旧是踢皮球，一会说马上给送，一会说没有车头，一会说局长生病了，副局长做不了主，最后又说车上没那么多粮，这些借口中还真属最后那个是真的，实际上这个局也是李坦设的，他看准了辽南铁路局又来拉东西，就把三车的粮食搬空了一多半运到了自己的秘密仓库中，而辽南铁路局拉走的三车皮粮食还不到原来的一少半儿。无论如何是辽南铁路局拉走了粮食，说不够数也没人信，反正也不打算送回来，北满那边的粮食大多供应了军队，一时间也调集不来多少，而市里的更是捉襟见肘，有心无力。

粮食供应成了当下最大的难题。

尚世杰与李坦奔走于各个护厂队忙着发粮食，做思想工作，工人们虽刚刚补发了些高粱米，可宁钢乃至宁山已断粮的事却传开了，引起了恐慌，在一些人的挑拨下，工人们把情绪发泄到了那些所谓的“盗窃犯”上，痛骂这些人盗窃宁钢物资整天吃香的喝辣的，可工人们连高粱米都吃不上了。在一些人的煽动下，子虚乌有的罪名绝大多数都被扣在了那些身为骨干的老工人的头上，甚至是隐藏在工人中的共产党员的头上，而且时不时的就有人说从这部分老工人家里看到了那大白馒头。尚世杰自然清楚工人队伍中一定有人在蓄意搞破坏，诬陷好人，但他一时间拿不出证据，在集体的讨伐声中他被逼了宫，不得不采取民主的意见，暂停了这些人的职务。而当天晚上就传出了“特勤队”闯入宁钢明抢物资的消息。

与此同时，敌人在整个宁山也开始闹出了动静，牛鬼蛇神开始露头，周围农村的还乡团、侦察队、红眼队等等都借势而起，闹得邪乎。一天夜里，政府一名干部的警卫员竟然被敌人推下了井，就连宁钢正门前的杨树林里都有人在夜里打冷枪。

尚世杰仍猜不出背后的黑手到底是谁，但他心知肚明，敌人已在宁钢内部，跃跃欲试，准备发起总攻。

十三

这天晚上，二赖子背着个大口袋来到西部厂区一处破厂房里，不大会儿他那群半大小子盗窃队就摸黑过来了。他抖了开口袋，拿出一个个大白馒头让二蛋分给小子们。最近这几天，这群小子并没有在宁钢里偷东西，主要的任务就是踩点，贪黑把馒头和一些设备扔到别人家院子里，诬陷好人，至于到底扔谁家院子里都听二赖子的，二赖子当然是听大白话的，大白话自然是听从李老板的。这几天小子们分头行动，连夜忙活，诬陷了不少老师傅，李老板高兴，把奖赏的半个大馒头改为了一整个，干完活就来领赏。赏是赏，但是有条件，必须当场吃完，不然扔了埋了咋地都行，就是不准拿回去。这群小子正是长身体的时候，肚里缺食，别看馒头大，可半个也不咋顶事儿，今天发了整整一个可乐坏了大伙，一个个咽得直打嗝。可发来发去还剩了一个，原来是一个小子到市政府偷煤饼儿被警察抓了，今晚出不来了。二赖子吃了一个，剩下的吃不了，心想自己这天天吃馒头，家里大莲高粱米都断了顿了，干脆偷偷拿家里去。

大莲一大早醒来就发现锅盖上放着一个大得出其的白面馒头，馒头中间还放了个大红枣，先是一愣，而后觉得这馒头好像在哪见过，想了好一阵子突然想起是在玉凤家看过。大莲气不打一处来，心想二赖子这段日子刚好点，不跟那大白话鬼混了，也不偷宁钢的东西了，以为他走了正路还想夸他两句，可还没等夸就又偷鸡摸狗了，还偷到人家玉凤家里了。

“二赖子，二赖子，你给我起来！”大莲一脚蹬进了被窝里，给二赖子踹得一激灵。

朦胧中，二赖子看到媳妇大莲捧着大馒头，得意扬扬地说：“咋地媳妇，没见过这么大的馒头吧！”

“还有脸说，你给我起来！”大莲一把把馒头摔到了二赖子脸上，又掀了被，抄起烧火棍蹦上了炕，“你这个赖货不走正路，一天偷鸡摸狗的，你说这馒头是从哪弄来的？”

“哎呀，你这臭老娘们，我给你往家拿馒头，你还踹我！”二赖子被大莲踹得在炕上轱辘。

“你给我说清楚，这馒头到底哪来的？”

“上面发的！”

“上面发的？你就编吧，宁钢都断了粮了还能发馒头？”

“不是，不是厂子里发的，是大白话发的！”

“啥大白话，别以为我啥都不知道，我见过这大馒头，这是玉凤家的，你就是从人家偷的！”

“不是，真不是，我啥时候骗过你啊，我没偷！”

“没偷？那就说明你和玉凤有事儿，说，你俩咋了？”

“你这个臭老娘们，我和你说不明白了，就算我愿意玉凤能和我咋地？”

“哎呀，你个没良心的，你还真惦记上玉凤啦，你也不看看你这副德行！”

二赖子被踹得来了火，扑楞一下坐了起来，“啥玩意啊，找削是不你这败家娘们！我压根儿就没见玉凤！”

“那这馒头到底咋回事？”

“这馒头真的是大白话给我发的！”

“你又跟他偷东西了？我刚以为你改好了结果又去偷，你这赖货！”大莲气得又给了二赖子两烧火棍。

二赖子心里有鬼，也不敢和大莲说实话，干脆撒了个谎说：“没偷没偷，我帮他干点私活儿，把他最后那点存货给卖了，挣了点钱，他一高兴就给我发了两个馒头！”

“真的？”

“真的真的，不敢骗你！”

“可我在玉凤家看到了一模一样的大馒头，难不成大白话去玉凤家偷的？”

“你能不能盼着人点好啊，我们特……特别守规矩，不能，不能！”二赖子差点说漏嘴。

“咋地，那有啥不能的，贼不走空！”

“别老贼贼贼的，说话这么不招人爱听呢！”

“咋地，你敢做还怕人说啊，我可告诉你，我早都想和你说了，现在宁钢生产起来了，你还进了护厂队，得踏踏实实上工。况且，我也是宣传队的，你要真再偷鸡摸狗，可别怪我翻脸！”

二赖子盘腿坐在炕上，也不敢多说，翻了个白眼。大莲见二赖子不死不活的样子也懒得再说，转身就要走。

“这么早就走？”

“今天宣传队要到农村里动员征粮！”

“吃了馒头再走！”

“不吃，你那馒头不干净！”大莲瞥了一眼转身出门。

“狗咬吕洞宾！”二赖子气不过，自己拿起馒头上去就一口，而后心里也突然一翻腾，觉得这馒头“造孽”太深，不禁一咧嘴吐了出来。

十四

夜晚，王立群辗转反侧睡不着觉，这两天厂里的安全形势急转直下，猫在暗处的“特勤队”诬陷和迫害各个分队里的骨干，实权落在了那些来历不明的工人手里，如果这个问题不尽快解决将直接影响到整个宁钢，甚至是整个宁山的稳定。另外，下午他在北部厂区检查生产时候也出现了状况，老林汇报说，早上交接班的时候他检查设备，发现马达的轴承外侧被钉进去一根钉子，幸好发现得及时，这要是转起来指定憋烧了马达。而后班长老林立刻把来上工的和要下工的工人们集合起来开了个紧急会，这种事情不用调查就可以定性，肯定是有人成心要破坏生产。大家你看我我看你，推测肯定有人趁着交班之前大家打瞌睡的时候趁机搞破坏，讨论了半天却也说不出谁有嫌疑，但刚下了夜班的黄凤山一如既往地说着风凉话：“我就说吧，就这一个小王八扛不住，这不现在又来了搞破坏的了，生产不了几天啦！”有人私下里找王立群说，这破坏八成就是黄凤山搞的，应该先把他抓起来审一顿再说，就算不是他干的吓唬吓唬他也是好事。王立群不同意这么冒进的做法，强调目前北部厂区首要的任务是保证生产，黄凤山是不可或缺的老师傅，不能在没有证据的情况下抓人。查不出什么结果，最后班长只能一面叫大家互相监督，一面规定每晚必须有人醒着加强值班，交接班之前一定要先确认好机器的状态，发现问题一定要先汇报情况再行动。

在床上翻滚了半天王立群实在难以入睡，听到隔壁传来了一阵咳嗽声，知道尚世杰肯定也没睡，抽烟熬着呢，于是他起身下床，敲门进了尚世杰的屋。

尚世杰的床头一个不大的台灯发着暗黄色的光，也不知抽了多少根烟，烟蒂装满了一罐头瓶，他本人则靠着床头的墙角，被烟雾笼罩在里面。见王立群进屋，尚世杰也没说话，拍打拍打床帮，示意他坐下。王立群心想，这老尚估计也是心焦的厉害，就等着自己来和他说说话呢。

王立群用手挥了挥烟坐了下来也没说话，等着尚世杰抽完手里的烟。尚世杰眼神凝固一般，老半天才抽一口。

“老王，要不我们直接把大白话抓起来吧！”尚世杰突然说，“这个人肯定有问题，抓不错！”

“这……”王立群一时语塞，实际上他的内心也相信这个大白话肯定是有问题的，但就是拿不定主意，“抓大白话我不反对，但只有一点不能不考虑，这大白话人脉广，一些落后的工人都愿意听他的，我们现在没证据，抓完了被反咬一口，他借机煽动群众情绪怎么办？”

“那就都抓起来，他们这是反攻，再不拿出点办法我看他们就要‘夺权’了！”

“真要是这么抓人那就是自乱阵脚，正中了他们下怀！”

“那你说咋办，等着‘特勤队’的自己站出来承认？”

虽然尚世杰这句话是抬杠，但王立群也无法反驳，他也确实没有两全的办法。

突然，王立群听到自己房间的电话铃急促地响起。王立群急忙回屋，尚世杰也下了床，光着脚就跟了过去。这么晚来电话通常没有好事，可尚世杰眼见着王立群拿着电话，紧皱的眉头有些舒展，继而见了笑容，不知是什么好事。

“咋了咋了，老王？”一看王立群放下电话尚世杰就赶忙追问。

“走，赶紧穿上鞋跟我走！”

“出啥事了，用带上警卫班不？”

“带啥，好事，老郝从医院打来电话说曹凤琦醒过来了！”

“真的？”尚世杰赶忙跑回屋，换上了鞋。

医院病房外，郝树英抻着脖子透过门玻璃一个劲儿往里瞅，见王立群和尚世杰急匆匆赶来立刻对二人说：“醒啦，醒啦，曹凤琦醒了，还能开口说话啦！”

“那还呆在这干啥啊，赶紧进去问问咋回事啊！”尚世杰急不可耐。

“德芳不让我进，刚醒不长时间情况还不稳定，要观察观察看！”

“哎呀，可急死我了！”

这时，郝树英的妻子徐德芳推门出来，这几天里看到曹凤琦情况有好转她一直寸步不离地守着，生怕出半点闪失。此时，眼见着她两眼熬得通红，走路有些踉跄，但脸上仍挂着兴奋的笑容，“能说话了，意识也还清醒，要问啥你们赶紧问吧，但时间不能太长！”

闻听此言，三人赶紧进了屋。

曹凤琦睁开了眼，见到三个领导就在自己病床旁激动得要起身，郝树英赶忙示意他躺下来，并讲述了他受伤之后发生的事情。曹凤琦开始断断续续有了回忆。

“老曹，你受苦了！那天到底怎么回事，是谁打伤的你还记得吗？”郝树英问。

“郝厂长，我就记得个大概！”

“说，能想起来多少就说多少！”

“那天黑灯瞎火的，我就听着厂房里‘叮叮当当’的心想八成有人偷东西就过去了，看到两个盗窃犯上去就一镐把闷在一个人腰眼子上，后来我就被别人一棒子削到脑袋上，再后来就啥也不知道了。”

“那两个人你认识吗？”

“眼生，肯定不是我们队的！”

“别的啥也没看见了？”

“没看见！”

听到这话三人心中凉了半截儿。

“老曹，你再好好想想，你是在厂房里被打的，为啥第二天一大早却在大白楼传达室外面被发现？”王立群引导着曹凤琦回忆。

曹凤琦虚么着眼儿，使劲回忆着当天晚上的事情。

“我感觉我被削之后，咣哩咣当被扔出去好几次……”曹凤琦边合计着边拍打着自己的脑袋，“哎呀，你看我这臭脑袋也不好使了！”

“别急，慢慢想，急也没用！”

“当时好像有个人背着我嘟嘟囔囔的叨咕着什么……说什么来着，说我死了别怨他……”

“继续，他说别怨谁了吗？”

“我想起来了，我想起来了，当时他说你要是死了可别怨我二赖子，是二赖子，我们队的二赖子！”曹凤琦突然回忆起了当时的情景，“二赖子可能是要把我彻底弄死，让我别怨他！”

“二赖子，他不是大白话的人嘛？”尚世杰一阵兴奋，“我就说吧，抓了大白话肯定没错！”

“大白话我倒不敢肯定，但我确定背我那人应该就是二赖子！”曹凤琦说。

“但问题是，为啥老曹师傅没遇害，反而被救了，难不成就是二赖子救的？”王立群问。

“据我所知，这个二赖子就是好吃懒做，人有点赖叽，可人品不坏，最开始大白话想让二赖子当副队长，他说啥也不当！”曹凤琦说。

“这个事情我也知道，一开始大白话就找我说这个事儿，我答应了，可后来又说要换别人，原来是二赖子自己不愿意干。”尚世杰说。

“我听说二赖子的媳妇是八家子区宣传队的？”王立群问。

“对，据说还是当时冷亦水亲自介绍的！”尚世杰回答。

“如果是这样的话，那这个二赖子就要区别对待了，说不定是个可以争取的对象！”郝树英说。

“老郝说的对，争取过来作用更大！”

“那我们该怎么办？”

“这样，老尚，明天一大早你就派警卫员到二赖子家把他找到大白楼来，你、我和老王咱们仨一同给他做做思想工作，要是在他身上有了突破那可就妥了！”

“好！”

“注意，一定要保密，不要让别人知道！”郝树英特意看着尚世杰说，尚世杰知道这就是在提醒他别透露给李坦。

十五

昨天一大早，大莲跟着宣传队在城工部部长徐木的带领下去了宁远、腾鳌一带的农村征粮。农村的情况要比城里好一些，乡亲们朴实善良十分支持共产党，一天的工夫就征了十大车的粮食。情况远比徐木预计的要好，所以他决定让一部分人先把粮食运回宁山，另一部分人跟着他继续往西，到高砣子一带继续征粮，争取多征些帮衬着宁钢一点。

凌晨四点还黑着天，徐木就召唤同志们先出来套马车。大莲也早早起来忙左忙右。徐木早就认识大莲，冷亦水冷大姐离开宁山之前特意告诉他大莲这女同志有能力有热情，是个好苗子，可以好好培养。昨天他也确实看到了大莲的厉害，这女同志说话不打怵，自来熟，一口一个大婶儿叫得贼亲，发着传单喊着口号，时不时还唱两句，那场面叫一个热闹。往常国民党征粮跟土匪进村也没啥区别，这共产党可不一样，跟亲人一样，老百姓也愿意出粮，所以昨天能那么快征了十大车粮，大莲可以说是立了头功。

一切准备就绪后，东边的天空才泛起点鱼肚白，腾鳌到高砣子还得有三个小时路程，众人也没时间生火做饭，跳上了马车直奔高砣子。

马车上，大家互相依靠着赶紧补觉。大莲精力充沛，肚里饿得“咕噜咕噜”直叫，掏出两个窝头就着咸菜疙瘩就吃上了，咽得“哏喽哏喽”直打嗝。一旁坐着的徐木赶忙把水壶递给了她，大莲猛灌了一口才压下去，告诉徐木她得多吃点才行，一会到了地儿要扯开了嗓子喊，争取再喊出十大车粮。

看着大莲浑身的干劲儿徐木打心眼里高兴。“现在战争还没打完，困难是在所难免的，但也是暂时的，将来打败了国民党，宁钢再生产起来，日子肯定会越来越好，到时候就不用啃窝头了，人人都能吃上球那么大的白馒头啦！”

说者无心，听者有意，大莲听到“球那么大的白馒头”心里一惊。“徐部长，你说那球一样大的白馒头是啥意思，哪里有？”

“呦呵，你这‘大喇叭’竟然不知道这事儿？私底下早都传开啦！”

“我这白天搞宣传贴标语，晚上还去夜校补文化课，孩子都难瞅一眼哪还有时间尖尖嘴儿研究小道消息啊！”

“也是……胡景林的事儿你听说了吧？”

“听说啦，说是偷了宁钢的东西，不过老胡大叔我也认识，老实的很，就算是国民党接管时宁钢那么乱也没见他往家拿过半个钉子。”

“大伙心里都有数，可老胡自己也说不清东西是咋来的，特别是家里堆着的大白馒头，都长了毛了，他就说是有人给他送来的，到底是谁他也不清楚，这就不好办了。”

“那大馒头是不是上面还有个大枣？”大莲追问。

“你看，你这不是见过嘛，还说不知道。”

“坏了坏了！”大莲合计了一会，突然惊慌失措道：“徐部长，我们家出事儿了，我得请假赶快回去一趟！”大莲说着就跳下了马车。

“咋了你这是，家里说出事就出事啊，咋这么快？”徐木惊奇。

“一句话两句话说不清楚，反正是出事啦，我得先走啦！”

“找个人送你，你自己不安全！”

“我快点跑，追上送粮的马车就行！”大莲头也不回，一路小跑消失在蒙蒙的晨雾中。

十六

一大清早，二赖子家的门就被轻轻敲响。二赖子揉着睡眼推开了门，看到两个穿着军装的战士站在他面前。

“同志你好，我是郝厂长的警卫员，郝厂长找你有事请过去一趟。”

二赖子刚睡醒，头脑还一阵浆糊不知咋回事就被俩战士架走了，走出老远到没人处上了吉普车，直奔宁钢大白楼。

大白楼二楼的一个会议室里郝树英、王立群和尚世杰早已等候在此，见二赖子被带了进来示意他坐下。二赖子从没进过大白楼，更没单独和领导见过面，再加上心里有鬼，吓得浑身发抖，直冒冷汗，坐在凳子上不知不觉就出溜下来了。

郝树英给了尚世杰一个眼神，示意他按照之前商量的开始审问。

“二赖子，不，你叫李长青吧？李长青同志，今天找你来是想了解点情况，希望你积极配合！”

被叫了大名二赖子一激灵，赶忙惊慌回答道：“配合，配合，坚决配合！”

“曹凤琦你认识吧？”尚世杰开门见山。

听到曹凤琦这三个字二赖子脑袋里“嗡”的一声，这么多天都没动静合计着事情过去了，不承想还是找来了。“认……认识，认识，他……他以前是我们护厂队的。”

“他近一段时间突然消失了，这事儿你也知道吧？”

“知……知道……”

“你们都是一个护厂队的，你知道他去哪了吗？”

“不……不知道，但都说他偷了宁钢的东西，卖了钱跑了。”

“以曹凤琦的人品，你相信吗？”

“不信……”

“告诉你个秘密吧，曹凤琦被找到了，不过是被挖出来的，老曹被埋了！”

“啥？”二赖子吃惊不小，“被埋了？”

“对，被埋了，被埋之前后脑勺还被敲了一棒子！”

“不可能啊这，咋被埋了呢？”

“据我们的调查，这是想杀人灭口！”尚世杰一见二赖子的状态就知道老曹记的没错，这事儿肯定就是二赖子干的，“你知道谁干的这事儿吗？”

“我咋知道！”二赖子抻着脖儿瞪大了眼，“谁干的？”

“有护厂队员说一天晚上在埋人地点看到了你在那转悠！”

“啥，扯淡，不是扯淡，是放屁，咋能看到我呢？”二赖子觉得这话有些没边儿。

“二赖子，你不要狡辩了，实话告诉你，已经有人举报说杀曹凤琦的就是你！”尚世杰突然拍着桌子站了起来，瞪着二赖子厉声道。

“啥，我杀了曹凤琦？”二赖子头脑有点发懵，不清楚到底是咋回事，赶忙解释：“大队长，不是我，不是我，真的不是我，我明明就……”

二赖子说漏了嘴。

“你明明就什么？”尚世杰追问。

“没啥，没啥……”

“二赖子，你的情况我们已经掌握的很清楚了，现在主要是想看看你的态度，给你个机会戴罪立功，这可是你唯一的机会，我可听说你家孩子才三四岁，杀人可是大罪，得吃枪子，你得为老婆孩子想想！”尚世杰继续诈着二赖子。

此时，二赖子心里翻腾着，心想自己本也没害人之心，无非是好吃懒做，想舒坦一天是一天，不承想瞎了眼跟了大白话，一下子跳进了火坑，稀里糊涂地就进了“特勤队”，跟着干了伤天害理的事，还扯上了人命官司，这真是造孽啊！现如今曹凤琦不明不白的死了，自己无论如何也是说不清了，遭了报应啊，干脆就全部交代了，也算是为自己积阴德。

“我……哎，我说！”二赖子一屁股瘫坐在了地上说道。

尚世杰看了一眼郝树英，心想这事情有门儿。

而后，二赖子磨磨唧唧地把和大白话的那些勾当还有“特勤队”的事情全部都说了出来，就连自己吃了多少个大白馒头都详细交待了，也证实了胡景林和其他护厂队老师傅都是被诬陷的事实。但对于大头子到底是谁二赖子却说不清楚，说只是在黑天见过，没看清脸，只知道中等身材，大家都叫他李老板。

关于李坦的事郝树英和尚世杰存在分歧，郝树英认为两个人实际上是同一个人。尚世杰始终信任着李坦，至于李坦是不是二赖子口中的李老板，他持保留意见。

至于曹凤琦为啥被埋的事情二赖子实在合计不明白到底为啥，他说自己明明把老曹背到了大白楼前，就是希望第二天能有人救他，难不成大白话派人后面跟梢，见自己没能成事就补了一棒子顺便给埋了？不能啊，那大白话为啥还把自己堵墙角里踹了一顿问这个事情。

无论如何，二赖子态度诚恳，三人都相信他说的是真话，也觉得争取过来意义重大。而后，三人商议决定暂时把二赖子留在大白楼里保护起来，以免走漏了风声再遭遇不测。

眼见着屋里进来两个警卫员，拖着自己就要走，二赖子以为这就要执行枪决，吓得“咕咚”一下就摊在地上喊道：“领导啊，我真的没害曹凤琦啊，可不能这么不明不白就崩了我啊，我还上有老下有小呢啊，不是让我戴罪立功吗，我要戴罪立功啊！”

嗷嗷直叫的二赖子被警卫员架出了办公室，挪到二楼的一间小屋子里看守起来。可就在他被警卫员架出屋的那一刻恰巧被前来大白楼汇报工作的李坦看到。李坦见二赖子一把鼻涕一把泪，心想肯定是出了幺蛾子。他转动着眼珠思索了片刻，下了楼呆了一会而后装作若无其事的样子再次上楼。

二赖子的供词彻底揭露了“特勤队”的行径，形势可谓峰回路转，郝树英、王立群和尚世杰正在商量对策，认为越快行动越好，以防夜长梦多。见李坦敲门进来尚世杰顺嘴说道：“老李，你来的正好，我们正要……”刚说到此王立群赶忙下面踢了老尚一脚，老尚立刻明白了，虽然不情愿但还是转过话锋，“正好你给我们汇报汇报现在的情况。”

刚刚王立群的动作被细心的李坦发现，那一刻他确信肯定是出了大事，并且自己也受到了怀疑。他例行公事汇报了一下工作，而后立刻回去换了套便装直奔西部护厂队。

早上八点，到了交班时间，西部护厂队里一个个队员睡眼惺忪，挤走了胡景林和几个老师傅后这里没了正经管事的，乌烟瘴气，大白话的手下耀武扬威横着走路，成天在那磨洋工，没了主见的队员们自然也就跟着涣散起来，不干活也能拿粮食自然是乐不得的事。也是从胡景林走后，他那信号钟就没人再去守过，也没再响过。

昨晚，大白话照常在家睡觉，没了人管“特勤队”开始撒着欢儿地偷东西，他自不必担心，心情大好。但今早刚一来上工，他就一脸阴沉，贼溜溜的眼珠不停地转着，别人说话他也不应答，好像丢了魂似的。因为就在刚刚上工的半路上，他被乔装打扮的李老板截住拉到了一边，告诉他二赖子被带走了，上面是有了动静了，叫他留点神，发现情况不对赶紧跑。大白话自己也在合计，心想都是一条船上的蚂蚱，出了事谁也跑不了，但转念一想二赖子那货赖唧唧的胆小怕事，被一吓唬没准儿就啥都说了。这可咋整？

大白话左合计右合计，到底也想不出个辙，正在这时三个战士走了进来，头前一个腰间别着手枪，后面两个背着步枪，说是让跟着走一趟。大白话被吓得一趔趄，心想这来得也太快了。“完了完了，彻底完了，这二赖子太他妈犊子了。”战士见大白话不动地方，伸手要去拽，大白话赶忙起身，说要拿一下烟袋锅，可一转身顺着后门就钻了出去，战士们被弄了个冷不防，赶忙去追。大白话顺着后门跑进了厂房里，仗着对这里熟来回穿插着跑，战士追不上刚要举步枪射击，为首的赶忙拦下，说不能伤了人。大白话闪转腾挪一溜烟就跑出了厂房，纵身一跳进了一人多高的荒草丛中不见了。战士们分头追了好远，可连个影子都没找到。

事情在一夜之间发生了重大转机，大白话的逃跑无疑证明了他就是“特勤队”的人，而且是主谋之一。郝树英、王立群和尚世杰几人如临大敌，决定立刻采取更大范围的行动。目前的护厂队不保靠，郝树英决定动用警卫连在全厂搜查，市里公安局也安排了警力抓捕。可一整天的时间过去了，厂里家里等等可疑的地方都搜了个遍也毫无进展。傍晚，警卫员给二赖子送饭，二赖子抻着脖子问外面什么情况，大白话抓到没有。警卫员告诉他人跑了，一整天也没抓到。二赖子合计了一会，问警卫员能不能让他见见尚队长，说自己有办法。尚世杰刚回到办公室喝了一口水，警卫来报告说二赖子要见他，他一拍脑门说，我糊涂啊，手里攥着二赖子这个宝贝咋忘了！

二赖子告诉尚世杰，具体大白话在哪他也不清楚，但是大白话有几个经常出入的秘密地点，尚世杰让二赖子带路，二赖子却有些迟疑。

“咋了二赖子，打退堂鼓了，不想立功啦？”尚世杰问。

“想，咋不想，关键是那些地点你们不知道，我一个一个带你们搜得啥时候，黄花菜都凉啦！”

“那你有什么办法？”

“大队长，你信我二赖子不？”

“直说吧！”

“如果你信得着我二赖子，你现在让我走，我回去找我那群小兄弟，他们之前跟着我在宁钢里偷东西，大白话活动的地方他们都知道，我让他们挨个去盯着，一有消息就来汇报！”

“行，我信你，但你要记住，一定要站在正义的一方，一定要将功补过！”尚世杰说着重重地拍了拍二赖子的肩膀。顿时，二赖子内心涌出一阵波涛，平生第一次感到肩膀上扛着重担，转身便走。可没走几步他又转身回来，哭唧唧地问道：“尚队长，我还是想不明白，老曹咋就被埋了呢，真不是我啊！”

尚世杰顿时被二赖子逗得哈哈大笑起来。

十七

征粮半路折回的大莲没能追上回城里的马车，一路连走再跑，累得筋疲力尽，回到了八家子已经快到了晚上。在破烂市场前她习惯性地往李家五金店看了一眼，发现店门的挡板还没上，里面传出叽哩哇啦的吵骂声，接着只见李瘸子骂骂咧咧的，一瘸一拐地走出，玉凤披头散发地跟了出来大喊："这日子没法儿过了，你干脆就把你那窑姐接来，我走！"李瘸子也不管不顾，啐了一口扬长而去。玉凤则一屁股坐在地上大哭，可又生怕街坊看笑话，赶忙憋回了哭声，站起身来，抽噎着拍了拍身上的土，安上了门板，回了屋。

"李瘸子肯定又去鬼混了，这是往死里熊玉凤啊！"大莲合计得去看看玉凤，转念一想自己家还有乱遭事呢哪有心管别人，于是三步并两步赶忙回自家。

回了家，正遇见二赖子背着手在院子里来回转悠，大莲气不打一处来，揪着他耳朵进了屋里，一下把二赖子抡到了炕上。

"你这个赖货，我就觉着你这一天起五经爬半夜的没有好事，亏我前两天还教训你一顿，以前国民党占着你偷鸡摸狗也是没办法，我不说啥，可现在共产党来了，你也有工上了，你不但不学好还搞起破坏来了！"大莲火冒三丈。

"我……"二赖子心想，大莲说这话肯定是知道了什么，有些心虚。

"你什么你，你烂泥扶不上墙，还敢陷害好人，你说你拿家来的大馒头是咋用的？"

"能咋用，馒头就是吃的呗！"

"少和我打马虎眼！"大莲说着爬到炕上又揪起了二赖子的耳朵，"我问你，胡景林是你陷害的不？"

"这……"二赖子慌了神，心想这事情难不成已经传开了，"你咋知道？"

"好啊，还真是，完了完了，你这是犯了坐大牢的罪！"大莲边说边拖着二赖子下地，“走，跟我去找领导坦白认罪去，争取个宽大处理！”

“啊……原来你不知道啊！”二赖子松了一口气。

“不知道啥，你一撅屁股我就知道你要拉什么屎，我啥不知道！”

这时，二赖子家的房门被“咚咚”敲响，大莲一下子静了下来，而后只见一个埋了吧汰的半大小子探头探脑欠进了身子。

“哎呀，赖子哥，你这和嫂子忙着呢啊？”二蛋一阵坏笑。

二赖子见自己手下的小兄弟过来了赶忙一甩膀子挣开大莲，偏腿儿下了地：“小瘪犊子别嬉皮笑脸的，让你办的事儿咋样？”

二蛋故作神秘，向二赖子身边凑了凑说：“我去了，没寻么到，我合计人多好办事，就把其他弟兄都叫来了！”

二蛋说完一拍手，只见又有十来个小子挤进屋来，破衣烂衫，一个比一个埋汰。

“好啊二赖子，我说你还没完了是不，你还想咋地？”大莲一见这群小偷小摸的小子又来了火，“都给我滚回去，以后别来我们家，再干偷鸡摸狗的事儿我都给你们弄警察局去！”

半大小子们都知道大莲厉害，但是刀子嘴豆腐心，也不怕，躲在灶台后面“嘿嘿”乐。大莲来了劲儿，操起烧火棍就要抡，二赖子赶忙拦下，回头对半大小子们挤眉弄眼喊道：“赶紧去，找到了赶紧回来报告，谁找到了给俩窝头！”

“啊，咋不是大白馒头了啊？”

“赶紧滚，再废话就和我进号子里吃糠饽饽去！”

半大小子们一咧嘴，推搡着出了屋子。大莲把烧火棍一撇，又拉着二赖子要自首去。二赖子赶忙把媳妇拽回来，一五一十地把今天发生的事儿和之前与大白话的勾当都交代了，说自己现在是将功补过呢。大莲半信半疑，二赖子又说刚刚这群半大小子就是自己派出去找大白话的，大莲这才相信。而后大莲也不说话，坐在炕沿上合计事儿，二赖子在屋里急得来回溜达。过了好一会，大莲说："二赖子，你再好好想想，你说的那个主谋李老板真的一点儿都没看清?"

"是啊，就见到过一回，那黑灯瞎火的他低着个头儿我能看清啥。"

"按你说的，大白话也就是个喽啰，白馒头也都是李老板弄的……"大莲突然想起来前些日子在玉凤家的厨房，"难不成……"

十八

铁西乐天地一个月前就被人民政府给封了，窑姐们丢了饭碗没了营生，实在过活不下去只能在附近租个房子，晚上点起个小红灯笼私下里接客，客人来了灭灯，客人走了再点起来，没到半个月这里的一条隐蔽的街道里门上就都亮起了红灯笼，成了又一个乐天地。街道深处的一家，虽然也挂着灯笼，但却很少亮起，因为这家窑姐被老相好包养了起来，吃喝不愁，自然也就不用那么累。

夜里，一个穿着黑色大褂戴着帽子的人低头来到了深处灭灯的那家，轻轻敲了几下门，见没人回应又拍了几下。片刻，门被"嘎吱"一声欠了一道缝，里面窑姐细声细语说今天不接客。这人也不应答一使劲儿直接将门推开，径直进来，朝着有灯光的屋里走。窑姐立马叫起来："你这人谁啊，说了不接客了，怎么硬往里闯啊!"

这男人知道窑姐这套把戏，干这个的怕什么人往里闯，只不过给里面的人报个信儿而已。果然，这边一吵屋里李瘸子穿起衣服一瘸一拐走了出来，嘴里骂骂咧咧："他妈的谁啊，这大半夜的……"话还没说完只见那男人一步迈上来，抡起胳膊就给了他一嘴巴，怒喝道："就他妈知道找窑姐，没用的东西！"

李瘸子一巴掌被打倒在地，清醒过来，认出打人的是他爸。

"出事了，赶紧给我滚回去！"

李老板拖拽着瘸儿子离开了窑姐家，沿着小路回了八家子。二蛋领着最小的孩子躲在墙根看到了刚才那一幕。

"二蛋哥，那个不是八家子的李瘸子嘛？"小的说。

"是，是李瘸子，他在这包了个窑姐！"

"薅他的是谁？"

"呃……看不清，我看八成是他老子，不然谁敢这么薅他！"

"对，对，这小子瘸了吧唧的倒是挺横，除了他老子也没人敢薅他！"

"行了，别卖呆儿了，干正经事去了！"二蛋说着巴拉一下小的，让小的踩着他肩膀爬上了墙。时间不大，小的翻了出来，低声说："二蛋哥你挺厉害啊，大白话真在这里！"二蛋挺高兴，拉着小的赶忙奔回赶。

李坦是个老狐狸，狡猾的很，凡事只在幕后操控，自己从不露面，有点风吹草动他都第一时间反应。打早上看到二赖子去了大白楼开始他就知道出了问题，赶忙让大白话找个安全的地方躲起来。为了万无一失，他找来"特勤队"的人连夜将家中后院和地窖里的粮食和物资都转移到了另一个秘密地点，折腾了一宿，算是把主要的东西都转移走了。

天蒙蒙亮，李瘸子累得实在扛不住，踉跄着回到了屋里，妻子玉凤已经穿好了衣服坐在床上。

“咋起这么早，天还没亮？”李瘸子问。

“你们这‘叮叮当当’我也没睡踏实，干啥啊这是？”玉凤问。

“你一个老娘们管那么多干啥，过来给我按按腿，本来就折腾了半宿……”李瘸子突然意识到自己说漏了嘴，而玉凤也知道瘸子的这个“折腾”是啥意思。

玉凤也不搭言起身就要出屋，瘸子还来了劲儿，叫嚷道：“你干啥去，叫你捶腿你干啥去？”

“叫你那窑姐给你捶吧！”玉凤讥讽道。

“反了你了，还敢顶嘴！”瘸子扑楞一下站了起来，“我还就告诉你了，我就稀罕那窑姐，你啥都不是，这个家要是呆就得听我的，不呆就赶紧滚回去找你那熊爸去！”

“你说啥，你说谁熊？”

“你爸，熊玩意，就奔着我们家有钱，卖了你这女儿，原本指望着能在厂子里帮一把，结果掉了链子，猫在家里当犊子！”

“你……你这个无赖，不许你骂我爸！”玉凤也急了眼，要上去挠瘸子，可没等出手就被瘸子抡了一嘴巴。

“他妈的，还要和我动手，我正愁气没地方撒呢！”瘸子说着又给了玉凤两嘴巴，而后摔门而去。

玉凤被瘸子一大巴掌扇倒在地，眉骨一下子磕在炕沿上，鲜血瞬间淌了满脸满身。她也不哭，也不喊，狠狠地看着瘸子，眼中燃烧着怒火。

十九

蒙蒙亮的清晨若是在农村便已有农民起来耕作，但是宁山市内乐天地旁的这条胡同里，红灯笼都是熄的，四处无人，静得出奇。

胡同中，郝树英、王立群和尚世杰带着警卫连悄悄摸来，后面还跟着警察局前来支援的同志。二赖子跟打了鸡血，换了个人似的，两眼放光，紧贴着墙根在前面带路，两个半大小子猫在他后面指指点点。

“赖子哥，我们都没少偷宁钢东西，还陷害了胡大叔，你说这一会儿能不能把我们连同大白话一起抓啦？”二蛋悄悄问。

“不能，我们这是戴罪立功，宁钢领导说话肯定能算数！”二赖子宽慰道：“再说了，我是主谋，你们就跟着我混馒头吃，抓也轮不到你们！”

听了这话俩半大小子不禁对视了一下，心想这还是头一次听赖子哥说这么义气的话。

快到胡同尽头处二赖子摆了摆手，示意大家到了，战士们按照部署，或是爬上了墙头，或是守住了前后门。而后郝树英走过来拍了拍二赖子肩膀，替他打气。

二赖子挺了挺胸脯，冲着郝树英点点头，转过身去，长出了一口气，继而拍了拍门。

院里一片寂静，没动静，二赖子又拍了两下，还是没动静。

“二蛋，你是不是看错了？”二赖子问。

“没啊，大白话我还能认不出来？”

“那这咋不开门呢，跑了不成？”

“那我哪知道，我也不是神仙！”

“你还敢和我顶嘴！”二赖子刚要怼二蛋，只听院里传来话语，“谁啊这大清早的，想办事也没这么急的啊，老娘不接客！”

“是我，二赖子！”门外的二赖子赶忙喊。

窑姐知道二赖子和大白话的关系好，赶忙欠开了门，问道：“咋了二赖子，又出啥事了？”

“和你说不清楚，赶紧让我见见大白话！”二赖子故作紧张。

“行，你进来！”

正当窑姐开门时一个墙头隐蔽的战士碰掉了一块瓦片，“咣当”一声。

“咋了，有动静？”窑姐一愣。

“没有没有！”二赖子假装向四周看了看，“啊，是个猫，猫，蹬掉了瓦。”

窑姐半信半疑，眼睛一转说道：“大白话还光着腚呢，你门外等会儿，我先叫他起来。”

“我跟着进去怕啥的，大老爷们谁没见过谁光腚啊！”二赖子说着要往里进可门已被窑姐关上。

二赖子被关在了门外，一时不知该如何是好，只见不远处隐蔽起来的郝树英示意他冷静同时示意所有人原地待命。

胡同另一头，恰好李坦又来找儿子，离老远看到这边围着一群解放军，吓得赶忙躲在墙后，以为是要抓自家儿子。仔细一看，围着的并不是最根儿上的院子，这才长出一口气。

“这是干啥，抓个嫖客也用不着这么多人吧？难不成……”他探出头再一看，看到了郝树英他们，李坦心中一惊，他知道大白话也在这包了一个窑姐，估计是奔着大白话来的。

李坦头冒冷汗，悄悄退回身。

五分钟过去了，大白话还没出来，二赖子急的原地打转儿，拍了好几次门，可窑姐一直在院里喊："来啦来啦，昨晚累得腿软，穿不上裤子啦！"

郝树英、王立群和尚世杰也急得直看表。郝树英心想，如果再不出来就得马上行动。又过了一分钟门还没开，郝树英一摆手，示意冲进去。

几个战士猛踹开门冲了进去，只听院里窑姐"妈呀"一身，破口大骂："你们是谁啊，大清早要干啥，救命啊！"

战士们也不管这窑姐，搜查各个房间，可一无所获，除了一套男人的衣服。

"大白话呢？"尚世杰问。

"他压根儿就不在这，我和二赖子开玩笑呢！"

"那这衣服谁的？"

"我哪知道，一天来我这的人没了数了，说不定是你们这哪位战士的！"窑姐卖弄着风骚。

突然，院外传来一阵喊声："那个女同志，你站住！"

"女同志？"尚世杰一愣，但也容不得多想，赶忙出了院子。

原来刚才大白话换上了窑姐的衣服顺着墙根爬了出去，刚一落地就被战士发现了。战士见是个"女的"也莫名其妙，想上前询问，可这"女的"撒腿就跑，转个胡同就消失了。

乐天地后面这片地儿虽说不大，但店铺不少，街道交错，常年在此混的大白话熟悉得很，转身就消失在小巷子里。

郝树英等人带着战士们分头去追，料定那穿着女人衣服的必是大白话。此时，大白话翻墙进了一个废弃的人家，找了间柴房就猫了进去，耳听着墙外脚步杂乱，来回走人，渐渐消失。

“他妈的，竟然找到这来了，二赖子真是不想活了，我先弄死他！”大白话红了眼，心想这逃跑之前先得去二赖子家取条人命解解气。他探头探脑爬上了墙，见战士们没了影，又缩回身子躲了几分钟，而后才翻身出院。他一踢腿，甩下窑姐的小鞋，准备直奔八家子，可没走出十步，背后一声枪响，大白话只觉得胸口一热，鲜血渗出，踉踉跄跄转过身去，见背后那举着手枪的人只喊了一声：“你他妈的……”而后一头栽倒在地，扭动两下，气绝身亡。

一声枪响震醒了宁静的清晨，刚刚追出不远的战士们一惊，郝树英心说不好，赶忙让战士们调头回去。

无意中撞到大白话的李坦狠了心，心想留着他早晚出事，临时起意，下了黑手。见大白话栽倒在地，他过去探了探鼻息确认是死了才转身离开。可没走出几步就看到警卫连的战士朝这边赶来，退回来换一条路可在另一个路口又看到了警察。前后院的窑姐和嫖客们也被枪声惊醒，纷纷开门张望。李坦后悔刚刚太冲动，若是用砖头就没这事儿了。逃是逃不掉了，情急之下李坦又跑了回去，掏出手枪，定了定神，捡了一块砖头照着自己脑袋拍了一下，顿时鲜血直流，而后他又把这砖头放在大白话手旁。

郝树英、王立群、尚世杰和警察局的人顺着枪声纷纷赶来，见一个“女人”躺在地上，旁边拎着枪的人是护厂队副大队长李坦。走过去再仔细一看，这个“女人”果真就是大白话。

王立群蹲下身摸了摸大白话的脉，而后冲着郝树英摇了摇头说：“死了！”

“这……这是咋回事，你开的枪？”郝树英一脸吃惊。

“诶呀，李坦啊李坦，谁让你开的枪，你知道……”郝树英满腔怒火，可又不便多说，气得直跺脚。

“郝厂长，我要抓他，不承想他捡起块砖头就奔着我来，要杀我，我情急之下开了枪！”李坦解释道。

“李坦，你怎么在这，这次行动并没有通知护厂队！”王立群问。

“呃……不怕各位领导笑话，我家那孽子在这里有个相好的，昨晚一夜没回家，我这大清早就来找，碰见一个女人奇奇怪怪，鬼鬼祟祟，仔细一看竟然是大白话，我早就怀疑这小子不是好人，可没想到他要对我下狠手！”李坦绘声绘色解释道。

郝树英和王立群交换了一下眼神，半信半疑，尚世杰说道：“既然人也死了，先抬回去再说吧！”

“慢着！”王立群试探他说，“李坦，你说你儿子在这？赶紧找出来带走，不然不白来一趟吗！”

“对，对，这个王八犊子，我非打折他另一条腿不可！”李坦说着气冲冲走到了胡同头儿，猛地一脚踹开了门，闯进屋里就把自己瘸儿子拎了出来摔在地上，抬脚便踹，嘴里还咒骂着：“瘪犊子，我怎么生出你个不着调的东西，尽他妈在外面给我丢脸，我这老脸还往哪搁，我今天非踹死你不可……”

瘸儿子被踹得满地乱爬，鬼哭狼嚎。郝树英和王立群见李坦并没有撒谎也无可奈何，摇了摇头示意回去。

队伍走了，李坦远远望着跟在队伍后面的二赖子，眼里露出了凶光。瘸儿子不明白为啥又被狠踢了一顿，趴在地上哭哭咧咧：“哎呀爹啊，这是为啥啊，这一晚上咋踢我两顿啊……”

二十

“啪”的一声，郝树英猛拍了桌子，震得台灯乱颤。“岂有此理，这个李坦肯定有问题，这分明就是杀人灭口！”

“是啊，完全可以不打要害嘛！”王立群说。

“要我说啊，咱们都是多心了，这李坦也不是军人，关键时候也想不了那么多，况且他也没撒谎，确实是抓儿子碰见的。”尚世杰说。

“世杰，你咋还替他说话，事情明摆着的！”郝树英说。

“郝厂长，这话咋说的，这李坦为咱们做了不少工作，明摆着的，我认为这个人是没问题的，你为啥就非要怀疑他呢！”尚世杰反驳道。

“这个人隐藏的深，别人看不出来，可你这个老八路咋就看不出来？”

“我说你们延安来的干部是不是看谁都像坏人啊？”

“世杰，怎么说话呢，你这是要犯错误的！”见尚世杰越说越离谱，王立群赶忙呵斥住。尚世杰也知道自己说错了话，不吱声了。

“老郝，从平时表现来看这个李坦确实没什么问题，很积极，很向我们靠拢，可今天这个事情他确实做的不对劲儿。”王立群分析道：“这个人喜怒不形于色，做事谨慎的过分，出身又有问题，现在幕后的大头子还没露出来，谁都有嫌疑，我们重点对待一下他也没什么不对，你说是吧老尚。”

王立群说的在理，尚世杰点了点头。此时，二人的情绪都缓和了下来。

“那你说我们该怎么办?”郝树英问王立群。

“大白话死了，往上已经断了线索，得见机行事，但是往下我们得迅速在几个护厂队里弄出动静来，发动起群众，打他们个措手不及!”

“嗯，老王和我想到了一块了，之前‘特勤队’的气焰太过嚣张，咱给他来个歼灭战!世杰，你的意见呢?”郝树英问。

“我没意见!”

“我还有个想法。”王立群说：“无论如何，这李坦是杀了破坏分子，算是立功一件，按理要表彰!”

“啥，还要表彰?”郝树英惊奇道。

“你听我说完，表彰一定是要给的，这是给群众看的，不然以后谁还抓坏人?我们可以先放出风去，麻痹他，顺便让他休息一段时间算奖励，不让他参与接下来的行动，给他架空，借机来看看他有什么反应。”

“你啊你……”郝树英笑着指了指王立群，“这大学生的脑袋是不一样!”

“世杰，你没意见吧?”王立群问。

“没意见!”尚世杰思索了片刻回答，“清者自清，借着这个机会看看他到底是啥人!”

“那好，既然没什么问题那就赶紧行动，注意一点，一定要紧紧依靠群众，并且暂时做好保密工作!”郝树英安排下去后，三人快步走出办公室。

二十一

“特勤队”的大白话被击毙的事儿顷刻间传开，上工时整个护厂队几乎都知道了。有人拍手称快，有人惊恐不安，也有人就是看热闹。当天上午，通报正式下达，一场揭发“特勤队”的运动随即迅速展开，包括胡景林在内的原各个护厂队受了冤枉的队员都回来了，开起了批斗会。斗争最为激烈的就是西部护厂队，大白话活着的时候在这里结下不少同伙，他们一起颠倒黑白，兴风作浪，虽然胡景林回来了，但是他嘴笨，几个回合就被咽得说不出话，急的原地直跺脚。第二天，二赖子回到了队里，挨个指认，这下他们傻了眼，一个个如霜打的茄子，乖乖承认。

第三天上午，曹凤琦回到了厂里，虽然还有些虚弱，可还是打起精神在所有护厂队员面前讲了话，大家私下议论这共产党了不得啊，神了，让曹凤琦死而复生，还做了这么大一个局。曹凤琦的出现无疑给了“特勤队”致命一击，一部分深藏不露的破坏分子也因心灰意冷自了首。而李坦只能在家等待被表彰，插手不了任何厂里的事情，眼看着自己的“特勤队”土崩瓦解。与此同时，市里到乡下征的粮食也拉了回来，分给了宁钢不少，工人们分得了粮食，实打实的每人3 斤，这下子众人的干劲儿就更足了。

在对“特勤队”的斗争中，宁钢打了一场漂亮的歼灭战，其中二赖子立了大功一件。这天晚上，二赖子夹着队里刚发下的粮食，嘴里哼着小曲回了家。这几天他如同钦差大臣一般直接受命于厂领导，到各个护厂队里动员职工群众，揭发破坏分子。一时间，二赖子成为了改过自新、坚决同破坏分子斗争的代表，二赖子赖叽了三十来年还从来没光明正大站在台上过，这几天一个劲儿地讲话动员，虽说磕磕巴巴紧张的要命，但也说得过去。而且厂里表了态，他这属于将功补过，之前救曹凤琦又有功，过些日子要表彰。这一听说还要有什么表彰，他就更高兴了，心说这共产党就是不一样，得跟着共产党干，踏实。这晚大莲也拿回了粮食，正在灶台上炒菜，看到二赖子回来赶忙搭话："哎呀他爸，回来啦！"

"咋地，家里要来人啊？"二赖子问。

"咱家能来啥人！"

"那你这是干啥？"

"干啥，犒劳犒劳你呗！"

"哎呀……"二赖子先是一愣，而后笑着说："这唱的是哪一出戏啊，鸿门宴啊？"

"鸿门宴？鸿门宴里都是啥人物，鸿门宴找你去都白瞎了！"大莲和二赖子拌嘴，"桌上壶里给你热了二两酒！"

二赖子乐得颠颠儿上了炕，往滚烫的炕头上一坐看着桌上的烧酒和小菜心里甭提多美了。心想，自从媳妇去了宣传队之后别说给自己做饭了，一天总看他不顺眼，这今天咋了，太阳打西边出来了？转念一想，这肯定和自己这几天在厂里的表现有关，自己如今是典型人物啦。

"对，肯定是！"二赖子越想越高兴，美吧滋儿地自己喝了一盅。

大莲也高兴，征粮任务完成的很成功，暂时缓解了市里的粮荒。这几天随着宁钢"特勤队"迅速被挖出，政府也在全市内开展了一次规模更大的行动，又揪出了一批破坏分子，社会秩序得到进一步稳定。大莲本人也因在征粮过程中的优秀表现受到了领导的夸奖。

“他爸，今天厂里咋样？”大莲端着一小碟炒鸡蛋上了炕，这可是新鲜玩意，二赖子赶忙伸筷子去夹，被媳妇一筷子打了回去，“问你话呢，厂里那边啥情况？”

“好啊，好！”二赖子放下筷子，绘声绘色地说道：“你是不知道啊，这几天我老风光了，天天去几个护厂队动员大家，那帮破坏分子差不多都被挖出来了，可以说是端了贼窝，这帮瘪犊子，看他们以后还祸害宁钢！”

“呦呵，一口一个贼窝，一口一个犊子的，这么快就分清敌我了啊？”大莲挖苦道。

“这……以前的事情就不要提了，我已经重新做人，郝厂长都说我是个好同志，立了大功一件，要表彰我！”

“真的啊？”大莲激动得坐在炕上弹起多高，“要真是表彰你那咱家可光荣了！”

“那是那是，以后我二赖子……以后我李长青就跟着共产党走正道儿了！”

大莲满脸欢喜，给二赖子倒了一盅酒，自己也倒了一盅，二赖子已经记不得上次受到这待遇是啥时候了，赶忙端起杯，二人一饮而尽。

大莲被呛得难受，缓了半天又问道：“对了，那个大头头揪出来了吗？”

“没有，那个老犊子太狡猾，隐藏的太深，平日里都是指挥大白话去干，自己不露面，我当时大小不济也是大白话的亲信，可根本也不知道他长啥样。大白话没了，死无对证，其他人也揪出来不少，可也不知道到底谁见过李老板，我估计真正见过的人没几个。”

“这个李老板指定就猫在宁钢里?”

“指定的，我听大白话说了多少次了!”

大莲眼珠子一转，合计了一会又问：“他爸，当初那大白馒头从哪弄的?”

二赖子抹搭个眼睛呷了一口酒：“咋了，馋啦? 没有啦!”

“别扯淡，你那馒头我嫌乎脏，快说，从哪来的?”

“我不说了嘛，在大白话那领的呗!”

“那大白话又是从哪弄来的?”

“那我就不知道了，我只管拿!”

“能不能是他自己做的?”

“那不能，他蒸个窝头都能弄糊，哪有那本事啊!”

“那要是这样的话，他爸，我怀疑一个人可能就是李老板!”

“谁啊?”二赖子一惊。

“玉凤他老公公，李坦!”

“李坦……李家五金店老板，为啥啊，因为都姓李?”

“姓李的人不多了去了，你还姓李呢! 有一次我下工路过李家五金店，见玉凤自己忙活不过来就去帮忙，在她家厨房里就看到了和咱家一模一样的大白馒头，足有几十个，而且就是玉凤亲手做的!”

“那大馒头谁不会做，关键是有白面，人家李家有钱!”

“有钱归有钱，做那么多干嘛，他家总共三口人，又不经常在八家子住，吃不了扔了啊?”

“也对……”

“况且，那李坦在宁钢干啥你最清楚吧! 他是护厂大队的副大队长，护厂大队的事情他都知道，这就是为啥大白话总说能见到李老板！”

“对啊……合着按照你这意思，咱们宁钢护厂队的副大队长是国民党‘特勤队’的头头？我的个妈啊，这可邪乎了！”二赖子翻着白眼合计着，脑袋里有点转不开，过了好一会他突然偏腿下地，穿鞋就要走。

“你干啥去他爸？”大莲急忙问。

“我得赶紧找郝厂长去，把这件事告诉他！”

“哎呀，你回来，不能去，这都是咱猜测的也没啥凭证，厂长再说你诬赖好人咋整！”

二赖子合计合计也是，又脱鞋上了炕，问道：“那咋整，要李坦真是李老板咱岂不是干瞪眼儿没法子，我听说过两天厂里还要表彰他呢！”

大莲又合计了好一会想出了个法子，低声告诉了二赖子。二赖子边听边点头，而后笑嘻嘻说道：“行，行，我媳妇是比我强！”

二十二

几天来，宁钢里打击“特勤队”的行动开展的轰轰烈烈，四个护厂中队里共揪出一百多号破坏分子，可以说通过这次行动宁钢内的安全形势发生了根本性的变化，“特勤队”几乎被连根拔起。但可惜的是有两个被认为是主要头目的破坏分子漏了网，这也就造成了“特勤队”大队长，也就是他们嘴里的李老板始终没浮出水面，至于其他被抓的那些人根本就未曾见过李老板本人。李老板到底是谁变得更加扑朔迷离了，他是仍隐藏在工人队伍里还是已经潜逃了谁都不知道。

护厂队这边喜讯频频，可主管生产方面的厂长王立群愁眉不展，无论如何也高兴不起来。自从宁山钢铁厂成立以来，厂区外一些独立的小厂和辅助厂，例如立山薄板厂、灵山钢绳厂、修理厂和小型锻造厂由于规模小，受到损坏较轻，通过集中修复之后陆续恢复了生产，可当时修复时用的都是七拼八凑的旧零件，运行了一段时间后都出现了问题，烧马达的情况尤为严重，如今已经有几个厂子因为没备用马达可用而停了产。唯一庆幸的是生产军锹的锻造厂还在维持生产。

上级当初一再强调，宁钢要尽快恢复部分生产以保证对东北战场的支援，眼下战争正在节骨眼儿上，可生产不但没搞上去反而停了产，这把一向冷静沉着的王立群都急得团团转，在办公室里拍桌子："我就说当时不能让别人随便到宁钢拿物资，他们可倒好，不管是啥，用着用不着的只要能拆能卸的都拿走了，说是战争储备，现在宁钢没了东西用，生产不出来，他们还储备个啥？"

抱怨归抱怨，生产还是要想尽一切办法继续。当时的部队以及各个部门到底谁拿走了什么也不曾登记，如今只能派人挨家找，可派出去的人不少，弄回来的设备寥寥无几，一方面物资过于分散，跑了多老远不见得找到一样有用的。另一方面，物资已经被运走，让不让你再拉回去那就又是一回事了。

耗费了不少人力物力可收效甚微，而且不是长久之计，王立群思来想去觉得应该和郝树英同志一同把情况报到东北局，让东北局责令有关单位上缴物资器材，可这样牵扯的方面又过广，而且就算是东北局批了，如今战事吃紧的情况下，各个单位能不能执行也不好说。总之，这是个大难题。

这天早上事情突然有了转机，尚世杰一大清早“当当当”敲响了王立群办公室的门，进了屋就要烟抽。王立群见他脸色暗淡，眼底布满血丝，知道他肯定又是连夜审问破坏分子了。

尚世杰虽满脸疲惫，但还是掩饰不住内心的喜悦，他拿着王立群的骆驼烟，放嘴里一根儿，左耳朵别一根儿，右耳朵别一根儿，后来实在没地方放干脆把整盒都揣进兜里。

“你这胡子，我可就这么一盒了，给我留一根儿！”王立群说。

“别抠嗖嗖的，我可告诉你，一会儿你要是知道我带来的是啥好消息，让你给我一整包你都乐不得的！”

“到底啥事，赶紧说！”

“昨天审那帮人，突然得到一个重要线索，咱们护厂队刚成立的时候抓的紧，‘特勤队’很多卸下来的东西运不出去就近埋在宁钢厂内了。”

“啥，当真？”

“这我还能骗你，我现在大概知道几个地方了，不过他们知道的不多，大白话又死了，现在知道全部埋藏地点的估计就只有那个幕后的李老板了。”

“好，太好了，实在是太好了，要是真能挖出物资来可就好了，今天就找人去挖，不知道埋藏地点就普遍挖，咱也给他来个‘挖地三尺’！”

正在这时，一楼传出一阵说话声：“我找王厂长和尚队长，我认识他俩，真认识！”

二人趴着窗户一看，原来是二赖子被警卫员拦住了。

“二赖子，你咋来了？”尚世杰问。

“哎呀，尚队长，我突然想起个事儿来，贼重要，这小同志不让我进你说咋整！”

“小李，让他进来吧！”

二赖子一路呼哧带喘跑上二楼，见尚世杰抽着烟卷来了瘾，眼睛发直。尚世杰一笑，拿出刚刚王立群的那盒烟，问道：“抽一根儿？”

话音刚落，二赖子就一个立正喊道：“是！”继而接过烟盒一看竟然是骆驼牌的，马上放嘴里一根儿，左耳朵别一根儿，右耳朵别一根儿。见这动作，尚世杰赶忙抢过烟盒说道：“哎呦，不愧是二赖子，真是赖，得寸进尺！”

王立群在一旁哈哈大笑：“别闹了二赖子，你这大清早来肯定有重要的事儿吧，赶紧说！”

二赖子赶忙说：“王厂长，我听说北部好几个厂子因为王八烧了停产了？”

“王八？”

“啊，就是马达，刷绿漆，趴在那一动不动，我们就叫他‘王八’！”

听到这解释，二人忍不住想笑。

“对，我们是缺那个‘王八’，正想办法呢！”王立群这个大学生也入乡随俗。

“哎呀，怪我笨，这脑袋里就能装下一件事儿！”二赖子一拍大腿，“之前忙着纠破坏分子的事儿我就把这茬儿忙忘了，当初护厂队查得严，大白话领着我们把一批马达藏了起来，足有六七十台！”

闻听此言王立群一惊，说道："二赖子，你说的是真的，你还记得藏在哪了吗？"

"记得记得！"

"快，赶紧带我们去，要马上弄出来！"

二赖子提供的线索受到了厂里的高度重视，郝树英、王立群、尚世杰等领导纷纷动身前往。尚世杰特意叫来了李坦，当然这并不是他擅自的决定，而是与王立群商量的结果。这些天他在各个护厂队守着，审问的结果他了解的最全面，虽然幕后黑手到底是谁仍不得而知，但他渐渐感觉到或许真的和李坦有些关系。这次要是能挖出当初"特勤队"藏起来的东西，让李坦来看一眼，观察观察他的表现，说不定能察觉出什么蛛丝马迹。关于这个想法尚世杰只和王立群说了，原因很简单，之前因为李坦的事情他和郝厂长闹了分歧，如今自己有点抹不开面子。王立群聪明的很，知道自己就是个传话人，立刻向郝树英汇报，郝树英笑着说这个世杰真是死鸭子嘴硬。王立群心想，他们俩都是杠头，杠在一起了！

在轧钢厂的原料库里，破铜烂铁横七竖八堆起了五六米高，地面的积水里掺杂着铁锈通红一片。这里的废铁废钢相当笨重，又相互叠压，没有重型机械根本挪腾不开，好在吊车师傅提前赶来，发现吊车还能勉强使用。

"二赖子，马达真的藏在这里？"尚世杰问。

"没错，当时我跟着一起干的，就在这底下压着！"二赖子肯定道。

"要真是在这，这'特勤队'也是没少费力气啊！"郝树英说着一摆手，示意吊车司机开始起吊。

整整一上午的时间，吊车“嘎吱嘎吱”作响，“轰隆隆”吊走了一层又一层，最终在底部露出了个一米见方的麻纹板焊得死死的铁箱子。吊车继续作业，更多的铁箱子露了出来，足有二十几个。气焊师傅赶忙推来了气瓶，甩开了气管，一阵炽热的蓝色火焰喷出，通红的铁水潺潺流下，不多时铁箱的盖子就被切开一个，众人迫不及待上前掀开，发现里面果真有三台完好的马达。王立群仔细一看，都是2.5匹的马达，刚好可以用在钢绳厂。

“好啊好！快，快把其他箱子也弄开！”王立群激动得声音都有些颤抖。

气焊师傅抡开了膀子加劲儿干，马达被一个个抬出来摆在地上，最终竟抬出来72台，这可真是重大收获，众人乐得合不拢嘴，二赖子更是一蹦多老高，大喊：“找到‘王八’啦！”

众人当中，唯独李坦浑身不自在，脸上一阵红一阵白，但他仍然忙前忙后，十分殷勤，当马达被抬出时也“兴奋”得和周围的人握手庆贺。这一切，尚世杰都默默地看在眼里，二赖子也时不时瞅上李坦两眼。

马达都被护厂队员们肩抬车推，全部运走了。郝树英兴奋难掩，让大家赶紧回去吃口饭垫吧垫吧，下午让王立群赶紧去钢绳厂组织更换马达，其他人到剩下的埋藏地点蹲守，随时汇报情况。临走前，尚世杰又突然想起来一件事，叫来李坦和二赖子两人，对李坦说，这二赖子以前就是“特勤队”的，也是一时糊涂，近来将功补过立了大功，以后让他跟着李坦，帮助他提高。如今二赖子对李坦有了猜疑，心想这是好事，正好可以借机观察观察。又一想，如果这李坦真是李老板那不得恨死自己，还是得小心为妙。李坦猜想，这尚世杰八成是找二赖子监视自己，但没办法推脱，只好笑脸相迎，暗中却把牙咬得“咯咯”作响，心想找个机会一定得杀了这叛徒。

就在李坦的寒暄中，他习惯性地扭动着中指，一圈又一圈，二赖子看到这动作眉头紧皱，觉得好像在哪见过。

二十三

深夜，疲惫不堪的李坦回到了八家子，说到疲惫身体上的劳累只是一部分，更多的是心累。这一下午，四个护厂队分头行动，轴承、管件、钢坯、水泵，挖出了不老少，西部护厂队还挖出了两台小型车床，这可真是不可多得的宝贝。直到黑了天大伙仍干劲儿十足，坚持要连夜继续挖，于是电工扯起了灯，照的大地里如同白昼，大家伙你一锹他一镐，干得热火朝天。整整一天，尚世杰都让李坦寸步不离跟着他奔走于各个埋藏点，看大伙干得来劲儿自然高兴得不得了，可一旁的李坦觉得那每一锹每一镐都是凿在自己心头上，当初尽挑好的设备小心翼翼拆卸，如今折腾了一圈又被挖出回到了人家手里，真是竹篮打水一场空。

跟着尚世杰，李坦始终强颜欢笑，强提着精神假装忙前忙后。心中却火急火燎，一天下来汤水未进，回到家中又饥又渴，提起暖壶却发现里面空空，气得“咔嚓”摔在地上。内屋瘸儿子和玉凤闻听动静赶忙出来，见是老子发了脾气也不敢多问，站在一旁低头不吭声。见到自己瘸儿子连个屁都不放，李坦来了劲儿，破口大骂：“你这个完蛋的东西，瘸了条腿也不老实，一天就知道嫖，烂泥扶不上墙，指望不上你，现世报！”而后一脚将瘸儿子踹倒在地。

瘸儿子没少挨老子打，也被打习惯了，干脆趴在地上压根儿不起来，这样还能少挨些打。玉凤在一旁，也不扶瘸丈夫也不劝老公公，表情冷漠好似木头人，李坦越看越来气，也骂道："还有你，没用的东西，当初指望着你爸能帮我一把，结果收了礼金后装缩头乌龟，在家里吃香的喝辣的不出来，一拍屁股啥也不管了。你和你爸一个熊样，连你丈夫也看不住，男的出去找窑姐就是家里女的没能耐！"

这话太刺耳，玉凤恶狠狠瞪着李坦，也不说话。

"咋，瞪我？一家子来讹我还敢瞪我？"

"讹你们？"玉凤气不过说了话："媳妇跟着丈夫天经地义，女儿养着家父也天经地义，况且除了礼金我一分也没多拿你们家的，我和爸爸有什么错？错就错在我嫁到了这个不干不净的家中！"

"你说啥？"李坦火冒三丈，抬手给了玉凤一巴掌骂道："滚，你们两个窝囊废，赶紧给我滚出这个家！"

李坦发完了火，踢开了暖壶转身回了房间。这时瘸子缩手缩脚地从地上爬了起来，拍打拍打身上的土看了看靠墙瘫坐的媳妇，不屑一顾来了一句："听到没，男的找窑姐是家里女的没用！"说完转身出了屋，直奔乐天地。

第二天蒙蒙亮，玉凤卷上几件衣服准备离开这里回自己家。出门没走多远刚好碰到早起捡柴火的大莲。

"玉凤，这大清早的你要干啥去？"大莲问。

玉凤站着不说话。

"问你话呢，你这是要干啥，回你爸那去？"

玉凤还是不说话，大莲着了急，扔下柴火要接过玉凤手里的包袱，玉凤一转身脸上那五个通红的手指印便露了出来。

“呀，这是咋了玉凤，瘸子又打你了啊？这瘪犊子，下手也太狠了！”

这时，玉凤终于抑制不住内心的委屈，扔下包袱坐在地上哭了起来。大莲心想自己猜的没错，她肯定是在家又挨打了。

“玉凤，你这个样子回家也是让你爸难心。现在政府有妇联了，咱女的不能再像以前那样挨欺负了！走，你去我家，那瘪犊子再敢欺负你政府肯定能替你做主！”大莲说着拽起了玉凤，又一个胳膊搂起了柴火，领着玉凤回了自家。

二十四

两天来，二赖子一直呆在厂里带着护厂队寻找物资埋藏点，当然，他所知道的只是一部分，其他地方只能挨个地方去搜，看着土有没有被翻动过，看着像就挖一挖，这样一来可费了劲，坑倒是挖了不少，但埋东西的没几个。

那天尚世杰安排二赖子跟着李坦，临走前又悄悄对二赖子说要多留点心，勤观察李坦。二赖子虽然性格赖叽，但并不傻，知道尚队长的意思。况且，李坦说话时那个扭动中指的动作让他产生了很大怀疑，当时他见李老板时虽没看清楚脸，但却清楚地记得那扭戒指的习惯。二赖子时不时就去找李坦汇报工作，发现他一改往日的严肃冷静，变得躁动不安，对厂里的事儿心不在焉。二赖子瞄了好几次，发现李坦左手的中指上还真有一道白印，那就是平时戴戒指留下的，只不过是上工的时候特意摘了下来。加上那天晚上大莲对他说的那些话，使得他认定这个李坦就是暗中的大头头李老板。

这天下午，二赖子从大白楼路过正碰见刚回来的尚世杰，他赶紧追了上去，挤眉弄眼，说是有工作要汇报。尚世杰心领神会，带着二赖子回了自己办公室。办公室里，二赖子顾不上讹尚世杰的烟卷，把自己这几天的观察和大莲对他说的话都汇报了。此时，尚世杰已经意识到自己错看了李坦，郝树英同志是对的，无奈还是拿不出切实的证据，无凭无据也抓不了人。二赖子眼睛一转，想出来个办法，说道："尚队长，我当初在'特勤队'的时候可没少往出搬弄东西，他家是干啥的，不是开个五金店吗，咱不如去他家搜一搜，如果李坦真的就是李老板，那他家里的东西肯定多了去了，偷来的东西也没有账，到时候看他如何解释。"

在尚世杰看来这是个办法，就是有点激进，搜到了东西还好说，万一搜不到再落了口实，说厂里不分青红皂白反咬一口。但目前看来，这却也是唯一的办法。

尚世杰抽着烟，在屋里转腾了好一会，最后他把烟头一掐，问道："我可打算把我自己压上了，我再问你一遍，你确定李坦他家能有宁钢里的东西？"

"啥压上自己啊，尚队长，我可就是那么一说，不敢肯定啊！"二赖子一听尚世杰较了真，有点打退堂鼓。

"去他娘的，这个当面一套背后一套的东西，我还就搜他了！"尚世杰带兵打仗的劲头又上来了，"二赖子，跟我走！"

尚世杰带着二赖子，又叫上四名警卫员直奔八家子，此时他已经想明白，李家肯定是要搜，但不能和郝厂长他们商量，这算做自己的个人行为，一旦出了岔子他自己全部顶着，不给组织上抹黑。

八家子李家五金店关门了，媳妇玉凤一气之下回了"娘家"，瘸儿子猫在窑姐家不回来，李坦懒得搭理，干脆停了业。此时李坦还没下工，尚世杰带着几个人翻墙进了后院，发现这院里不种花也不种菜，平平整整一块空地，地上满是重物压过的痕迹，墙根底下放着几大卷子苫布。

“糟了，这院子里的东西估计是被搬走了！”二赖子一惊。

尚世杰示意他不要着急，顺着院子走了一圈，发现几个厢房都不小，用木板封着窗户密不透风。警卫员顺手捡起一块砖头，砸开了锁，门“嘎吱”一声被打开，光顺着门照了进去。借着光能看见屋子里纵向摆着两趟储物架子，可空空如也，连个螺丝钉也没有。剩下的门也被一个个砸开，情况都是一样。

二赖子傻了眼，蹲在地上说道：“这也不对啊，老巢里竟然啥也没有，难不成我合计错了？”

尚世杰也在心里嘀咕，心想这李坦也真是够狡猾的。

街上有了动静，是三五成群的工人下了工，尚世杰赶忙使了个眼色示意警卫员把锁恢复了。二赖子气不过，又探着脑袋朝屋子里看了一圈才不甘心地走了。

毫无收获，尚世杰、二赖子和几个警卫员陆续跳墙出了院子，返回宁钢。下了工的李坦回了家，到了后院，发现地上满是脚印，厢房门上的锁也被动过。这一左一右的还没人敢来他家偷东西，敢进来的肯定不是一般人。突然，李坦心中一惊，心想难不成是宁钢那边来了人？他越合计越觉得不对劲，盘算着若厂里真是对自己采取了行动，那宁山这地方是呆不下去了。他疾步回了房间写下一封密信，看了看怀表刚到时间，而后来后门将信交给了每隔三天都按时等候在这里的接头人。

二十五

尚世杰推开办公室的门，紧皱眉头，摘下帽子，一屁股坐在凳子上，掏出了烟卷点上了一根。二赖子跟着进来，如打了败仗，耷拉个脑袋蹲在门边，默不吭声。尚世杰抽完一根烟才缓过神来，发现二赖子跟个受气包一样窝在那里。

“二赖子，你这是咋了，咋蹲在那，赶紧过来抽根烟。”尚世杰说。

“不，啥也没查到，还有啥脸坐啊，还抽啥烟啊！”二赖子说。

“你看你说的，没找到东西也不赖你！”尚世杰过去把二赖子拉了起来，“好在他家里没人，不然硬去搜还啥也没搜到，告到厂里可够我喝一壶的了。”

“尚队长，现在咱们拿这个李坦真的就一点办法也没有了？”

尚世杰没吱声，二赖子知道啥意思，心里窝火，直拍大腿。

尚世杰让二赖子先回，自己闷在办公室不停地抽烟，心里憋得慌，还是觉得李坦这根儿线不能断，得死咬着不放。而后他找来两个警卫员，让二人轮流蹲守在李坦家观察动静。

二赖子离开了大白楼往家走，心里火烧火燎的难受，合计这李老板真是个老狐狸，狡猾的要命，他家后院明明就是个大库房可东西啥时候搬走的呢？他心里放不下，蹲在路边合计了半天，而后他转了个弯去八家子那处破学校里找自己手下那群半大小子。

和半大小子们交代完任务回到家里已是八点多，大莲在厨房里忙活着生火做饭，屋里雾气腾腾。二赖子一进外屋就脱下了衣服，光着膀子舀水洗脸，边洗脸边对媳妇说：“大莲，别说你猜的还真对，那李坦肯定就是李老板，今天我和尚队长翻墙进了他家院子了，他家后院一片大空地，旁边还有苫布，厢房里全是货架子，可就是一样东西都没有，我们扑了个空，你说这老狐狸咋那么精！”

大莲没搭言，用烧火棍捅了二赖子一下，哪知烧火棍上还有火星，烫得二赖子一蹦高。“哎呀，败家老娘们，干啥啊你！”二赖子猛地站起来，睁眼一看自家炕上还坐着个人，正是李坦的儿媳妇陈玉凤。

“哎呀，玉凤也在啊，啥时候来的啊！”二赖子有些尴尬，心想这也太巧了，这刚骂完他老公公，一会儿这嗑儿可咋往下唠，“那个，没吃饭呢吧，大莲赶紧做饭！”

“我这不正做着呢吗！”大莲看到二赖子这般窘境有些想笑。

“没事姐夫，你说吧，你说我也不生气，你放心！”玉凤微笑着回答。

“你不生气我也不说了。”二赖子边说边摸索着把衣服套上。

吃饭的时候，大莲说了事情的经过，二赖子才知道原来这玉凤在自家已经住了两天了。玉凤也坦白说自己知道的不多，很多事情李家都是背着她做，至于李坦到底是不是二赖子口中的李老板她也不清楚，但可以肯定的是那大白馒头是李坦让她做的，而且在大白话出事那天晚上，李坦叫人连夜运走了家中库房里的设备物资。

“那就坐实了，你老公公那瘪犊子肯定就是李老板，不用合计了！”二赖子“啪”的一下把筷子拍在桌上，继而说道：“玉凤，要是让你站出来举报你老公公你敢不敢？”

闻听这话，玉凤放下碗筷，默不作声，面露难色。其实玉凤满心是苦却又说不出，她早知道这李家不是正经人，是宁钢里的大蛀虫，当初李坦千方百计拉拢自己父亲也是为了帮衬着他。她在李家没有半点地位，瘸子对她非打即骂，公公也从没正眼瞧过她，她早就不想在这家呆着了。可是，她却必须呆下去，而且不能举报。李坦和儿子做了坏事，可毕竟是公公和丈夫，一旦被抓起来自己就成了寡妇，而且还是坏人家里出来的寡妇，这个名声她担不起。况且，家父肯定会受到牵连，说他和李坦狼狈为奸，这样一来，她真的就是害人害己，成了无家可归之人了。这些难处同为女人的大莲最为清楚，所以几天来她只是给玉凤讲党的政策，安慰她开导她，告诉她以后女人没了男人同样能活，女人可以站出来自己劳动，自己养活自己，为党为人民干事业，不用再看着别人脸色。这些话让玉凤开通了不少，但她仍然怕父亲因此坐大牢。

“玉凤，我问你话呢，你敢不敢揭发你老公公？”二赖子又问了一遍。一旁的大莲赶忙给他个眼色，示意他别再问了，这时二赖子才发现对面的玉凤眼圈已经通红，“啊，我突然想起来，我厂里还有事，你们俩姐妹儿在这住，我回厂里住。”

“别介姐夫！”玉凤喊住了二赖子，“你安安稳稳在家住，我回去，这两天给你家添麻烦了！”

玉凤说着下了炕，卷巴卷巴自己的包袱挎上就走。

“玉凤，玉凤，你这是干啥啊！”大莲赶忙下地要追，“你要去哪啊？”

“大莲，我回我爸那去。你放心，我虽嫁到了李家，但分得清好坏，我不会告密，但也真的不能帮你们揭发李家……”玉凤说着抹着眼泪走了。

黑夜里，八家子的街道上静得出奇，只能隐隐听到玉凤的抽泣声。

二十六

李坦心中火急火燎，如坐针毡，等着盼着那边的回信，两天时间过去了，第三天一大清早，院外传来轻轻的叩门声，李坦赶忙起身开门却不见人，门缝里塞进一封信，他快速读了一遍，而后刚想撕碎毁掉证据，转念一想，又把信工工整整叠了起来装进了信封。不多时，李坦穿着大褂，压低了帽檐儿出了院，等来了一辆驴车，塞给车老板儿一把钱，而后进门拎出两个大行李箱。

暗处的警卫员发现了李坦的举动，猜想他定是要逃跑，而后三步并两步跑回宁钢。另一处，二蛋带着小的一边啃着二赖子给的窝头一边使着眼色，两人分头行动。

警卫员一口气跑回了宁钢大白楼，来不及敲门直接推门进了尚世杰的办公室，报告了情况。闻听此事，尚世杰蹦起来多高，心说这还了得，这是畏罪潜逃。而后他一面命令出动两个警卫班分头沿路阻截李坦，一面叫醒了王立群，又给郝树英打去了电话。

李坦一路上催促着车老板快点快点再快点，车老板儿也是抡起了鞭子抽个不停，可这驴车还能跑多快。李坦暗自抱怨自己做事草率，没事先安排好马车。驴车没走出多远就被一队解放军战士拦住，李坦心中一惊。

李坦点头哈腰，说自己是护厂队副大队长，辽阳的老母亲身患重病，得赶紧去探望，希望各位同志行行好。可无论怎么说战士们就是不搭言，端着枪拦住去路。半个钟头左右，一辆军用吉普车开了过来，停在驴车前面。车上，郝树英、王立群和尚世杰一一下来。见状，李坦心说不好，头上冒了冷汗。

“哎呀，这大清早的，三位领导聚齐了，这是要干啥去？”李坦强挤出笑容问道。

“没事，溜达溜达！倒是副大队长，这大早上的大包小箱子的要干啥去？”尚世杰问。

“不瞒您说，家中老母重病，正在我辽阳的弟弟家，我这正准备往那赶，本应该和三位领导告个假，可事发突然，我怕来不及，所以在这先跟三位领导承认个错误。”

“有孝心是好事……是好事。”尚世杰边说边围着驴车转悠，“可我听说早上天还没亮，就有人鬼鬼祟祟敲你家房门，扔下封信就走了，有这事？”

“呃……有这事，有这事。”

“不知那人是谁，信中又写的什么？”

“信中写的就是家母重病的事，那人正是来送信的。”

“送信的那样鬼鬼祟祟，我怎么觉得是个特务？”

“您看您这话说的，送信的就是送信的嘛，怎么就鬼鬼祟祟了，怎么就是特务了？”

“那信在哪里，你不会是读完就撕了吧？”

问到此处李坦暗自庆幸，继而说道：“没，怎么会撕呢，那信就在我身上，若是尚队长不信看看就是了。”说完，李坦从怀里掏出一封信。

尚世杰拿出来信仔细一看，上面只有一行字：

家母重病，需速回！

家弟

看到这信，尚世杰先是一愣，而后就反应过来这肯定是另有所指的密信，无非是让他速速撤退。他把信给了郝树英和王立群，二人看完后对视了一眼，眉头紧皱。这次李坦被看到与人接头，本想抓他个现行，问他个哑口无言，可不承想却真拿出一封信来。这封信，三人都明白就是暗号，可表面上又没什么问题，就凭这一封信抓人显然是不行。

“李副队长，没听说过你家母在辽阳啊？”郝树英问。

“啊，我工作忙没有时间照顾，家中弟弟在辽阳做些小本生意，生活过得去，弟妹也贤惠，所以就由弟弟照看。”李坦对答如流。

“可辽阳现在是国统区不安全，你可想好了，真要过那边去？”王立群问。

“我就是个平头老百姓混口饭吃，探望个病重的老母总不至于杀头吧，别说国民党了，就是日本人也得让咱去吧！”占了上风的李坦提高了音调，说话句句带刺儿，“再说了，我说句实话三位领导别怪罪，咱宁山的治安也不咋地，前天就有几个人翻入我家院墙，我心知肚明那贼是谁可就瞪眼不敢说，因为啥，就因为咱是老百姓嘛！”

这几句话说的尚世杰脸色一阵红一阵白，两个鼻孔喘粗气。这事情郝树英王立群已经知道了，一时也被咽得说不出话来。

“如果三位领导没什么事儿的话我就先去了，病来如山倒，要是家母真有个三长两短我可就是罪人了！”李坦知道对面三人已无话可说，故意微笑着摘下帽子给三人行了个礼，转身上了车。

尚世杰脸憋的通红，实在受不了这熊气，掏出手枪指着李坦喊道："老子毙了你！"

郝树英和王立群见状赶忙按住，夺下枪来。郝树英低声怒斥道："世杰，你这是干啥，你这是要犯错误的！"

"难不成我们就眼睁睁看着他从我们面前溜走？"尚世杰问。

"无凭无据你不能抓人，更不能杀人，不然你就是犯法！"

"犯法就犯法，老子一命抵一命！"

"世杰，你冷静点！"郝树英猛的一怔，把枪摔在地上大喊道："宁山解放了，有政府了，凡事要讲法，不是你带兵打仗的时候了！"

一句话喊醒了尚世杰，他呆呆站在原地一动不动，目送着李坦渐渐远去，他清楚地看到，驴车后面的李坦微笑着看着他们，这种微笑无疑是最为露骨的讥讽。

二十七

二赖子跟着报信儿的小子一路奔西北跑，离老远看到了二蛋。二蛋上气不接下气大喊道："赖子哥，不好啦，咱们没有证据，厂领导眼睁睁看着李坦跑啦，现在估计都得到太子河啦！"

"啥，放跑了？"二赖子一愣，心想过了太子河就是辽阳了，进了国民党地盘就说啥都晚了。

二赖子急得原地乱蹦，突然想出个办法，立刻告诉那二蛋："你赶紧到我家，找你大莲婶，让她去玉凤家，就说李坦要跑啦，快点跑，不停气的跑，快点！"二赖子说完急得一脚把二蛋蹬了出去，"往死里给我跑！"

八家子最东一户院落是陈家。清晨，玉凤在厨房里忙着煮碴子粥，陈强柱坐在门槛儿上“吧嗒吧嗒”抽着旱烟。自从嫁到李家之后玉凤和爸爸渐渐疏远，说话也少了许多。陈强柱是个精明人，虽没特意问过女儿家里事可话语中还是能猜出女儿玉凤的处境。况且，外面的风声他也知道，心中自然跟明镜一般。

玉凤盛出了碴子粥，往锅里舀了两瓢水，顺手刷了锅，端着碗送到爸面前，而后坐在旁边，默默吃饭。陈强柱看了女儿一眼，面生愧色，欲言又止，也默默吃饭。不多会儿，听到了女儿微微的抽泣声。

“玉凤，你这是咋了?”陈强柱终于忍不住问。

“爸，我……我……我不想……不想再回李家了!”玉凤抽泣的更加厉害了，“那个家我实在呆不下去了!”

陈强柱一时没说出话来。

“我想……我想站起来，我想为自己活!”

听到这话，陈强柱不禁老泪纵横，恨自己对不起女儿，他后悔道:“玉凤，爹不是人，都是爹不好，当初信了李坦的鬼话，怕共产党进了宁山就要收拾自己，就找了他这么个靠山，也算是为日后国民党中央军打回来铺条路。况且，他家富裕，吃穿不愁。爹这些年身体不好，花空了家里，实在不想让你再跟着我受苦了，可不承想把你推进了火坑!”

闻听这话，玉凤内心的委屈似乎一下子喷了出来，再也控制不住感情，扑进爸怀里嚎啕大哭。陈强柱安慰女儿说，以后就在家住，哪也不去了。

突然，陈家的大门被急促地敲响，门外传来大莲的喊声:“玉凤，你开开门，是我，大莲，你快点开开门!”

玉凤赶忙擦了眼泪要起身开门，却被陈强柱一把拉住，示意她呆着别动，自己站起身去开了门。大莲和二蛋见门欠了一条缝也没多想，直接闯了进去，看到陈强柱也顾不上打招呼，直接喊道：“玉凤，李坦要跑，现在都要到立山了，咱们没证据抓不了他，你再不去他就要到辽阳啦！”

闻听此言，玉凤立刻起身向前蹿出两步，可看到门旁的爸又停了下来，手足无措，看了看大莲又看了看爸，似乎在告诉大莲自己想去可得听爸的。

“去！”陈强柱声如洪钟，干脆地说道。玉凤一愣，没反应过来。“还愣着干啥，我让你去，再不去就来不及啦！”

“唉！”玉凤眼中含着泪花点了头，而后赶忙出了门跟大莲走了。

尚世杰眼睁睁地看着那“特勤队”的大头子就这样逃了，实在不甘心，气得直跺脚，可又没办法。郝树英和王立群也无可奈何，劝他先回去，可他坚决不走，说啥也要在那守着，二人没办法，就在那陪着，眼见着李坦的驴车消失得无影无踪。

回去的路上尚世杰说话没好脸儿，郝树英知道他这是在和自己怄气呢，可也没办法。快到宁钢正门的时候，只见两个女的带着一个半大小子边跑边挥手。

“那不是二赖子的媳妇嘛！”尚世杰探出头去，示意司机停车。三言两语后，尚世杰浑身一激灵，顿时来了精神，赶忙把三人拉上车，让司机赶快加大油门追赶李坦。

李坦斜靠在箱子上，得意扬扬，少有地露出了笑容，在他看来刚刚对于宁钢那三个领导的羞臊无异于是打了一场大胜仗，而且不费一兵一卒，单靠着自己的三寸不烂之舌。尤其是看到尚世杰气得掏了枪却不敢开就更得意了。

“这好有一比啊，好比那诸葛孔明单口斗群儒，好比那阵前骂死王朗！”李坦不经意间哼唱起了京剧，唱得那叫一个痛快。

到了太子河旁偏僻的一处李坦叫住车老板，卸下了箱子。远远望去，被炸断了的太子河大桥残破不堪，悬在河上，桥的南北两头各是国共双方的堡垒，河边还能看到布防的军人。

河对岸，一艘小木船停靠在岸边，李坦朝着那边招手示意，船夫随即划船缓缓而来。小船刚过河中央，只听远处岸上一个解放军战士大喊：“站住，不然开枪啦！”李坦先是一惊，而后也不着急，他心里清楚，这解放军没有上级命令不能随便开枪。至于上级的命令，有的话也不用等到现在。战士刚要抬枪射击后面传来郝树英的喊话：“别开枪，抓活的！”转眼的工夫，尚世杰、郝树英和王立群追了上来，后面还跟着玉凤和大莲。

看到玉凤李坦慌了神，心说大事不好，赶忙拎着皮箱趟水下了河，船夫见状也赶忙使劲儿往这边划。待尚世杰追到岸边时李坦已经快要和船相会。尚世杰红了眼，扒下衣服就要往河里跳，可河对岸的守军开了枪，子弹打到岸边激起一排排水花。郝树英赶忙将尚世杰拽了回来按倒在地。

此时，李坦已经上了船，几十米外就是国民党的地盘，十来个国军正迎接着自己，一切都稳妥了。他突然起身，站在船头狂笑不止，冲着对岸叫嚣道：“郝树英、王立群，还有那尚世杰，你们拿我没办法吧？我李坦今天栽了跟头，不过没关系，要不了几天国民党中央军就能打回来，宁钢迟早还是我李坦的天下！”而后他又高兴得比比划划唱起了京剧。

地上趴着的尚世杰把牙咬得“咯咯”作响，他从警卫员手里要来步枪，看了郝树英一眼，郝树英这回不再顾忌，点了点头。尚世杰是个神枪手，他一拉枪栓，单眼一闭，屏气凝神，“啪”的一枪打中李坦。李坦做梦也没想到自己乐极生悲，会落了这么个下场，他翻着白眼，三晃两晃，一头栽倒在河水里不见了。敌方守军见状急忙朝这边开枪射击，我方的守军也赶了过来，掩护着郝树英他们撤退。

李坦被击毙了，当晚他的瘸儿子在窑姐家被抓，经过一夜审讯对父子二人犯下的罪行供认不讳，并交代了“特勤队”残余和多处藏匿物资的秘密仓库。至此，国民党安排在宁钢内部的“特勤队”被彻底端了老底。

第三章

抢运物资

一

国民党安排在宁钢内的"特勤队"被彻底粉碎，大快人心，厂里对护厂有功者进行了表彰，曹凤琦荣获特等功，胡景林荣获一等功，二赖子虽说也立了大功，考虑到他曾是"特勤队"的所以给了个三等功，但这对于二赖子来说已经是天大的荣誉了，表彰当天他乐得合不拢嘴，上台时由于太紧张，自己后脚绊前脚摔了个狗抢屎，引得台下一阵哄笑。见台底下起了哄二赖子倒是不高兴了，一个劲儿摆手喊道："严肃点，严肃点，表彰呢，表彰呢！"

看到二赖子那一本正经的样子，郝树英忍不住笑起来，亲自过去给他戴上了大红花。三等功的都应该是工作人员给戴红花，二赖子被特殊对待了，乐得两只手也不知是该捧着奖状还是该和厂长握手。表彰大会结束后，二赖子就一直戴着这大红花逢人便讲这是郝厂长亲自给戴的。

二赖子高兴得不得了，因为自己立了功，扬眉吐气；工人们高兴得不得了，因为粮食可以照常下发了，解了饥荒；郝树英和王立群两位厂长更是高兴得不得了，因为东北局又调过来一批干部，其中不少都是来自延安的老熟人，比如石友刚和罗丹，这使得宁钢的领导队伍得到了扩充和加强。

石友刚是哈尔滨人，毕业于上海交通大学，学的是运输管理，抗战爆发后去了延安，被安排在机关工作。他人长得英俊潇洒，身材又高大，还是个高才生，特别是篮球打得好，不少女同志都爱慕他，领导们也十分看好他。延安每周都要组织篮球赛，石友刚可是一枝独秀，无人能防，场下一片呐喊，就连中央领导都为他叫好，称他能文能武，是个好苗子。可说到能文能武石友刚心里发了牢骚，说自己就能打个篮球算啥能武啊，当初来延安是为了能有机会带兵打仗杀鬼子，没成想只能打球。过了一年，他实在憋不住了主动找领导谈话，说自己一定要去前线带兵打仗。交大的学生可是宝贝疙瘩，不可多得，领导出于对他的爱护没同意，架不住石友刚天天来磨牙，有一次还抱来一大摞书，说自己熟读兵法，国内国外的，古代的现代的，自己无所不通，就是要打仗。后来这事惊动了中央领导，组织部特意为此开了个会，众人觉得可以去锻炼锻炼这个血气方刚的小伙子，也可以说是磨一磨这个大学生的锐气，而后把他派到了晋察冀军区一个团当政委。

这个团的团长叫马瑞，但很少有人知道他的名字，只知道他的外号“马大横”，据说当年他十几岁的时候在村里就拿把斧子剁了雇自己当童工的地主，跟着农会闹了革命。这小子生性的很，刚进部队的时候他没有枪，打起仗来轮着大片刀迎着炮火一马当先，却从没受过什么伤。人家都说这小子是马王爷转世，阎王老子都不爱要他。马瑞屡屡立功，一路从小兵当上了团长，可他也有个大毛病，做事武断粗鲁，谁都不放在眼里，发起火来上级都敢顶撞，所以大伙给他个外号叫做马大横。听说延安派下来个政委到团里，是个会打篮球的白面书生，马大横得知后“噗嗤”一下乐了出来，心想这白白净净的大学生来啥前线啊，在后方猫着多好，这要是枪炮响起来，见点折胳膊断腿儿的还不得吓尿了。可马大横不承想石友刚这小子看着文弱，说话办事却挺横，不让份儿，关键是人家讲道理，两句话就把自己顶回去，马大横没了话就只能一拍桌子叫道：“老子就这样，有能耐你向上级反映去！”马大横心想这样的政委也就是多喝两瓶墨水，要不就是会告状，自己虱子多了不痒，爱咋咋地。但实际上石友刚吵归吵，从来不打马大横的小报告，甚至很多时候帮他说话。可无论如何马大横还是瞧不上石友刚，心想读书人就是心眼儿多，这就是看我厉害来向我买好呢，老子不吃这一套！

百团大战期间，马大横打得红了眼，一心想立个大功。一次侦察班报告一队日伪军行至附近村中驻扎，马大横来了精神，立刻命令手下三个营做好半夜进攻的准备，一举拿下这队日伪兵。石友刚得知后说他这是胡闹，这个村一面靠山，两面靠河，易守难攻，敌人选这个地方驻扎明显有准备，不能轻易进攻。马大横可不管那些，不屑道：“少给我讲什么兵法，我打了多少年仗了还不如你？战场上真刀真枪就看谁勇猛，和你们打篮球不一样！”这话够刺耳，把石友刚气得够呛，一摔门出去了。

半夜，马大横带着一个营趟过了小河摸进了村，见敌人守卫松懈暗喜，可一打起来才知道这村里可不仅只有伪军，不知道啥时候又多了一个日军小队。这下子马大横可吃了大亏，被围在村中挨打。

村外河对岸，石友刚见村中动静越来越大心说不对。虽跟马大横生了一肚子气，但对公不对私，不能袖手旁观，于是他带着一个营守在外面以防不备。这时一个受伤的战士跌跌撞撞过了河报信，石友刚立马带着队伍冲了进去，指挥队伍分散开来四处放枪。战士们想护着他点，可不承想这石政委打起仗来一点儿也不含糊，提着盒子炮一枪一个，一梭子下来就放倒了四五个敌人。月黑风高，敌人不明虚实，自觉腹背受敌慌了神，马大横这才趁机带着队伍冲了出来，一路冲到了河对岸，一清点死伤了三十多个兄弟。

不听劝吃了败仗，马大横这脸骚得通红，见什么摔什么，恨不得找个地缝钻进去。心想死了兄弟不说，那小白脸儿占了理，还不得怎么羞臊自己呢。可不承想石友刚而后轻描淡写提了两句，也没有向上面打报告，平静的很。

事情就跟没事儿般过去了，马大横心里却别着个劲儿，觉得亏欠石友刚的，当初那么对他确实不像话，不像个老爷们儿。一天晚上，他拎着一瓶酒，端着一碟花生米，还带来一支从日本军官那缴获来的派克钢笔笑嘻嘻地来向石友刚请罪，可他万万没想到之前一直闭口不提此事的石友刚这时却来了劲儿，臭骂了他一顿，说这仗打的磕碜，臊得慌，什么马大横马大横的，就是个马粪蛋儿！马大横被骂得脸一阵白一阵红又不敢吭声，把外面偷偷听声的战士们吓得直襟鼻子，生怕这马团长忍不住拔枪崩人。可谁也想不到马大横被骂的服帖了，咧着大嘴点头称是。石友刚骂累了，脱鞋上了炕，马大横赶忙给倒满了酒，自己先敬了三杯，石友刚又陪了三杯，不多时俩人上了酒劲儿七扯八扯，称兄道弟，就着花生米喝得酩酊大醉。第二天，这事儿在团里传开了，大伙傻了眼，心想这石政委太邪乎，团里都有了个马大横了，现在又多了个更横的石大横。

整风运动开始后，石友刚回到了延安。抗日战争胜利后跟着延安干部团进了东北。这些年里，马大横和石友刚断了联系，不过马大横逢人便讲自己团以前的政委是个大学生，横的很，还救过自己的命，那亲热劲儿就跟提到自家亲兄弟一样。

至于来到宁钢，这还是东北局特意安排的，接收时期宁钢里就需要石友刚这样的干部，更何况他本身就是学交通管理的，到宁钢抓运输部的工作他最适合不过。但还有一件很赶巧的事上级领导故意没有和他说。

石友刚到宁钢后王立群特意请他吃了饭，二人在延安时就比较熟悉，又都是大学生出身，有话聊，谈话间王立群还为石友刚推荐了个人，就是当初带着自己顺着火车道进宁钢的火车司机栗清波。

石友刚就找来了栗清波了解情况。这个栗清波在被王立群找回了宁钢以后又叫来了不少原来的火车司机和铁路工人成立个铁路班组，修复了几辆车头和车皮，修好了一条通往北部厂区的铁路，为北部个别工厂的恢复生产提供了条件。这个同志工作积极，十分上进，可无奈缺少个带头人。听说上面派来个延安干部主抓宁钢运输，而且还读过大学，心里可乐坏了，可还有一件令他发愁的事不解决肯定是不行，得让石主任想办法。

“石主任，该说的我都说了，但是还有点不该说的。”栗清波颇感为难道。

“没啥该不该说的，你想说啥就说啥，我了解的越多越好！”石友刚说。

“那我可说啦！”

“说！”

“宁钢物资被各个单位运走了不老少这事儿你知道吧？”

“我在东北局听说了，不是说李富春同志特意为这件事下了指示，问题已经得到解决了嘛？”

“别的单位倒是不来了，唯独辽南铁路局的刺儿头，如今专挑半夜来，还开着火车带着车皮来，逮啥装啥，有一次见实在没啥可拿的了直接把我们修好的车头和三节车皮给开走了！”

“还有这事儿？‘贼’不走空啊，无法无天！”

“这才哪到哪，还有更邪乎的呢！前两天“特勤队”刚闹起来的时候他们趁乱拉走了北满支援宁钢的粮食，这下好了，工人们不干了差点闹起来，多亏市里及时拨了粮才算了事儿。”栗清波说个没完，把一肚子的苦水都倒了出来，“你刚来那两天不是赶上了咱们厂里打击“特勤队”嘛，铁路局的趁着这边护厂不严又进来了，这下可倒好，我带着铁路班划拉半个多月才弄到的枕木，原本是准备修北部厂区铁路的，也全被他们弄走了，现在我们穷得底儿都掉啦！”

“那这些东西都跟他们要过没？”

“咋没要，他们就是吭哧瘪肚的不说给也不说不给，咱宁钢的供应科没短了打电话，还亲自过去要过，逼紧了那边还先急眼了，把咱们人轰了出来，说就是不给，有能耐向上级反映去！”

“他娘的，真他妈成土匪啦，欺负到我石友刚头上来了！”石友刚气得把桌子拍的“啪啪”作响，吓了栗清波一大跳，心想这个石主任和王厂长可不太一样。

“辽南铁路局局长是谁？”

“局长姓李，是个老红军，不过这事和他没啥关系，最近他一直养病，说话算数的是副局长。”

“副局长是谁?”

“姓马，叫马瑞!”

“马瑞，他以前是不是个团长?”石友刚一愣，心想不会这么巧吧。

“对对对，听说是个团长，这人贼横，上级的话都敢不听，啥都不管不顾，大伙儿都叫他马大横!”

“哈哈，原来真是这个熊货，马大横啊马大横，我看你见到我石大横还敢不敢横!”

“咋，石主任，你认识他?”

“不光是认识……这回他拿咱的我得让他加倍送回来!”

二

北部锻造厂的气锤还在当当作响干个不停。前几天护厂队在李坦的秘密库房里搜出了几台小风机，王立群立刻送到这里一台，通上电一直吹着，这样就缓解了小马达过热的问题。班长老林可乐坏了，心说自己再也不用成天拿个扇子给马达扇风了。气锤可以连续运转了，军锹产量提高了，大家伙都跟着高兴。可没停锤的借口了，这让爱偷懒的黄凤山浑身难受不得劲儿。再说他确实也是年纪大了点，一个班下来累得腰酸背痛，吃也吃不下，只能靠在墙根儿“吧嗒吧嗒”抽旱烟，可他早年确实也是在日本人那里“磨洋工”磨习惯了，得个空儿就能偷会懒儿。连续干了几天这老黄可吃不消了，工作效率明显降低，轧出来的军锹也出了问题，班长老林说他偷懒耍滑算彻底坐实了，问他如今还找啥借口。这回老黄也不言语，任凭你咋说就只顾着抽烟，该咋干还咋干，这反让老林没了招儿，大家心里也都清楚，批评归批评，可这老黄就是闭着眼睛干也比其他年轻工人干得要好，产量可就指望着他呢。

老林实在没了办法，把情况汇报给了王立群副厂长。自从“特勤队”被端了老底儿之后，王立群把更多的精力放在了生产上，几乎每天天一亮就奔着北部走，天黑了才往回来，锻造厂是他最在意也是最放心不下的地方。听说黄凤山最近的状况他也是愁眉不展，在他看来老黄这种现象很普遍，这批从日伪时期一直干到了现在的老工人都有这个毛病。日伪时期，日本人拿中国工人不当人，工人们也学会了“磨洋工”，表面上看着是干活，私底下光龇牙没使劲儿，而且越是老的工人越会磨。到了国民党接管时期从上到下乱作一团，无人管理，工人们就更能糊弄了。说白了，工人们还是把上工当个混饭吃的营生，干好干坏有粮领就行，从没把自己当做主人，没把工厂当做家。“黄凤山是一个群体的缩影，如何能让他改变思想跟上党的步伐至关重要。”王立群心里合计着，“然而想做到这一点不能生硬地要求群众，还需要党员干部带头，要紧紧依靠群众，和群众打成一片，这也是我们党多少年来总结下来的宝贵经验。”

连续几天王立群都守在北部厂，抽空观察观察黄凤山的状况，他发现这老黄干起活来是比以前慢了不少，但用起气锤仍然最稳，成材率最高。一到了中午换班吃饭，老黄就捶着腰下工作台，拎着饭盒找个角落独自坐下，里面雷打不动的是一个小窝头和一块咸菜疙瘩。王立群特意问了老林最近的粮食是不是照常发，老林说不但照常发还把之前欠的补上了，眼下工人们吃饭都不是问题。“那这老黄为啥吃的那么差，上一天工就吃个小窝窝头哪能扛住？”王立群心里犯嘀咕。

这天，队里又发了粮，正赶老黄下了工准备回家，王立群心想得偷偷跟着老黄看看到底咋回事。

老黄扛着半袋子高粱先是到了粮店，舀出了两大瓢换了小半袋子碴子面，又去了药店，用剩下的高粱换了两包中药，而后径直回了家。老黄家也住在八家子，离老远就有一个腿脚不利索的小姑娘拄着拐杖迎他，老黄抬起木门进了院儿，赶忙问他妈咋样。天黑了，屋子里亮起来煤油灯，也生起了火，老黄被呛得推开了门，不一会儿院里就弥漫着夹杂着浓烈中药味儿的烟。

王立群悄悄进了院子，透过破破烂烂的窗户纸借着昏暗的煤油灯看到屋里老黄正端着碗伺候着媳妇喝药，一旁灶台上女儿一瘸一拐忙着把老黄刚背回来的碴子面倒在锅里做粥。“原来老黄家里有难处，难怪他吃的那么差！”王立群心想。

隔天，王立群找人了解了黄凤山家的具体情况，得知他家中有三个女儿，两个大的嫁到了外地，也指望不上，最小的十多岁，从小就得了小儿麻痹，妻子身体也不好，病病殃殃的也有一年多了。而后，王立群立刻让警卫员从食堂领了一袋子高粱，还特批了二斤猪肉送到老黄家，又找了卫生员去他家给他媳妇看病开药。王立群还特意嘱托警卫员和卫生员不要声张，更不要说是他让做的。

虽然外人不知，但老黄心里明镜一般，知道是因为王厂长自己才受到特殊照顾。可这人太轴，心想当官的哪有好人，花花肠子贼多，给你好处无非是希望你往死里干活，把手艺交给其他人，这就是变着法子的挖空你。这样一来，他工作不但没有长进，看到王立群反而故意躲着走，整个人变得更孤僻了。

三

这天半夜，辽南铁路局一辆火车头拉着三节车皮又进了宁钢。最近辽南要修复铁路急缺枕木，今儿个又来划拉。不过铁路局的人也知道上次是捡了个漏，正赶上宁钢里面要修路所以枕木都立立正正摆着，这次可不能那么容易了，于是特意多派了人手，沿着铁路四处划拉。这些工人没少进宁钢，对这里情况贼熟，摸着黑还真找到不少枕木，归拢到了一起。眼瞅着天就要亮了，枕木也捣腾了不老少，刚准备装车就听见不远处大喝一声："给我放下！"

这一声吓得众人一激灵，放下枕木就奔车皮上爬。

"都给我下来，往哪跑！"又是一声呵斥，接着足有五六十人从铁路旁的蒿草里蹿出来，把辽南铁路局的人团团围住。为首的两人，一个是运输部主任石友刚，一个是护厂队大队长尚世杰。

"老石，总说守株待兔守株待兔的，没成想还真能守到！"尚世杰边说边走上前去。

"这是看到咱宁钢的'草'又绿又肥，"兔子"吃上了瘾啦，忍不住奔着来！"石友刚回答。

"我们……我们不是贼，我们是辽南铁路局的！"火车上有人喊道。

"对，守的就是你们辽南铁路局的！"石友刚一边回答，一边问尚世杰："老尚，你看这得咋处理？"

"咋处理，人赃并获，先扣下，然后让他们辽南铁路局的来取人！"尚世杰说："我这边刚抓完'特勤队'的破坏分子，没等歇会儿就抓了咱兄弟单位的人！”

“来领人咱就放？我可听说这段时间他们没短了在咱宁钢拿东西。”石友刚问。

“可不是吗，没了数了，前两天还运走三车皮粮食呢。”

“让他们送六车回来，不然就别领人，不过分吧？”

“过分？这都便宜死他们了！”尚世杰和石友刚一唱一和。

“这是干啥啊领导，我们也是按要求完成任务，抬枕木也是为了修辽南那边的铁路啊！”车上人说了话，“再说了，我们副局长是个铁公鸡，人还邪乎，让他原样返回都费劲，更别提要六车皮了！”

“这个熊玩意儿，咋一点也没学好呢！”石友刚无奈一笑，继续说：“你跟着警卫员给你们副局长打电话，就说我石友刚让他赶紧来领人，六车粮食一袋都不能少，过期不候！”

火车上的工人也不知道这个叫石友刚的人底气为啥那么足，心想看这架势一时半会儿肯定是回不去了。

辽南铁路局的人被扣押的第三天早上刚到八点，石友刚办公室的门就被“咣当”一脚踢开，踢门那人一看到石友刚在屋里坐着两眼放光，咧着个大嘴就喊道：“哎呀，老石，石大横，你咋来了宁钢啦，来了咋也不告诉我一声！”

石友刚见到马大横心里虽高兴但脸上一如既往地没好颜色：“我说老马啊老马，多少年不见了你咋还是那副德行呢，啥时候能改改？咋地，你当我们宁钢是地主老财啊，三天两头来抄家？”

“你看你说的老石，不要给我扣帽子，我这不也是为了战争考虑嘛！”马大横笑嘻嘻坐到石友刚面前。

“少来这套，贪得无厌还非得给自己脸上抹粉，啥时候学会这套虚头巴脑的套话，你会考虑？你会考虑当年还让鬼子给围了，让人打得裤子都掉了。”

“哎呀石大横啊，能不能不提这个，这事儿你能羞臊我一辈子是不？”

“你要是有长进我能说你？”

“光说我，也不是光我拿，你看谁不拿？”

“你看现在还谁拿，谁有你拿的厉害？”石友刚一句话把马大横顶了回去，“你现在就还是打游击的做派，到了一个地方就想着划拉，不管有用没用划拉回去再说！”

“咋……咋没用呢，有用，有用！”

“有用个屁，远的不说就说近的，你拉走宁钢的三车皮粮食算是咋回事，在自家兄弟嘴里也抢粮食啊，我告诉你，因为这个差点出了大事！”

“你看你老石，多少年不见了，一见面咋还批评上我了，我咋说也是团长。”

“还好意思说是团长，哪个团长五经半夜让人来‘偷东西’啊！”

“你……”马大横被石友刚劈头盖脸一顿臭白竟没了话，自己在那怄气。石友刚也觉得自己说的有点过，开始往回拉一拉，递给马大横一根烟说道：“我也知道这粮食没入你老马口袋里一粒，你也是为了救济辽南各单位，可谁都缺粮啊，宁钢又是重点，你拉走了这边咋办？”

马大横在那生闷气，也不搭言。

“行啦马团长，烟也抽了，别生气啦！”

马大横还是气不过，把烟蒂往地下一摔站起来说道：“我马大横天不怕地不怕，咋就偏偏遇上你，今天热脸贴到冷屁股一顿臭白我，我认栽，粮食还你，人赶紧给我放了！”

“你拉来多少粮食？”

“整整三车皮！”

“不对吧老马，我可说要六车皮，不然这人我可不能放！”

“石大横，你他妈的就是胡子，当初我是拉走三车皮，但是里面的粮食一半儿都不到，现在我给你拉回来整三车皮你还不够！”马大横气得破口大骂。

“东西是你运走的，我们丢的时候就是整三车皮，至于粮食为啥少了，你问你们的人啊！”石友刚不让份儿。

“胡子，就这他妈的大学生比胡子还胡子！”马大横讲不过石友刚摔门就走，气得连粮食都没卸，脱开车皮直接开着火车头回了辽南铁路局。

石友刚站在二楼一路目送着马大横，嘴里还说着风凉话：“我说马大横，可别忘了那三车皮粮食，不然我可不放人啊！”

警卫员一旁问石友刚：“首长，这样不太好吧，那马副局长被气得不轻啊。”

“没事，这种人就得收拾收拾他，不然不长记性下回还来熊你！”

“那辽南铁路局的人咋办，送回去？”

“送啥？咱们铁路班不正缺人呢吗，把他们分给栗清波。”

“那咱不要粮食了，要人？”

“放心，粮食他准能送来，但人他肯定是带不走了！”

“那能行？”警卫员一脸吃惊。

隔了两天，辽南铁路局果然来送粮食了，不过马大横没来。石友刚让人卸下了粮食，让司机挂上之前留下的三个车皮回去。

“首长，这不对吧，我们马副局长特意告诉我要把咱的人都带回去！”火车司机说。

“你们的人？啊，你说之前被我扣下的几十个兄弟啊，放心吧，我请示了上级，决定把这些人先留在宁钢帮助修复铁路，等过一阵子我亲自送回去，你回去对你们马副局长说一声！”

“啥？”火车司机懵了，张着嘴半天没说出话来，心想都说了上级安排的自己也不好多问，最后只好上了车拖着六节空车皮回了辽南铁路局。

又隔了一天马大横打来电话，上来就破口大骂：“你石友刚不是个人，你是个白眼狼，吃人不剩骨头啊！得了我粮食还扣我人，我要向上级告你！”

“哈哈，老马啊，你别生气啊，粮食是咱说好的，至于这人嘛，我们这也急需用，你就先借我用用，过两天我准还给你！”石友刚阴阳怪气地说。

“借你用？你就是讹人，你比国民党的资本家还能剥削啊，我肯定要告你！”马大横赔了夫人又折兵气得嗷嗷乱叫，可心里清楚说是告状，往哪告啊，自己理亏在先谁能管这事，他石友刚就是吃准了这一点，太不是个东西。而后他也懒得再讲，骂了一句“他奶奶的”挂了电话。电话另一头的石友刚哈哈大笑，心想日后辽南铁路局的人肯定是不敢再来了。

四

军锹的产量在不断提高，这与气锤的连续运行和几个年轻工人逐渐成熟有着很大关系，班长老林心里高兴，可王立群却眉头紧皱，心里有事。原来北部的其他几个厂区在设备更换的时候出了问题，安装精度不够导致事故不断，换了好几拨师傅三番五次的安装效果都不好，这样下去会严重影响产量甚至停产。实际上，这个问题一直是他所担心的，日伪时期关键的生产工艺都由日本人把持，中国人看都不让看一眼，只能干一些傻大黑粗的力气活，关键设备的安装也是如此。国民党接管时期又荒废了一阵子，如今宁钢技术人员奇缺，钳工大拿也几乎没有，即使挖出了不少设备安装又成了大问题。难题一个接着一个，就连王立群这个在延安摸爬滚打过来的老军工都疲于应对。

设备问题迫在眉睫，人的问题更不能放松，王立群总是抽时间关心一下各厂思想消极后进或生活上确实有难处的特殊工人。对于黄凤山，厂里没短了照顾，如今他媳妇的病好转了不少，饭盒里也有了高粱米，老黄嘴上不说心里也感谢王厂长，可工作上他就是按自己的路子走，不为所动。大伙都说这老黄太轴，是茅坑里的石头又臭又硬。

这天中午王立群坐在厂房外面抽着烟，发着呆，黄凤山背着手走了过来，蹲在王立群旁边抽着旱烟也不吱声。抽了一会儿后他打了个嗓问道："王厂长，那边的设备还没安好？"

"是啊，精度还是不够！"王立群有些吃惊，合计着这黄凤山还是第一次主动和自己说话，想必是有什么事情。

"啊，那设备当初都是日本人自己安，咱们偷瞄一眼都挨打……"老黄思索了一会儿又说："不过，我倒是知道有个人能干这活儿。"

"是啊，谁？"

"陈强柱！"

"陈强柱，李坦的亲家？"

“对，这个人当时可是厂里的钳工大拿，他当初偷学了不少手艺可也没少挨打，他活儿好，有威信，所以李坦一直想拉拢他，最后和他结了亲家。”

“哦，原来是这样，这下可好了！”

“我可也就是这么一说，成不成还不一定呢，这人是个老顽固，脾气比我还酸臭，他认准的事儿咋地都行，他看不上眼儿的事儿说破了大天也没用！”

“那依老黄你看，陈强柱认准咱共产党没？”

闻听这话，老黄思索了一会儿，也没回答，敲打敲打烟袋锅转身离开了。

隔天，在市里开会时王立群遇见了徐木，还特意打听了陈强柱的事。一提到陈强柱这徐木也犯了难，说在追捕李坦的过程中陈强柱的女儿陈玉凤起到了关键作用，可以说是立了大功一件，并且这个女同志思想进步有文化，又能分清敌我，坚决和家庭决裂，绝对是妇女的典型，妇联就缺这样能起到模范带头作用的人，玉凤本人也有意愿，十分乐意，可他爸陈强柱横加阻拦，说啥就是不同意，最后竟然把女儿关在家里不让出屋。妇联的人没少去做工作，可这老陈任由你说破大天，软硬不吃。

“又一个软硬不吃的……”王立群合计，“那按你的说法，这老陈咱是无论如何也争取不过来了？”

“可也不是……我听说枪毙李坦那天就是陈强柱同意玉凤去的，所以这个老陈到底是啥态度，想咋地，咱们也说不准。”

“要我说啊，这个老陈就是心里有坎儿，还不信任咱共产党，只要做好思想工作肯定是个好同志！”

“嗯，而且据我了解，这个陈强柱在工人队伍里很有威信，很多人都看着他呢，若是我们能争取过来那可真是一件大好事！”

“我说小徐，要不你陪我去找老陈谈谈？”

“行，啥时候？”

“事不宜迟，今天下了工咱就去！”

这天晚上下了工，王立群和徐木拎了二斤鸡蛋和两瓶白酒来了陈家，叩响大门。片刻后，玉凤出来隔着门询问，一听说是王副厂长和徐部长吓了一跳，赶忙开门看着两位领导，手足无措，愣了半天也不知道请进来，二人干脆笑着自己往里面走。进了屋，见陈强柱正盘腿在炕上准备吃饭，桌上摆着一碗碴子粥和一碟咸萝卜。

“呦，陈师傅，还没吃呐？”徐木主动说话。

徐木之前为了玉凤的事情陪妇联同志来过陈家，陈强柱自然认得，可那个穿着军装戴着眼镜的清瘦男人却没见过。玉凤赶紧上前介绍说这就是宁钢的副厂长王立群，而后陈强柱只是轻轻点点头，反应异常的冷漠，似乎心里早有准备。

看两位领导被爸晾在了那里，玉凤也不好意思，招呼着二人坐下。徐木知道陈老汉面冷，自来熟道：“玉凤啊，你看我和王厂长也没吃饭呢，碴子粥还有没了，给咱来两碗。”

“有有有，我去盛。”玉凤赶忙答道。

“别着急，这还有鸡蛋，炒两个鸡蛋，我陪着陈师傅喝两盅！”徐木说着自己脱鞋上了炕，王立群也偏腿儿坐在了炕沿上，摆上了酒。

两位大领导来一个寻常老百姓家送礼，进来就脱鞋上炕要喝碴子粥，活了大半辈子这样的场面陈强柱可听都没听说过。他也不慌张，自己点了一袋烟，咂么了半天开口说了话：“二位领导百忙中来我这破地方应该不是为了喝点碴子粥吧？”

这时，玉凤已经把碴子粥和炒鸡蛋端了上来。

“先吃饭陈师傅，吃完饭再说！”徐木说。

“可别，不把话说清楚我可吃不下饭！”陈强柱把烟袋锅往桌子上一撂，接着说：“要不你们就把这东西都拎走，请回！”

听到这话，玉凤一旁急的直跺脚，忙给爸使眼色，可陈强柱装作看不到。

“陈师傅，说实话，我和徐部长今天是来劝您的。”王立群说了话。

“劝我啥，劝我回宁钢上工还是劝我跟着共产党？”

“都劝！”

陈强柱话问的刁钻，可王立群回答的也痛快，弄得他自己一时没了话。陈强柱合计了一会下了地，拉着女儿去了外屋，嘱托了几句后又“叮叮当当”翻腾了一阵，而后拎着一个行李卷儿进了屋，往炕上一扔说道：“我陈强柱不是混账，明白事理，可你得把我说通。今天两位领导要是能把我说通，我拎上行李就跟你们走！”

徐木心说这老陈是较上劲儿了，看样子今天这要是不领走俩人就一个都带不走，他又转念一想哪是俩人啊，全厂里看着老陈的人还有不老少，这可是关键的“一仗”。

王立群很欣赏老陈这样嘎嘣脆的性格，心想厂里面缺的就是有经验有技术又直来直去的老同志，今天无论如何也要让老陈拎着行李卷儿跟他回宁钢。

徐木和陈老汉打过两次交道有了经验，知道这人倔得很，认死理，上来就直说肯定没戏，得变着法的才行。“陈师傅，咱是来讨饭吃，讨酒喝的，别弄得跟上公堂似的！我听说打日本人刚在这建厂你就在这里上了工，宁山和宁钢里的事儿没有你不知道的，你给我们讲讲吧，我们也了解了解。”

陈强柱一听这话来了兴致，心想全厂有一个算一个，比他更了解宁山和宁钢的没几个，于是开始讲起自己的经历。老陈说他初来宁山这里啥都没有，全是庄稼地，火车只是在千山和立山有站。刚在工厂上工时他住在立山，当时立山街上也就二十来座木头房子。除了吃喝小铺，尽是推牌九摇骰子的小赌场，后来刘二堡一带的有钱人来宁山这边盖房子吃租子，也多是木头房子，盖在了八卦沟和对炉山一带，慢慢的就和立山连上了，这就是宁山最早的房子。后来日本人在现在的选矿厂南边修工人宿舍，叫白房子。一提到白房子大家就都知道这是专门给中国工人住的下贱房子。日本人刚来时住在立山桥洞西边的日本街，是临时的木头房。后来他们盖了青房子，不久又在小野田盖了好房子，青房子就不要了，这才给中国工人住，我那时候活干的好，就从白房子搬到青房子了。最后日本人才在现在的台町建造上好的日本洋房，又在那附近修了日本兵营，就是现在靠电车道的三层大红楼。还专门养了狼狗，修了狼狗院，咬死过工人，所以谁也不敢到台町去。

至于宁钢的历史，陈老汉继续回忆道，那时候宁钢叫昭和制钢所，那么老大一块地儿尽是庄稼和荒草甸子，一望无边，无房无舍，空空荡荡。最先大家伙在电修厂东边马路一带搭了许多席棚子。这么大的席棚子可是少见，能住一二百的工人，不管木工、铆工还是瓦工都挤在一块，先架好木架子，再盖上三层席子，上面钉住，一直拖到地。席棚子上拴上了，挖个窟窿就是通风口。刮北风就拉起南边的席棚子，刮南风就拉北边。门也是席棚子空出的洞。席棚子里有土炕，是两头堵的死炕，多冷的天也没法烧热，冬天实在太冷只能使劲往炕上续稻草，一个个手脚都是冻疮，可遭了罪了。而且这席棚子常着火，把铺盖都烧光了，大家伙找日本人盖宿舍，日本人不管，说着火是因为招惹了太上老君，于是就糊弄工人出钱出力在铁西大众剧场那边修了个老君庙，叫工人们都去烧香磕头。到了现在一些老工人干活被铁水伤了还想着去老君庙拜一拜，就是当时被日本人给糊弄的。这席棚子哪儿干活就在哪儿搭，越搭越多，慢慢的从现在化工厂到大白楼一带，成堆成片，满眼都是席棚子。

那时候工厂还没盖起来，干活也是在席棚子里。陈老汉的席棚子里装上了一台车床和一台钻床，是从辽阳拉来的。没有电，干活要点灯，但是有一口小锅炉，和暖气锅炉也差不多。烧上汽，锅炉带上飞轮，飞轮上挂皮带，皮带通吊杠，吊杠带两个床子。吊杠是绑在木头架子上的，也没有洋灰地，车床子下垫的是木头。锅炉还有个用处，下工时拉它当汽笛用。最初的工人只有土木工，挖现在炼铁厂南边的桥洞，也用小锅炉，接汽泵抽干洞里的水，好打洋灰地。而后同时建造了一号炼焦炉和一号炼铁炉。渐渐地，席棚子不用了，在现在电修厂那个地方修了木板房子，我们干活和住宿都在那里，那也是昭和制钢所第一座机器厂房。再后来，发电厂发电了，要用这木板房子的地方设立电修厂，才又新盖一座机器厂，也就是现在的机修厂。我来了十多年后制钢所才盖起大白楼这个办公大楼。那时候，东北还是张大帅张作霖当权呢！

而后，陈老汉又讲了许多许多，比如几号高炉什么时候出铁，一选矿什么时候开始烧结，厂内主要铁道什么时候开铺的、什么时候通车，哪个矿山什么时候开始出矿石，一二制钢所什么时候动工，平炉什么时候开始出钢……回忆这一切的时候，陈老汉精神矍铄，容光焕发，满脸骄傲。徐木和王立群也听得入神，不承想陈老汉能记得如此细致清晰。

“陈师傅，我能看出来，你对宁钢的感情深厚啊！”王立群问。

“那还用说，眼看着它一点点长大的！”

“可它现在不能生产了，里面成了厂房坟地了！”

闻听此言，陈老汉呆住了，眼神凝固，面色如土。

“陈师傅，日本人咱自不必说，我想问问你，你觉得国民党咋样？”沉默了一会儿，王立群又发问。

“咋样？比日本人也没好哪去，以权谋私，投机倒把，没了命的捣腾宁钢里这点东西！”陈老汉一脸不屑地答道。

“那你觉得共产党咋样？”王立群开始把话引向正题。

“你问我咋样？”陈强柱被问得先是一愣，而后没好脸地说道：“日本人也好，张大帅也好，国民党也好，你们共产党也好，官儿就是官儿，民就是民，从古至今不都是官压民，有啥咋样不咋样的？”

“你说的对，封建帝制压迫了老百姓几千年，刚推倒又来了资本主义，确实害人不浅，它们的性质决定着老百姓就要受压迫！”

“你说的那啥主义的我是不懂，但受压迫是真格的。我老陈出生的时候还是大清，光绪皇帝还在位。没多久就变了民国，张大帅管着咱们。又没多久，成立了伪满洲国，鬼子又来这烧杀抢夺的当起了太上皇。然后呢，又是民国，这顿折腾啊！我过了半百了，远的不说咱就说宁山这小地方，换了好几回天，一会儿说什么民主共和，一会儿说什么大东亚共荣啥的，可咱老百姓咋了，西北风都喝不到，一不小心就掉脑袋，你说这个啥主义有个狗屁用，你说说，到底有啥用？”陈强柱越说越激动。

“陈师傅，你说的还真对，一点错没有，张养浩写过‘兴，百姓苦；亡，百姓苦’，意思就是说无论兴亡老百姓都是跟着吃苦受罪！”

陈强柱没明白这王厂长是啥意思，心想本来自己说这话是为了抬杠出难题，可这咋顺着自己说了，难不成刚开始就被自己问住了。

“可是陈师傅，有一点你含糊了，你忘记了一个根本性的问题！这个根本性的问题你要是明白了我们共产党所做的一切你就都好理解了！”王立群扶了扶眼镜，思索着自己接下来的话应该怎么说。他本人的理论水平那自不必说，问题是如何能用通俗直白的话恰到好处地让面前这位老工人明白。王立群卖了个关子，老陈也来了精神，心想倒要听听自己怎么个不对法。

这时外屋起了动静，陈强柱知道定是玉凤办事回来了，赶忙打了打嗓说道：“玉凤，你先别进来，我这和二位领导唠嗑呢，你就在外面好好听着，有事我再召唤你！”

“哦……”外面的玉凤迟疑了片刻应答。

“陈师傅，从夏商周到元明清，古代的皇帝哪怕是三皇五帝，只要有皇帝他们的帝国就是要建立在剥削人民的基础之上，这就是封建帝制的根本。同样，资本主义也是这样！这就好比是一只狼，无论是白狼还是黑狼，无论是温顺的狼还是凶恶的狼它都得吃肉，你给它吃菜它一天都活不下去！”王立群继续说。

“这么说倒是挺有意思，日本鬼子就是狼，是白眼狼，是饿狼！”

“对，说的对！”

“他老蒋也是狼？”

“当然是狼，老蒋是一条大尾巴狼！”徐木嘴快应答了老陈。

“哈哈，大尾巴狼，还是装的！”老陈被逗得哈哈大笑，片刻之后他又沉静下来犀利地问道：“我看现在你们共产党还行，没咋吃肉，但能忍住以后也不吃？”

“陈师傅，我们共产党压根儿就不是狼，所以我们根本也不吃肉，这就是为啥我说你含糊了。”王立群回答。

“这话你可得给我说道说道，不然我老陈不明白。”陈强柱一抹搭眼皮，抽起来旱烟。

“我们共产党信奉的是马克思主义、共产主义，我们是工人，是农民，我们的党员干部是人民的党员干部，我们的部队是人民的部队，我们和全中国亿万劳苦大众是一条战线的，目的就是要让全天下老百姓翻身做主，成为国家的主人！”

“让人民当家做主？”陈强柱瞪大了眼睛问道。

“对，让人民当家做主！”

“不要官老爷了？”

“不要！”

“这么说，你们真的不吃肉，以后也不吃？”

“老百姓吃啥我们吃啥，老百姓是啥我们就是啥！”

“那……那到底是个啥呢？”

“是牛，‘横眉冷对千夫指，俯首甘为孺子牛’，我们是牛！”王立群越发激动。

“对，是牛，咱老百姓就是牛，诚实，憨厚，一心朴实！”

“对，既然是牛我们就应该劳动，特别是我们工人阶级，我们是铁牛，我们吃的是硬邦邦的石头，产出来的是亮铮铮的钢铁，没了我们咋做出飞机大炮，没了我们咋解放全中国？”

说到这里，久没进工厂、没摸扳子锤子的陈强柱有些惭愧，心里也痒痒，他抖动着嘴唇想说话但又说不出。

徐木看出了形势，知道陈强柱被说动了，可就差最后那么点一下头，赶忙问道：“陈师傅，给官老爷做牛你不愿意，那给人民、给自己做牛你愿不愿意？”

“这……”陈强柱刚想回答突然意识到外面还有听声的人，便用烟袋锅指了指外屋继续说道：“我老哥儿一个愿意又有多大用，你得看大家愿不愿意！”这句话可把二人给说迷糊了，心想外面不就玉凤一个人吗，咋还有别人？

“玉凤，赶紧把大伙儿让进来吧！”

陈强柱刚发话，玉凤满脸欢喜地推门进了屋，跟着她身后陆陆续续又进来十来个人，王立群一看，为首一人竟是黄凤山，还有电工房长贵，其他人也都是这一段时间他要求各个厂子着重照顾的“特殊对象”。这些老工人微笑中夹杂着愧疚，看着王立群跃跃欲试。

“王厂长，其实咱们都不是懒人，都是工人出身，谁不盼着烟囱早点冒烟，工厂早点生产，可是就是有点想不通……”黄凤山说。

“那现在想通没？”王立群问。

“想通了，想通了，跟着共产党干就是给咱自己干！”

“哈哈，老黄啊老黄，你终于想通啦！”王立群少有地大笑起来，脸上乐开了花，大家也都跟着笑了起来。

“对了陈师傅，他们是啥时候来的啊？”徐木问。

“刚才啊，我卷行李时就让玉凤去找他们了。”

“老陈啊，你是不是一开始就打算好了跟我们走啊？”王立群问。

“跟你说实话吧，前几天老黄就来跟我研究这事儿来着，我心里一直犯嘀咕，今天你们一进门，见你们俩大领导能拎着东西来看我一个没人搭理的老头子，我就认准了跟着共产党肯定没错！”陈强柱又看了看屋里的工友说道：“这些都是我的老工友，都是犯嘀咕拿不定主意的，没少来问我，可我也说不出个四五六，干脆就让他们来听听。还是咱王厂长有能耐，这不，一下子把我们这些犟牛都给说通啦！”

屋子里笑声一片。

“玉凤，去，把二位领导拿来的鸡蛋都给我炒啦，家里有什么就做什么，多拿点碗来，今天我借花献佛，大家都喝上一口！”

“别忙别忙，老陈！”徐木说了话：“这王厂长来了一会儿就把你给说通啦，你还帮着划拉了一群师傅，为了玉凤我可是没少来，你没少给我脸子看，这可不公平！”

“你来几次了？”老陈问。

“两次！”

“那我们这就是‘三顾茅庐’！”王立群接着说道。

屋子里又是一片笑声。

“话说徐部长，上面真想让我家玉凤去妇联？”老陈问。

“这话说的，真想！”

“妥了，我同意了，明天就让玉凤跟你们去！”陈强柱痛快地答应了。

“好，好，那我得敬你一碗！”

这时候众人碗里都添了酒，顿时，陈家低矮的小屋子里传出响亮的碰杯声。

五

宁钢的副厂长和人民政府城工部部长两位大领导“三顾茅庐”，拎着东西到八家子一个工人家送礼，这可是少有的新鲜事，一时间在不大的宁山传了个遍，私下里大家都夸这共产党不搞任人唯亲那一套，谁有能耐用谁，一心为老百姓做事。

提到那天晚上众人真是来了兴致，有人又回家取来了一坛子酒，很少喝酒的王立群也干了两碗，醉意浓浓。陈强柱、黄凤山和大家喝得兴起借着酒劲儿表了态，说要跟着共产党走，要为宁钢复工做贡献。

酒过三巡，众人回了家，可那陈强柱彻底放开了，说足有十来年没这么高兴过，说啥也不让两位领导走，要彻夜长谈，结果二人还真就没走。徐木搞过宣传，说起话来一套一套的，从党的历史讲到方针政策，再讲到解放战争的形势，再讲到什么是共产主义，不知讲了多少也不知讲到了什么时候，三人靠着墙就睡着了，玉凤一直听着两位领导的话入了迷，听得眼泪汪汪，也不知啥时候趴在箱子上睡着了。

第二天陈强柱一激灵起了身，酒劲儿未散，稀里糊涂在炕上摸到行李卷儿就要下地，一看王副厂长和徐部长都不在了，不禁冒了一身冷汗，心说坏了，肯定是自己酒后失言说错了话俩领导不乐意了。而后玉凤笑着告诉他，两位领导大老早就走了，特意嘱托他在家好好休息一天，明天再正式上工，这时陈强柱才放下心，倒在炕上又美美地睡了一大觉。

而后的几天，陈强柱领着老工人成天成宿上工，把钢绳厂的设备更换上了，恢复了生产，有毛病的设备该修的修，该换的换，其他厂子也在那些老工人的带领下干得热火朝天。

在锻造厂，老黄可真如同换了个人一般，每天头一个上工，最后一个下工，干起活来嘴里哼着小曲，贼带劲儿，并且这下子老黄也不再掖着藏着了，自己的看家本领谁要是问个“一”，他准再给你讲出个“二三四五”来。有时候大伙起哄问老黄这回咋不怕“饿死师父”了，老黄嘿嘿笑，说如今世道变啦，不是皇帝坐庄啦，大家都是同志，大家都是工厂的主人，给家里干活哪有不铆足了劲儿的。眼见着北部各个厂子都干得红火，越来越多的工人们都提高了认识，跟上了党的步伐，主抓生产的副厂长王立群皱了好久的眉头终于松了一下。

北部各个厂子生产得热火朝天，石友刚那边带领的运输部也没闲着。话说这些日子这个石大横可把他的老战友马大横给熊坏了，那边马大横赔了夫人又折兵，给了粮食人还给扣下了，气还没消石大横这边又去了电话，说是要再借点修铁路的物资，马大横气得鼻子都歪了，骂他是无赖，直接挂了电话。没成想过了两天，石友刚开着个火车头，拎了两瓶酒直接找去了。马大横说啥也不见，可这石大横多少年前就摸准了马大横的脾气，挤进了屋说自己就是特意来看他的，不然为啥就光开着车头来？见马大横还是不买账他就直接把酒往桌子上一撂，瓶塞这么一打，马大横闻着酒味就没了脾气。晚上就着俩咸鸭蛋和糕点，石大横往死里灌马大横，一个劲儿提当年自己如何如何救了他，马大横也是见了酒就没命，明知道这石大横一肚子“坏水儿”可就是控制不住，敬多少杯喝多少杯，最后搂着石大横的脖子说这辈子就认他这个兄弟。

第二天早上马大横醒来见石大横没了，猛然合计过味儿来，心说不好，偏腿儿下地跌跌撞撞就奔着库房去。库管员看到马大横来咧着嘴问：“副局长，为啥都给了宁钢，好不容易攒下来的多少自己也得留点啊！”

马大横看到被捣腾空了一大片的库房，脑袋里“嗡”的一声，薅着库管员脖领子问：“为啥不拦着？”

“你都签字了，我拦着啥啊！”库管员满脸委屈，掏出了字条给他看。

马大横看着字条，确实是自己签了字，但却没印象，心想准是石大横趁着他喝多糊弄他。马大横气不过，沿着铁路向北追出去多老远，而后气喘吁吁破口大骂道：“你奶奶的石大横，念了两天破书就他妈知道糊弄我，我马大横和你没完！”

石大横原本就带着个司机和俩警卫员开着个车头去了瓦房店辽南铁路局，结果拉了五车皮物资回来，栗清波这些铁路班的工人们乐得合不拢嘴，一蹦多老高，说估计这世上能这样治马大横的也就他石大横一个人了。而后一个多月时间里，石友刚和栗清波带着铁路工人们修好了近 60 公里的厂内铁路，尤其是通往北部厂区的铁路，这样，北部厂区生产出来的军锹等物资顺着铁路得以快速出厂运到辽南，再由海陆运往全国各地的我军前线。

六

宁山是一块宝地，不但山里埋藏着矿石，而且土地肥沃，风调雨顺，不承想这两年闹了旱灾。1948 年的夏天雨水仍是少的邪乎，烈日烘烤着大地，庄稼开始打蔫泛黄。这天，一群挖煤球的小孩儿一溜烟跑回了家说北面轰隆轰隆雷打个不停，眼见着就要下雨啦，可大人们却压根儿也没听到雷声，抬头往外一看，天晌晴晌晴的。到了晚上，风言风语就开始在宁山市内传开了，说白天从北面辽阳传来的是炮声，解放军最后守着的那点地方被打了，国民党军队眼瞅着就要回来了，宁山又要变天啦。

实际上自从宁山解放后，国民党就占领了辽阳的绝大部分地界，驻守太子河北岸，平日里例行公事的放两枪打两个空炮，解放军也会放两枪作为回应。

进入到下半年后，按照东北整体战略部署，当初解放了宁山的东北野战军四、六纵队和独立一师相继调离辽南。虽然太子河南岸的我方守军还在，但显然敌人已经得知这边的动静，蠢蠢欲动，试探挑衅频繁增多，早上一大阵机枪的胡乱扫射，天黑前又是一大阵，装作随时都要进攻的模样，但而后又好像啥事都没有一样平静如初。

进入七月后宁山的形势急转直下，过太子河到辽阳捣弄小买卖的挑货郎逢人便讲那国民党军就要彻底打辽阳攻宁山了，眼巴前的事儿，而且解放军管着的辽阳纺织厂的机器已经开始往辽南海城一带搬了。更细心的人发现这些日子从南向北开到宁山来的车皮越来越少，贸易局也不再从南边来盐，是怕国民党来了又得再搬走。流言像阴风似的从暗地里升腾起来又迅速吹遍城市的每一个角落。

经历了几次易主的宁钢工人们对于战争尤为的敏感，不光私下里议论，背地里打听，还通过各种方法去证实，人人心里都清楚这工厂就是工人的命，不生产不上工那就没了续命的活计。有些师傅不放心，一天好几次爬到厂房上看北面的烟囱还冒不冒烟，在他们看来只要烟囱没了烟，就证明共产党要走了。令他们庆幸的是，那北面的烟囱还在一直冒着烟。

实际上宁山的形势确实十分严峻，此前不久郝树英曾绕道北上哈尔滨，参加了东北局的一次会议。会上李富春同志指出，目前我军欲集中兵力打赢解放东北的战争，在此情况下宁山有被敌人再次侵占的可能，为了支援战争宁钢要在最短时间内，以最快的速度将设备物资拆卸转移到辽南的海城、营口和瓦房店一带，并有计划地拨给军工和铁路。与此同时，宁钢一定要紧紧依靠群众，迅速抢运设备物资，防止敌人抢夺和破坏。

这天晚上，几匹军马穿过了宁山市政府，直奔台町一幢二层洋房。台町坐落在东山山麓，是从前日本人修的一处高级住宅区，是当时宁山最高权力的所在地，有的日本人称它是梵蒂冈，如今这里也成了我方在宁山的战事指挥中心，刚刚军马停下的位置正是辽南第一军分区司令部，而下马的人就是辽南一地委书记杨秋盛。

前线战事吃紧，为此杨秋盛特意从营口快马赶回来让宁山这边做好转移的准备。

屋子里安静的很，郝树英、王立群和市里的几个领导等候多时，一个个神情严肃，见杨秋盛进来赶忙迎上。杨秋盛也不搭言，让警卫员在墙上挂上了辽南地区的军用地图，自己一口气猛灌了两大碗凉水。大伙心里急，可看到面如土色、疲惫不堪的杨秋盛也实在心疼。

喝完了水，缓了片刻，杨秋盛恢复了点精神，开始就着地图为在座各位讲起了目前辽南和宁山的形势。地图上宁山一带的太子河两岸及纵深标示了一些红蓝黑三色箭头，黑色箭头表示敌五十二军的进攻方向，已经有三四个箭头从不同方向指向辽阳。另外，还有几个虚线的黑色箭头，标明了敌人下一步的进攻方向——虚线箭头无一例外都指向了宁山方向。

“目前宁山的形势大家也能看得出来，十分危险，转移已经是板上钉钉的事情了！”杨秋盛开门见山，而后为大家做了分析。他认为辽南主力集结到辽西地区是上级的正确决策，那里才是眼下最为主要的战场。敌五十二军这几天忽然老实起来，一枪不放，这是不祥的沉默，是在麻痹我们。从我们目前的情报来看，敌人最近就要袭击并全面占领辽阳，但也有可能是虚张声势，作缓兵之计，蹲在辽阳按兵不动以牵制我军全面扑向辽西，还有可能是为了占领中长铁路。但在他看来，敌人不敢也不会突然深入辽南，他们在这吃过大亏，心里有坎儿。另外，如果敌军的目的是中长线的话，那必定会夺宁山，占海城，直捣营口，打通海上军事运输线。目前，辽南一军分区在宁山只有两个团的地方部队，兵力太少，任务也主要是护送转移队伍。所以，无论如何，宁山和宁钢都要迅速把设备物资转移至海城瓦房店一线的辽南腹地，以防落入敌手。

无论是东北局还是辽南一地委都给出了相同的指示，任务已经十分明确了，宁钢要不惜代价迅速抢运物资。第二天，郝树英也在厂里开了紧急动员会，布置具体工作。

“又要运设备物资？好不容易才制止住，这回我们得自己往出抢运了，而且主要运到瓦房店，估计石友刚现在得气死！”尚世杰问郝树英。

“形势随时在变化，眼下这是唯一能保护好宁钢设备的方法。”郝树英回答。

“那啥时候能回来？”

“说不好，得看战争什么时候结束。解放东北十拿九稳，所以我们肯定能回来!”

“嗯，我觉得上面的决定完全正确，但我有个建议。”一旁的王立群对郝树英说。“我们先拆运其他厂，北部几个正在生产的，特别是锻造厂先不动，最后再动。一来，可以尽可能多生产些军用物资。二来，北部烟囱冒着烟可以起到稳定军心的作用。”

王立群的建议郝树英和尚世杰都赞同。另外一个大问题就是一旦国民党进了宁山，宁钢的工人怎么办？经过一番研究最终决定，诸如二赖子、胡景林、曹凤琦那些坚决跟着共产党的进步工人，得让他们跟着队伍一并转移，其他的工人采取自愿加甄别的方法决定是不是带走。并且，留下的工人里也要成立护厂队，防止敌人和盗窃犯破坏。

而后尚世杰这个当初东北局军工部派来的干部又干起了“老本行”，开始协调各个方面抢运物资。厂里特意调来一辆五吨汽吊到中央仓库，又加装了照明设备，昼夜不停地吊运。全厂上下都动了起来，就连二赖子手底下那帮半大小子也被叫来干活。

上面正式下了命令抢运设备物资，这在宁钢引起了轩然大波，致使谣言传得更加邪乎了，不少中间派的工人们开始消极怠工，厂里和市里那些深藏的特务又开始活动起来，一到了晚上就在宁钢大白楼前那片杨树林里猫着打冷枪。这样一来，虽然表面上还不敢明目张胆，可后进工人已经开始悄悄脱离出去，生怕日后国民党来了跟着共产党吃瓜落儿。在北部坚持生产的那几个厂子里情况也是如此，一些工人们又开始“磨洋工”，心不在焉，可前些日子在陈强柱家喝了那顿酒的黄凤山却表现的更为积极，见到那不上心干活的人比班长老林还着急，非要上去数落两句，见说不动干脆自己上去替下那人。那些工人私下议论说，这老黄喝了顿“御酒”就觉得自己是钦差大臣了，等过些日子改了朝换了代看他还能这么咋呼，第一个挨收拾的就是他。黄凤山如今却也是如换了个人一般，对于那嚼耳根子的人也不搭理，只管干自己的活，能多锤出一把是一把。而且，这几天锻造厂前的雪佛兰大卡车多了起来，任务一批一批的来，这几个人铆足了劲儿，这边生产出来一批大卡车就立刻运走一批。

然而，事故还是发生了。

这天后半夜一个消极怠工的工人找了个墙角猫觉，一大早趁着别人还没醒又装模作样上了气锤，可这边刚启动气锤没五分钟那边的小马达就冒了烟，他着急忙慌去查看发现马达被灌了水，地下还汪着好大一滩。班长老林看到了“哎呀”一声，急得一蹦多高。

早上，老林找大伙儿开会，不用多想也知道肯定是有人故意搞破坏，老黄拍着大腿臭骂那工人，说那就是他为了偷懒故意使得坏，这是犯罪。这时得到信儿的王立群赶来，表情冰冷，一脸严肃。见王厂长来了，那年纪不大的工人吓得抹了眼泪，说真不是他干的，他就是想偷个懒。其他工人也替他证明，说昨晚迷迷糊糊好像看到几个人进了厂房里，以为是自己人就又睡过去了。

王立群不好下定论，只好暂时把那工人扣在厂里不准回家，心想如果他说的是真的话，恐怕特务已经再次趁乱潜入到了宁钢里面搞破坏。

生产还要继续，这是肯定的，但还是老问题，这个小马达是蝎子粑粑独一份儿，即使当初二赖子帮着找出不少“特勤队”藏起来的马达但仍没这个型号的。如今唯一在用的也烧了，想继续干是没办法了。正发愁的时候陈强柱带着电工师傅房长贵过来了，老房说自己当初划拉了不少电机里的线包，可以换上对付着用，不过都是旧的，换上至多能用三五天，再坏了就还得换。

“别说三五天啊，就算是一天也行啊，多生产一把咱就赚一把！”老黄紧忙答言。

晚上，北面突然响起巨大的炮声，震得厂房直颤，往下掉灰。颤颤巍巍中，陈强柱把刚刚换上旧线包的马达安上了，送上了电，老黄一按下开关气锤又开始当当响起。又可以生产了，只见这跟了一天忙前忙后的老黄又来了精神，两眼贼亮，死盯着气锤，一边轧着锹一边告诉大家从现在开始只要他还有劲儿就连着干，别人他都不放心。而后任人如何劝说他也不搭言，只管干活。

“老黄，如果国民党真的打回来，你愿不愿意跟着我们走？”王立群趁着老黄喝水的时候问。

“走，那咱得走，我这老命倒是不值钱，可那国民党要是瞅我来气给我来两枪，以后谁给咱们轧军锹？”老黄答道。

“对，缺了你老黄可不行！”王立群听到这话心里亮堂了不少。

王立群一直守着老黄直到半夜才动身回去，可吉普车行到大白楼前的杨树林旁又遇了冷枪，一个子弹打破了车玻璃直接打进他身旁的座椅上，警卫员也不敢单独扔下首长去追，加大了油门径直开进了宁钢。

七

锻造厂马达被烧的第二天，一股更邪乎的谣言在宁钢里传开了，说有人在厂里看到了满身是水的李坦，定是他死不瞑目化成了淹死鬼来宁钢报仇，不然为啥那马达旁边全是水。还有传言说，当晚王立群王厂长就被找上了，差点被索了命。谣言传到了郝树英和王立群的耳朵里，二人心里明白这一浪高过一浪的谣言都是破坏分子制造的，蛊惑人心，可明知道他们装神弄鬼也无暇顾及，眼下敌人不断放谣言说明他们对我方在辽南的兵力部署还尚不清楚，不敢轻举妄动，所以更应该趁着这风雨前的平静加紧转运物资。郝树英和尚世杰带着工人们没白天没晚上加班加点的干，王立群还紧紧盯着几个生产厂协调着工期，石友刚和栗清波带着铁路班一路修到了海城，一切都在为抢运做准备。

锻造厂里，班长老林和黄凤山连轴转着上工一连熬了四五天，一个个熬得眼睛通红，眼袋黢黑，其他年轻师傅们看不过去，说啥也要让二人回去歇一宿再回来，保证这边不会有任何闪失。老林还是不放心，说让老黄先回去歇一天，完了再来换自己。老黄这浑身衣服发了馊，腰疼的实在扛不了，就靠着烟袋顶事可烟丝也没了，于是听了老林的话，回到家里狠狠抽了一袋烟，睡了一大觉，到了半夜就说啥也睡不着了，轱辘来轱辘去心想当时电工老房说马达换上的是旧电包，顶多能用个三五天，这今天就是第五天了，指不定啥时候又得冒烟。不行，自己得去看看。老黄想着一翻身下了床，拿着手电筒就奔北部厂区走。走了两个多小时快到了可没听到气锤声音，老黄心想坏了，肯定是马达又烧了，而后一溜烟儿奔里跑。刚到门口发现气锤旁边有三个人，一个穿着黑色褂子，一支胳膊吊着白色绷带，另两个穿着工作服的人正拿着桶往马达上浇水。他们脚下躺着一人浑身是血，仔细一看竟是老林。老黄一想肯定是特务来搞破坏了，也来不及多想，顺手抄起一根棒子就冲了进去。三个特务见来了人赶忙掏出手枪，到了灯下老黄看清楚那吊着绷带的人，脸顿时吓得煞白，棒子直接从手中脱落，倒吸了几口冷气。

“李……李坦！”

其他两人也不多说，直接将黄凤山按在地上。而后，老黄眼见那“淹死鬼”轻飘飘走来，缓缓蹲下，继而一把冰冷的刀子插进了自己后腰。

“有脚，不是鬼，李坦还活着！”老黄扑腾了几下气绝身亡。

同一天晚上，二赖子下工摸黑回了家，大莲不在，去上夜校了，他一摸锅盖是热的，赶忙洗洗准备吃饭。

外面起了动静，房门嘎吱被推开，脑袋插在水盆里的二赖子以为是大莲回来了，心想今天下课还挺早。屋子里脚步嘈杂，二赖子擦着脸抬头一看，发现油灯下三个黑影一闪而过，接着脑袋就被削了一棒子，昏死在地，行凶的正是李坦派来的特务。就在特务进院的脚前脚后，大莲也回来了，眼见着三人进了屋不由分说削了二赖子一棒子，吓得大莲“妈呀”一声又赶忙捂住了自己的嘴，她心想自己这些天还到处宣传要提防敌特乘虚而入，不承想真的来了。大莲慌了神，明知自己就这么进去不但救不了二赖子自己也得被撂倒，可找人又来不及，她在门后急得直蹦跶，急中生智，捡起了个棒子就跑到院门口，一边敲打着破大门一边扯开嗓子喊：“尚队长，坏人就在屋里呢，咱赶紧给他们围住！”而后她使劲扑腾着踢倒了院里的破水桶，“叮叮咣咣”可着劲儿地把动静弄大。屋外漆黑一片，三个特务不明真相，以为真来了人，也顾不上再给二赖子补一棒子，赶忙踹开了后窗户顺着跳了出去，一溜烟跑了。大莲奓着胆子追出了十几米，边追边喊：“尚队长，他们朝着东面跑啦！”闻听这话，三个特务就更不敢回头了，一口气跑没影了。

见远处没了动静，大莲才松了手里的棒子，一屁股瘫坐在地上，脑子里一片空白，缓了好一会儿突然想到还不知二赖子咋样，赶忙连滚带爬进了屋，一摸鼻息发现还有气，放了心，而后“哇”地一声哭了出来。

第二天，北部厂区的荒草地里，一处信号钟旁不远隆起了两个小土包，这是工人们为林守福和黄凤山堆起的坟包。郝树英、王立群、尚世杰还有石友刚几人站在坟旁低头默哀，心情沉重。天还没亮的时候王立群和尚世杰最先得到了消息，第一时间赶到了锻造厂，可两位老师傅已经咽了气。毫无疑问这是特务行的凶，而且二人已经知道了杀人凶手——黄凤山在临死之前用自己的血在地上写了个“坦”字，尚世杰看到后惊出一身冷汗，心想难不成这李坦真变成了厉鬼来索命？王立群眉头紧锁，让尚世杰扬一些土把字擦掉，以免传出去再引起恐慌。共产党员不相信什么鬼神，几人猜测这李坦定是在落水之后被救，而今又回到宁钢装神弄鬼趁机作乱。对于殉职的两名老工人，郝树英暂定把二人埋在方便寻找的信号钟旁，心中承诺再回到宁钢定要将二人好好安葬。所幸的是，同样遭了毒手的二赖子并无大碍。

“炮声连天，鬼哭狼嚎，就连淹死鬼都来帮着索命，这宁山的天肯定还是要变啊！”消极的声音在工人队伍里越传越广，越来越多的人已经开始选择站队，和共产党拉开了距离。没有坚定信念的人自然是畏首畏尾，但如同曹凤琦、二赖子这帮经历过考验和磨练的工人们却表现的更为坚定，特别是得知林守福和黄凤山殉职的消息后他们便更加拼了命地干活，说不能让工人的血白流。而通过这次抢运物资的任务也再一次验证了一部分工人的纯洁性和坚定性。实际上，在宁山钢铁厂刚刚成立时，包括郝树英这些干部在内全厂只有 8 名共产党员，而到7月，这里已有党员54人。郝树英等厂领导拟定出一份名单，上面都是可以充分信任的工人师傅的名字，但名单中有的走有的留，走的就是诸如曹凤琦和二赖子这些在护厂运动中立了大功、遭敌人嫉恨的，但还要留下一部分坚定谨慎的同志成立护厂队继续守着宁钢，他们的任务更重更危险，钳工陈强柱和电工房长贵这些先前和国民党有过接触的老师傅就是最合适的人选。

八

7月中旬，挂职小型轧钢厂厂长的罗双刚刚坐着闷罐子车从辽南甘井子催办军火回来，抵达时发现宁山站空空如也，月台上不见一个人，没有一点儿动静，只有几盏昏黄微弱的站灯闪闪烁烁。罗双在车站门口遇到一辆拉客的马车便坐上回了大白楼，路上同样没看见一个人影，简直像一座空城。夜空深邃而寂静，被静静流淌的月光灌满，斜靠在马车里迎着夏夜的徐徐清风，这个来自延安的文艺工作者来了兴致，嘴里不禁哼唱起了军歌，心想宁山安然无恙，莫不是那国民党军队不明虚实压根就不敢打？

大白楼前也是静得出奇，漆黑一片，就连王立群办公室也没了光，想必都睡下了。罗双和警卫员打了招呼就悄悄上了三楼西侧自己的房间倒头睡下。不知过了多久，罗双朦朦胧胧觉得听到几声沉闷的巨响，就如同坦克压过的声音，还没等醒过来警卫员就推门进来把他摇醒，急忙说：“罗厂长，辽阳丢了，彻底丢了，郝树英厂长来找过你，看你太累就想让你多睡会儿，可现在来不及了，你得赶紧去他屋里一趟！”

罗双迷迷糊糊，踉踉跄跄出了门，在下二楼去郝树英办公室途中见楼梯两边和宽阔的走廊里乱七八糟，尽是辽阳纺织厂技工专科学校的学生，他们疲惫不堪，席地而坐，有的干脆就躺在地上把脸盆往脑袋上一扣睡着了。辽阳纺织厂属宁钢领导，是辽阳规模最大的工厂，特派员是陶成同志，这最后一批转移出辽阳的学生就是陶成带回来的。郝树英的办公室里，浑身血迹的陶成正在和郝树英汇报情况，情绪十分激动，他说转移的路上敌机跟踪轰炸，几名学生受了伤，一个科长被炸死在半路，他自己险些被俘虏。从二人的谈话中罗双得知就在他从瓦房店到达宁山的过程中，敌人夜袭了辽阳，从目前形势看他们必将继续南下首山，乘势扑灵山、占宁山，宁山市政和宁钢都要紧急撤退。此时，从沈阳飞来的敌机已过了辽阳开始在宁山上空盘旋，随时准备轰炸。这时罗双才猛然意识到形势的严峻，才知道原来自己刚刚在睡梦中听到的沉闷的巨响就是盘旋的飞机。而按照郝树英的指示，罗双要负责向瓦房店押送转运宁钢物资的第一列火车，并详细交代了一系列的工作内容。

“什么时候出发?”罗双问。

“你这趟车里的物资最为贵重，耽误不得，今天夜里就得出发!”

“今晚?”罗双掏出怀表一看已是上午9点多，可郝树英说连合适的火车头都还没找到。

大白楼外更是混乱不堪，需要特别关照的辽阳纺织厂的学生聚集在此，一共三四百号人。工程技术人员、干部家属也都赶来，大包小包，连背带扛，锅碗瓢盆，叮当作响。东侧墙根下还放着一口棺材，是陶成派人弄来装殓纺织厂那位科长遗体的。警卫员步枪都上了刺刀，维持着秩序，生怕敌人突然打来或是特务趁乱行凶。“轰隆轰隆”一阵响声，东墙外一个火车头拉着十五节车皮停了下来，众人见火车来了赶忙一拥而上，挤满了调车场。罗双感觉自己还没缓过神来，脑子里一片混乱快要炸开了。“乱，太乱了，得从哪里开始啊？”罗双心想，“昨晚的那恬静清凉难不成就是暴风雨前的片刻平静？”

不多时，栗清波开着一辆昭和制钢所时期留下来的破摩电车缓缓而来，车上载着二赖子、陈强柱等一批工人。形势虽变化的迅速，好在事先厂里有准备，重要设备几乎都已拆卸完成，打包装箱，此时拉来的这批马达就是提前准备好的。陈强柱带着工人们忙而不乱，手抬肩扛，将马达弄上了火车，而后又开着摩电车回了中央仓库。

中午，大白楼前一直到东侧的调车场已经被挤得水泄不通，工人们把物资都运到了大白楼前面的空地上，越聚越多，郝树英找来了气吊，装运的速度明显加快，眼见着车皮不够用了。此时，留用的原国民党政府的宁山火车站职员开始要起了滑头，推诿扯皮，一会儿说车皮坏了，一会儿说没了。石友刚来了脾气，带着警卫员提着盒子炮就去了火车站，用枪顶着他们脑门问到底有没有，到了下午三点竟然又调来了25节车皮。

晚上9点变了天，不见了昨晚的明月，天色阴霾，乌云滚滚，“轰隆轰隆”的声音像是雷声又像是炮声。宽阔的调车场上没有路灯，只有一束束摇摆的从手电筒里发出的黄色光柱。物资堆满了火车道旁，40节车皮还未装满，行李也堆成了小山，等待转移的人员已经聚集了七八百人之多。

这时郝树英过来找罗双，了解一下进展，而后放不下心又让罗双带着他一个一个车皮地查了一遍。其中几个车皮郝树英嘱托嘱托又嘱托，就是放不下心，原来这里装着的变压器油、润滑油、变压器缸等最为重要的物资，都是在护厂期间他和王立群通过公开和地下的渠道不惜重金购买来的。

40节车皮终于装完了，郝树英又嘱托了一遍列车到瓦房店后的种种安排，罗双深深感觉到这个厂长内心的焦急与不安。

将近凌晨起了风，苫布在风中“噗啦噗啦”作响，第一列从宁钢转运物资的列车终于开动了。罗双一屁股坐在车厢里又饥又渴，可还没来得及喝口水火车就又停了下来，前面又出了状况。他起身一看，宁山站里人山人海，闹闹腾腾，挤挤撞撞，骂骂咧咧，乌泱乌泱的老百姓挡住了火车道，没法再前进。人群中谣传敌人此时已过了太子河，放火烧了灵山火车站，把灵山钢绳厂工人绑在电线杆上点了天灯。还说国民党的先遣骑兵队已摸黑冲进立山，正马不停蹄向市内赶呢，天一亮敌机准要轰炸宁山。

恐慌的情绪已经难以控制，人们疯了一般扯拽着、踩踏着往车皮上爬，罗双喊破了嗓子也无济于事。他想这样不是办法，得赶紧让司机拉笛开车，可好不容易挤过人群到了车头发现司机又跑了。这下可急坏了罗双，他又挤过人群到了车站里找司机，可这人山人海的怎么找。凑巧他看到不远处站在水泥墩子上扯着脖子喊的严端。

“老严，你这特派员怎么当的，派来的司机开了没有三里地就跑啦!”罗双大喊。

“啥，跑了?”老严是宁钢驻宁山站特派员，听到这话他急了眼，合计了一会从墩子上跳下来，掏出腰里的盒子炮骂道：“这帮两面三刀的狗东西!”

火车站里一个休息室里面几个职员也不着急，吞云吐雾说着风凉话，就盼着国民党早点打回来。严端一脚踹开门吓得几人一激灵，见特派员怒气冲冲手里还提着枪赶忙站起来，吓得浑身发抖。

“牛二呢，他人呢?”严端问。

“咋了特派员，这是咋了?”

“别问，他人呢?”

“刚才进来一趟，看了一眼就又出去了，朝着南面，咱也不知道他干啥来啦!”

严端也不搭言，推门而出。罗双跟着严端朝南面走出了百十来米，这里是一片废旧库房，黑灯瞎火哪里能寻到人。

“老严，这么找不是个办法，就算找回来这样的人用着也不放心，干脆回宁钢找个自己的司机!”罗双说。

严端觉得有道理，刚要和罗双转身回去就听到不远处火车站传出枪响，二人心说不好，赶忙往回跑。

火车站里有人开了枪，但开枪的不是别人正是尚世杰。这大白楼东侧的调车场距离宁山火车站不过三里地，火车头拖拽这四十节车皮缓缓而行，眼瞅着最后一节车皮还没走多远整个火车就停了下来，郝树英知道前面肯定出了事，赶忙让尚世杰带着警卫连和护厂队的人去看看。见了那乱糟糟的场面尚世杰知道劝也没用，爬上车皮朝着天就放了一枪，整个车站顿时安静下来。

“这是宁钢的专列，军用专列，谁也不许爬，都给我下来!”尚世杰大喊。

人们被吓得不敢动地方，警卫连赶忙把人群隔开，护厂队的在车皮上把扔上来的行李往下撇。

罗双和严端赶过来一看是老尚在那维持秩序，放了心。不一会儿石友刚带着栗清波和铁路班的人也赶到了，听罗双那么一说立刻派给他一个司机。就这样，火车再次启动，开出了宁山站。

火车刚出了站天就下起了大雨，罗双带着人顶雨又爬上车皮挨个检查一遍，生怕物资受潮。而后，火车在海城又遇到了敌机扫射和火车故障……

费尽千辛万苦，“气喘吁吁”的列车终于在第三天中午到达了辽南的瓦房店，马大横特意来迎这辆列车。精疲力尽的罗双和铁路局的同志做完了交接后一屁股累瘫在地上，心说这两个月的经历足够写一部小说的了，标题都想好了，就叫《风雨的黎明》。

九

“淹死鬼”李坦还活着的事情彻底坐实了。8月间，他带领着由杂牌军“红眼队”改编成的“中央军”占领了耐火材料厂，好在护厂队员冒着枪林弹雨三进三出最终将其夺回，从这件事可以看出敌人已经开始对宁钢发起攻势，抢运任务必须要继续加快速度，片刻不能停歇。然而一个严重的问题是，虽然设备拆卸了不少但是只能在各个厂区里堆放着，车头和车皮奇缺，运不到调车场，厂子都出不去就更别提运到辽南了。而且，仅凭现有的车皮和车头一点点排号，估计全部运完都得出了明年正月，这还哪算得上是抢运。

陈强柱这段日子带着工人连续奋战拆卸了不少重要设备，同样是堆在厂里就是动不了，他心中火急火燎，心想这李坦要再带着“红眼队”打来，不正好抢个现成的吗。老陈为这事找了好几回石主任，可石友刚也忙得脚打后脑勺，说就这么几个车头几节车皮现在都是白天晚上不停的干，都是宁钢的设备，都要抢运，只能一点点排着。

老陈急的夜里睡不着觉，翻来覆去合计，这伪满时候工厂里的火车一会儿一趟，车皮挂那么老长，后来苏联弄走了不老少，可也剩下不老少，厂里肯定还有车皮，可究竟在哪里他说不好，得慢慢寻。于是第二天老陈找来了二赖子，说他俩先用下工时间去厂子里划拉划拉，先别张罗太多的人，以免找不到还耽误了抢运的正事。二赖子心里犯嘀咕，反正之前来宁钢里偷东西时可从来没见过什么车头车皮的。老陈告诉他，破船还有三千钉，宁钢这么大，只要划拉肯定能划拉到。二赖子一想也是。

夏天日头落的晚，二赖子下了工就把半大小子的头头二蛋也叫来了，厂里狼多，可以互相照应，顺便解解闷儿。二蛋这小子今年十五岁，爸爸曾是耐火材料厂的一个工人。耐火材料厂是传说中有去无回的地方，去的人都活不长，用不多久就会浑身奇痒，自己挠的皮开肉绽，而且各个"脏心烂肺"，后来才知道原来是那里的原料石棉对人有伤害。二蛋的爸爸就是得了肺病死掉的，死的时候二蛋还没记事，孤儿寡母实在过活不下去，于是他妈把孩子放在了奶奶家门口头也不回就走了。没过几年，奶奶又死了，二蛋就彻底成了孤儿，在八家子吃百家饭，成了孩子头。二赖子挺稀罕二蛋，觉得这小子机灵，有情义，平日里没短了给他饭吃，曾要收他做干儿子，可二蛋不干，说他俩都是"二"字辈儿的，应该以兄弟相称，二赖子气得给了他一脚。二蛋从小在宁钢里面轱辘大，偷铜线、挖煤球、打野鸡、挂野兔，很多地方比二赖子都熟悉，"探宝"自然要带上他。

"啥破船还有三千钉？我看啊，现在宁钢也就能找到破钉子啦！"二蛋有些不屑，自称跑遍了宁钢也没见过什么车头车皮，肯定没戏，后来一想反正也没事干，干脆提着篮子跟着二赖子进来了。二赖子问干啥提着篮子，他说要摘点“茶叶”给管八家子那破学校的孙老汉。二赖子一听就明白了，所谓“茶叶”就是山扁豆，这种野生植物有一尺来高，开黄花，里面有些小仁子。工人把仁子炒了吃，叫“油炸花生”；把叶片剪成一段一段，焙干炒一炒，泡出“茶”来有一股清香，就当是茶来喝。至于那个孙老汉是宁钢的一个老工人，学校荒废了之后他主动义务管理起来，不让人进去搬东西砸玻璃，说孩子早晚得读书，学校早晚得开，把学校搬空了咋开学。后来他见二蛋这帮孩子冬天睡在柴火垛里太遭罪，就让他们晚上住进教室里，虽然没有炉火但好歹也算是有个遮风的地方。

“二蛋这小子还真是有情有义……”二赖子心想。

黄昏了，夜幕徐降，笼罩住了工厂区巍峨四立的炉群，奇形异状高高低低的群塔，拔地而起的硕大瓦斯罐和纵横交错的厂房开始渐渐模糊起来。这个时节，疯长的草甸子已连成片，不时有各种鸟兽的叫声从里面传出。二赖子和二蛋沿着铁路一直朝宁钢里面走，边走边唠嗑，边摘“茶叶”。

“赖子哥，都说咱共产党这回走了就回不来了，国民党又要坐天下了，你说这是真的嘛？”二蛋问。

“扯淡，我可不止一次听到郝厂长和王厂长说，那国民党军队就是秋后的蚂蚱，蹦跶不了几天，宁山暂时没兵，咱们转移也是正常，等打完了仗咱不得回来继续搞生产啊！”

“理儿倒是这么个理儿，我听说农村那边可乱了套了，闹得可邪乎啦！”

“咋邪乎了，你又听谁唠下巴嗑了？”

而后二蛋把这些日子听到的信儿一股脑地和二赖子叨咕了一遍。

他听说这宁山西面靠太子河的农村已经被国民党五十二军主力和一队蒙古骑兵占了，号称“红眼队”的杂牌军也被国民党收了编，穿上了军装成了“中央军”。这些部队坏的邪乎，无恶不作，在沿河一带通过农村敌伪组织按户摊派征粮，主要熊贫雇农和中农，非交不可，不然就连抽带打，再交不上了就直接到家里搜，有不少村子一天被搜了两三次，还逼农民赶车，自己把抢来的粮送过太子河，送到辽阳。“红眼队”的就更无赖了，看啥都眼红，不但抢粮还到人家翻箱倒柜，郭家铺子一次就被抢走了十多个金镏子。这帮人一到了哪儿就问一些小地主有什么东西被分了，弄清后就假惺惺地帮着去要，要到手却不还，揣进腰包说“归公”。有的小地主去要，这帮人不愿给，急眼了还动手打人，边打边说：“咱们国民党中央军来了，你们有钱人翻了身还不慰劳慰劳我们？”现在不少村里听不到鸡叫声，正在抱窝的老母鸡也被抢走了，那架势和日本鬼子进村了也差不多。还听说前两天六七十个“中央军”士兵抢了刘二堡大集，烧饼、汽水、纸烟、火柴、糖块、袜子，有什么抢什么。一个卖杂货的老头揣着“红票”和“白票”十多万，全被抢了。一个商人，带了几百万“白票”也都被抢了。这商人还以为“中央军”能和解放军一样，有事找到长官就能给解决，可哪成想那长官回头一枪把这商人给崩了。

二蛋越说越来劲儿，越说越气愤，还说敌人镇压了村干部和军属。一个军属忘了摘下门上的光荣牌被敌人拉走了牲口，扫地出门。首山三块石村，许多军属被打个半死，逃出来不敢回家了。王家村有个军属是个中农，被罚了五个金镏子又被毒打了一顿，敌人边打边骂：“人家穷去参加土八路，你家有吃有穿还顺竿爬什么？”敌人每到一村就抓农会主任、妇女会会长和儿童团团长，不是枪毙就是捆起来吊打。镇压了农会，敌人就成立保甲，上台的都是些有头有脸的地主，得老百姓们供着他们。一有人办事就得带东西去，连大蒜都要，有的保甲门前晒着几十辫子大蒜。逃亡沈阳的地富分子大都回来了。大张郎铺地主赵恩昶高兴得不得了，跑到村外去迎接“中央军”。鲁家村地主傅祝山的土地不但全要回了，还从被“占地”那天算起，“驴打滚”地向人家追算利息和地租。

“这也太不要脸了，现在西面农村被闹成那样啦?”听二蛋说这么一大通，二赖子吃惊不小。

“这才哪到哪啊，现在农民们都盼着解放军赶紧回来打跑那帮害人精呢!”

“这帮瘪犊子，不弄死他们老百姓就没好日子过!”

二人一路聊一路走，“茶叶”也摘了不老少，可就是没寻到宝贝。眼见着前面铁路被歪脖树和荒草挡上了，走不通，心想这“破船”真是没钉子了。二蛋准备钻进去撒泼尿就往回走。

“你个臭小子，就咱俩你避啥人，还钻草里去了，蹦出个黄鼠狼把你牛牛咬掉!”二赖子蹲在铁轨上嘟嘟囔囔，半天不见这小子出来，心想这拉个屎都够了咋还不出来，难不成被狼叼走了?他刚想钻进去就见二蛋探出头来，挤眉弄眼的低声说里面有敌情。二赖子赶忙和二蛋钻进草里，顺着铁道向前摸了几十米竟然发现了一个车头挂着两节车皮，一个车皮里有不少扁铁和钢材，另一个车皮里躺着两个人呼呼大睡，身旁散落着俩个空酒瓶和一堆鸡骨头。不用多想，肯定是李坦的人来进厂偷东西。

二赖子心“扑通扑通”跳，心想得赶紧回去找人帮忙，这要是抓住了他们车皮车头都有了，还有不少装了车的物资。可眼下咋整，叫二蛋看着他还不放心，自己看着他还怕敌人醒了对付不了。合计了半天他一咬牙，让二蛋赶快跑回去找人，自己捡起一根铁棒在这看着，心想但凡对方有点动静肯定一棒子削死他。

俩贼睡得沉，鼾声如雷，二赖子蹲在车皮帮上瞪圆了眼睛眨都不眨，等得着急，心想往日里在家赖着，迷迷糊糊的一睡就是一天，可现在这时间咋就过得这么慢。

终于，二蛋摸了回来，尚世杰带着护厂队也悄悄爬上了车皮，一声大喝吓得俩贼满地爬，而后护厂队员们绑了他们，开着火车拉着车皮，一路哼唱着二人转回了大白楼。

十

二赖子找到了一个火车头两节车皮，立了大功一件。而后，大家伙儿本着陈强柱“破船还有三千钉”的思想，利用下工的时间又在宁钢里找到了三节车皮，可这些仍然难以应对当下紧张的抢运任务。运输部主任石友刚可真是急了眼，一天晚上他带着铁路班的几个人开着火车头进了樱桃园矿山。当时这樱桃园矿山还处于敌占区，一群土匪打着国民党军队的旗号占山为王，拆了矿山设备拿出去卖。为避免被发现，石友刚让司机关了车灯，摸着黑找到五节废弃的车皮，一个一个挂在车头上准备溜，不承想有一节车皮年久失修车轱辘卡在那里动不了，工人们连别再撬，最后车皮“咔嚓”一下动了，而后又“嘎吱嘎吱”发出刺耳的声音。夜深人静，山里又拢音，这刺耳的声音传出去老远，不一会就见山腰上有昏黄的光柱照射过来。石友刚赶忙让大家上车，加快速度往前冲，可这车皮的轱辘实在太轴，跑不快，眼见着土匪们晃动着手电筒骑马追上，还不时朝这边开枪。

“石主任，这眼看着要追上啦，咋办?”工人猫在车皮里探头大喊。

“别住的是第几个车皮?”石友刚朝后面问道。

“倒数第二个!”

“他奶奶的，咋是倒数第二个!”石友刚咒骂着，他心想若是倒数第一个干脆就给它脱开，这样火车就能快跑起来，可一说是倒数第二个他就舍不得了。

又一阵枪响传来，子弹打在了火车驾驶室的门上，擦出一阵火花。

“石主任，眼瞅着要爬上车皮啦!”

“脱开，赶紧给我脱开!”石友刚一拍大腿做出了决定。

脱开了那两节车皮火车轻快了不少，挂着三节车皮一路加速甩开了土匪，开回了宁钢，停在了调车场。

第二天郝树英知道了这件事直后怕，心说这石大横大学是怎么读的，胆子也太大了，这要是被土匪抓去可咋整。他想当面好好说说石友刚，推门进了他办公室，发现石友刚四仰八叉地躺在小床上鼾声如雷。郝树英无奈地摇摇头，心说这知识分子的外表下咋就裹着一颗土匪的心。

石友刚冒死弄来三个车皮可还是觉得不够，他只能厚着脸皮给马大横打电话。马大横这气一直也没消，如今见石大横主动送上门来自然是“他爹的，他娘的，他奶奶的”骂了个遍，可骂归骂，如今大敌当前他也能分得清敌我，于是以两条烟两瓶酒的价码借给了石友刚十节车皮。石友刚说要二十节，多给他三条烟三瓶酒，马大横就大骂道："你他妈这脸皮咋比车皮还厚，就是把你石大横脑袋给我我也没那么多，你是不是以为全辽南就你们宁钢用车皮！"说完他"咣"的一声挂了电话。

三天后，辽南铁路局送来了十节车皮，结果石友刚又把车头和司机扣下了。而后从那天起，石友刚一接到辽南铁路局的电话也不管是啥事直接挂掉，马大横骂不成了，想写信骂又不会写几个字，想发电报骂又觉得影响太不好，憋得实在难受就沿着火车道朝北面大骂几句算是解气。

十一

石友刚一下子弄来了13节车皮、一个车头外加一个司机可乐坏了大伙儿，解决了大问题，抢运的速度一下子加快了不少，可是东北局又给出了个难题。

9月18日，郝树英接到东北局财经办的指示，要追加抢运中厚板厂的设备，分别要在一周和十天内拆卸抢运50台机床和一台中板压延机。

"啥，50台机床，一周时间？中板压延机也要拆，那么大咋拆，咋运？"工人们傻了眼。

在郝树英看来，加班加点完成设备的拆卸尚且可能，但如何转运出来是个大问题。虽然厂里修复了一台伪满时期的小摩电车头，但运力太小，各个厂子间捣腾不开，最重要的是通往中厚板厂的摩电线路已经损坏，车根本开不进去。

郝树英盘算着用马车拉，用人推，可那么大的设备马根本拉不动，时间也不允许。除非是修好摩电线路，这样或许还能有些希望。但是能不能修好，得多长时间修好他可说不好，得专业的人说话才行，于是他第一时间想到了孙照深。

孙照深是个电气工程师，是旅顺工大毕业的，国民党时期当过电修厂副厂长，年纪不大懂得却多，无论是伪满时期的日本人还是国民党时期的接收大员都十分看重他，据说他有过目不忘的本领，国民党接管时期他仔细研究了宁钢所有地下布线的图纸，牢牢记在了心里，对于宁钢电气方面的了解他要是说第二，没人敢说第一。

孙照深可谓是三朝元老，但这些年宁山的天变了又变，生产没有得到丝毫恢复，使得他这个一心想实业救国的技术人员心灰意冷。当初宁钢经理准备逃跑时让孙照深去往沈阳拍个电报，孙照深没好脸地对经理说："我是个副厂长，干着厂长的活，拿着技术员的工资，现在又让我做发报员？"结果这个电报他也没发。孙照深盼着宁山早点解放，他的内心里对共产党十分信服，觉得只有跟着共产党干自己才有奔头，宁钢才有出路。实际上，在宁山刚刚解放时杨秋盛就安排他和其他技术人员一同转移到了安东，而后市里电力恢复遇到了难题，孙照深主动请缨回了宁山，不到一周的时间就使市内恢复通电。私底下，国民党特务没少来拉拢他，要带他去沈阳"躲避"，孙照深婉言谢绝，特务恼羞成怒，就常来找他麻烦。工人队伍里也有一些异样的声音，说他是"三姓家奴"不可信，然而郝树英和王立群却没少找孙照深谈话，给予了他足够的信任和支持。五月份，孙照深顶住压力修好了宁钢内部的一个变电站，使得宁钢可以直接使用小丰满水电站的电，北部厂区一下子有条件生产了，这下子谣言不攻自破。就在前两天，为了保护好这个"三朝元老"，郝树英又把孙照深举家转移到了瓦房店。

郝树英把电话打到了瓦房店，找到了孙照深，告知了当下情况并询问要想修好通往中厚板厂的摩电线路所需要的时间。

“这可说不好，少则一周，多了那就没准儿了，年久失修，不知道是啥情况。”孙照深也犯了难。

“哎呀，那这事儿可就难办了，马拉人拽得猴年马月，完不成上面的任务了。”郝树英叹着气。

电话另一头的孙照深沉默了好一会，突然说道：“我有个办法不知道能不能行得通，郝厂长你等着我，我这就回去！”

隔天下午，孙照深回到了宁山，直奔宁钢大白楼，而后和郝树英坐着道奇吉普车进了厂区里。

原来，在“八·一五”前日本人进口了一台充电车和四台蓄电池车。蓄电池车不产生火花，可以在禁火的车间使用。可这蓄电池车没用多久又改用充蒸汽的“无火小机车头”。国民党时期因通上了吉林小丰满水电站的电，厂里使上了80吨的大型电机车，蓄电池车就被彻底闲置了。孙照深对郝树英讲，这蓄电池车一小时能跑60多公里，力量比摩电车大五六倍，充满了电没有电线的地方也能去，可就是不知道闲置了这么多年到底还能不能修好。

在一个破旧的厂房外，警卫员推开了生了锈的铁锁，蝙蝠“噗啦噗啦”飞出了一群，虽是白天可里面漆黑一片。孙照深拿着手电筒四处寻找，在最里面发现了四台挂满了灰尘和蜘蛛网的灰色车头，看样子车头肯定是被人动过，不过好在还很完整，基本没少什么。孙照深说蓄电池车里都是电瓶和硫酸，弄出去费时费力还容易被烫到，所以没人愿意动它。

当天晚上，四台蓄电池车头被拖拽到了电修厂翻砂木工厂后面，这里是当年日本人专修电机车的车间，里面只有两条铁轨，地上尽是坏电车弓子、破车轮子等等。郝树英特意调电工大拿房长贵和七八个电工给孙照深当助手，大伙把四台车都拆开了，拆东补西，拼拼凑凑，希望能弄好一辆就行。这种蓄电池车的驾驶台在中央，前后两头都是蓄电池室，四台蓄电池室全被揭开，把电池瓶一个个搬出来检查。一个电池瓶有一尺来长，多半尺宽，加上瓶中还有硫酸，重量不轻，又怕碰怕撞，几个人合力才能弄出来一个。孙照深要求的很严格，告诉大伙要像搬玻璃瓶那样小心，轻拿轻放到指定地点，而后还要把电池瓶盖一个一个小心打开，这上千个电瓶可废了工夫了。

盛暑伏天，闷热的车间里没有一丝风，大伙累得汗流浃背，还一直提心吊胆，生怕有半点闪失。孙照深亲自检查了这成千个旧电池瓶，其中不少已经是废品了，他细心地挑选出够装成一台车的好电池瓶。电池瓶没有硫酸就等于蒸汽机车没有蒸汽，如今闲置多年电池瓶中积了很多沉淀物，只能一个个地清洗，小心翼翼地将瓶中的剩余硫酸当成“琼浆玉液”一般倒进水缸里，过滤了一遍又一滴不落地倒回电池瓶中。

到了第三天，几百个电池瓶准备装车。装车是最麻烦最讲究的工序了，一个蓄电池室要装上下两层，装在木工新制作的木箱中，一箱装 20 个电瓶，上下两层各 6 箱，操作台前后两边电池室，一边 12 箱要排列得整整齐齐，几百个蓄电池像炮弹一样排列在车里，靠滑轮把电池瓶吊进容积狭小的电池室的木箱中。一切安装妥当后，孙照深又上上下下、仔仔细细地检查了一遍，而后从小发电机房拉出来一条铜线给蓄电池车充电。

“有电流，有电压！”车上传来老房的一阵惊呼。

孙照深赶忙爬进车头，一看各个仪表显示的数值都正常，大喊道："成功啦，成功啦，我们成功啦！"

在场所有的工人一片欢呼，高兴得不得了。

在陈强柱的带领下，工人们成宿隔夜地拆卸机床，结果用了5天时间就拆完了98台，比东北局要求的50台近乎多出一倍，而这天早上，蓄电池车也"轰隆轰隆"地从电修厂里面开了出来。

十二

1948年8月间，东北野战军以排山倒海之势控制了东北九成以上的区域，掌握了八成以上的人口，解放东北全境已是板上钉钉的事。然而宁山却是另一番景象，此时这里正处于敌特侵扰和局部小规模的战斗中。一方面，宁钢继续对设备物资进行拆卸和转运，工人们每天顶着盘旋在脑袋顶上的飞机和随时落下的炮弹干活。另一方面，原"特勤队"队长李坦在国民党方面指派下回到了宁钢，分布隐藏在各个厂区，尚世杰好几次带人想端他个老底儿，可李坦手里的"红眼队"人数也不少，占了几个厂子坚守，硬碰硬容易吃大亏。有人说，李坦自打鬼门关里走了一遭后精神就有点不正常，魔魔怔怔，胡言乱语，喜怒无常，而且更加狠毒了，在他看来国民党的中央军肯定会卷土重来，宁钢肯定还是他的天下。

8月15日和9月4日，敌人两次向宁山发起了进攻，占领了灵山钢绳厂，袭击了立山薄板厂，所幸被我为数不多的留守部队和护厂队夺回。9月下旬，北部厂区最后一个生产厂停了产，王立群呆站在厂房下半天，仰着头眼看着烟囱里的烟慢慢散尽，心里有说不出的滋味。

“王厂长，咱走吧，设备都拆的差不多了，已经装满车皮了！”陈强柱劝王立群。

“哦，拆的这么快？”王立群微微一愣有些不舍，继而问道：“老陈，把你留在宁钢守着你没想法吧？”

“那有啥想法，把我留下是上级对我的信任，再说了，不是吹，这个摊子离了我老陈也守不住，哈哈哈！”陈强柱说着爽朗地笑起来。

“好，你要是这么说我就放心了，你万事小心！至于玉凤你也放心，她跟着组织走肯定没问题！”

“放心放心，那还有啥不放心的！”陈强柱说完这句话不动地方，欲言又止，反复了好几回。王立群知道他肯定是有话说，故意逗他道：“老陈，你还有话对我说？”

“没……没啥了。”

“那我可走啦？”王立群说完转身佯装要走。

“别介，厂长……”老陈着了急，觉得自己再不说就晚了，“王厂长，之前说过等咱们再回了宁钢你就介绍我入党，这话还算数吧？”

“哈哈哈，算，肯定算！”

“妥了，妥了！”老陈喜笑颜开，转身干活去了。这时一个年轻工人给王立群送来几份统计表，上面详细记录了几个月来宁钢北部厂区的生产情况。从5月陆续恢复生产以来到刚刚烟囱熄了烟，宁山钢铁厂共计生产了军锹2万把、军镐8千把、行军锅3万口、铁线50吨，这些军用物资都被运到了前线，支援了东北和全国的解放战争。

10月6日这天，抢运任务收了尾，郝树英把一切安排妥当之后与陶成、警卫员还有最后剩下的库房管理员准备乘道奇吉普车离开。出发前，管理员突然想起一个库房里还有两个暖瓶忘了拿就匆匆忙忙回去取，郝树英告诉他车就停在大白楼前等。可等了好半天始终不见人，郝树英和陶成带着警卫上了车在附近寻找，突然大白楼后面一声枪响，开车过去时发现管理员拎着俩暖壶拼命往这边跑，后面十几个人拿着手枪追赶。郝树英赶忙让司机去接应，警卫员也探出身去开枪还击，眼见还有十几米，库管员却一个趔趄应枪声倒地，口吐鲜血一动不动，两个暖壶被摔得粉碎，散落在身边。

子弹带着风呼呼朝车这边飞来，警卫员胳膊中了弹，寡不敌众，陶成赶忙让司机调头离开。郝树英恨得咬碎钢牙，探出头去看了一眼那十几个敌人，猛然发现为首那人正是“淹死鬼”李坦。

大白楼后面传出了枪声，东侧调车场上最后一辆运送物资的列车已缓缓启动。二赖子扯着脖子瞅那边啥情况，只见郝厂长的吉普车飞一般转过大白楼朝厂外开去，不一会有人登上了大白楼二层的平台上，朝着火车开了两枪，又扯上了青天白日旗，而后一人在平台上发狂一般大笑道：“宁钢又是我李坦的啦！”

二赖子不甘心，两个眼圈通红，一个劲儿用拳头砸栏杆。王立群不露声色，静静地看着大白楼渐渐远去。

“王厂长，我们还能再回宁钢是吧？”二赖子问。

“能！”

“指定能？我可都和二蛋保证了！”

“指定！”王立群坚定地回答。

最后一辆抢运物资的列车“轰轰隆隆”驶出了宁钢，驶出了宁山，至此在70多天的时间里，宁钢全厂上下不分昼夜，风雨无阻，共抢运出机床、润滑油、生铁、炮弹钢等各种物资2000车皮，5.5万吨，圆满完成了东北局交给的任务。

第四章
恢复生产

一

一列开往宁山的火车拉着汽笛，“轰隆轰隆”驶出了长春火车站，可与以往不同的是，这列火车再也不用拐个大弯儿折腾到朝鲜的平壤了，而是可以放心大胆的一路南下，过沈阳，奔宁山，因为东北全境解放了。

战争的进程远比人们想象的要快，从 1948 年 9 月 12 日算起到 11 月 2 日，人民解放军只用了 52 天的时间就彻底击垮了国民党军队，取得了“辽沈战役”的胜利，生活在黑土地上的人们盼星星盼月亮，终于熬出了头儿，见到了光。

在那列南下直奔宁山的列车上坐着一个 50 多岁的老工人，戴着一顶磨破了檐的工帽，穿着个油光锃亮的棉袄，一个劲儿伸着脖子往外瞅。窗外那覆盖上了一层薄雪的大平原白茫茫一片，村庄里一家家烟囱里升腾起袅袅炊烟，还有一群孩子在冰上“抽老牛”哩，不打仗啦，和平啦！他眼睛眯成了一条缝，怎么看也看不够，心里甭提多高兴了。

“解放了，解放了，东北终于解放了，终于能回宁钢了，人民当家做主啦!”老配管工越想越高兴，乐出了声儿，脑子里不禁回想起这半辈子的坎坷经历。

这个老工人叫孟瑞祥，老家原本在河北丰润县山王寨村。爷爷曾讲过，孟瑞祥出生那年正赶上京城里闹变法，说什么康有为捧起了光绪皇帝，要弄君主立宪，而后慈禧太后翻了脸，把光绪软禁在中南海里。后来八国联军又来了，一通折腾，把慈禧太后都吓跑了，再后来又出来一个孙大炮成立了民国，没两天这满天下就彻底乱了。反正不管咋地，皇帝啊、洋大人啊、衙门啊、地主老财啊折腾得老百姓死去活来。家中爷爷一辈子给人家扛活儿没直过腰，爸从小也觉得自己就是扛活儿的命，也干了一辈子。轮到孟瑞祥出生了，家中的光景还是没一点好转，三天两头缺粮断顿。

孟瑞祥长到了18岁，已经成了一个壮小伙儿，有了自己的想法，不愿再走祖辈父辈的老路，立志要去外面闯荡闯荡，混出个人样来。都说东北那地方好，富裕，当地人个个住洋楼，顿顿能吃上白面馒头。孟瑞祥恰巧有个同族的大哥在抚顺的千金寨刨煤，于是他背上包袱一路出了关，去了抚顺，结果到了那才发现原来传说都是糊弄人的，就是为了骗你去，实际情况与说的差着十万八千里。当地人都把挖煤工人叫做“窑黑子”，工人们也这么叫自己。“窑黑子”住的是黢黑的席棚子，里面酸臭酸臭的。煤窑里上来的工人从来都是浑身黢黑，不少人身上就披着个麻袋片子，晚上要是不咧嘴露出白牙都看不出来是个人。黑也好，白也罢，不管咋地能上来就是好事，还有多少上不来的呢。有多少次瓦斯爆炸把人都埋在里面，日本人也不管，就近拖出来的直接扔到万人坑里，拖不出来的就干脆封了洞口。不少矿工家里人哭着喊着来找，日本人就扯上电网，有一次一个妇女抱着孩子拼了命的往里爬，都被电死了，结果也被拖走填了坑。

千金寨的周围全是酒馆、赌场、妓院和大烟馆，“窑黑子”们也真是没出息，管不住自己，领了工钱一准儿去这几个地方消遣，没几天就花光了，还有的拉下了饥荒，就还得继续留在这里干。矿上流传着一个歌谣：“来到千金寨，就把行李卖，新的换旧的，旧的换麻袋。”有好多人从进了千金寨后就再也没出去过，要不就是被埋在了煤窑里，要不就是被填了万人坑，要不就是贫病交加死在席棚子里。“窑黑子”们也习惯了，没了感情，活着就是为了吃口饭，喝口酒，找窑姐扯扯淡，和行尸走肉也差不多，若见到谁死在席棚子里就先扒下能穿能用的，再拖出去填坑。孟瑞祥打到这里第一天开始就想着离开，正赶上一次弄坏了一个工具被日本工头扇了个大嘴巴，而后他一气之下就离开千金寨，到了宁山，托关系进了宁山制铁所。

到制铁所上工的时候工头登记，让他写下自己的名字。当工人的有个规矩，跳一次厂子就得换一次名，是怕被抓回去。孟瑞祥在千金寨的时候给自己起的名字叫孟宪刚，起完了就后悔了，名字太复杂，十几笔不好写，这时他冷不丁想起来大字好写，但叫孟大又太不好听，大字加一点就念太字，干脆就叫孟太吧。于是他就在本子上写了个“孟太”。

旁边登记员看着这俩字又看了看孟瑞祥皱着眉，孟瑞祥心里咯噔一下，心想莫不是被发现了。

“哪有叫这个‘太’字的，应该是‘泰山’的‘泰’吧，你是不是不会写？”登记员问。

“对对对，就是那个‘泰’！”孟瑞祥赶忙回答，心想原来不是被发现了，叫哪个无所谓，能让过就行。于是那一年，28岁的孟瑞祥在宁山制铁所有了新名字“孟泰”。

到了新厂子，换了新名字，可孟泰的日子也没见过好，也没少挨打受气。有一次，孟泰被小鬼子叫到家里干活，在洋街上一个日本小孩牵着一条大狗玩耍，看到来了个破衣烂衫的人就撒开了链子，放狗去咬。大狗在那嗷嗷直叫，龇着獠牙，孟泰心想，真是狗仗人势啊，想一脚踢死可实在不敢，因为不远处就有端着枪巡逻的日本宪兵。结果只能拼了命的跑。

终于有一天，日本人急急忙忙都挤到了大办公室里听广播，不一会就有人瘫在地上嗷嗷地叫起来，原来日本无条件投降了。有个叫做岛崎的日本工头，痛哭流涕，嘴上还要硬，对中国工人说道：“满洲地方大大地好，十年，二十年，大日本定要回来！”

“去你奶奶的，滚回你们那旮瘩吧！”一个工人怒骂道。

听到这消息，孟泰高兴得满眼含泪，和几个老伙伴儿来到高炉旁边的空地上，朝着南面跪下身来，好像儿女迎接母亲一般，因为“中华民国”要来啦！

没过多久，国民党来了，可大家伙发现那派来的接收大员也不是什么好玩意，除了不说日本话外和小鬼子也差不多，一个个头发梳得油光锃亮，坐着轿车，带着浓妆艳抹的太太们，老晚才来上班，在车间里不懂装懂，比比划划，没完没了地开会也不见厂子生产。再后来就没了命的往出搬东西，那架势和强盗也差不多。工人们寒了心，骂道：“磕头磕到了猪圈里，盼来盼去来了个二满洲！”工人们无心上工，猫起来推牌九，派个人出去放哨，当初对付日本人的那些磨洋工的法子又都用上了，后来厂子干脆停了工，工人们都回了家，没了营生。

再后来宁山就解放了，共产党派来了“大员”接收了宁钢，还成立了宁山钢铁厂。孟泰没事就在厂里转悠转悠想看看新鲜，可始终也不见什么大员，都是一群穿着黄棉袄、扎着武功带的解放军，打听了好几圈才知道那就是“大员”。原来共产党的“大员”和国民党的不一样，见到了老百姓一口一个老乡，一口一个师傅，没官架子，活了半辈子的孟泰算是开了眼。

解放没几天日子，听说一个姓杨的“大员”要把宁钢里的技术人员和老工人师傅都转移到后方，还特意找到了孟泰，问他愿不愿意去，等稳定下来再回宁钢恢复生产。孟泰也不知道咋地，看到共产党就感觉亲，就打心眼里信任，满口答应。于是，孟泰一路跟着队伍转移到了普兰店，又在上级安排下到了吉林通化，在那里修好了两座小高炉。没过几个月东北就彻底解放了，他终于可以再回宁钢了。

到了宁山下了火车，接站的人们敲锣打鼓，喜气洋洋。孟泰背着行李穿过人群往北面走了老远，抻着脖子踮着脚想看看宁钢里是不是冒了烟，可啥也没看到。

“没啥，有共产党带着咱，用不了多久宁钢就能冒烟!”孟泰心说。

二

辽沈战役结束的当天，东北局副书记陈云就率党政干部进驻沈阳，随即宣布中共沈阳市特别工作委员会成立。第二天，郝树英就到了沈阳，找到了工业部部长王首道，如释重负地说自己完成了组织上交给的看摊儿任务，如今东北全境解放了，自己就来交班来了。出门时，郝树英正巧遇到李达。两人曾是同事又是好友，当初在来宁钢之前郝树英是辽东行政委员会的经建处第二副处长，而处长正是李达。

“老李，你来开会?”郝树英问。

“呦呵，这不是老郝嘛！”李达本就嗓门大，见到郝树英又高兴，整个走廊都能听到他的声音。“上级说有任务要安排给我，我还不知道怎么回事呢就直接来了！”刚说完这话李达猛然反应过来，瞪大了眼睛看着郝树英。这时郝树英也明白了，会心一笑着说：“你肩膀头宽，脑壳子硬，要我说啊这担子除了你还真没人能挑起啦！”

不出郝树英所料，东北局早就想好了接替郝树英的人选。李达和郝树英年龄相仿，是辽宁安东人，今年40多岁，典型的东北大汉，膀大腰圆，剑眉倒立，二目放光，走起路来虎虎生风，不怒自威。他是红军时期的老革命，在工业战线工作多年，经验丰富，富有革命热情，向来干劲儿十足，不打退堂鼓。我党尚无管理大型企业的经验，如今宁钢亟待恢复生产，就得需要一个敢想敢干的大刀阔斧地干上一场。但这李达也有不足的地方，就是脾气太大，爱激动，一来了劲儿就爱拍桌子，不少人都反映他这种“官僚”做派，可熟悉的人知道他高兴的时候也爱拍桌子，那就是个人习惯罢了。对此，东北局并没有过分担心，因为在宁山还有个沉稳老成、“婆婆妈妈”的杨秋盛呢，俩人搭伙儿算是互补了。

“老李啊，组织上派你这个大将去宁钢可是寄予了很大的厚望，摊子郝树英是帮你看下来了，下一步就是要以最短的时间恢复生产！”王首道说。

李达之前毫无思想准备，闻听这话脑袋里嗡的一声，愣了半天没说出话来。王首道也觉得有点奇怪，按照老李的性格，有事没事拍桌子先给你叫三板，今天竟然哑了火。

“当然，困难肯定是有的。”沉默了半天王首道又说了话，想宽慰一下李达，“但如今东北已经彻底解放，可以腾出更多的精力支援宁钢，这一点是肯定的，而且马上还会有一批党员干部被派到那里，所以你面临的形势要比老郝强的多。”

李达还是没有回答，皱着眉头看着王首道。

“这算是什么个态度嘛，好歹表个态嘛，拍桌子也行啊!”王首道心想。

又沉寂了好一会，王首道刚想再说点什么缓和一下气氛，可李达却先说了话：“我服从组织上的安排!”

就这么一句话。

“完啦?”王首道一愣，他在等李达的要求，甚至是抱怨。

“完了！我回去准备准备!”李达说完转身就走。

“你倒是再说点什么啊，拍个桌子也是好的嘛!”王首道喊着。而后又自言自语道：“这反应也太不正常了!”

虽是刚过11月，可枯黄的树叶早离开了枝头，层层叠叠铺在地上。这一天天气出奇的好，湛蓝湛蓝的。一大清早，一辆吉普车卷着枯树叶驶进了台町，停在了迎宾馆前，李达皱着眉头从车上下来。

此时的迎宾馆暂时成了宁钢接待师级以上干部的办公地点，办事的出出进进，人来人往，忙个不停，谁也没注意到李达的出现。警卫员想去打听打听，被李达叫住了，示意他不要着急等一等，警卫员都有些奇怪，心想咱首长啥时候变得这么有耐性了。

李达坐在长椅上又陷入了思考，可这一等就是两个多小时，最后警卫员终于等不及了，在大厅里喊道：“有没有人管，我们首长可等了半天了，知道他是谁吧，是宁钢新来的经理！”

听警卫员这么一说，接待员慌了神，赶忙上楼通报。片刻后，市委秘书长赵君哲和接待处长谷正荣疾步而来，上前握手表示歉意，李达稍有愠色，但也没发火，和二人握手，递上了介绍信。而后市长贺寿云特意安排吃了一顿便饭，又在台町安排了住处，一切妥当之后已经下午三点多。李达刚想坐下喝口水，警卫员就进来报告，说有两位首长想见他。

“嚯，谁消息这么灵通，刚安排了住处就被找到了。”李达心想。转身出了门发现两个穿着军装的人等在门口，一个人中等身材，神色从容，背着手。一个瘦瘦高高，戴着眼镜，抽着烟。李达一下子就认出来了，是杨秋盛和王立群二人。

“啊呀，是你们俩，你俩不来找我我也得去找你们俩啊！”见到二人李达颇为高兴，杨秋盛和他是老熟人，延安的时候曾是一个班的同学。王立群相对陌生，但也打过几次照面。

“老李啊，上午去了趟海城，没能给你接风还觉得有些对不住，后来一想，我可不能在市里给你接风，我得和王立群把你接到宁钢里接风！”杨秋盛说。

刚开始李达还没明白杨秋盛这话是啥意思，仔细一想突然明白了，原来东北解放后辽南行署专员贺寿云改任宁山市市长，辽南一地委书记杨秋盛改任宁山市市委书记兼宁钢监委，他俩现在是一副架了，说要给他在宁钢里接风一点儿没错。

“走，咱进厂里溜达溜达，拉拉话？”杨秋盛问。

“走走走，正愁没人给我带路呢！”李达说着跟二人出了台町，直奔宁钢。

三

这段时间里，宁山火车站热闹了不少，转移到后方的工人和技术人员们都陆陆续续回来了。二赖子和大莲恰巧赶上一辆火车回来，刚一到站二赖子就拎着个行李卷蹿了出去，着急忙慌奔外跑，大莲行李多挤不出来，急了眼，在车里直跺脚。二赖子出了车站才发现媳妇没跟上，又回去找。

二赖子和大莲一路小跑奔铁西八家子，当初他俩转移的时候把孩子留在了这里，要说也怪，平日里忙着上班，孩子放在妈家也不咋能见到，可心里就好像有底似的也不想，这真正一分开可就想得抓心挠肝，就连二赖子那没心没肺的货也成天叨叨着想孩子。二人拎着大包小包累得呼哧带喘，越想走快越走不快，二赖子气得在一边数落："臭老娘们，当初我就说啥也别带你不信，结果人家那边啥都给发，没到俩月就回来了，就来回搬家玩了！我就带了一套衣服都没用上！"

"你别在那站着说话不腰疼，谁知道仗打得这么快，就你那埋汰劲儿再呆半年你都不能换衣服，虱子都嫌你脏不爱咬你！"大莲没好脸地说："一会儿你离远着点，浑身恶臭的，别给孩子熏到了！"

二赖子一呲牙，也不知道咋应对，干脆不说话。

到了家中，大莲抱着孩子又是哭又是笑，亲个没够。二赖子也想上前亲近亲近，可一闻自己身上味儿确实挺大也就没上前，站在一边嘿嘿傻笑。

吃完了午饭，大莲带着孩子在炕上玩，二赖子把之前带去后方的衣服换上了，拿着个口袋装了半袋子高粱米出了门。他在瓦房店的时候就听说前几天孟泰孟师傅也回来了。当初在炼铁厂当配管工的时候孟泰没短了帮他，孩子刚出生时家里缺粮断顿，大莲没奶水，孩子饿得哇哇直哭，人家孟师傅宁可自己饿着肚子也得省出来点小米给送来，这份恩情可不能忘。听说厂里给他在对炉山青房子那安排了宿舍，二赖子心想得去看看。

对炉山这边的房子是日本人最初盖起来的宿舍，通体青色，各方面条件都很优越，老百姓都管这里叫青房子。后来日本人挪到了台町之后就把这分给了一些为他们卖命的中国工头们以示奖励，所以那时候谁要是能住进青房子可就都是宁钢里有头有脸的人物了，当初李坦就曾住过这里。但像二赖子这样的，干脆连来都没来过。

此时，青房子人来人往，进进出出，有的搬行李，有的晾衣服，有的扛桌子，有的抬土盘炕，大家伙一个个喜气洋洋，干得带劲儿。二赖子一看，这些进进出出的人不少他都认识，不就都是以前的工友嘛，也不是啥的大人物啊，还是共产党好，人人平等，没有啥高低贵贱，自己要是再努努力以后说不定也能住进青房子，还可能住进台町呢。

二赖子打听到了孟师傅家，一进门发现屋里烟熏火燎，大女儿一边咳嗽着一边往灶坑里添火，孟大嫂抡着衣服往窗外赶烟，孟师傅则蹲在炕上找漏烟的地方却发现满哪都是漏点。原来孟师傅家的炕也是刚盘上的，还不太好使。

“哈哈哈，我说老孟师傅，那么大的高炉在你手里都是顺毛驴，咋一个小火炕就把你弄成这样？”二赖子大笑着说。

孟师傅扇呼扇呼烟，眯着眼看清了二赖子，笑着说：“哈哈，是二赖子啊，快进来快进来！得，还是我出去吧！

孟泰说着下了炕，到了外面继续说道："你说说，组织上照顾咱们工人，给我发了炉子、煤饼、铁锅、菜刀和碗筷，另外还给了一百斤苞米，啥都给我安排妥妥当当的，支起摊子就能过日子，可我这不争气啊，让一铺炕给我难住了，这日子不是让我过瞎了吗！还真是隔行如隔山，都是烧火的物件，高炉咱没问题，可拿这火炕就是没招儿！"

"哈哈，没事，就算是冒烟也比当年你住那席棚子好一万倍啊！"二赖子说着放下了小米，"孟师傅，你去后方去得早，咱可有日子没见啦，快给我讲讲，你在通化都干了啥啦？"

"干啥，修炉子呗，不就这点手艺嘛！"孟师傅说着拿了两个小板凳，俩人坐下开始唠了起来。他说，当初组织上让他去通化他还有点舍不得，心里放心不下这高炉啊。后来一说吉林通化的山里也有个钢厂，炉子坏了得有人修，他二话没有就同意了。去之前孟师傅还怕自己弓拉得太满，完不成任务。到了那一看放了心，那俩炉子也太小了，宁钢的高炉有它十倍大，他上上下下爬了二十多年，修个这小炉子不是手拿把掐的嘛。再仔细一看，这炉子不但小，而且太落后，风口位置不对，冷却板也没有，问题一大堆。钢厂的张厂长问修好这俩炉子得多久，他说40天，厂长有点不信，说别的老师傅来看过，说咋地也得80天，这一下子就少了一半儿能行吗。孟泰心说咱可是宁钢出来的，就这他还自个余份儿了5天呢。

"都说宁山冷，要我说啊比起那通化算是暖和的，那小北风一刮起来比刀子还厉害，裹两层狍子皮都不管用，手一摸铁管子就被粘上，一使劲就掉一层皮，那气焊一点着了都感觉不咋热，切不下来东西！最关键的是缺零件缺得厉害，要啥啥没有。"

“那咋整啊？”二赖子听着都跟着着急。

“先可着一个来，拆东墙补西墙呗，能先干上一个是一个，后来另一个缝缝补补也算是对付上了！”

“还是孟师傅厉害！”

“那小炉子咋地都好弄，我担心的是我们宁钢，将来全国解放了可就都指望着咱宁钢出钢铁呢，这大炉子可不是缝缝补补就能对付的，得万无一失才行。我就合计着，咱宁钢这几年被折腾的够呛，昨个我去厂里溜达了一趟，那高炉上都絮了鸟窝了！”

“能不能修好？”

“说不好，关键是咱拿啥修啊？美国人炸完了之后苏联人来搬，苏联人搬完了国民党又来搬，最后剩点零零碎碎的还被咱们本地人给弄家里去了，宁钢现在穷的底儿掉啦！”

二赖子一合计也是，宁钢里真也没剩下啥了，这个他心里最有数，就算把当初抢运的物资都送回来也修好不了几个厂，真想生产起来可是难事。

二人没了话，坐在小板凳上直叹气。

四

李达坐在办公室里抽着烟，眉头紧蹙，心事重重。自从来到宁钢以后，一向风风火火的他跟换了个人似的，愁眉不展，而此时他的脸上还多了些愠怒，这是因为胡思乱想的他又猛然想起了几天前濑尾那句刺耳的预言。

这些日子李达失了眠，成宿成宿睡不着觉，本已经戒掉的烟又捡起来了。深更半夜他屋里那昏黄的台灯总是亮着，云雾缭绕，不时传来一阵剧烈的咳嗽声。

就在李达到宁钢的第二天，留用的日本技术人员率先从后方回来了，上级优待他们，把他们都安排住进了台町里。原“昭和制钢所”理事濑尾喜代三被安排住进了和李达同一栋的别墅中。几天前的半夜，听到隔壁的李达咳嗽的厉害，他就特意送去了家人从日本邮过来的止咳药。

李达听说过濑尾这个人但还不知道就住在自己隔壁，这个人文质彬彬，不卑不亢，本身又很反对战争，李达对他印象很好。本想问问他宁钢的事情，但觉得自己头脑太乱，干脆不问也罢，长夜漫漫，所幸聊聊天，权当是放松一下。恰巧濑尾看到李达家中有围棋就提议对上一局。李达来了兴致，心想这围棋还真是好久没人动了，今天就让它见见光。

濑尾喜欢中国文化，也喜欢围棋，但是下的不好，李达让他三子，结果从深夜一直下到了天明他也没赢一局。二人约定隔日再战。临走前，李达叫住了濑尾，欲言又止，濑尾转身离开。

二人再战，李达仍让三子，濑尾还是赢不了，可也进步了不少。清早濑尾要离开，主动问李达有没有其他的事了，李达思考了片刻说没事。

又一个深夜，李达面色如土，眼中布满血丝，烟灰缸里的烟蒂满满登登。濑尾如约而至，见他这副疲惫的样子提议还是休息吧，李达不同意，沏了一壶浓茶，信誓旦旦说今天让他五子。可棋间，李达心不在焉，心神不宁，频频失误，竟陷入了被动。其实这些天来他一直想询问濑尾对于目前宁钢的看法，但又有所顾虑，一来他料定这日本人会消极应对，为自己泼冷水。二来，李达向来要面子，可不想让一个日本人当面羞臊自己，下不来台。再有，他也想自己去多了解了解宁钢的现状，做到心中有数再说。

实际上，李达早在经建处的时候就对宁钢的情况有所了解，那天杨秋盛和王立群也交了底，心里多少有了点数，可这些天轮到自己真正进了厂里这么一看仍是吃惊不小。“哪里是工厂，分明就是一座钢铁坟墓！”李达想，压在自己肩头上的不是重担，而是一座大坟头儿，自己恐怕就得葬在这“坟场”里了。

走神的李达已经在棋面上完全落了下风，缓过神来发现大势已去。他冒了汗，抬头看了看对面的濑尾，后者眉头紧皱，面露忧色地看着他。李达定了定神，擦了擦汗，想起死回生，却迟迟落不下子。

“李达君，你顾虑重重，迟迟不落子，想必是遇到困局了吧？”濑尾话里有话。

“濑尾先生这两天棋力大增，佩服佩服！”李达听出了濑尾的话外之音，但故意装作不知。

“不是我棋力大增，而是你‘穷困潦倒’，后援不足啊！”濑尾指着李达让他的五个子说。

“那依濑尾先生看如何破局？”李达就着棋局开始询问。

“若单单是眼前这几步棋倒是有招，但要想通盘盘活……恐怕不行。”濑尾说着摇摇头。

“这话说得有些危言耸听了吧濑尾先生？”

这话其实并不是危言耸听，宁钢的实际情况濑尾恐怕是比任何人都要清楚。实际上日本的技术算不上很高，很多重要的设备和技术都要依靠着德国人。可这两个法西斯阵营里的同伙貌合神离。德国人打心眼里看不上日本人，处处提防，每每涉及重要技术时都用草席子围起来，不让日本人进。而日本人涉及重要技术的时候又不让中国人靠近。如此一来，但凡是中国人吃到的“食”都是人家嚼了两回剩下的了，也可以更直白地说，中国人手里几乎没掌握什么技术。

濑尾为人颇为耿直，他摇着头叹了口气说道：“李达君，贵国总说与朋友要以诚相待，我看我们也就不要绕弯子了。我知道你在为宁钢的事情愁眉不展，可要恢复谈何容易，那得需要美国的设备、日本的技术，再加上20~25年的时光。只可惜……”

“只可惜什么？”

“可惜贵方与美国尚未建交，日本又是战败国，你们是外援无路，内力空虚，看来……看来这片厂区只能种高粱了！”濑尾说完这句话长长叹了口气，满脸愁容，他扶了扶眼镜，落下了最后一颗棋子，而后站起身来向李达深深鞠上一躬说道：“李达君，无论如何，只要贵方需要我都会竭尽全力！”濑尾鞠完了躬便转身离开。

这话太过刺耳，李达恨不得掀翻桌子臭骂这个“法西斯”一顿，可是他太累了，累到无力掀翻桌子，更何况濑尾说的倒也是事实。

李达低着头看着棋局，刚刚濑尾落下的最后一颗子彻底击败了自己。

“20多年，我可以再干20多年，累死也成，可国家等不了20多年啊！”想到这里心情更加的烦躁了，他怼灭了烟头，打开了窗户，解开了衣领，可还是感觉闷得要死。而后他又出了办公室，爬上了大白楼楼顶，使劲吸了两口气，十一月的冷风呛到了他的肺里，他猛地大咳起来，咳了一阵子反而觉得清醒了不少。他叉着腰朝着四面八方望去，夕阳之下，高炉和厂房都被染得通红，就好像那刚出炉的铁水一般。“多么壮观啊，多么壮观，要是这个大家伙真的能出铁那该多好!”李达想。

“大冷天的到这上面来干啥?”这时，突然传出了说话声。李达转身一看，是监委杨秋盛同志，他也顺着梯子爬上了楼顶。

“是啊，高处不胜寒啊!”又一个人爬了上来，是王立群。

“你们……你们咋来了?”李达一愣。

“都说李达同志压力大，整个人都快垮掉了，离老远看你在楼顶上我俩不得赶紧来，谁知道你是不是要跳楼啊!”老友杨秋盛打趣道。

“李达同志，这上面的风景还不错吧?”王立群问。

“不错，真的不错，没想到在这上面看，宁钢是这么的壮观!”李达回答道。

“当初郝树英同志就带我上过楼顶，我也是，转圈这么一看就彻底爱上了宁钢。要说那时候可比现在难，国民党的52军还在河对岸瞄着呢，满厂都是敌特。那时候老百姓，还有咱们兄弟单位还都惦记着宁钢里的东西，都想从这弄点回去呢!”

“可……可那时候是看摊儿，看住了就行，如今咱们的任务是恢复生产，难啊，难啊!”

“要我说，再难也用不上20多年，抗战多难，才打了8年嘛!”王立群大笑着说。

李达听到这话一愣。“你听说濑尾的话了?”

“哪能不知道，都传开啦!”王立群说，“一个日本人说出这话不足为奇，再说了，又何止是他一个人这么说，全世界的帝国主义都在给我们卜卦，他们根本就不信我们这些人能在大城市里呆长久了，更不相信咱们能管理好企业!那濑尾说的算是客气的啦!”

“是啊老李，那些恶徒们都龇着獠牙等着我们出丑呢，咱们要真不把钢铁弄出来，不把工业发展起来，他们准得跳出来再咬我们一口！”杨秋盛说，“他们说的固然有他们的理由，但却犯了一个致命的错误就是忽略了‘人’的因素，想一想，我们党当初一穷二白，可硬是靠着小米加步枪赶走了帝国主义，如今就要解放全国了，因为啥，不就是因为咱始终依靠着工人阶级，依靠着农民阶级，这是我们战胜一切困难的力量源泉！”

“对啊李达同志，你是人民，我是人民，老杨也是人民，依靠人民群众就是我们致胜的法宝啊！帝国主义没认识到，可这是多少年咱们通过实践总结出的经验，有了这个法宝咱还怕啥？他们日本说20多年，我看用不上，咱们争取3年那就给它拿下！”

这话说得提气，李达突然觉得自己这七经八络都疏通了，气也顺了，浑身舒坦了不少，紧蹙的眉头终于舒展开来。他悔不该把困难估计得太过严重，自己一个人躲起来钻牛角尖，弄得大家都跟着丧气。

“咋，王立群说三年你高兴啦，这回不想着种高粱啦？”杨秋盛拍着李达的肩膀说。

“哈哈，种啥高粱，咱这宝地种高粱不白瞎了吗，就得出钢铁才行！”

“还有好事呢，我给你带人来了！”

说话间，白楼楼顶上又上来六个人，是靳树梁、王之玺、邵象华、杨树棠、李松堂、毛鹤年。李达一愣，继而脸上露出了笑容，原来这几人是国民党时期宁钢的六大协理，现在他们齐刷刷地都回来了。

五

在宁钢的任何一个人看来六大协理都是可以信任且必须依靠的人，这种观点并不是来自单方面的主观臆断，而是他们通过实际行动换来的。

话说靳树梁、王之玺、邵象华、杨树棠、李松堂、毛鹤年这六大协理个个都不简单。就拿这靳树梁和王之玺为例，两人与当初的国民党资源委员会委员长孙越崎是校友，都毕业于清末天津北洋大学的采矿冶金工程系。1936 年，靳树梁调入南京国民政府资源委员会工作，为筹办中央钢铁厂他曾于 1937 年带领由 8 人组成的小组前往德国学习深造，这 8 人中就包括杨树棠和李松堂。王之玺则是在 1934 年赴英国谢菲尔德大学学习深造。1938 年，靳树梁和王之玺等一批人被孙越崎召回国内。此时，由于战火，湘潭的中央钢铁厂被迫下马，为防止现有钢铁厂遭到破坏，国民政府兵工署和资源委员会联合成立钢铁厂迁建委员会，靳树梁和王之玺被委任以委员，参与拆迁汉阳、大冶、六河沟等铁厂并转移至四川大渡口重建。

1945 年日本宣布投降后不久，孙越崎被经济部战时生产局紧急任命为东北地区特派员，主持接收东北地区的工矿企业。从一开始就抱着实业救国之心的孙越崎早已憋足了劲儿，想大干一把，于是推行了自己当初设计的千人出关接收日伪产业的计划。次年 4 月，国民党进占宁山，同年 10 月 1 日，国民政府“资源委员会宁山钢铁有限公司”宣告成立，由邵逸舟担任公司经理，靳树梁、王之玺、邵象华、杨树棠、李松堂、毛鹤年则陆续成为了公司协理。

而后中国共产党打进了宁山，军政大员早已逃之夭夭，六大协理一度也想离开宁山，还曾就此事寻求孙越崎的帮助，希望他派飞机来接应，而后孙越崎发来电报说道：“这是内战，不一定非跑不可！”电报极其简短却让六大协理思考良久，他们深知这十一个字实际上已经表明了孙越崎的态度和对六个人的期望。如他所愿，六大协理全都留了下来，而后被转移至安东，辽沈战役一结束，又立刻回到了宁钢。接下来的一段时间里可忙坏了几个协理，他们跟着李达坐着那辆道奇吉普车早出晚归，用了一周的时间将整个宁钢跑了个遍，对现状有了全面的了解。而后李达责成王之玺、邵象华、杨树棠和李松堂四人制定一个全面的复工计划，由王之玺牵头。同样的任务也交给了濑尾，当然，两伙人是各自独立制定着计划。

当初濑尾那句“种高粱”的言论是实话也好，奚落也罢，可无形中激怒了全厂上上下下，心想这日本人都被赶跑了，宁山也解放了，人民当了家做了主，咋还轮到那留着山羊胡的小鬼子说风凉话。

“临危受命”的四个协理嘴上不说其实心里都憋着一股劲儿，发了狂一般没日没夜地工作，制定着中国人自己的复工计划。在大白楼南不远的小白楼里有一间办公室，如今几人吃住几乎都在那里，台灯是长开着的，也顾不上关，困了就趴着眯一会，醒了就继续工作。有时候觉得哪个地方有了出入王之玺就直奔厂里亲自查看。他不会骑自行车，也没有自行车，只能一路小跑，本来就休息不足，这样一折腾没几天人就瘦了一圈。他这一来二去的路过大白楼被李达看到了，问明了情况后急得一拍大腿，问为啥不早说，而后把自己的吉普车给了他用，并告诉王之玺有什么困难一定要第一时间提出来。

知识分子要是认起真来是吓人的，四个协理是大知识分子，并且倾注了前所未有的精力到这次任务中，他们没有感到疲惫，反而觉得异常兴奋。实际上，这几个人当初哪个不是抱着拳拳之心四处求学，功名利禄非本意，实业报国为初心，能来到这样硕大的工厂里也是一种幸运。可久而久之，几人凉了心，来了宁钢能怎样，当了协理又怎样，自从行政院院长张群为初轧厂剪彩，象征性地轧出六块钢板之后，一个扛活儿的苦力都能看出来这工厂算是完了，在国民党接收时期完了，在接收大员的手里完了。如今，共产党来了，工厂还是那个工厂，工人还是那些工人，不同的是他们真正地想带领工人把宁钢恢复起来，这是一件多么令人兴奋的事情，如何能不让当初那几个意气风发的学子热血沸腾！

朝晖夕阴，日出日落，小台灯就那么亮着，几个协理累得面色阴沉，满眼血丝，可心里却愈加敞亮。

这天清晨，熹微的阳光斜射进小白楼的办公室里，邵象华趴在了桌子上，杨树棠和李松堂倚靠在沙发上轻微地打着鼾声，他们睡的很沉，睡的很香。王之玺写完了最后一笔后把文件摞到一旁——那是几人制定出来的详细的复工计划，他们用了三周的时间终于完成了。在复工计划上还放着一封他几天前就写好却还没来得及叠起来的信件。

吾兄丁振岩：

时光如逝，秋去冬来，转眼分别八九个月，恍惚间天翻覆地，不知吾兄现在大冶可好？

回想宁山刚解放之时，人心惶惶，皆在商议何去何从，内心不免万念俱焚，是孙兄一语道破，我方如梦初醒。你我皆欲救国救民，实业兴邦，学有所成，怀揣理想共赴宁钢。然国民政府腐败无能，心不在此，你我亲历，如此何以实业兴邦？兄虽在大冶，远隔千里，但吾亦有所耳闻，那里已是垂死挣扎，而宁钢则是另一番景象，共产党人待吾如宾，待民如亲，且复工之心坚决，救国救民之心坚决，非我诳语，有目共睹，兄或亦有所耳闻。兄在大冶志在兴邦，吾于宁钢志亦在兴邦，大冶摇摇欲坠，宁钢蒸蒸日上，兄可等，大冶可等，然千疮百孔之国家不可等，积贫积弱之民族不可等，遂望兄心向光明，速往宁钢，不忘年少之志，不枉拳拳之心！

弟 之玺

一九四八年十一月

六

受李达之托，濑尾带领他的日本技术人员们也制定出了复工计划，实际上濑尾这个知识分子并没有在这其中融入什么民族情绪，客观公正这一点也是他在工作中所反复强调的。濑尾“充分”地考虑到了各种客观因素，包括国际形势、技术能力、员工素质，甚至包括了运输条件和可能发生的种种不利情况，最后“大胆”给出了20年的时间表，当然这节省下来的5年时间在很大程度上是为了照顾李达的情绪。四大协理的复工计划也出来了，按照宁钢领导的指示，他们充分考虑进了人的因素在里面，所以这个时间是5年。

这天，王之玺和濑尾一同把计划书送到了经理办公室，李达仔细地看着王之玺的计划书，越看越觉得高兴，频频称好。濑尾在一旁不言不语，毫无表情，可心里却在冷笑，觉得未免有些自欺欺人。

“好啊，好！”李达笑着说，“这个计划有搞头儿，可是5年还是有点久，我觉得三年差不多！”

“三年？就算是美国加上日本再搭上个德国也不可能在三年里完成！”濑尾心想。

“濑尾先生，你觉得王之玺的计划书如何？”李达故意难为了一下濑尾。

“呃……贵国有句话叫做人定胜天，人定胜天。”濑尾一阵尴尬，却又不失礼貌地附和了一句。

“你啊你，搪塞应付这方面学的倒是挺快。”李达说着又看了看王之玺，三年时间可不是我自己一拍脑门定出来的，是战争的需要，是国家的需要，我们能等得了，国家等不了啊！王之玺，你说三年时间有没有可能？”

“如果在技术人员和设备物资都充足且没有意外发生的情况下，三年不是没可能，但这是最乐观的理想状态，可眼下……”

“你说的对，我们要有革命的乐观精神，但也要面对客观存在的困难！技术人员和设备物资确实是眼下我们最迫切需要的，这个我会要求东北局全力支持我们。但在技术人员这一块，你们几个大协理还得继续多帮助啊！”李达说着把目光转到了濑尾身上，“濑尾先生，我打算用王之玺的这份计划，你没什么意见吧？”

“不敢不敢……”濑尾依然很客气，但心想既然如此，自己算是没什么用处了，回国的时间也差不多到了。

“但你这个大专家也不能闲着，另有重用！”

濑尾一愣。

“你得给我当总顾问！”

濑尾吃了一惊，本以为无论是从民族情绪也好，还是从“客观”的计划也罢，今天自己都会断送了自己的前程，至少会被搁置在一旁，他早已做好了这个心理准备，唯独没想到李达会让自己当总顾问，内心不禁涌起一阵感激之情。

“哈依!”濑尾一激动冒出日本话，而后立特意识到说错了话，立刻改口道：“愿为贵方竭尽全力!”

“别老贵方贵方的，咱都是为了恢复宁钢，可你要蹦出个‘昭和制钢所’可就别怪我老李不客气了，哈哈!”李达爽朗地笑了出来。濑尾和王之玺这两个不苟言笑的人也不禁被逗乐。

而后，李达按照组织上的决定对六大协理的工作进行了安排，拟定靳树梁协助负责整体工作，王之玺出任计划处副处长，李松堂、邵象华、杨树棠和毛鹤年分别出任轧钢、炼钢、制造和动力部总工程师。

这些天李达心情可真是大好，不仅仅是因为复工计划的完成，实际上近些时日宁钢在人员方面也得到了很大的扩充。一方面，当初所有转移至后方的技术人员已经全部抵达了宁钢，其中就包括工程师杨振谷、雷天康和靳树梁之子靳汉等，各个技术学校也下来一批年轻的技术员。另一方面，东北局又陆续派来不少党员干部来到宁钢，发电厂厂长由王先洲担任，耐火材料厂厂长由刘光毅担任，化工部副主任由周宣城担任。而当初挂职小型厂厂长的罗双担任起了制造三厂厂长，辽阳纺织厂的特派员陶成担任起了计划处处长。值的一提的是，原辽南一地委民运科科长冷亦水被委任以宁山市工会主席，并负责筹备建立宁钢工会。这还不算完，几个协理回到宁钢之后除了制定复工计划外，所做的另一件大事情就是提名了技术人员的名单，他们这边提出来的，宁钢就派人去找。还有一批顶尖的冶炼专家和技术人才在当初选择了离开宁钢，直接去了湖北的大冶钢铁厂，这些人本身对宁钢就有感情，和几个协理或是同窗，或是好友，或是部下，所以几个协理纷纷去信，说明当下的形势和共产党的政策，动之以情晓之以理，不少人都表示愿意回来，这其中就包括那个当初在《大公报》上批评我党接收干部不懂管理的轧钢专家丁振岩。

技术人员匮乏的问题在很大程度上得到了缓解，确实值得高兴，可李达心里还有个难处，设备物资奇缺的问题又如何解决呢？

七

这天大莲去市里开了个会，会上领导对宣传战线上的同志进行了鼓励和动员，并布置了接下来的工作重点。让大莲意想不到的是在会上竟然看到了冷大姐，原来冷大姐担任起了市总工会主席兼妇联主席。会议结束后，大莲一路小跑奔着冷大姐去了，冷亦水也十分高兴，寒暄几句之后冷亦水突然问道：“对了大莲，你从小就生活在八家子，对那的情况肯定特熟吧？”

“这可不是吹，哪家房子里住着谁，姓啥，几口人，谁家养狗谁家养猫，哪家懒汉不干活，哪家媳妇不叠被，就没有我大莲不知道的！”大莲爽快地回答。

“哈哈哈！”冷亦水被逗笑了，心想自己问了一句话这大莲回了这么多，“那你带我去转转好不好？”

“行啊，这算啥事儿，可你要去干啥啊？”

“走，咱边走我边告诉你。”

一路上，冷大姐和大莲说了如今宁钢面临的形势，主要就是缺技术人员和设备物资的问题。这两个大问题如果不尽快解决，那宁钢的复工就遥遥无期。冷亦水一见到大莲就想起了“二一九”解放前大家伙到宁钢里搬运物资的乱象。当时不仅仅是各个单位，周边的老百姓也没短了进来搬东西，但到底搬了多少，有没有可能被再利用，这个谁都说不清楚。所以，冷亦水临时起意，想让大莲带着她去转一转。

“哎呀，你要这么说，那可是不老少，你是不知道啊冷大姐，打日本鬼子走了之后这附近的就没短了进宁钢里面偷东西，就连我们家二赖子……”大莲赶忙收住了话，感到难为情，而后一摆手说道：“反正那时候谁也不管不顾，都乱套啦！”

“我今天就是想摸摸底，你带我随便转转就行。”

“你要真想摸清楚，那我还得找一个人帮忙才行。”

“谁啊？”

“你肯定认识，当初我和您提到过，现在成了你的部下啦。”

“玉凤？”

“对，就是玉凤！”

二人一路奔八家子走，东面第一家就是陈家。如今玉凤回了娘家和爸住在一起，老陈在厂里忙得团团转，玉凤在区妇联忙得团团转，可是忙得舒坦，累得高兴。正巧，玉凤家门开着，原来玉凤忙得中午没吃饭，到了下午才顺路回家里垫吧一口。大莲进了院她也没在意，问她咋这时候来，自己一会儿还得走，一看到冷大姐跟着进来了她可吃了一惊。对冷大姐玉凤可是又敬又爱，觉得冷大姐短短的头发黝黑的皮肤，干净利索，两眼水灵灵放光，有精气神儿。她因此也剪了个短发，整个人看起来又漂亮又利索。冷亦水虽第一次见到玉凤但早就听说过她，知道她之前在护厂时立过功，人也漂亮，不禁频频点头。

大莲把来意说明后，玉凤眼睛一转心里有了数，用袖口擦了一下嘴，带着俩人走了。

接下来的两天时间，大莲和玉凤陪同冷亦水悄悄地把八家子这个工人聚集的破烂地儿走了个遍。由于是暗访，所以大莲还特意写了点标语带着，有时候熟人问她这来回来去的溜达干啥，她就说找地方贴标语。冷大姐说这办法好，够机灵。大莲笑着说，这好歹也算是搞侦察工作，不弄点伪装咋行。

如今铁西的破烂儿市场冷清了不少，大家伙都知道手里的东西不干净，不敢拿出来怕被没收。八家子周围一圈的五金店星星点点开着门，没了投机倒把的商贩，如今都是半死不活的。玉凤告诉冷大姐说这些店有一个算一个，没一个干净的，当初店老板都和宁钢厂里的工头或是盗窃犯挂着钩，不然活不下去，不少人都发了横财。店里面一般不摆啥，特别是现在，不是正道来的怕被没收，要是真来了买家得去后院，那里有仓库，之前李家就是那么干的。冷大姐闻听，点了点头。

玉凤说的都是五金店的套路，提到普通人家可就显着大莲了，她挨家挨户地走，隔着苞米杆子夹的篱笆就能往里看到，基本每一家都在小院子里用破麻袋片子包裹点什么，大莲说不用合计也知道是扁铁阀门之类的东西，地窖子里几乎一半是菜，一半是设备，他家以前也是那么弄的。有些院子稍微大点带仓房的，估计里面的东西也少不了。大莲说还有不少人从耐火厂里推出来不少砖盘炕，嫌烧不热，后来垒了猪圈了。

这一大圈子可没白走，冷亦水了解了不少情况，心想这小小的八家子就有这么多东西，那全宁山得有多少啊，按照这么看的话数量应该相当可观。她合计这事情有门道，得联系宁钢和市里的同志到对炉山和立山一带再好好调查调查。

送走了冷大姐已经是傍晚，大莲径直回了家，院门口发现有人撅着个屁股钻进了自家那小柴火垛里。“这是咋回事，听说有钻柴火垛的，但没听说钻这么小的，撅个腚这是干啥呢？”大莲顺手操起一个木棍悄悄溜了过去，照着那屁股就一顿打，那人好像还被什么东西拴住了似的，出也出不来，闷在柴火垛里嗷嗷直叫。

这一叫唤不要紧，大莲觉得声音耳熟，这赖叽劲儿没别人就是自己家二赖子。

“我的个妈啊，二赖子，是你啊！”大莲回过味儿来，大叫一声赶忙去拽，这二赖子可能真是被挂住了，死沉死沉的出不来。大莲蹬着地这么一较劲儿，二赖子连同一个大麻袋都被拽了出来。只见这二赖子满脑袋满身都是柴火叶，捂着腰疼得可地直轱辘。

“二赖子，你这是干啥，偷偷摸摸的撅个腚，又干啥坏事了？”大莲问。

“哎呀，你这臭老娘们是干啥啊，削死我了，就往我腰眼子上削啊！”

大莲也知道自己下手确实狠了点，心疼了，把二赖子架起来进了屋。二赖子开始不依不饶的，吵吵疼，要喝酒吃菜补一补。大莲问他要吃啥，他说要吃猪头肉。大莲一听这就是耍赖呢，干脆也不搭理他，自顾自烧炕做饭。二赖子趴在炕上赖赖叽叽叫唤了老半天，见大莲不待见，自己灰溜溜地下了炕，到外面把那麻袋扛了回来，“咣当”往地上一扔。

“你又要作啥妖？”大莲瞥了二赖子一眼问道。

“啥作妖啊，我要做好事，做贡献！”二赖子愤愤不平地回答。

“就你，钻柴火垛里做贡献？不知道的还以为你和谁家小媳妇干坏事呢！”

“你看你说的叫啥话……你看这是啥？”二赖子说着把麻袋打开，里面是油布包着的东西，再一打开，裹着的是新铮铮亮铮铮的轴承。

“轴承！你又去偷东西啦？”大莲一看就来了火，抄起烧火棍又要削二赖子，叫骂道：“你可真是狗改不了吃屎！”

“这老娘们，咋动不动就抡烧火棍呢，我又不是灶坑，你听我说。”

“编吧，我看你能编出什么花样？”

二赖子一翻白眼说道：“妇人，妇人！那天我不是去孟师傅家了吗，他和我说眼下这宁钢要恢复生产太难，人倒是不老少，可设备物资不够用啊，要啥啥没有上了工也是干瞪眼，这要是想恢复生产得啥时候？回来之后我就和赵景林赵师傅还有陈强柱陈师傅一合计，干脆把当初弄回来的东西都还回给宁钢，能出多大力算多大，完了我们再挨家挨户张罗张罗，我合计也能不老少。”

这话说得大莲心里蹦蹦直跳，激动得很，眼眶直泛红，心想自家丈夫终于上了正路，开始为公家着想了。“他爸，你真的是这么想的？”

“这话说的，咱是带过大红花，受到过郝厂长表扬的人，这点觉悟能没有？”二赖子开始嘚瑟起来，“我告诉你，别说是轴承，说不定哪天我连后院箱子里的……”二赖子突然意识到自己说漏了嘴，赶忙咽了回去。“大莲，赶紧做饭吧，饿了！”

说者无心，听者有意，大莲多聪明，听二赖子这么一说，立刻想起来个事儿，有一次她去后院找砖头别门发现垒起的砖头里面藏着一个不大的铁箱子，上面上着锁头。不用问也知道，里面肯定是二赖子从宁钢里偷回来的东西，当时她也没在意，这事儿也就岔过去了。今天二赖子自己提起来，大莲反倒来了精神头儿。

“说漏了吧，别以为我不知道，后院砖头埋着的那个铁箱子里到底装的啥金贵玩意?”

“没啥，没啥，也就是点轴承啥的……”二赖子开始搪塞。

“轴承?轴承放柴火垛里就完了呗，用得着再加个锁头吗?”大莲语气变得尖利，“我瞅你一天天裤子上老拴把小钥匙，还不露在外面，直接塞裤裆里，这钥匙就是开那锁的吧?”

“没……没有，不是……要真有啥我不就交公了吗!”二赖子故作镇定，下意识地抓了把裤裆，一脸尴尬，心想这老娘们咋这么精，啥都瞒不住。

“钥匙给我，我看看到底是啥!”大莲说着就伸手去抓，怼到了二赖子，疼得他捂着裆可地乱蹦。大莲再要去抓，他就在地上打滚放赖。

“你这赖货，我还治不了你!”大莲说着操起灶坑旁边的一个铁榔头就奔后院走。

“坏了，坏了!”二赖子心说不好，赶忙起身追过去，只见大莲踢翻了砖墙，一榔头就把锁头砸了下来。

二赖子没了办法，垂头丧气地自己把里面的几个缠得严严实实的包裹拿进了屋子，一层一层打开，一样一样摆在炕上。那东西大莲从来没见过，有一个像是带着把儿的望远镜，可又啥都看不清楚，其他的根本不知道是啥东西。二赖子说那几个他也不知道是个啥，但那个带把儿的望远镜叫啥显微镜，望远镜是往远了看的，打仗用的，这个是往小了看的，说是连虱子腿上有几根毛都能看清楚。大莲不信，心说那虱子腿上还能有毛？而后二赖子坦白，这些东西是解放前他半夜钻进小白楼的实验室里面偷出来的，据说这些都金贵的很，一个就能换一副金镯子，他这一直没舍得卖，心想啥时候稳定下来了给大莲换一副金镯子。

这话说得大莲心里暖呼呼的，但脸上照样没好颜色，说不要金镯子，这东西是宁钢的，得还回去交公。“宁钢不生产我们连饭都吃不上，饭都吃不上了还要金镯子干啥！”

二赖子心疼，吧嗒半天嘴说不出话来，咬着后槽牙拍着大腿根挤出一句话：“交！”

第二天一大早，二赖子把轴承和仪器装在了独轮车上奔东走，半路接到了赵景林。赵师傅是个老实人，家里东西不多，只有孩子捡来取暖的焦炭和一些破铜烂铁，还有两把自家用的大扫帚，收拾到了一起装在了二赖子车上。而后两家继续奔东到陈强柱家汇合。陈强柱扶着推车和玉凤站在门口等了半天，汇合后也不着忙，让二赖子和赵景林再多等一会。

“等啥，咱得快着点到白楼，趁着都上工时候人多让他们看看！”二赖子火急火燎。

“别着急，再等等！”陈强柱笑着宽慰道。二赖子不知道他这葫芦里卖的是什么药。

不多时，打西面又过来一群人，足有二十几号，有的推着车，有的敲着锣，有的打着鼓。近了一看，原来是电工老房，还有十几个老工人，他们也都把自家的东西捣腾出来准备交公。

“咋还敲锣打鼓呢?”二赖子问。

“这不你说的嘛，得弄出点动静，得让大家伙都看到，都跟着咱学才成!”电工老房回答。

“对，对，说的对，动静得越大越好！”二赖子笑嘻嘻地说，突然他想到了什么事，赶忙奔回跑，边跑边回头喊：“你们先走，我回去拿点东西，一会追你们!”

大家伙不知道二赖子回去干啥，干脆不管他，只管敲起锣，打起鼓，一路奔着大白楼去了。

八

在很长一段时间里，宁钢和宁山是一盘棋，市里的工作很大程度上都是围绕着宁钢展开的。特别是解放之初，宁钢尚未建立党委，以至于中共宁山市委书记杨秋盛同志直接兼任宁钢监委，而宁钢经理李达和副经理王立群就是市委班子的成员。

这天一大早，市里召开常委扩大会，重点就是研究如何加快宁钢复工以及当下遇到的问题。

市长贺寿云主持会议，首先介绍了当前全国解放战争的形势，着重强调了党中央和东北局对宁钢尽快恢复生产所提出的要求。而后大伙进行了汇报和讨论。

杨秋盛宣布了一个好消息，东北局持续加大对宁钢人员方面的支持，近期还将有一批地县级以上的党员干部来这里报道。而后，针对未来的工作他强调了四点：第一，目前一切的出发点都是为了宁钢尽快复工，支援宁钢的党员干部和技术人才来自五湖四海，和其他领导或许是战友，是同学，甚至是亲属，但无论是什么关系，绝对不能任人唯亲，只能任人唯贤；第二，既来之则安之，宁钢目前的条件不好，甚至说很差，一定要做好政治工作和思想工作，让大家安下心来，安家立业；第三，要服从分配，不讲价钱，宁钢不是论资排辈的地方，特别是那些老革命、老干部，一定要发扬我党的光荣传统，任劳任怨；第四，鉴于党员干部的文化水平和专业知识的不足，一定要多督促，并且创造条件多学习，尽快变外行为内行。

杨秋盛提出的几点要求得到了大家的赞同，为日后工作的开展定下了基调。

而后，李达提到了复工面临的主要难题就是设备物资的短缺，当初运往后方的如今正在全力协调运回，但还远远不够。如今全国其他地方还多处于解放的过程中，不但指望不上，而且还得指望着宁钢，所以只能自己想办法，创造条件。前几天在冷亦水的建议下，他组织人员做了一次调查，发现宁钢里有大量的物资散落在民间，如果能把这部分设备物资集中起来归公那将会对宁钢的复工产生最为直接有效的帮助。但是如何收集到这些大量散失在民间的设备物资呢？李达提出了三种方案供大家讨论。第一，没收充公；第二，政府赎买；第三，动员献交。而后大家就李达同志提出的三点建议进行讨论，大家出发点不同，观点自然也就不一。书记杨秋盛首先不同意没收充公的方法，理由很简单，我方政权初建，需要得到最广大群众的支持和拥护，而没收器材涉及的人员过于广泛，容易使老百姓产生反感，甚至造成矛盾，如果敌特借机煽动群众情绪，那问题的性质可就严重了。市长贺寿云则不同意公家赎买，他认为这种方法弊端很明显，一来为政府造成极大的财政压力；二来这也直接助长了那些盗窃犯和投机倒把商人的不正之风，弄不好这边买，那边盗窃犯又进去偷，反过来再卖给我们。杨秋盛和贺寿云提出的两点不同观点得到了大家的赞同。献交器材是大家普遍觉得可行的办法，设备物资本来就是公家的，并非个人的，如今交公也无可厚非，况且这些东西留在百姓手里也没用，不顶吃不顶喝，只有工厂的设备转起来工人们才有饭吃，这是人人都懂的道理。但问题是宁山解放时间不长，群众基础不及革命根据地，党员干部和进步的工人同志觉悟自然够，可是广大群众能不能理解上去？别成了剃头挑子一头热。这个问题非常实际，发动群众就得闹出动静，可动静闹出来了群众不买账，这可就难收场了。

有的老同志提出，可以没收、赎买和献交相结合，兼顾各方，可这种方法也得到了非议，被认为很难操作，很难区分界限。到底什么样的可以没收，什么样的可以赎买，动员什么样的人献交，如果处于模糊地带的咋办？再有了，一旦有了赎买多少人会主动献交呢？一时间，会场里议论成一团，大家各执一词，形成不了统一意见。

就在市里就如何尽快解决设备短缺难题争论不休时，二十几号工人车推肩扛，敲锣打鼓，已经把一批设备物资运到了大白楼前，二赖子还特意跑回家取回来自己当初受表彰时戴的大红花挂在了推车头上。正赶上上工的时候工人一批一批络绎不绝，见到了便问："这送的是啥？"

"捐给宁钢的设备！"二赖子故意把嗓门提高了八度。

"能换来啥啊？"行人又问。

"换啥？换来宁钢复工生产，换来工人吃饱肚子！"

赵景林和陈强柱张罗着把设备卸下，想见领导报喜，可警卫员说都去市里开会了。

“那咋办?”二赖子被泼了冷水，“这不白来了吗，咱敲了半天鼓，领导也看不到呀。”

陈师傅合计了一会儿说：“敲，继续敲，把动静弄得再大点，给领导看有啥用，领导家里又没物件儿，咱是给工人看的！”

“对对对，咱是给工人看的！”赵景林也同意。

于是鼓敲得更响了，锣打得更亮了，大白楼前看热闹的工人围了里三层外三层。

市里的会议开了两个多小时，始终僵持着，没能形成统一的意见。实际上，在座的各位不是延安来的老干部，就是各大根据地出来的老革命，都是经历过大风大浪的，都是经受过考验的党员干部，大家都清楚要走群众路线，要充分依靠群众，但是群众路线在工业上，在如此庞大的钢铁企业里能不能行得通，没一个人心里托底。

此时，贺寿云、杨秋盛、李达和王立群的头上都已经见了汗，心里有些焦急。李达更是坐不住了，他的那急脾气最见不得的就是这种形成不了意见，拖来拖去的会，除了浪费了时间什么用都没有，莫不如放手去干，兵来将挡水来土掩。可他转念一想，会开得费劲也情有可原，党中央明确指示宁钢要尽快恢复生产，可到底如何具体实施却无人知晓，走错一步就可能影响到全局部署，这口大黑锅可没人轻易敢背。

“实在不行就我背呗，不然咋整！”李达心想。

这时，一个警卫员悄悄进了会场，直接找到了王立群低头耳语，只见王立群先是一愣，而后眉头舒展，露出了笑容。他立刻写了一个纸条，递给了李达。李达一看乐了，赶忙又递给了贺寿云，而后贺寿云又乐着递给了杨秋盛。

杨秋盛看着纸条，长出了一口气，心里踏实了不少。他定了定神，思索了片刻，而后示意大家安静。

“同志们，依靠群众，走群众路线，这是我党通过实践总结出来的宝贵经验，是具有普遍意义的，无论是抗日战争时期还是解放战争时期，无论是在延安还是在宁山，无论是过去、现在还是将来，我们都不能忘了这条真理！我们不能自己给自己筑起高墙！”杨秋盛平日里说话一向和风细雨，可此时却句句铿锵，字字有力，“我之所以这么说是因为，就在此时此刻，就在距离我们五里地外的大白楼前，一群工人们敲着锣，打着鼓，推着车，自发地把设备物资送进了宁钢，来往的上工的工人师傅们围得里三层外三层，都说自家也有，也要送来宁钢！”

此言一出，众人纷纷议论起来。

“同志们，同志们，我想问一个问题。”杨秋盛继续说，“平常只听说大家伙从宁钢往外搬东西，可今天这是咋，为啥主动把东西送回给了宁钢，我想送来的东西好歹也能卖了换两个馍吧？这是为啥，难不成工人们傻了？”

又一阵嘈嘈的议论声响起。

“要我说，不是工人们傻了，是我们傻了，我们犯了大错误啦！”杨秋盛越说越激动，“工人们能把东西送回来，说明是把咱们党当亲人，拥护我们，支持我们，希望宁钢早一天恢复生产。可我们在干啥呢，我们在这瞻前顾后，畏首畏尾，怕群众不跟咱一条心。我现在倒是想问问，到底是群众不跟咱们党一条心，还是咱们忘了走群众路线了？要我看，是我犯了错误，我检讨，我走了神儿，带偏了路。要我看，是我们大家犯了错误，被大城市大企业吓得慌了神儿，忘了咱们的根本啦！”

杨秋盛用浓重的陕北口音说着掏心窝子的话，众人被说得通了路，频频点头，继而，会场里响起一阵热烈的掌声。

而后，市委决定，采用动员群众献交的方法，但要与立功和吸收工人入厂相结合，最大程度地调动职工群众的积极性。

九

1948 年 12 月 22 日，宁山市政府发布了《号召市民献交器材运动布告》。随后，宁钢也发布了《敬告宁山各界同胞书》，具体制订了立小功、立大功、立特等功的条件，并且明确提出了口号“依靠工人阶级办好工厂！”随后，一场轰轰烈烈的献交器材运动在宁山全市范围内开展起来。

八家子率先动了起来，家家户户打开了仓房，掀起麻袋片子，抠开了地窨子，把这几年攒下的东西都捣腾出来了。一个懒汉当初把一台小马达埋在了地下，如今天冷上了冻懒得抠，操着袖子站在家门口看热闹，媳妇觉得丢人，抡起镐头就刨，边刨边数落，还真弄出来了。一个老光棍攒了不少铜线和扁铁锁在仓房里，钥匙系在裤腰上谁也拿不走，一心合计攒着卖钱娶媳妇，看着别人家都那么积极，他家老娘都着急了，可他说啥也不松口。后来老娘趁着儿子晚上睡觉把钥匙卸了下来，开了仓房门连夜就让人运走了。第二天儿子一看东西都没了，拿自家老娘也没办法，坐在地上拍着地嚎道：“完啦，媳妇没啦，媳妇没啦！”大家伙哭笑不得，劝他说献器材就是立了功，日后宁钢生产了，去那上工当工人，还愁找不到媳妇？

眼看着一家一家的“叮叮当当”翻箱倒柜的捣腾东西，看谁献得多，都想立头功。没了东西的二赖子可急坏了，他趴在门口，一看到谁家又推车过去了就直跺脚，后来看到那懒汉也和媳妇抬着个小马达走了，他就更闹心了，气得把柴火垛给踢了，看看里面还有没有东西。

眼看着八家子有了动静，其他区也赶忙跟着动了起来，没过几天整个宁山的大街小巷都沸腾起来了，男男女女，老老少少，肩扛、手拎、担挑、车推，从四面八方涌来，这番场面真比正月十五的灯节还要热闹上好几倍。往前数一数，这人挤人，人挨人，奔着命往里钻的景象只有1945年共产党在宁山开仓放粮的时候才有过，可二者情况却又完全不一样，那时候是抢着领大米保命，是拿东西，如今却是无偿地捐献器材，是送东西！

在各个区的献交点上，大伙儿里三层外三层，工作人员清点后故意把声音提高了八度：“赵大栓，一匹的马达两台！”“马世龙，扁铁300斤！”“李庆友，铜线两大捆！”每一个被叫到名字的都乐得合不拢嘴儿，好像旧年间游街的状元郎一般，挺胸抬头，神气活现。要是谁献交点稀罕玩意，人群中准保发出一阵热烈的惊叹和掌声，那光荣劲儿就别提了。

献交运动不断在发酵，捷报一个一个被送到市里，集中点的物资就像蒸起来的馒头，越来越高，越来越多。而且，加入到献交器材队伍里的群众还在不断增多。

值得一提的是，就在全市开展献交器材的第四天，也就是12月26号，经东北局批准，宁山钢铁公司正式挂牌成立，由李达出任公司第一任经理，杨秋盛担任监委，王立群担任副经理。公司下设采矿、化工、炼铁、炼钢、轧钢、动力、修造、制造和运输九大部门，部门主任均由东北局派来的党员干部担任。至此，宁钢进入了全面恢复生产的新阶段。

十

这一天，王之玺独自一人溜达到了八家子破烂市场想寻点东西，只见这边的群众三五成群，络绎不绝地往宁钢里送物资，他这心里也高兴。可还有一件事情让他发愁，如今的宁钢，比设备物资更稀缺的是图纸。

解放前前后后的一段时间里，宁钢的图纸损失严重，除了被国民党方面运走部分外，在战乱中丢失和损坏的数量也相当多。这东西不值钱，也没啥用，当地老百姓看到了就随手扔掉，或是推回家去烧了炕。说图纸重要老百姓也不相信，心想不就是画着乱七八糟图图的蓝纸嘛，有啥了不得的。可在技术人员看来，没这图纸，再多的零件和破铜烂铁也没啥区别。

当初王之玺就曾负责过宁钢的一部分图纸，他将自己所管的一部分放在大白楼西侧的地下室中，一部分转移至了天津和北平。从后方回来后，他第一时间找人把地下室里的图纸搬出来晾晒，虽然受了潮，但好歹还能看清楚。而后，天津和北平陆续解放，他又通过组织与那边取得了联系，把图纸陆续运了回来。可就算如此还是远远不够，根本满足不了复工的需求。上级对此十分重视，陆续派来不少技术人员尽一切力量设计图纸。

然而勘察和设计过于浪费时间，况且我方技术人员尚无工业设计的经验，难免出现问题，能找到原设计图纸是最保靠方便的方法。王之玺听说八家子破烂市场啥都有，于是自己溜达到了这，想碰碰运气。他穿过人群来到了一间五金店，看到店里空空如也，老板一见这人文质彬彬的，衣着打扮都不是普通人，以为是来投机倒把的商人也没心搭理，直接告诉他什么都没有了，都献交给宁钢了。王之玺说自己不是要设备，是要图纸。老板一愣，心想贴窗户嫌暗，烧灶坑嫌堵，揩屁股嫌厚的破纸谁能留它？“你去墙上炕上找找吧，或许能找到！”老板扔下这句话就转身进了屋。

“墙上，炕上，这是啥意思？”王之玺被弄糊涂了，再想问人家就不出来了。

王之玺悻悻出了门，没走多远见宣传队几个女同志忙前忙后往墙上贴标语，可他总感觉这写标语的纸有些不对劲，既不是大红的，也不是大绿的，这颜色怎么这么熟悉呢。凑过去仔细一看，呀，竟然是图纸！

“同志，这，这……”王之玺一阵惊奇，心想原来那老板说的墙上指的就是标语，“这些标语用的是图纸吧？”

女同志看了看标语点了点头。

“怎么会用这个写标语呢？”

“最近这宣传工作做的多，彩纸不够用，就拿这个顶一下，上面圈圈叉叉的不太好看，可好歹也有点颜色。”

“还有多少？”

“还有挺多呢！”

“在哪？”

“在宣传队呢呗！”

而后王之玺迫不及待地让小同志带他去了八家子宣传队看看，发现小屋子里摞了满炕满地的图纸，“宝贝啊宝贝！”

大家伙你看看我，我看看你，以为这个斯斯文文的人发了神经，抱着一堆糊墙纸高兴个什么劲儿。

“同志，你这是咋了，看到糊墙纸有啥高兴的？”

“这不是你们写标语的吗，怎么又成了糊墙纸了？”

“啊，是这么回事，这纸太硬，没啥用，家家户户就都用他糊墙糊炕啦！”

“啥，糊墙糊炕啦？”王之玺又赶忙让小同志带他去附近的人家看看，果然，家家户户都用这图纸糊墙糊炕。“太好啦，我可发现宝藏啦！”王之玺高兴得像孩子一样蹦了起来。

无论如何都想象不到，献交器材运动能取得这样丰硕的成果，无论如何也想象不到，人民群众中会洋溢起这样一番热情。运动前后持续不到一个月时间，宁钢内部就有4255名职工参与献交，献交各类器材数量达5万多件。而全市范围内，有四成的群众响应号召，共献交各类器材21万余件。这一过程中还涌现出众多献交器材的典型人物和光荣集体。修造部电修厂工人魏荣夫将自家电料行里的145件电气材料全部献出；新华区一位老大娘带着女儿推着车献出150斤黄铜、两台自动电话机和4000块瓷砖；还有一名群众竟然一次性献交了七尺的车床一台，电机两台，风钻一台，外加石棉纸5000张。各个区的工作队之间当然也是你追我赶，谁也不肯落下。立山区6天时间就献交了130大车器材，新华区仅马达就献出了157台。

需要强调的是，献交器材运动具有的政治意义远比经济意义大得多，实际上这是一场生动的政治教育运动，充分发动了职工群众，调动了大家的积极性，更是工人阶级当家做主的最为真切有力的体现。由此，广大职工群众开始发自内心地信任党，追随党，坚定不移跟着党走，开始为宁钢的建设拼尽全力。

献交器材进入到后期，铁西区在新华小学里面举行了一次献交器材的展览会，市里和宁钢的一些领导干部都到了场，李达还特意邀请了濑尾前去参观。濑尾看到那堆积如山的器材和欢声笑语的群众惊诧不已，说以前只见人们从工厂往外拿东西，管都管不住，头一次见到大家伙往回送东西的，而且人人脸上还挂着满意的笑容。

在展览会现场，一个小师傅高了兴，围着展览的设备器材唱起了快板，歌声道：

工厂就是咱的家，穿衣吃饭全靠它。

回想过去受苦罪，拆卸零件往家拿。

今天翻身做了主，恢复生产想办法。

坏的机械要修好，爱护设备多献纳。

献——献——献呐，干——干——干呐！

开动机器隆隆响，抡起铁锤叮叮当。

解放全国在眼前，民族生活乐无疆，乐无疆！

十一

转眼间来到了1949年的春节。过去的一年真是不平凡，想想去年的这个时候宁山还是国民党的天下，而后共产党又两进一出，如今宁山这座钢铁城市终于彻底的解放了，人民真正当家做了主。

实际上，在解放后的第一个春节里老百姓的日子仍是清苦，穷人家里是苞米面的菜饺子，稍微好一点的家里能买它一斤面，做一顿白面饺子，如果真要是和去年比，今年各个家里还少了不少从宁钢里捣腾出来的压箱底的东西呢，就连糊墙糊炕的图纸都撕下去了，屋里露了土墙皮，黑黢黢的，你说这生活是好了还是坏了？

当然是好了，你看那家家户户喜气洋洋挂起的红灯楼，小孩子簇拥着大人放起了二踢脚，而后你追我赶打打闹闹的挨家挨户去拜年，能说是不高兴？管他吃的是苞米面还是白面，但一家一家厨房的大铁锅上热气腾腾，左邻右舍的互相串门，在烧得贼拉烫的火炕上盘腿儿一坐，嗑着毛嗑就开始唠上，他们唠的再也不是什么啥时候要变天啦，哪里又闹胡子啦，谁家又遭抢啦，谁家姑娘被送去了乐天地啦，谁家老爷们死在了烟管里，那都是旧社会的事情了，现在不时兴了，现在研究的都是谁献交器材立了功，谁得到了领导表扬，宁钢啥时候能恢复生产，全国啥时候能解放。

不一样了，宁山这个城市天翻地覆了，完全不一样了。

春节当天，李达、杨秋盛和王立群等宁钢的党员干部们没闲着，到八家子慰问职工家属。有一个老大娘听说大领导来了，赶忙下地要给跪下磕头，急忙被扶起。眼见几个小战士扛进来一袋面，还拿了两盒果子，激动得老泪纵横，说打盘古开天地那会儿算起，也没听说过大领导来给老百姓拜年送东西。中午，几个人又慰问了坚守岗位的工人师傅，送去了热气腾腾的白菜猪肉馅儿的水饺。光是送，他们也不吃，师傅们不干了，说领导不吃自己就不吃，领导们佯装吃了两口，还不停地往身边的师傅碗里夹。

工人们吃着饺子，眼里含着泪水，心想就是去年，见到了接收大员们得猫着腰行着礼，看你不顺眼就是一顿臭骂，再远了点的解放前，挨顿小鬼子的毒打也都是常事，现在真是变了天了，领导们自己舍不得吃饺子，一个劲儿往咱工人碗里送。

“共产党万岁，共产党万岁啊！”一个老师傅颤抖着声音呼喊道。

大年初一，宁钢领导又分头去了各个职工宿舍慰问，从早到晚忙个不停。

晚上，李达把杨秋盛和王立群找到了家里，说过回年自己也得热闹热闹，好好撮一顿。二人来了精神，拎着两盒果子去了李达家，结果一看桌上就摆着两盘水饺，一碟大蒜，一盘花生米，还有三个咸鸭蛋。

“我说老李啊，你这个人太抠了吧！”杨秋盛操着一口陕西话“埋怨着”，“啥菜嘛这是，你这两样菜还没有我拿的果子值钱哩！”

李达从内屋拿着一瓶酒出来，笑着说：“菜不够，蒜来凑，蒜没了，酒管够！看看啥酒，茅台！我攒了多少年都没舍得喝，今天你们俩跟着解馋去吧！”李达举着瓶茅台炫耀着，继续说道：“一会儿还有大菜，还有大菜！”

“你这个酒是真的吧？当初我刚来的时候郝树英就是用茅台瓶子装的辽阳烧酒，把我给骗了！”王立群也打趣道。

“哪能，咱老李不骗人，吐口吐沫就是个钉儿，肯定是茅台！”

“那就好，那就好！”

这时，警卫员端着碗进来，打开上面的盘子一看，竟然是红烧肉。

“哎呀，老李啊，真有大菜啊，红烧肉！”。

“可不，过年了，咱也得乐呵乐呵，可是不多啊，就六块儿，一人两块儿，省着点吃！”

“一人两块这肯定是不够嘛，肚子里没有油水嘛！”杨秋盛说。

“刚才不都说了吗，菜不够，蒜来凑！”

“哈哈哈……”

三人倒满了酒，互相拜年，碰了杯子一饮而尽。

酒过三巡，三人微醺，心情都大好，开始互相调侃起来。

“我跟你们说啊，这个红烧肉做的不如我们上海的，太咸，你们东北人吃东西就是太咸，糟蹋东西了！”王立群今天少有地话多。

“你可拉倒，我在上海读的大学我可知道，你们吃的那个叫什么，生螃蟹拿酒腌的？”

“醉蟹！那个很好的嘛，鲜美的很！”

“老杨，你听听，他们上海人，用酒腌生螃蟹！”

“对嘛，你这样不是浪费了酒！”杨秋盛一本正经地说，他这个陕西人几乎没吃过海鲜，更没吃过什么醉蟹。“再说了，螃蟹那东西没有肉，不顶饿！”

“我是安东人，螃蟹我可没少吃，人间美味啊，但是煮熟了就着酒多好！”李达接话道。

“要说顶饿还得是面，咱们陕西的油泼面你们都吃过，放上辣子，滚烫滚烫的油往上面一浇，那才好吃！”杨秋盛继续说。

“不行不行，那光吃面有啥意思，你吃过狍子肉没？就是咱们东北的傻狍子……”

“咱们这是精神胜利法啊，满桌子就剩三块肉了，主观却想出了一大桌子菜，天南地北的！”

“现在没办法，你看着，等宁钢生产起来了，等全国解放了，生活越来越好了，以后过年饭桌上天南海北的大菜都摆上也不是难事！”

“对对对，指日可待，指日可待！”

突然，李达家的房门被轻轻敲响，继而走进一个穿着黑色西服的人，给三人轻轻鞠了一躬，用别嘴的汉语说道：“各位，过年好！”——原来是隔壁的濑尾，他听到这边笑声不断就特意过来拜个年，还拎来了两瓶日本的清酒。

“哎呀，是咱们的大顾问来了，过年好过年好！”李达赶忙上前迎接，安排坐下，拿来碗筷把剩下的三块红烧肉都夹到了濑尾碗里。

濑尾不停点头道谢，十分感动，但表情拘谨，欲言又止，反复了好几回，最后一次话到了嘴边又临时改了口说道：“这是我们日本的清酒，我给三位领导倒上，喝一点，喝一点！”而后濑尾打开了酒瓶，为三人满上，最后给自己也倒满，端起了酒杯，又想说话，酝酿了半天又没说出来，也没敬酒，自己一饮而尽。

对面的三人被濑尾弄得摸不到头脑，不知这日本人到底是咋了。只见他自斟自饮了一杯后，又倒满了酒，准备一饮而尽，一旁的李达赶忙拦住说道：“濑尾先生，不是说好给我们带的酒嘛，咋自己喝得这么欢！”

“李达君，请让我喝完三杯吧！”濑尾说着抢过酒杯，又连喝了两杯。这下三人就更迷糊了。

“濑尾先生，你这是怎么了，不是厂里又有谁捣蛋，和你说了不该说的话吧？”杨秋盛问道。他这样问并非平白无故，平时的工作里他发现一些党员干部，特别是那些曾经带过兵打过仗的党员干部对日本人还是有敌意，虽然上级已下了政策，要优待和团结这些日本留用专家，可还是不免有人冷言冷语奚落两句，日本人从来不告状，他这也是听别人说的。杨秋盛理解，但也没少找那些同志谈话，讲政策讲道理，同志们挠着脑袋说，政策都懂，可说不上咋回事一看到日本人就浑身难受，管不住嘴。

“没有没有，没人对我怎么样，我觉得大家对我都很好，相反，是我自己对不起大家，所以我这三杯酒是赔罪酒，特别是要向李达君赔罪！”濑尾说着双手拄腿，又向李达行了个礼。

“这话咋说的，我怎么越听越糊涂，你做了什么对不起我们的事情了？”李达问。

“就是关于那份复工计划的事情，是我太愚蠢，太不相信你们共产党和你们的人民，我为我做出的错误判断和言论深表歉意！”

“原来是这个事情啊！”三个人对视了一下，不禁笑了起来。

“这没什么，濑尾先生，你言重了，你不了解我们的情况，所以作出了错误的判断，不要耿耿于怀！”杨秋盛说。

“是错误，是大大的错误！”濑尾说着又向三个人鞠了一躬。

“好好好，是错误是错误，都说这日本人轴，今天我是见识到了！”李达劝濑尾，“就算你是错误，但是咱们中国有句古话叫做一笑泯恩仇，干了这杯你的错误就算没啦！”

李达举起了酒杯，杨秋盛和王立群也举了起来，濑尾被这话感动，赶忙双手举起，四人一饮而尽。刚喝到嘴里李达就吐了出来大喊道：“哎呀，这酒咋兑水了！”

杨秋盛和王立群也抿着嘴觉得不对劲，可还是咽了下去。

“李达君，这就是日本清酒，没有贵国的酒那么烈，绝对不是兑水了！”

“那这么说是我老李见识短了，哈哈！”李达说着爽朗地笑了起来。

“三位领导，有一个问题在我心中埋了很久，我也想了很久，可苦思冥想也没有答案，今天想请教请教你们。”

三人心想这恐怕就是濑尾含在嘴里半天没说出的话吧。

“但说无妨！”杨秋盛说。

“有一个问题我想不明白，我们日本人在宁钢的时候，管理最为……”说到这里他突然停顿了一会，想了一下措辞，“严格！我们管理的很严格，可仍然杜绝不了工人们偷懒耍滑，他们把这个叫做‘磨洋工’，偷盗也根本杜绝不了。我私下里听工人们议论说，反正都是日本人的，不偷白不偷。轮到国民党接管了，这下成了你们中国人的了，可偷盗的现象更为严重，所以我当时做了一个草率的结论，是……”濑尾又停顿了下来。

“你接着说，不用顾忌，今天咱敞开了说！”李达知道濑尾有所顾忌，宽慰道。

“好，那我继续说！”濑尾又喝了一杯酒，“我觉得那是贵国人民的劣根性，贪婪和懒惰，是骨子里面的！所以无论是日本人管理还是中国人管理，这种劣根性是不会被改变的。”

“你是不是要说‘可是’了？”王立群忍不住问。

“可是……”

“这就对嘛，我看我们博学多才的王副经理都忍不住要反驳你了！”李达笑侃道。

“可是，为什么你们共产党来了，老百姓就都跟换了一个人似的，不从工厂里拿东西反而送回来，大家唱着笑着，像过年一样的热闹，整个城市都在献交器材，闻所未闻，见所未见啊！为什么共产党的人民会有这种改变?”濑尾问完了问题，可情绪还是很激动，他探着脖子睁大了眼，双手握成了拳头，似乎浑身都在使劲，那是太过急于得到答案的表现。

李达看了看身旁一直没说话的王立群，一努嘴，后者心领神会，扶了扶眼镜，思索了片刻回答道：“濑尾先生，我读过马克思、列宁和毛泽东同志的著作，对共产主义深信不疑，我们共产党人会最为冷静地看待这个客观的世界，所以不排斥甚至可以去了解西方资本主义世界的历史和思想。可反过来说，你们资本主义国家，却极其排斥我们的思想吧!”

濑尾挺直了腰板，聚精会神地听。

“对于你刚才的问题，我想从两个角度去谈谈。首先，关于劣根性的问题，劣根性并不是专属于某一个民族，就好像西方思想里说人皆生来有罪，并总结为了七宗罪，贪婪和懒惰都属于其中，换句话说那是人性的缺陷，只要是人就会或多或少有这种缺陷。你们日本人从明治维新开始就要脱亚入欧，把西方世界描绘的如同天堂一样，可稍微了解一些西方历史的人就会知道，他们经历了怎样的野蛮和杀戮，以你所见那是不是可以归结为民族的劣根性?依我看，人性都是相同的，不过是各个民族之间有不同的特点而已，所以人与人之间不存在什么血统高贵啊，民族高贵的，日耳曼人不比犹太人高贵，欧洲人也不会比亚洲人高贵!但是说到民族的特点，我们的中华民族自然有自身的缺点，但比起缺点我们更突出的是勤劳、善良和勇敢，这也是为何我泱泱中华屹立世界之林几千年而不倒的原因!”

这一番话让濑尾头上冒了汗，他没想到面前这个穿衣服带补丁的王立群副经理竟然这样博学，说起话来这样有见地。

“其次，我想纠正你一个错误，这个错误如果不明白你就永远不会了解共产党！”

“什么错误？”

“你刚刚把人民说成是‘共产党的人民’，这就是大错特错，人民不属于共产党，共产党属于人民，我们的政府叫做人民政府，我们的部队叫做人民解放军，共产党要坚定地依靠人民，这不是一句口号而已，是我们党的根本和出发点，这也是我们区别于封建帝制和帝国主义的根本原因！”

“你是说，共产党真的要让人民当家做主？”

“千真万确！”

“所以，国家和人民的关系不是统治者和被统治者的关系，而是大家与小家的关系，人民为了大家也就是为了小家，所以才会那么不顾一切地从小家里拿东西给大家！”

“对，我们党所做的一切都是为了人民，这一点，人民群众早都看出来了，唯独你这大知识分子看不出来！对吧老杨！”

“对嘛对嘛！”

一席话让濑尾如梦初醒，浑身毛孔倒立，激动的发抖不止。他又端起酒杯，抖动着嘴唇，这次他可不是想说说不出，而是实在找不到恰当的话语表达此刻的心情。突然他想到了一句老百姓都在喊的口号，觉得最为适合，于是毫不犹豫地喊道：“共产党万岁，共产党万岁！”

此话一出，惊得对面三人目瞪口呆，他们无论如何也没想到这话能从一个日本人嘴里喊出来。三人愣了足有一分钟，而后相互对视了一眼，会意地哈哈大笑，举起酒杯，一饮而尽！

十二

历时近一个月的献交器材运动为宁钢的修复生产打下了物质基础和群众基础，复工任务得以随即全面铺展开来。而后，宁钢乘胜追击，又发出了“发动全体职工开展立功竞赛运动，支援解放军解放全国”的号召，一场扎实而紧张的生产劳动竞赛又接着在宁钢开展起来。

宁钢的每一个厂区，每一个车间，每一处作业点，每一个角落都热火朝天地干起来，工人阶级的主人翁意识被彻底激发出来，争先恐后地想为厂里立功。

要想快恢复生产，动力是关键，可厂里的马达十有八九烧了线圈。在电修厂，电工房师傅牵头，七拼八凑先修好了一台卷线机，而后用了十多天的时间就卷好了三百多个线圈，修好了大量的马达，解决了各个工地的燃眉之急。从弓长岭到宁山有一座铁桥被敌特蓄意破坏，公司原本计划5天内恢复通车，可弓长岭矿区的工人们仅仅用了一昼夜的时间就完成了任务。炼钢厂的工人们甚至喊出了口号：“咱们炼钢厂的工人不能窝工，不能等高炉出了铁咱再出钢，咱们得提前修复平炉，用冷料，争取先出钢！”

炼钢厂这口号喊的响亮，炼铁厂的斗志也被点燃了，心想这炼钢到啥时候都得等着炼铁来喂，他们这吵吵着要先出钢算是咋回事。所以炼铁厂的职工们一个个摩拳擦掌的，不甘落后。

高炉的恢复可不是个轻巧事，这高炉年久失修，锈迹斑斑，当年又被炸得东倒西歪，没一个地方是完好无缺的，到底能不能修好，修好了能不能正常使用，谁心里都不托底。公司安排了尚世杰担任炼铁厂厂长，意图很明显，就是想让这个老兵啃下这块硬骨头。

尚世杰这个天不怕地不怕的主儿到了这也犯了难，对高炉一窍不通还是其次，他听说这高炉不保靠，别看杵在那那么老高挺威风，可整不好爆炸了整个炼铁厂就得被夷为平地。

“我的个妈啊，威力咋那么大呢，比飞机扔下的炮弹还厉害？不过看着个头也差不多！”他心想。

尚世杰心里七上八下的，心想无论如何也得加一百二十个小心，当年自己那么多兄弟就死在了战场上，如今和平了，万一被这大炉子给炸死炸伤了工人，那自己非枪毙了自己不可。于是，尚世杰天天泡在工地里，看技术员和师傅们忙的时候就探着脖子瞅，趁人家喝水喘息的工夫赶忙上去问。有一次，看到一个叫曹静初的女技术员离开了高炉，他敢忙追上去问东问西，可这一问就是十好几分钟，最后技术员实在受不了了，红着个脸告诉他，自己其实是想上厕所。这事可给尚世杰臊得够呛，心想这是啥玩意，成“流氓”了，以后他再见到曹静初就赶忙低头过去，不好意思说话。可没过多久，曹静初主动找到了尚世杰，说可以利用周末或者是晚上的时间给他补课。尚世杰涨红了脸不知道说啥，心想同意吧还不好意思，不同意自己还真想，这可咋办。最后还是曹静初大笑着说了话：“就这么定啦尚厂长！”

“哎，哎，就这么定了！”尚世杰上前要去握手，觉得不好，又赶忙收了回来。

热火朝天的工地上，唯独一个人闷闷不乐，他就是二赖子。

话说尚世杰喜欢也信任二赖子这个人，就是觉得他还不够稳当，于是把他分到了孟泰师傅的配管班里，想让他跟着孟师傅多锻炼锻炼。二赖子一直都尊敬孟师傅，把他当长辈，能跟着孟师傅自然是大好事，干劲十足。可这立功竞赛的运动都开始十多天了，也不见孟师傅有啥动静，只是成天跟着他在厂子周围的荒地里溜达，要多慢有多慢的溜达，二赖子这心里着急啊，心想别的厂子都冒着烟儿的干，咱这咋改散步了，也不知道这孟师傅到底在寻么啥。后来二赖子干脆窝在工地上放赖说啥也不跟他去“溜达”了。

又过了几天，荒地里“溜达”回来的孟师傅不空手了，背着个麻袋回来。二赖子看到了还挺高兴，问道：“咋了孟师傅，打到野鸡了还是挖到鬼子姜了？”

孟师傅把麻袋一放在地上“哐啷”一声，“稀里哗啦”地倒出来都是些破铜烂铁，有阀门、三通、弯头，有的锈得太厉害根本看不出是啥来。“二赖子，我可发现宝贝啦，咱们厂后面有一个废铁堆，就是当初我们扔破烂儿的地儿，说是破烂，其实里面可有着不少好东西。当时咱们给日本人干活修管道，修高炉，怕来回跑费工夫，用着一个可咱拿俩拿仨，反正也是小鬼子的，剩下的也懒得送回去，直接扔到废铁堆里，所以那里好玩意可不老少，就是埋汰了点，扒出来好好清理清理还能用！”

“哎呀，我的孟师傅啊，人家炼钢厂都说不等咱炼铁了，要先出钢，这不是骑在咱们脖子上拉屎嘛，往死里羞臊咱啊，你不着急修高炉尽奔废铁堆钻，再好的东西也是破烂！”二赖子急得直跺脚。

“你放心，保准儿能用上，咱高炉不比平炉，比它大着多少倍呢，毛病也多，特别是咱配管责任最重，稍有点毛病那炉子可就烧了，多备着点东西留着用肯定没错！再说了，炼铁炼钢都是咱宁钢的厂子，谁先出来都是为宁钢立功，都是为国家立功！”

“立功不立功也不用这破烂儿啊，现在苏联帮着咱们呢，人家都说了需要啥打个电话到莫斯科就行啦，人家管够！”

“就算啥都有也不能全依着人家啊，再说了，我合计这苏联打败德国法西斯也才四年多，估计也不能太富裕，他斯大林要是穷了给谁打电话啊？人得独立点才能成事，国家更得是！毛主席他老人家那句话咋说的……对，叫自力更生，艰苦奋斗！”

二赖子一听这都把毛主席的话给搬上来了，不知道咋回，又觉得不甘心，一屁股坐在地上生闷气。

“你跟我去不？这回我得带一把锹，我合计着越往下挖东西就得越多！”孟泰问。

“我可不去跟你捡破烂，我咽不下这口气，我要立功，我要立功！”

“嘿嘿，傻小子，高炉可得稳妥点，心急吃不了热豆腐！”孟泰说着拎着麻袋走了。

十三

1949年，辽南的春天来得特别早，一场悄无声息的小雨过后，小草就冒出了头。在宁山市政府广场南两里地的位置有一处突兀的山包，山上可以俯瞰全市，日本人当年称之为神社山，解放战争胜利以后政府在山上修了一座烈士纪念碑，于是这里就改为烈士山。此时的烈士山已被春风拂绿了柳枝，拂出了梨花，飘飘荡荡，似烟似云，引得不少老百姓来此游玩。要知道，当年铁东统称为洋街，中国人是不可以随便来的，若是真不怕找麻烦溜达到了这里，轻的是抓进局子里蹲上一宿，要不然就是拳打脚踢一顿赶回铁西。就算是日本人被赶跑了以后，兵荒马乱，土匪流氓横行，也鲜有人有心情来此。如今可不一样了，老百姓可以自由来往洋街了，就连烈士山下那整整齐齐的红色小楼，当年专供小鬼子住的“制钢株式会社”的日本职工宿舍如今也分给了工人，这在过去可真是想都不敢想的事情。

这一天，市妇联在烈士山下这红色小楼里召开了宁钢职工家属代表动员大会，要选出一批职工家属的妇女代表，会议由冷亦水冷大姐主持。

妇女也能开会，还是去洋街开会，这可是新鲜事，被选为代表的职工家属们听说这消息乐得合不拢嘴，逢人便讲自己要代表职工家属去市里开会啦。别人问是啥会，谁也说不清楚，合计了半天干脆告诉别人就是一群妇女坐着唠嗑的会。传着传着，那职工家属代表动员大会就变成了“妇女唠嗑大会”了，据说还要选出最能唠嗑的妇女。

这些职工家属们果真不知道开的到底是啥会，为啥这么高兴她们自己也说不清楚。总之，她们激动得一晚上睡不着觉，一大清早就换上了最新的衣服，还用水抿了抿头发，哼着小曲就奔铁东去了，遇见人还是照例主动打招呼：“我去‘神社山’洋人街，组织上安排的，开‘妇女唠嗑大会’！”

这会场真是热闹，陈玉凤忙前忙后，安排着会场，维持着秩序，可这秩序真是不好维持，让你哭笑不得。妇女们前排后排隔着多老远打起了招呼，还真唠起了嗑，有的家属拿来了针线，盘起了腿开始纳鞋底，有的家属露出半个胸脯给孩子喂奶，咿咿呀呀地唱起了催眠曲。窗外，看热闹的小孩子趴在窗台上一个劲儿往里挤。

“哎呀，各位大姐，各位职工家属代表，安静，安静！这是会场，马上要开会啦！”玉凤喊道。

“不是来唠嗑的嘛，静下来咋唠嗑啊！”一个妇女问道。

“是开会，不是来唠嗑的，是先听冷大姐讲话的，然后大家再发言讨论。”玉凤抻着脖子喊。

“不都一回事儿嘛，你说完她说。”

“静一静，这不是自家，得讲一些规矩，尊重会场秩序。”

“不是说咱们人民翻身做主了嘛，咱当了主人这就是咱家！”正在纳鞋底的大姐应答，这话说的倒也是在理，玉凤一时间也想不出来如何反驳。

“领导来啦，领导来啦！”突然有人喊，人群顿时自发安静下来，大家不约而同朝着会场前方看去，原来工会主席冷亦水冷大姐来了。冷亦水满脸笑容，和蔼亲切，频频点头示意，和最前排几个妇女唠起了家常，好一会儿才落座。

“职工家属们，姐姐妹妹们，我是宁山市总工会主席冷亦水，目前也代管着妇女工作，比我小的可以叫我冷大姐，比我年长的就可以叫我冷大妹子，反正叫啥都行，就是别叫领导，我吃的和你们一样，穿的和你们一样，走多了也累，不吃也饿，就是普通人嘛，叫啥领导！”

冷亦水在辽南那多有名啊，谁不知道这个女领导骑在马上能使双枪，百发百中，都说敌人见了她掉头就跑，以为她有三头六臂，就算不能腾云驾雾，起码也得像个母大虫顾大嫂一般膀大腰圆吧，可今天一见，这不就是个大眼睛的年轻妇女嘛，和普通人没啥两样。再加说话那么和蔼可亲，满脸笑容，大家一下子就轻松了不少，会场里又传出一阵私语声。

“我看大家伙儿今天都很活泛啊，挺好，挺好，人就是应该有点精神头，活泛一点，各位妹妹姐姐，一直都这么活泛？”

“也就这几天吧，以前倒是想活泛了，可又是鬼子又是土匪的，又是‘红眼队’又是‘中央军’的，你走路多看一眼都给你抓走，谁敢啊，现在不是解放了嘛，咱愿意说就说，愿意笑就笑，咱们做主啦，哈哈哈！”一个年纪稍大一点的妇女说道。

“是啊，咱们人民当家做主了，特别是咱工人阶级，是主人翁！可咱咋当这个家做这个主呢？”

“让家里老爷们上工多干活，早点生产出钢铁呗！”

“对，最好再多加会班，干得越多贡献越大！”

“对对对，你们说的对，现在宁钢的工人师傅们都铆足了劲儿加班加点，大家伙你追我赶，就怕被别人落下！”冷亦水说。

“可不是咋地，我家那口子都三天没回家了，幸好乐天地被封了，要不然我还以为他是出去鬼混了呐。”

“你担心啥，你家那口子裤兜里藏一把小米都能被你抖搂出来，他还去乐天地，你以为那窑姐也像工人似的白干活啊，换你你干啊？”一个大姐一张嘴就引得哄堂大笑。

“姐妹们，那个大姐说的没错，现在工人师傅有觉悟，拿厂子当自家，加班加点也不说苦不叫累，这就叫做当家做主，有谁给自家干活还吵吵累的啊！可是咱们职工家属是伟大工人阶级的一部分，也得顶起半边天，咱们也得为国家做贡献啊！”冷亦水又说。

“咱妇女能有啥贡献啊，一天天洗衣做饭带孩子的，指着老爷们养活就是了，老爷们做贡献就等于咱做了！”纳鞋底的大姐说着话，手里的活儿也没闲着。

“这可就不对了，你说那都是旧社会的想法，咱们妇女也是人，也是爹生妈养的，凭啥男人能做贡献能立功，咱女人就得在家洗衣做饭带孩子啊？”

妇女们从来没想过这个问题，被冷亦水这么一问都愣住了，谁也不吱声了，直勾勾地瞅着讲话台。

“咱们家属虽然不能直接到工厂里上工，但也可以变着法儿的做贡献，我听说献交器材的时候，八家子的一个小媳妇从地里刨出了两台马达，逼着懒汉丈夫去交公，结果懒汉还因此进了宁钢，来了干劲儿，还立了功，你说这算不算是做贡献？”

“算，那这得算！”底下的人回答。

“我还听说八家子的王慧兰，每天一大早就把丈夫叫醒，劝他早点上工晚点回家，只要多为工厂干活就好，家里的事情啥都不用管。结果她丈夫被厂里树了典型，你说这王慧兰算不算立功？”

“算算算，这也得算！”

“所以，你们看，我们妇女同样能立功，只要处处为厂里着想，事事替厂里分担，管它大事小情都算是立功！”

“听冷大妹子一说啊，我突然明白了，你说家里男人天天上工不回家咱也活得好好的，但是他们一回来没饭吃没热炕头就不行，合着咱们女的离开了男的照样好好的，男的离开女的那就得傻眼，大家说对吧？”

“对啊对啊，要这么说，咱们可不只是半边天啊，咋说也得一多半！”

“对对，一多半，要是哪天万一咱们妇女也能上了工，家里外面都忙活着，那可就是整个天啦！哈哈哈！”

会场里又是一阵哄笑。

会议持续了两个多小时，大家的发言极其踊跃，冷亦水从职工家属中选出了七人作为代表。会议结束了大家意犹未尽，仍恋恋不舍，希望能再多“唠”一会儿，问以后还能不能开会了。会开得欢实，道理大家伙儿也都明白了，纷纷表了态要支持丈夫工作。在冷亦水看来，这些善良实在的妇女们肯定能为宁钢作出不少贡献。

十四

尚世杰这段时间可真是忙得脚打后脑勺，没日没夜的干，此时他正跟着女技术员曹静初在2号高炉上忙活着，说是忙活，其实在场的每一个人都比他明白，所以他还是一如既往地跟老师傅和技术员们虚心学习。不远处，穿得一尘不染、戴着金丝边眼镜的炼铁厂工程师曹奉儒背着手，左看看右看看。

尚世杰这上上下下的一会一趟，刚好看到孟师傅背着个破麻袋从炉子下面走过去。

“孟师傅，你背着个麻袋干啥去了？”尚世杰问道，可现场噪声太大孟师傅也没听到，径直走远了。

“准是又去‘捡破烂’啦！”曹静初在一旁说。

“捡破烂？这孟师傅是个老工人，觉悟高的很，这咋不好好上工去捡破烂？”

“不是那个破烂儿，是废铁坑里的废弃零件儿，他去那里挖东西，来来回回得有一个来月啦，天天往回背！”

“废铁坑里能挖出啥来？我得去看看这老孟到底干啥呢！”尚世杰

说着跟了上去。

前些日子，孟泰收拾出来一个库房，摆上了架子，准备存放自己这些宝贝。可背回来的零件锈迹斑斑，腐蚀的严重，怎么看都是破烂儿。干了二十几年配管工的老孟泰知道，这些零件儿就是表面埋汰不好看，清理干净了照样能用。可当时厂里连砂纸都缺，清理起来又是个难题，于是他决定用一个土办法：找来碎玻璃放在布袋子里，用石头敲个粉碎，再掺点金刚砂进去就成了最简单的磨料，兑点浆糊进去再往零件上一涂，隔着一层布就开始来回撸，一点一点的上面的锈迹就被磨掉了。这些零件本就是没用过的，去掉了铁锈再用水这么一冲就跟新的一样。老孟泰高兴了，心想这个方法太好了，碎玻璃、金刚砂有的是，废铁坑里的东西也不老少，这样一来变废为宝，那坑还哪是废铁坑，分明就是聚宝盆。老孟泰把打磨一新的宝贝齐刷刷地放在架子上，心里亮堂，合计着这几个大架子要是都摆满了，估计修2号高炉可就差不多了，用不着再伸手跟国家要了。

零件是磨出来不老少，可有一样，那碎玻璃掺金刚砂连铁锈都磨得精光，隔了一层布的手得磨成啥样？孟泰那干了二十几年配管工的手倒是皮糙肉厚，可也架不住这么个磨法，如今他手上那厚厚的老茧上密密麻麻地被割出了无数个小口子，一点点往出渗血，摸哪哪就有一块血手印，总感觉有东西扎着肉可还就找不到。

此时，老孟又垫着那块被血浸透了的破布片开始打磨管件儿，一下一下的，每撸一下他就不由的疼得一咧嘴，汗流下来也不敢用袖口去擦，袖子上也扎满了玻璃碴子。跟上来的尚世杰门外躲着看了老半天，又敬佩，又心疼，鼻子一酸转身走了。

晚上下工前，孟泰扛了一麻袋挖出来的石棉板准备晚上回家烤一烤，剪成垫片将来留着用。突然二赖子带着技术员曹静初一路小跑过来。二赖子一看仓库里架子上摆着的都是新铮铮的零件愣了半天才合计过味儿来，拍着大腿叫道："孟师傅，这就是你背回来的破烂儿？"

"啊，咋了？"

"咋啦，厂长知道啦，要表扬你，说你这是修旧利废，为厂节约，立功啦！"

"是啊孟师傅，下午尚厂长跟过来了，看到你这个破……"曹静初说秃噜了嘴，赶忙改过来，"看到你这个仓库啦，说你这是替厂、替公司、替国家节省成本，是修旧利废的典型，要表扬你呐！"

老孟泰有些懵，干张嘴说不出话，心想这都是应该做的，有啥可表扬的嘛！

"这是尚厂长特意找供应科批给你的五副胶皮手套，他说你那手再不护着点都要磨烂啦，你得留着它修高炉呐！"曹静初爽朗地笑着说。

"孟师傅，我想明白了，干啥都是给厂子立功，明天我就跟着你'捡破烂'去！"二赖子说。

老孟泰拿着手套，心里一阵阵暖流涌过。晚上到了家里，老伴儿已经准备好了热腾腾的粥和窝窝头，孟泰就了一碗菜汤三口两口就吃完了。而后，他把石棉板都倒了出来，想趁着潮乎劲儿赶忙掏出个孔，剪成垫。他边剪着边想着手套的事儿，边剪着边想着厂里的事情，想着想着就靠着锅台睡着了。

第二天醒来，孟泰发现自己倒在炕头上，老伴儿不见了。再仔细一看，老伴靠在锅台那睡着了，地上整齐地摞着剪好了的石棉垫。

十五

老孟泰的事迹被厂宣传队报道了出去，大家伙受到启发和鼓舞，不少人也加入了他的队伍，利用空闲时间收集旧零件，变废为宝，没几天工夫仓库的架子上就满满登登，现在正研究着再添它几个架子呢。厂里来参观的人不少，还为这个仓库起了名字，就叫做“孟泰仓库”。老孟泰说了，只要是为了宁钢恢复生产，谁都可以从“孟泰仓库”白拿东西，也都可以把没用的送到这里来，不用打招呼。大家伙都觉得这是个好办法，方便实用。

这天一大清早，炼铁厂的一个宣传员来到对炉山的孟泰家中，想了解了解他家的情况，在厂里出个板报。一进屋，发现一个妇女坐在锅台旁烧火做饭，再仔细一看，这妇女不是在做饭，而是低头用剪子剪着什么东西。

“大嫂，你是孟大嫂吧？我是炼铁厂的宣传员。”宣传员问。

“对，我是老孟家里的，可老孟去上工了，你要找他得去厂里。”

“我就是来找你的。”宣传员边说边打量着孟大嫂——她五十上下，头发已经白了不少，在脑后扎起了发髻。她的眼睛里充满血丝，定是熬了夜，可笑起来弯弯的，有点像老孟师傅，让人感到踏实又亲切。可孟大嫂的手是咋了，缠着破布，湿乎乎的，好像是血迹。“呀，孟大嫂，你的手是咋了？”

“没……没咋。”孟大嫂说着把手缩了回去，打岔道：“你看，坐了半天了，我给你倒点水去。”

“别，你别动！”宣传员拉住了孟大嫂的手，轻轻打开缠着的破布，竟然被吓了一跳，发现她手指已经被磨得不成样子，有刚刚磨出来的黑红的血泡，有的血泡已经被磨破了皮，不断渗血。她又看看脚下，都是剪好了的足有三毫米厚的石棉垫。“孟大嫂，你这手是剪石棉垫磨的？”

“啊，是。”孟大嫂又把手缩了回去，“老孟白天上工累，晚上回来还要剪石棉垫，我心疼，就帮他剪了，他说这些都是破烂，但是剪一剪还能用上。”

“孟大嫂，你这是为公家干活，公家得给你工钱，这手也得算工伤，我回去帮你和领导说一说！”宣传员心疼孟大嫂，有些抱不平地说。

“你这姑娘，这算啥伤啊，还要啥钱啊，共产党来了，给咱分了房子，锅碗瓢盆都分，还给了一百斤的苞米，自己啥都不用管，干点活还要啥钱！再说了，公家不也不宽裕嘛，咱们家老孟从那废铁堆里挖零件儿不就是想给国家省钱嘛！”孟大嫂说着用布缠上了手，又拿起了一块石棉板边剪边说道：“那天咱也去参加市里面组织的职工家属动员会了，人家冷大妹子说的对，咱们妇女也能顶起半边天，也能为国家做贡献，我不能白吃白用国家的，也得给国家做贡献不是？”

宣传员知道孟大嫂说的都是心里话，也在理，可不知为啥就是难受，就是有气，气得眼圈都红了，可又不知道是在和谁生气。

宣传员回到炼铁厂，当天就出了板报，板报上画着两双滴着血的手，一双是老孟泰的，一双是孟大嫂的，标题是：孟师傅孟大嫂吃苦流血为了啥？板报还没写完人就围了一大群，大家边看边议论，有些不认识字的老师傅拉着年轻工人给他读，有那么好一会大家伙都没了声音，硕大的工厂似乎安静下来，他们都在思考那个问题，吃苦流血为了啥?

板报在炼铁厂引起了很大反响，尚世杰看了也十分感动，而后他联系了公司的宣传员，上级决定把这件事在全公司范围内报道出去。很快，老孟泰和“孟泰仓库”的典型事迹就传遍了公司，传到了市里。市里领导十分重视，觉得这个历经伪满直至解放的老师傅一路走来，一心跟着党，处处为党想，很能说明问题，是个极好的典型，而且可以就此在全公司范围内开展一次大讨论，题目就叫“咱工人吃苦受累为了啥?”

这天，市里委派冷亦水同志参加了炼铁厂的职工大讨论。一大早，李达和冷亦水来到了炼铁厂，离老远见到尚世杰在工地上忙活。

“世杰，世杰，别忙啦，赶快过来!”李达声音洪亮，一喊响出老远。

尚世杰见来了领导，边往这边走边摘下毛巾掸着身上的灰。

“世杰，我给你介绍介绍，这个是……”

“哎呀，这不是能使双枪、威震辽南的冷大妹子嘛!”尚世杰抢先答道，早知道冷亦水要来他心情还挺激动。

“哈哈，老尚，尚主任，你现在不捣腾宁钢东西啦?”冷亦水调侃尚世杰。

“咋地，你们认识啊?”李达问。

“认识认识，我们还得算是不打不相识呢。”冷亦水回答。

“咋回事，和我说说。”

“哎，别提了，哈哈，在她眼里，我比那盗卖宁钢物资的坏人也好不了哪去。”

“哈哈，你可别往自己脸上抹粉了，当时你可比盗窃犯邪乎多啦。”

听俩人这么一唠，李达想起来，这冷亦水当年最早跟着辽南一地委来接管宁钢，紧接着尚世杰就来了宁钢成立军建处，二人肯定是认识。

“世杰，现在不是叙旧的时候，老孟泰呢，先让冷大妹子见一见。”李达问。

“那不，高炉上干活呢。”尚世杰说完转身冲着高炉喊道：“孟师傅，下来一下！”

等孟泰的工夫，尚世杰特意和冷亦水通了气，说这孟师傅是典型的老工人，老实本分，不会说话就会干活，一会儿啥说不对了可不能挑理。冷亦水拿眼睛翻尚世杰，说难不成当初给他留下就是蛮横不讲理的印象。尚世杰光是笑不回答。

老孟泰走了过来，脸蹭得黢黑，累得满头大汗，湿透了工作服。冷亦水打量着这位老师傅，见他有些拘谨，手足无措。尚世杰相互介绍完后，冷亦水伸出手说道：“孟师傅，你好，我可没少听说你的事迹啊，今天终于见到本人了！”

此时，只见这老孟泰的手在腰间似抬非抬反复了好几次，最终还是没抬起来，而后说了声：“你好”，合计合计转身就要走。

“哎，咋这就走啊孟师傅！”有所准备的尚世杰也被弄的一愣，赶忙叫住孟泰，用眼神示意他得握手。可老孟泰面露难色，好似不情愿。

冷亦水不知道是咋回事，手一直伸着，再次说道：“孟师傅，你好啊！”

孟泰实在不好回绝只好与冷亦水握手。

这一握手不要紧，冷亦水心里“咯噔”一下，心想这哪是一只手，分明就是一块砂纸，不，是一把锉刀。她拉着孟泰的手翻过来一看，这双大手被厚厚的老茧附着着，裂开的细纹里嵌着洗不掉的污垢和结痂，有几处伤口是新划破的，还在渗着血。

“我刺到你了吧！”老孟泰问。

“没，没，没有！”冷亦水眼圈一红，竟不知道说什么了。

“那就好，那就好，那我就上去干活啦！”孟泰说着转身离开，趁着还没开会又去上高炉干活去了。

职工大讨论就在炼铁厂的一片空地上召开，早到的职工们席地而坐，晚来的在后面挤着站着，远处的设备上，拖拉机里，树杈上，甚至是平房上也都坐着人，大家伙鼓着掌欢迎老孟泰先发言。

老孟泰“扭扭捏捏”上了前，一脸为难，干张嘴说不出话。

“孟师傅，你就说说心里话，想啥说啥！”冷亦水鼓励道。

孟泰又酝酿了半天，一努力张了嘴：“兄弟们，当年宁钢里有个顺口溜，‘选矿厂是大猪圈，炼铁厂赛鬼门关，铸管厂比过阎罗殿，要吃小型的饭，得拿命来换！’咱们好多老师傅，都是从那个时候熬过来的，没被打死的都是命大的，断胳膊断腿的有的是，为了啥，不就是为了填饱肚子吗！盼星星盼月亮，小鬼子跑了，合计着好日子来了，可结果咋样？国民党接收大员演了几出戏做做样子，就通告全国宁钢要生产啦，还订出了个啥复工计划，结果咋样，没几天就露出了狐狸尾巴，开始变着法儿刮宁钢的油水儿。而后共产党来了，这下可翻了天了，变了样了，分给咱们宿舍，分给咱们苞米高粱，连锅碗瓢盆都替你想着，开会还让咱们工人参加，让咱们人民当家做主说了算，这个咱们以前做梦都不敢想啊，开天辟地头一回啊！以前咱们血没少流，可那是被打的，被机器伤的，咱不愿意。可现在呢，吃点苦流点血咱愿意了，为啥啊，这血是为咱宁钢流的！要我说啊，也不光是为咱宁钢流的，全国还没解放，打仗还得用钢铁，咱们早一天能让这高炉炼出铁水，解放全国就可能早日实现，咱们多流点血，那咱们的解放军，咱们全国其他地方的老百姓就少流血，大家说对不对！”

老孟泰这掏心窝子的话说得大家热血澎湃，二赖子站起身来带头鼓掌，热烈的掌声随之响起，久久不散。在他的带动下工人们一下子打开了话匣子，站起来发言的人一个接着一个，掌声一阵接着一阵，广大的职工在这次大讨论中明白了更多的道理，受到了教育，又一次提高了觉悟。

十六

天暖了，烈士山上的桃花开了，蜜蜂成群结队飞来飞去，热闹的很，烈士山下的宁山市委门前更是热闹。最近这些日子宁钢里立功竞赛开展得如火如荼，工作近乎达到了忘我的地步，取得了不少成绩。在修造厂，工人们听到了下工的铃声也不走继续干活，领导无奈，拿着铃铛到车间里摇，工人还是不走。劝了一遍又一遍，最后终于走了，锁上了门，可又有几个工人从窗户跳了进来继续干；在耐火厂，一名工人师傅把自家十多岁的小子叫来义务劳动，帮忙抬耐火砖，还告诉儿子好好锻炼身体，日后也来宁钢工作。

工人们这样干活，一个赛着一个，工程进度想不快都难，一会儿是中厚板车间复工了，一会儿是初轧厂投产了。总之，无论哪个厂有个喜事都敲锣打鼓，派人到市委报喜。汇报的同志进了市委，锣鼓手闲着也是闲着，在外面接着敲，最开始几家比着来，看谁敲得响，不一会儿又来了好几波，干脆一个鼓点一起敲，这样一来就更热闹了。

市委这边热闹非凡，宁钢这边炼钢厂的车间里气氛可紧张了不少。

恢复建设之初，炼钢厂的工人们传出不等炼铁厂，要用冷料，争取先恢复生产。虽然这只是工人们为自己定下的目标，并非厂里的决定，可在这个大家伙儿都搞立功竞赛的节骨眼上，这无疑就是向公司下的保证，更是给炼铁厂下的战书。谁都知道这历来都是先出了铁然后拿去炼钢，那边要直接用冷料炼钢不就等于嫌你慢拖后腿嘛。无论如何，炼铁和炼钢这老大老二"斗"了起来可有看头，也提士气，何乐而不为。炼铁部主任是尚世杰，炼钢部主任是马德成，这俩人是出生入死的老战友，还是水火不容的"死对头"，不见面啥事儿没有，一见到就掐架。如今，俩人硬呼啦被大家伙送上了比赛场，这个就更有意思了。李达知道这件事后也觉得有意思，跟着"煽风点火"，说比着来是好事，打仗就得有敌手嘛，给你一门大炮对着天开又有啥意思，而后他还"和稀泥"让俩人签"军令状"。

签"军令状"是玩笑，也没有真动笔，可如此一来全公司就都知道了，尚世杰和马德成这回见面也不掐架了，开始频频试探对方，没事还派去"奸细"打听情况，大家伙说这俩人是动了真格的了，开始用上兵法了。厂长动了真格的，两家工人就更飙劲儿了，生怕自己厂被落下让全公司笑话。

十七

"宁钢只能种高粱啦……至少得 20 到 25 年……宁钢只能种高粱啦……咱争取先出钢……敢不敢立军令状……至少得 20 到 25 年……"

“轰隆！”

“呀，坏了，是不是炉子出事了！”马德成猛地惊醒，发现刚刚自己又梦魇了。梦中那一幕幕景象最近如同影子一般缠在他身旁，挥之不去，让他寝食难安。

马德成靠着墙角抹了抹脸，定了定神，刚刚自己不知不觉就睡着了，向四周里看一看，车间里并没什么异常，刚刚的响动只是头顶的吊车发出了声音。炼钢厂的一个平炉眼看着就要修好了，可也是费了九牛二虎之力。这平炉被闲置快五年了，日本人撤退前故意祸害人，留了满满的钢水在平炉里面，晾成了一坨。国民党来接收，到这看了看，而后压根儿也没动，就一直留到了今天。要修复，咋整啊？钢用气焊切可是费劲的事，费劲也得切，实在不行用角磨磨，用钢锯刺，用凿子凿，反正咋地都得给它收拾出来。这边切着，那边趁着热又凿又抠的，人多了还折腾不开，几个人换着班儿地干，黑天白天轮着来，用了快一个多月时间这2号平炉才见点眉目，快要清理出来了。其他关键设备也上了人，加班加点的修，大家伙卖了命的干，心说那炼铁厂的高炉还没咋地呢，炼钢厂先出钢是板上钉钉的事了。

马德成和尚世杰斗了多少年了，关于这次“军令状”他一开始就知道自己占了便宜，肯定能赢，公司领导心里也清楚。这平炉比高炉小的可不是一点半点，也没那么复杂，相比之下修复起来算是容易的了，更何况当初日本人走的时候也没短了破坏高炉，那里面留的铁水可比平炉里留着的钢水多多了，后来还被美国轰炸机炸得东倒西歪，修复起来哪有那么容易。但无论如何自己得多加小心，心想尚世杰那小子鬼道的很，当年打仗时候没少让这小子捡漏，一合计起来他就气得牙根儿痒痒，这回得精神着点，别让他钻了空子。

实际上，马德成估计的没错，炼铁厂的修复工作真不知道要比炼钢厂难上多少倍。尚世杰跟着技术员曹静初和老师傅们学了不少，可都是眼巴前儿能用得着的，要谈到生产那还差得十万八千里呢。以前护厂的时候尚世杰离老远看过这些高炉，觉得七扭八歪的上面还絮了鸟窝，心想这破东西能炼铁？可来了炼铁厂近前这么一看，哪光是破旧的事啊，单说2号高炉，斜桥炸歪了，炉身锈蚀了，卷扬机被炸废了，马达被盗走了，炉膛里还结了大铁砣，没一个好地方。工地上一个老师傅抽着烟袋锅望着高炉说道："这老高的铁大个儿看着真威风，可是断了脚，缺了腿，满身生疮，肚里还有个大瘤子，就是华佗在世恐怕也修不好啊！"本来这些时日尚世杰忙前忙后，人也瘦了，嗓子也哑了，听老师傅这么一说还上了火，烧得满嘴火泡。

除了高炉外，还有一件事也让尚世杰跟着上火，就是厂里的一部分知识分子迟迟融入不到工人的队伍中，始终觉得自己是个特权阶级，其中又以工程师曹奉儒为代表。

这个曹奉儒年过四十，是前不久被宁钢的老工程师华兴国书信召回的学生，曾留学过德国学习冶金，还曾翻译过一本国外的冶金学著作，自己也发表过多篇论文，在行业里颇有地位。然而，就是这样一个冶金学的专家却从没炼过一炉钢，甚至不愿意在高炉旁多呆，工人们都说他是玻璃花瓶中看不中用，说他除了会动动笔杆在那纸上谈兵外啥也不会。这些议论传到曹奉儒耳朵里，他也不在乎，在他看来专家就是搞研究的，不必真去动手操作。反过来，工人就是搞生产的，也不必搞研究。分工明确，井井有条。再有一点，这个"花瓶"工程师相当自律，也可以说相当我行我素。他不允许自己干净的工作服上粘上泥土锈迹，金丝眼镜上永远一尘不染，而且他严格遵守着八小时工作制的作息时间，无论刮风下雨从来不迟到半分钟，同样，无论刮风下雨也从来不晚走半分钟，“加班”二字从来就没在他的词典里出现过。按照他的理论，自己得到的劳动补偿也仅限于这八小时，他既不想多得，也不愿意多付出，仅仅这八小时就足够了。

厂里的工人都看不上这个曹工程师，觉得这就是国民党余孽，还以为自己是仰脖的接收大员呢，背后里没少戳他脊梁。可也有一小撮人无论是从学术方面还是从行为方面都坚定地支持着他，视为榜样，当然这一小撮人几乎都是知识分子，他们代表着另一个世界的思想。

话说尚世杰性格火爆，最看不上的就是这种人。无奈如今的炼铁厂他是党政一把，况且公司三令五申，一定要优待和团结知识分子，更何况那曹奉儒又是行业的权威，所以他向来都是礼让三分。

就在这天，曹奉儒带着刚入职的大学生来到高炉旁，不远处几个老师傅正研究着怎么把那炸歪了的斜桥扶正，其中就包括当初尚世杰特意要来的老钳工陈强柱，二赖子也在一旁听声。

“接收大员来啦!”二赖子看到这曹奉儒就打心眼里不得劲儿，总想找机会弄弄他，“我说几位老师傅，咱们也别在这研究了，人家曹大工程师不是说过吗，工人就应该生产，就该干活，搞研究的事得人家说的算!”

几个老师傅也看不惯这曹工程师，被二赖子这么一怂恿还来了气儿。

“那咱就去问问工程师这活咋干?”陈强柱提议。

“对对对，问问，看看人家德国回来的人有啥招儿!”几个人说着走了过去。

“呀，这不是曹工程师嘛！”二赖子笑嘻嘻地上前打招呼。曹奉儒不认识二赖子，也不认识后面那几个老师傅，都只觉得眼熟而已。面对二赖子的问候，他也没回答，只是面无表情地点了点头。

“您这是看啥呢？”二赖子又问。

“看高炉呢呗，难不成看鸟啊？”曹奉儒身边一个叫方哲的大学生抢先回答。

“我还真觉得你是看鸟，高炉有啥好看的，七扭八歪的，也生产不了，上面还真不少鸟窝，用不用我给你抓一只？”二赖子仍是笑嘻嘻地回答。

“你……”方哲被呛的没了话。

“曹工程师，我听说人家炼钢厂那边干得热火朝天，咱们炼铁厂可还没咋地呢，咱得努力往前赶啊！”陈强柱说道。

“这还得多依靠你们这些老师傅！”曹奉儒终于说话了，不过只是一句毫无诚意的套话罢了。

“斜桥这么老高，又歪成了这个样子，你看咱得咋干？”

“用百吨的塔吊吊正即可！”曹工程师轻描淡写地回答。

“要是有百吨塔吊还说啥了，咱不不是没有嘛！”二赖子反驳道。

“是啊曹工程师，咱们没有百吨塔吊，还有其他办法没？”老师傅又问道。

“这个世界上凡事都要讲规律，也就是你们所说的规矩，炼铁自然得需要高炉，用自家炉子当然不可。同样，要想扶正这个斜桥自然需要百吨塔吊，其他方法也不可！”曹奉儒又拿出了他那套气势。

“是啊是啊，这大家伙没有塔吊哪能扶正？”方哲应和道。

“走吧，我们再去那边看看！”曹奉儒带着几个大学生径直离开。

可嘴里却在低声嘟囔："没有完备的图纸，没有塔吊，没有器材设备，没有像样的技术工人，想恢复生产？异想天开！"

"咋了咋了？"技术员曹静初看到这边一堆人围着就过来问问情况。

"没咋，问问曹工程师咋弄斜桥！"陈强柱没好气地说。

"就跟没说一样嘛！"另一个老师傅说。

"可不咋地，要是窝里有老母鸡还用得着问别人要鸡蛋？"二赖子憋着个嘴说。

几个人悻悻离开，曹静初一合计就知道是咋回事。

十八

曹奉儒端着工程师的架子却还拿不出什么像样的办法，若就是指望着上面能给拨调百吨塔吊那得猴年马月，早被炼钢厂落屁股后去了。于是几个经验丰富的老钳工加技术员曹静初开了个会，商量怎么能把那斜桥扶正，研究了大半宿，终于有点眉目了，最后陈强柱一拍桌子说道："妥了，咱就这么定！我倒要让那个又酸又臭的曹工程师看看咱们工人能不能研究事！"

"对对对，看看咱们几个'臭皮匠'顶不顶他一个'诸葛亮'！"几个老师傅相互打气，信心满满，唯独曹静初脸上有些异样的表情。

第二天一大早，陈强柱和几个老工人就带着一帮钳工上了班，尚世杰和曹静初提前来跟着忙活，二赖子也跟着来凑热闹。几个老师傅在斜桥根部横着放了十个千斤顶，后面打上了桩子顶住了。另一头，电工师傅安上了卷扬机，拴上了钢绳。这边千斤顶一丝一丝往前顶，那边卷扬机一点一点往后拽。刚开始还没啥反应，临近中午时发现整个斜桥开始发出“嘎吱嘎吱”的异响，而后越顶这“嘎吱”声就越大。

“住手，住手!”专家曹奉儒赶来了，一脸严肃批评道：“简直是胡闹，简直是胡闹，纵观国内外经验，我就没听说用这种笨拙的方法去扶这庞然大物的!”

工人们一撇嘴，没搭理曹工程师，这可给曹奉儒弄了个大红脸，心想也就是在这，在共产党的企业里才会这样贬低一个工程师的权威，谁都敢对工程师如此不敬。

“住手，我让你们住手，不然出了事我看你们谁能担得起责任!”一向冷静的曹奉儒变得有些恼怒。

“我负责!”干活的工人堆儿里尚世杰钻了出来，擦擦头上的汗说道：“曹工程师，塔吊我们属实没有，干等着上级拨调也不是个办法，既然没办法就只能死马当活马医了，不然还能咋办?”

“这……这……”曹奉儒没成想尚世杰就在人堆里，突然冒出来说话弄得他不好应答，可心想一个厂长弄得浑身脏兮兮的，不相信科学专门支持这些旁门左道，像什么样子。

这时，“嘎吱”声又变大了，到了近乎刺耳的程度，斜桥的上部开始颤动，似乎吃不住劲儿要塌下来似的。

“陈师傅，声儿不对啊，还顶不?”工人问。

“顶，有动静就说明斜桥动了，说明管用了，不顶还能就这么放着?”

“那要塌了咋整，危险啊!”

“大家伙都散开，无关的人都走，就留顶千斤顶的!”为了确保安全，尚世杰赶忙下了命令，“快快快，都离开!”

大家伙都散了，往外走，工程师在学生方哲的护送下也离开了，可一回头发现技术员曹静初还在里呆着。

“曹静初，你出来，危险！”曹奉儒大喊。

“不用担心我曹工程师，这不还有人呢吗！”

曹奉儒这么一喊，尚世杰也回过神来，发现曹静初就在自己身旁呆着，一脸严肃。二赖子则猫在曹静初身后也没离开。

“咋还不走，呆在这干啥？”

“我是高炉技术员，我怎么能临阵脱逃！”

“我……我是模范，戴过大红花，我也不能走！”二赖子说完又猫了起来。

“危险，一会儿塌了咋办？”

“你们不也在这呢吗，塌了我陪着你！”曹静初一脸坚定，直勾勾看着尚世杰说。

看俩人这么坚定，尚世杰也不再多说，只顾闷着劲儿顶千斤顶。

斜塔一直在“嘎吱嘎吱”作响，但没有倒塌，工人们换着班儿地顶了一天，发现它正了不少，尚世杰带着曹静初和二赖子上去仔仔细细查看了一圈，没发现啥异常，还可以继续顶。

“顶，有门儿，继续顶！”陈强柱大喊一声，工人们干的更卖力了。

曹工程师整整一天心烦意乱，隔一会儿就朝着斜桥的方向看看动静，见一切安好又失望又高兴。然而到了五点该下班了，这个规矩不能破，他如精准的机器一样，换衣服梳头发，推着自行车奔家骑，只不过还是会下意识地回头看看正了不少的斜桥。

奇迹发生了，在没有塔吊的情况下，钳工们就凭着十个千斤顶和一台卷扬机昼夜不停，轮着班儿的干，到了第三天上午斜桥终于恢复了原位，被彻底扶正了。大家伙都来卖呆儿，眼见着电焊师傅把最后一根钢梁死死焊在了高炉上，而后扔下焊枪，站起身来喊道："成啦，成啦!"顿时，大家伙欢呼起来。蹦得最欢的就属二赖子和曹静初。二赖子一边蹦跶一边喊："看到没，看到没？曹工程师都麻爪了，让咱工人给干成啦!"

人群后面，曹奉儒当然也在关注着这件事，听到二赖子那么一咋呼，气得拂袖而去，嘴里振振有词："旁门左道，旁门左道!"

曹奉儒心烦意乱回到家，毫无胃口，胖妻子问左问右他也无心搭理，直接进了书房。曹家的书房布置的十分漂亮，墙上挂着清一色的油画，日式的壁橱上放着很多书籍和一些从国外带回的工艺品。樱桃木的大写字台上有一个绿色的玻璃罩台灯和一个精美的咖啡杯，台灯旁摞着他翻译和编著的专业书籍。书中的内容他烂熟于胸，可还是习惯性地翻看着。实际上，他也没有真在看，只不过是在缅怀罢了，缅怀自己当年是何等的风光，何等的耀眼，何等的权威。他自信并且自负，迷信科学，迷信规律，迷信数据，迷信西方所有先进的地方。虽然他回了宁钢，可很大程度上是迫于无奈，妻子无论如何也不愿意去台湾，说那是荒岛。自己一方面是对实业救国还抱有希望，一方面是迫于生活的压力，正巧收到了老师的来信，便也顺水推舟，来了这里。然而来了三四个月，除了收入他觉得可以勉强接受外，其他的一切他都觉得在和自己作对，他甚至开始渐渐反感起那个对工业一窍不通却当起了厂长的尚世杰——自己是著名的冶金专家，权威的知识分子，共产党却要发动工人阶级的力量，让他们献计献策，工地上何时轮到了一群目不识丁的大老粗在那指手画脚，更可气的是他们竟然还用那种旁门左道的方法扶正了斜桥，这简直就是对科学、对知识分子的亵渎和羞辱。

“精神胜利法，纯属精神胜利法！”曹奉儒气得把书往桌子上一拍。

这时餐厅传来了说话声，“婶娘，我回来啦！”

“哎呦，才回来，又弄得满脸土，小花猫一样，这个样子谁敢要你哦！”胖妻子说了话。

曹奉儒一听是侄女回来了，火气噌地一下窜了上来，厉声道：“曹静初，你进来一下！”

曹静初父亲去世的早，从小跟着叔叔曹奉儒长大。叔叔家没有孩子，于是夫妻俩把她当做亲生女儿一样，特别是胖妻子，平日里刁蛮泼辣，唯独对侄女疼爱有加，百依百顺。在曹静初的印象里，叔叔很少这样严厉地叫自己，更从来没有找他去书房里谈过话，她准知道叔叔是因为工厂的事情窝了火，要找人撒气。叔叔别看平时对人严厉，可十分惧内，于是她冲着婶娘使了个眼色，婶娘立刻明白了，冲着屋里喊道：“不要吃饭啦，有什么事吃完饭再说不行啦！”

胖妻子这么一嚷，书房里没了动静。过了足有五分钟，里面又传出来话：“那你吃完了饭过来一趟！”

“吃完饭不要洗澡啦？她浑身脏的要死！”胖妻子又发了话，书房里彻底没了声音，曹静初做着鬼脸朝婶娘竖起了大拇指。

十九

炼铁厂的工人们把几十米高的斜桥给扶正了，而且没用塔吊，就靠着千斤顶和卷扬机，这可算是发明创造，是个振奋人心的消息。捷报被送到了公司，送到了市委，领导们都很高兴。炼钢厂的工人们知道了，也高兴，也着急，说道："这炼铁厂军心大振，可不能被撵上。""哪能撵上，不就扶正个斜桥嘛，高炉肚子里的大铁疙瘩看他们咋办？不用着急，咱这一号平炉都试上了，出钢就是眼巴前的事儿！"另一个师傅宽慰道。

马德成在车间的平炉旁，听说炼铁厂那边扶起了斜桥也跟着高兴，心说尚世杰这小子行，有两下子。实际上，这场一开始就知道谁输谁赢的比赛成了两个"死对头"心照不宣的默契竞赛，大家伙比着来，燃起了热情，提起了士气，这是好事，李达经理"煽风点火"不也是这个目的嘛。眼下，无论炼铁厂那边怎么干，自己这边都得加快速度，尽快练出钢来。

此时，炼钢工人沈杰廷始终盯着平炉，一眼不眨，一动不动，他保持这个动作足有小半天了，无论马德成怎么劝他就是不休息。

这个沈杰廷可是个好同志，有觉悟，有经验，马德成信得过他。他是在日伪时期被招进宁钢的劳工，那时中国人在炼钢炉前只能干些扫地、打饭、送钢样一类的零活，凡涉及炼钢操作技术一类的工作根本不让中国人靠近。当时沈杰廷就不服气，心想凭啥在咱中国的地界上开工厂还处处避着咱？于是他就偷蔫儿的自己琢磨着学习炼钢操作，每当送钢样时他就仔细观察钢样颜色、断面和形状，估计钢样中的碳含量，等化验室成分报告出来再留心对照结果，开始估计的不准，日积月累，久而久之还真就差不多了。

一次，两个日本人用钢样打赌，一旁卖呆儿的沈杰廷瞄了一眼就说出了钢样中的碳含量，结果一出来还真对，两个日本人大吃一惊，恼羞成怒，骂骂咧咧的"八嘎"了半天还打了他一嘴巴，告诉他再也不准靠近炼钢操控室半步。沈杰廷一肚子火没地方撒，气得直怼墙，心想："他奶奶的小日本，等你们被赶出了中国我沈杰廷非要做个炉长炼出钢不可，我就是要为中国人争这口气！"

解放了，宁钢回到了人民的怀抱，沈杰廷觉得离当初自己立下的誓言越来越近了。不承想小鬼子打仗投了降，在炼钢炼铁上还是敢瞧不起咱，这让沈杰廷又憋了一口恶气。"加班加点，成天守着，宁可累死在炉子旁也要炼出钢！"他当着马德成的面也立下了军令状。这副担子实在有些难扛，可总得有人扛，经过多次试验后，今天终于动真格的了，所以沈杰廷守着炉子一刻不敢放松。

马德成靠了过来，看着沈杰廷那烤干了的嘴唇和湿透了的衣服，有些心疼。"老沈，咋样？"

"哎呀，马厂长，不是让你回去休息嘛，你咋又来了，有我在你还怕啥！"沈杰廷太专注，根本没注意到马德成一直也没离开。

这时，邵象华也过来了，拿着小墨镜奔炉子里一看，兴奋地说道："哎呀，沈杰廷，我看这个颜色不错啊！"

这炉钢已进入熔化中期，炉内翻起五尺多高的橙红色钢涛在拍打着炉壁，似乎要挣脱这千度高温的折磨，可这哪是折磨，这是百炼成钢，这是在蜕变啊！时间在一分一秒地过去，沈杰廷开始有些担心炉子。眼下炉顶耐高温性能差，一不留心就容易烧塌，造成大事故。他顶着火焰一个劲地想往里查看，恨不得能钻进去探个究竟，吓得马德成都想伸手把他拽回来。

谢天谢地，目前炉顶一切正常，没有什么异常。

此时，平炉四周围上来不少工人，有的是当班的，有的是下了班没走的，还有的是其他厂过来看热闹的，大家伙都知道今天要出钢，都等着这一重大时刻呢。

“有点发白!”一旁的邵象华提醒道。

沈杰廷也看出来了，这是炉内温度过高的迹象，他立即取过样勺，叫徒弟在炉前摆好大样模。他端着样勺插入炉中一舀，取出钢水倒在大样模中观察，发现碳含量有些高，得立刻调整。

“加矿石!”沈杰廷像战场上的指挥官一样，大手一挥，发号施令。

冶炼进入了最后的关键阶段，钢水的波动开始减缓，浮面的熔渣开始均匀有力地沸翻，是时候了!

“打点!”指挥官继续指挥着作战，一旁的马德成和邵象华屏气凝神，心跟着扑通扑通直跳。

炉上的百吨吊车“轰隆轰隆”开了过来，吊起钢水罐准确地对准出钢口，做好了出钢的准备。沈杰廷看着跳动的钢水，心里乐开了花，他把手用力一摆，下达了“总攻”的命令：“出钢!”

刹那间，一条金色的瀑布喷泻而出，整个厂房都被钢水映照得金黄。

“出钢了，出钢了!”工人们欢呼着、跳跃着，叫声、笑声、喊声、哗哗的钢水声和机器运转的轰鸣声交织在一起，热闹得快翻了天。马德成和邵象华激动的眼含热泪，禁不住一个劲儿地和工人们握手，炉台上工人们的手都被他俩握遍了。

沈杰廷长出了一口气，抬头看了看吊车，高兴地大喊了一声：“儿子，干的不错!”

原来，刚刚那个百吨吊车司机是他的儿子，叫做沈洪辛。父子俩联手产出了宁钢的第一炉钢水，也是新中国炼出的第一炉钢水，这一天被定格在1949年4月25日。

同一天早些时候的炼铁厂，尚世杰要下到高炉里去看看具体情况。他和二赖子从一个小圆洞钻进了高炉的炉膛。洞很小，必须四肢像猫一样爬着走。对于高炉的构造他一窍不通，只觉得这里面的物件自己都不认识。顶上的师傅还在焊接，火星子一个劲儿地往炉子里掉，大罐子里本来就闷，这下子就更热了。

“厂长，咱要到底了，你可慢着点！”二赖子在下面喊。

“等等我尚厂长，我也来啦！”这时候上面又有了动静，原来技术员曹静初也跟着下来了。

“你咋跟来了，这里多危险，赶紧上去！”尚世杰喊道。

“我是高炉的技术员，我不下来咋行，再说，你不也在这嘛！”尚世杰只听到曹静初的辩解，可没看到黑暗中她那羞答答的脸。

“不好，不好，赶紧让曹技术员上去，赶紧的！”不远处的二赖子扯着嗓子喊。

“咋了，咋了二赖子？”尚世杰一边问着一边搂过曹静初把他挡在了身后。

“女的下高炉里，高炉是会爆炸的！”二赖子信誓旦旦地说道。

“你……”尚世杰本以为发生了什么险情，吓出了一身冷汗，不承想就是因为这个。这是一种迷信的说法，说女人上了高炉不吉祥，得爆炸。“我说你当着我的面搞封建迷信，还想不想我介绍你入党了？”

一听这话，二赖子没了声，而曹静初则因为厂长始终在护着她感到高兴。

尚世杰终于落了底，用灯这么一照傻了眼，实际上这哪是高炉的底啊，从到洞口的距离来看自己还离着地面有老高的距离，脚下踩着的分明就是当时日本人故意留下的铁坨。

“我的个妈啊，这么大一块铁砣可怎么弄？”顿时，那扶正了斜桥的喜悦在尚世杰心中消去了大半。

高炉外，陈强柱那帮老钳工看着尚厂长爬了出来便纷纷迎上。只见他眉头紧皱，面露难色。

“几位老师傅，我看高炉里的大铁坨足有二层楼那么高啊！”尚世杰说。

“可不是咋地，这要是变成了铁水都够炼钢厂用一阵子的了！”

“有啥办法？”

“我看太好的办法也没有，就得像炼钢厂那样用气焊割，用电钻钻！慢慢啃！”

“可这铁砣也太大了，顶炼钢厂的十个大！”

“是啊，硬切倒是行，可也太浪费时间了！”

“工程师那边有没有办法？我们还是开个会问问他的意见吧！”曹静初说。

“我看还是别了，他那人思想落后，就会说官话，指定得说国内外尚无先例，没图纸没器材没有办法，再逼急了就让你重建！”

这话说的曹静初十分窘迫，大家伙还都不知道曹静初和曹奉儒的关系，所以说话也丝毫没有避讳。

“陈师傅，你说咱用炸药炸能行不？”当兵出身的厂长尚世杰出了一个最直截了当的方法。

“那不得把整个高炉都炸飞啦？”二赖子大惊小怪。

“我觉得有可能，控制好药量呗！”曹静初同意。

“我合计着，咱们打仗时手榴弹不够扔进碉堡也炸不掉，不过能给它炸酥了，再补上一颗准保差不多。咱们控制好药量，也给它炸酥了，然后再啃不就方便了！”尚世杰接着说。

“我觉得这个办法成，咱们可以试试，不过得先把高炉里面护上点，要真没用好给炉子炸漏了咱可闯了大祸了！”陈强柱说。

“对，切上废砖，在铺上一层破防火棉！”老师们纷纷出办法。

“那咱就这么试试，先少用点看看效果？”

“妥了，咱就试试！”

“不过有一点！”尚世杰放低了声音，神秘兮兮地说道：“这事儿咱可暂时保密，不能让曹工程师知道，不然他又得说是邪门歪道来阻止啦！”

“妥妥！”大家伙心照不宣。曹静初哭笑不得，心想自己成了“间谍”了。

当天中午，高炉里传出“当当”两声闷响，紧接着一股浓烟从洞口飘出。陈强柱拎着手电筒进去查看，又爬了出来，摇摇头。

“再加点量！”尚世杰喊道。

“当当当”，又是一阵闷响，不过每一次的声音都要比上一次的大一点。

临近中午，满脸黢黑的陈强柱第四次从高炉里爬出来，露出一口小白牙笑道：“妥啦，厂长，铁砣被炸开个大口子，高炉没事！”

大家伙一阵兴奋。尚世杰大手一挥喊道：“走，咱们进去‘啃’掉这块大铁坨！”

“不好啦，坏事啦，坏事啦，尚厂长！”这时二赖子一路小跑上了高炉。就在刚刚，兼任着“侦查员”的二赖子抽空到了一趟炼钢厂，发现那边竟炼出了钢，赶忙回来报道。他呼哧带喘的大喊："不好啦不好啦，咱们完啦，咱们完啦！"

"啥啊咱们就完啦？"尚世杰被二赖子弄得一愣，"你喘匀了气慢慢说！"

"炼……炼钢厂出……出钢啦，咱们输啦，掉链子啦！"

"啥，这么快，不可能吧？"大家伙都跟着吃惊。

"你说的是真的，出钢啦？"尚世杰又问。

"可不是咋地，我刚从那边侦查回来，亲眼看到的，你说咱可咋办？"

"咋办，哈哈，去道喜呗！"尚世杰突然大笑起来，"走，小曹，二赖子，跟我去炼钢厂看看！"

"不是，厂长，不是，你回来，你听错了还是我说错了，我说的是炼钢厂出钢了，不是炸炉了，你咋还乐了呢，咋了你这是……"二赖子被弄懵了，跟在尚世杰后面一个劲儿地说。

二十

炼钢厂出了钢，新中国的第一炉钢，这可是件大喜事，公司随即决定炼钢厂于5月1日全面开工。胜利的消息在第一时间传到了北京，传到了党中央，中央领导十分高兴，十分重视，特派贺龙同志前来参加了炼钢厂的开工典礼，这使得全宁钢都受到了极大的鼓舞。

捷报连连，好事件件，李达自然高兴，可作为这个硕大的钢铁企业的当家人，操心事永远都要比高兴事多，这其中最让他头疼的就是矿石的事，虽说炼钢厂开工了，可用的都是库存冷料，维持不了多久，还得矿山出矿石，炼铁厂出铁，这才是真格的。炼铁厂那边2号高炉眼看着就要修好了，等着盼着矿石快点来，为了这件事，尚世杰像个催命鬼一样三天两头来他这，还扔下话说自己为了大局才和炼钢厂打赌，憋屈不憋屈先不说，可没矿石生产，那边炼钢厂再没了冷料，炼铁厂再挨损他可就得说道说道了。其实这事不用尚世杰着急，李达更着急，他合计着这两天矿石再没动静自己就亲自去一趟，看看到底是个啥情况。

其实倒也不用去，大孤山铁矿矿长宋泽州同志已经亲自来找他好几次催要设备物资，也说明了矿山那边的状况。

宁山的铁矿蕴藏量十分丰富，周边有大孤山、樱桃园、小房山、眼前山等几个铁矿，其中樱桃园铁矿距离宁山最近，受破坏程度最小，有最先复工的可能。

说破坏程度最小也是相对的，矿山倒是没挨到美国轰炸机的轰炸，可那都是偏远的山区，交通不便，路途遥远，本来就有土匪横行，后来被打散的国民党军队和敌特进了山拉起摊子，摇身一变成了山大王，一边打家劫舍搞破坏，一边等待着“中央军”打回来，这样一来可就苦了山里的老百姓。矿山那边的老百姓能有啥，没房没地的，就依靠着矿山上工活着，矿山一黄生活都没了着落，于是也得从矿山里捣腾东西卖，不然就得活活饿死。在那里拿公家的东西都算不上是盗窃了，谁能拿多少就拿多少，反正也没人要没人管。几伙土匪们也互相争，画地为界，没了命地往外运东西变卖。结果，除了那些实在又笨重又不像样子的留下了，但凡有一点模样的，有点用的一样也没剩下，情况不知比宁钢厂内严重了多少倍。

宁山解放后，矿山随之也被解放，说是解放，可这土匪可没闲着，猖獗的很，半夜打黑枪，抢公粮，杀战士，炸矿井，凡是能干的坏事他们都干齐了。为此，矿长宋泽州特意请示上级，留下了当时解放矿山的一名叫张景阳的连长，这个连长身经百战，尤其会剿匪，1946 年进了北满之后，不少当地占山为王的土匪头子都是他抓的。而后，在几个月时间里打土匪成了樱桃园铁矿最要紧的事情。

随着东北的全境解放，矿山的匪患得以控制，有条件逐步恢复生产了。可矿山破坏的实在是太严重，当年日本人撤退前把矿井里都埋了炸药给炸了，没一个井是现成的，能清理出来的也早都淹了水，成了“龙宫”了。再有，这里的老百姓被压迫的实在是厉害，穷得邪乎，一个个骨瘦如柴，脸色蜡黄，干活都没力气。所以，在这里一切情况都是最糟糕的，宋泽州这个矿长当的焦头烂额，过了几个月还是无从下手。思来想去，就得坚定地依靠工人，依靠群众，当务之急是先要解决老百姓的吃饭问题。他拉下了脸求爷爷告奶奶四处要粮，派人征粮，暂时缓解了饥荒。而后又组织一波队伍寒冬腊月进了山，足砍了一个月木头，运回来撑起了矿井。卷扬机这类必用的设备没一个好使的，只能废物利用，东拼西凑，可着一个来。有些设备实在修不好，没辙了，矿工师傅们就冒着生命危险，钻进随时可能塌方的矿井里找。一个师傅知道井下有一个小仓库，可惜早已被水淹了，他一着急脱了个溜光蹦进了井中，眼见着水里咕噜咕噜冒泡就不见人上来，大家伙都以为他发生不测准备下水去找，只见水里一泛花，这师傅露出了头说里面有好几个潜水泵，赶紧准备绳子他进去好拴上。

总之，矿山的情况要比宁钢里的复杂得多，艰难得多，要啥啥没有，逼得宋泽州又一次骑着自行车走了百十来里路到了宁钢公司要设备，说啥也要要走一个火车头加一节车皮，说当初人家矿山有车头车皮，是石友刚给“偷”走了。石友刚得知后不干了，说啥也不给，要去找宋泽州理论，李达一看这哪是两个党员干部啊，简直成了两个泼妇争家产。而后他一拍桌子下了决定，全力支持矿山，要啥给啥。于是当天，宋泽州坐着火车拉了一车皮设备高高兴兴回了樱桃园铁矿。一向占便宜占惯了的石友刚第一次吃到这闷亏，气得站在铁路边冲着宋泽州的火车破口大骂。

奇迹发生了，五月份，炼钢厂出钢一周后，矿长宋泽州亲自护送着十车皮的矿石进了宁山，进了宁钢，停在了大白楼东边的调车场上，扯着脖子挥着手朝楼上喊："李经理，矿石来啦，矿石来啦！"

李达探出多半个身子，看着满满登登十车皮的矿石高兴的直拍窗台，笑道："妥啦，妥啦！"

炼铁厂的修复任务如火如荼，工人们昼夜不停，如今那巨大的铁砣已经'啃'得干干净净。围着高炉一周搭了架子被刷上了油漆，插上红旗，喜庆的很。上上下下都有工人在忙碌，焊接的、配管的、刷油的、运耐火砖的，一个个干得带劲儿。

尚世杰雷打不动地在高炉上忙活着，身旁雷打不动地跟着技术员曹静初。此时他正跟着老孟泰修高炉的冷却水管呢。只见孟师傅身上背着的口袋里装着各种管件儿，无一例外都是他捡来翻新的，别看他那大手又粗又厚，可这些小零件却被他摆弄的顺顺当当，锈迹斑斑的阀门和管件不一会儿就被他娴熟地更换下来。

这时高炉下面有人大喊："孟师傅，我来送宝贝来啦，顺便再拿点螺丝走！"

"啊，自己放那吧，摆立整点啊，需要啥你自己拿，用多少拿多少，别浪费了！"

"好勒，放心吧！"

老孟泰看着大伙儿如今都能勤俭节约，修旧利废，打心眼里感到高兴，笑容总是挂在脸上。

“孟师傅，我昨天去你那仓库里看了，东西又多了不老少啊，我看起码够修2号高炉了！”尚世杰一旁说。

“我可不是吹，别说2号了，就连把旁边1号高炉修好都绰绰有余！我合计着啊，咱努努力，争取修4号的时候也不跟国家要东西。”

“哎呀，了不得，真是件了不得的事儿！”尚世杰感叹着，笑容也情不自禁挂在脸上。实际上这些日子他一直高兴的很，和刚开始来炼铁厂简直判若两人。

“尚厂长，尚厂长，出事啦！”高炉下又传出来“侦查员”二赖子的喊声。

“又咋了二赖子，还说女人上高炉晦气，我看你一出现才倒霉！”曹静初大喊道。

“矿石……矿石……”二赖子上气不接下气。

尚世杰心里一紧。

“矿石到啦，矿石到啦！”

“二赖子，你说话怎么就咋大喘气，下回有好消息的话能不能不喊‘出事啦’！”曹静初又气又高兴。

“哈哈，妥啦，妥啦！”尚世杰喊道。

二十一

1949年7月9号，太阳刚刚冒出个头儿，可整个宁山就都沸腾了起来，欢乐的人群从铁西、铁东、立山，四面八方涌来，他们一个个神采奕奕，喜气洋洋，或是举着标语，或是拿着花环，或是敲锣打鼓一起奔向大白楼，这一天，宁钢开工了。

此时，宁钢大白楼在晨光的沐浴下容光焕发，显得格外高大，楼前悬挂着的“宁钢开工庆典大会”几个大字十分醒目，中共中央、中央军委赠送的写着“为工业中国而奋斗”的贺幛也格外吸引眼球。

顷刻间，大白楼前的空地上已聚集了两万多职工和群众，他们自发唱起《咱们工人有力量》，歌声此起彼伏，慷慨激昂。掌声、口号声、锣鼓声响成一片。

会上，市委书记杨秋盛同志首先讲话，代表市委向宁钢的工人表示祝贺，希望宁钢的钢铁战士们再接再厉，为夺取更大的胜利而奋斗。接下来，宁钢经理李达作了报告，回顾了宁钢复工的艰难历程，赞扬了工人阶级在此过程中的突出表现。市总工会主席冷亦水也代表职工发表了讲话。前来参加开工典礼的东北行政委员会主席林枫、副主席李富春、东北总工会主席张维祯和东北工业部部长陈郁也分别讲话，党中央还特意托李富春、林枫赠贺一面锦旗，题词为“伟大的开端”。

确实是一个伟大的开端，这一天对于宁钢和新中国钢铁事业来说是具有重大意义的一天，这一天标志着宁钢从采矿、选矿、炼铁、炼钢、初轧、成材等整个生产过程全线恢复，而这一天距离当初濑尾发表的那些言论仅仅过去了十个月。纵观从宁山钢铁厂成立直到“七九”开工的短短十八个月里，在共产党带领下宁钢完成了保厂护厂、抢运物资、献交器材、立功竞赛等一系列艰巨任务，最终让“高粱地”里产出了钢铁，给了所有等着看热闹的帝国主义国家当头一棒，扬眉吐气。更为重要的是，我党员干部在对大企业毫无管理经验的情况下，摸着石头过河，坚持党的方针政策，坚持走群众路线，总结出发扬民主、尊重知识、自力更生、注重教育的经验，可谓是我党方针政策在工业战线上的第一次大规模的探索和实践。

第五章

—— 支援抗美援朝 ——

一

这天李达刚在市委开完会就立刻回到大白楼，三步并两步奔着王立群办公室，直接推门进屋，咧着大嘴，喜笑颜开地说道："哎呀，罪过，罪过，我们的'大外交官'万里之遥从苏联回来我都没能去迎接，罪过，罪过！"

王立群也是刚到办公室，一路辗转略显疲惫，但一看到李达兴致高涨也跟着来了精神，打趣道："你可别挖苦我了，别说我压根不是什么'外交官'，就算真是那也是替你老李，替咱们宁钢冲锋陷阵的！"

"哈哈，咱俩可别互相抬举了，来来来，快给我说说这次谈判，咱们打听到的都是皮毛，你肯定知道不少内情，我听说过程还挺艰难？"李达迫不及待想知道这次中苏谈判的具体结果，尤其是想知道对宁钢的影响。关于这次中苏谈判还要从一个多月前说起。

1950 年 1 月，周总理即将率团前往苏联访问，出发前特意要求东北局从宁山、小丰满、抚顺挑选几名懂工业的同志一同前往，宁山派出的代表就是宁钢的副经理王立群。最终经过努力，中苏双方签订了《中苏友好同盟互助条约》，其中工业方面首先涉及的就是援建宁钢的相关事宜。

“是啊，我们去了之后倒是很顺利，但之前可是十分艰难啊，说白了苏联还是舍不得归还在东北的利益，和咱打起了太极。”王立群皱着眉头，“好在毛主席及时给他们泼了冷水，敲了警钟，不然这事情恐怕不会这么快就有了结果。”

“看来这苏联也在左顾右盼啊，这冷水泼的对！”

“无论如何这条约是签下来了，这可是天大的好事，而且吕东同志还就苏联对东北的援建做了具体交涉，我们宁钢是第一批被援建对象，有了苏联的支持，咱们可以大干一场了！”

“真的？这么快就要援建咱们宁钢了？”

“那当然，宁钢可是重中之重啊！最近我还要随代表团再去一趟苏联，其中一个重要的目的就是具体签订援建宁钢的事宜。”

“哎呀，那可是太好了，有了苏联的支援咱宁钢妥了，妥了！”李达高兴了，高兴得直拍桌子。

好事真是一件接着一件，此时的宁钢仍在持续的恢复建设中，炼钢厂的3、4号平炉，炼铁厂1、4号高炉，炼焦厂9号焦炉等也陆续投了产。其间，为了加强领导，东北局又派来了苏联留学回来的马兵和老红军严志担任宁钢副经理。3月，王立群再次随周恩来带领的代表团前往苏联，签订《关于苏联给予中华人民共和国在恢复与改造宁山钢铁公司方面以技术援助的协定书》，消息一出极大地振奋了宁钢上下的士气和信心。

二

当人们还沉浸在胜利与和平的喜悦之中时，战火却再一次熊熊地燃烧起来，不过不是在中国，而是在我们的邻国朝鲜。

1950 年 6 月 25 日，在美帝国主义的唆使下南朝鲜李承晚集团全面北上，朝鲜战争就此打响。紧接着，美国又把第七舰队派往了台湾。9 月 15 日，美军打着联合国军的旗号在朝鲜仁川登陆，不顾中国政府警告悍然越过“三八线”，继而向鸭绿江进犯，将战火烧到了中朝边境，并空袭轰炸我国安东等地。

休戚相关，唇亡齿寒，在严峻的形势下我国政府应朝鲜民主主义人民共和国请求作出了“抗美援朝，保卫祖国”的决策，组成中国人民志愿军，并于当年 10 月 25 日开赴朝鲜战场。

在距离前线 150 公里外的钢都宁山，生产任务和恢复建设任务齐头并进，一直在持续的进行之中，可美国的侦察机时常在头上盘旋，战争的火药味十分浓烈，随时都有再遭轰炸的可能。

12 月，市里召开第一届第六次人民代表会议，市委书记杨秋盛作出讲话，倡议以实际行动支援志愿军抗美援朝。而后，经协商决定成立宁山抗美援朝分会，市总工会主席冷亦水担任分会主席，徐木、邢璐、杨树棠等人为副主席，孟泰、孙照深等人为委员，宁山随即迅速掀起了参军热潮。

在宁钢，动员参军这个事尚世杰起了个好头，在他的号召下工人们摩拳擦掌，积极参军，他自己都提出了去前线带兵打仗的要求，可惜领导不同意。最高潮的时候，炼铁厂一天就有 200 多人报名参军。

除此之外，宁钢还组织了一支汽车队开赴朝鲜参战。胆小怕事的二赖子眼见着大家伙参军热情日渐高涨，心想自己这戴过大红花的人如果不响应号召说不过去，也跃跃欲试，可一想起那飞机大炮轰隆轰隆的腿肚子就转筋，到报名处好几回都没狠下心来。他合计回家和大莲商量商量，要是大莲不同意他就正好有了借口，找个台阶下，可没成想大莲眼睛都没眨就同意了，家里这边让他一百个放心。二赖子傻了眼，夜里睡不着觉，咬牙下决心，可第二天到了厂里还是赖赖叽叽不动地方。眼瞅着平日里比他还熊还赖叽的人都报了名，家里老母亲还给备了一包饽饽，让他争点气多杀敌人，这可打了二赖子的脸，背后不少人开始奚落他是舍不得老婆孩子热炕头。二赖子急了眼，气得把破帽子往地上一摔喊道："他奶奶的，老子斗过国民党特务，立过三等功，郝厂长亲自给我戴过红花，啥时候轮到你们嘲白我，我还就去定了呢!"

正当二赖子鼓足了勇气去报名的时候正巧碰到了尚世杰。

"正好，二赖子，我还要找你呢!"尚世杰说。

"不用说了尚厂长，我知道，我是积极分子，又是骨干，有觉悟，我现在就报名参军，我不能拖了咱炼铁厂的后腿!"二赖子腆着胸脯说。

"呦呵，咱们二赖子出息啦，遇到事情知道往前冲啦!"尚世杰笑道。

"这啥话，从宁山解放到现在，大场面咱也不是没见到过，在宁山不怕，到了朝鲜咱也不怕!"

"你还越说越来劲了!"尚世杰笑着说，"行，要的就是你这劲儿头，你收拾收拾明天就出发?"

“啥，明天就走？也没说立马就走啊，不用提前训练训练撇个手榴弹啥的？”

“谁说让你去前线了？”

“不去前线去哪？”

“去沈阳，去工人大学上学去！”

“啥，上学去？”二赖子差点惊掉了下巴。

晚上，二赖子无精打采地回到了家，进屋就坐在炕沿上靠着墙发呆。大莲今天回来的早，婆婆去农村走亲戚，把孩子送了回来，她急忙做完了饭放在锅里热着，而后就带着孩子在炕上认字。

“咋了，今天咋回来的这么早，不加班了？”大莲问。

二赖子没听见，也没回答。

“问你话呢！”

二赖子还是没回答。

平日里，大莲最看不上二赖子这一脚踹不出个屁的样子，磨磨唧唧的没个爷们样，可今天她却没发火。其实大莲心里清楚，二赖子这段时间里变了不少，应该说是变了很大很大，他没以前那么胆小怕事了，没那么赖叽了，没那么好吃懒做了，开始学习了，开始为工厂的生产合计事了，变得积极得很，上劲的很，回到家里满嘴也都是厂子里的事儿。特别是他跟了孟师傅以后学了不少本事，把心思都放在了高炉上，4 号高炉的恢复他就立了功。她私下里听说，尚厂长很中意二赖子，还要培养他呢。“二赖子啊二赖子，天意弄人啊，当初是怎样的机缘巧合才让咱俩走到了一起，可我心里看不上你，觉得你没出息，觉得自己这辈子就算这么完了。我恨国民党，因为他们作恶，害的我嫁给了你。我多么爱共产党，共产党改变了我们的生活，也改变了我家二赖子!”大莲看着发呆的丈夫，不禁想起来六年前的那段离奇往事。

那是日本投降以后的1946年，国民党进了宁山。本以为赶跑了日本人可以过上安生日子，可不承想这国民党和日本人也没差啥，一个个耀武扬威，欺压百姓。没过多久他们就开始抓人当兵，闹得鸡犬不宁，地痞流氓摇身一变也成了国民党军，四处帮着抓人。大莲爸老来得女，老伴儿因难产过世，是他把女儿拉扯成人，那一年大莲才18岁，正值青春。一天，一帮兵痞又来抓人，一脚踢开了大莲家的门，不由分说就抓了大莲他爸。大莲急忙出来拉扯，跪着求他们放了她爸。兵头一看这姑娘长得水灵，大眼睛泪汪汪，小脸蛋红扑扑，动了歪心，说可以不抓他爸，但是得让大莲回去给他当个小，说着就开始动手动脚。大莲爸哪能同意，上去阻拦，被兵头一脚踹翻在地，大莲爸趴在地上哀求，说着孩子已经结了婚，有了人家，丈夫是宁钢工人，今天这是回娘家串门。兵头知道他在撒谎，但也不想惹到这小美人，心想怎么说以后也得在一起，和气点好。于是兵头告诉这对父女，说既然嫁了人，明天就让他过来见见面，认识认识，如果真是那就罢了，如果撒谎，就直接崩了大莲爸。

当晚，大莲爸把家里值钱的东西都划拉起来装到小包袱里给了大莲，让她赶紧逃命，走得越远越好。大莲哪里舍得，说啥也不走，大莲爸急了眼，给了她一嘴巴，边哭边骂：“你这不争气的东西，在家也是白吃粮，除了招灾惹祸还能干啥，赶紧给我滚!”

大莲知道爸是故意的，哭得更厉害了，可家是呆不下去了，只能走了。大莲摸着黑走出老远，街上巡逻的兵一会一趟，于是她就钻进了宁钢里，心想那里肯定没兵。她这深一脚浅一脚的一路趺趺撞撞，逮着个平整地方就奔那跑，不承想竟是没冻实的冰面，一下子掉进了大坑里。大莲叫喊着扑腾了半天，呛了好几口水，最后也折腾的没劲了，自己也死了心，心想这就是她的命了，可惜自己才18岁，还没结婚，没能孝顺爸。

就当大莲要渐渐沉下去的时候，借着刚刚出来的月光，她看见一个人脱光了衣服站在岸边，用脚试了试水，打了一个寒噤又缩了回去，捡起衣服转身就要走。

“回来，别走……”大莲微弱地呼喊了一声，而后便失去了意识。

大莲苏醒过来了，黑暗之中发现身边有一团火在跳动，身上冷的要命，可脸却烤得发烫。一个男人光着大膀子在火堆前打喷嚏，还一个劲嘟囔：“真他妈倒霉，遇到啥事了还值得寻死觅活的跳冰窟窿，关键是还让我遇上了！”

大莲一翻白眼又晕了过去，不知过了多久醒来时发现面前的还是那团火，自己身上盖着被火烤的暖暖的衣服，火堆旁那个男人还在打喷嚏，还在嘟囔。

“谁啊你是？”大莲起了身，发现身上只穿着肚兜。“哎呀，你做啥了！”

大莲一声大叫，吓得那人一趔趄，直接把手里的衣服扔到了火堆上。

“我的衣服，我的衣服！”大莲又喊。

那人不敢用手拿，在地上捡起了一根树枝把衣服挑了起来，可衣服已经烧出了个大窟窿。

“我说你到底要干啥啊，大冬天的要当淹死鬼，救活了还是个母夜叉！”那男人不耐烦了。

大莲意识到是面前这人救了自己，也不再喊叫。她朝四面看了看，才发现自己呆在一个好像是地下室的屋子里，四面都不透光。

“这是哪?”大莲问。

“宁钢里，一个破泵房里。”那人打开了大莲的包袱，要烤里面其他的湿衣服。

“你是干啥的?”

“来这偷……透透气!”二赖子差点说漏了嘴。

“来宁钢透透气，你在宁钢上工?”

“对对对，我是钳工。”二赖子说出了自己以前的职业。

大莲借着火光打量着自己的救命恩人，发现他也就二十啷当岁，长相还可以，就是眼神有些飘忽不定。她转念一想，这人能救自己，人品肯定不差，在宁钢里上工，还是钳工，嫁个钳工总比被兵痞抢去好!

“你有媳妇没?”

“媳妇?”二赖子做梦都想要媳妇，可他这样偷鸡摸狗的谁能嫁他。“没有，没有媳妇!”

“想要媳妇不?”

“这话说的，谁不想要媳妇，活着为了啥啊!”

“那我嫁你了!”大莲干脆地说。

“啥，啥，你再说一遍?”二赖子吓得一屁股坐在了地上。

后半夜，大莲带着救命恩人回来家，路上才知道他叫李长青，外号叫二赖子。大莲爸知道这事愣了半天，也不知道咋地好，而后一合计这小子能跳进冰窟窿里救人，八成错不了，火上了房也没时间三挑四选，于是也就同意了。

第二天，兵痞们真来了。兵头一看二赖子磨磨丢丢的就知道有猫腻儿，拿着枪指着他脑门问到底是真的还是假的。二赖子吓得“扑通”一下跪在地上，哭得一把鼻涕一把眼泪，大莲心凉了半截，心想咋遇到了这么个怂包，这祸自己是躲不过去了。可不承想这二赖子光是哭不说话，兵头急了眼，把二赖子扯过去一顿踢，二赖子满地轱辘喊着饶命还是不松口。兵头打累了，兵痞们接着打，打得大莲心疼，趴在地上护着二赖子，可二赖子都已经晕死过去了。二赖子被架了起来，满脸是血，兵头朝他脸喷了一口水，问大莲是不是他媳妇，二赖子耷拉着的脑袋突然立了起来，撕心裂肺地喊：“大莲是我媳妇，洞过房的媳妇，谁要是敢动她我和他玩命！”

上面有命令，宁钢得指着工人生产，不能抓，兵头没了办法，涨得满脸通红，气得又扇了二赖子俩嘴巴，转身要走，又觉得不甘心，让人把大莲爸架走了。就这样，大莲爸从此杳无音信，大莲却突然多了一个“赖叽叽”的丈夫。

大莲回忆着往事，可发呆的二赖子却在合计着现在的事。其实二赖子也觉得自己不是块材料，干啥啥不行，就能干些偷鸡摸狗的事，过舒坦一天是一天。说是这么说，可他也没舒坦过，饱饭都没吃过几天。共产党来了可就不一样了，老百姓过上了好日子，终于可以为自己活了，这以前哪敢想。大莲督促着他好好学文化，尚厂长让他好好学技术，他就上了技校，又跟着孟师傅上高炉。现在他觉得自己真正地像个人了，是工人阶级的一份子了。可很长一段时间里，他这么跟着共产党走只是觉得他们好，根本谈不上个什么理想和信念，绝大多数的工人也都是如此。直到宁钢办了夜校，办了补习班，他跟着一批批工友伏在书桌上拿起了笔，才逐渐明白了道理。他记得在夜大老师讲解放前的阶级关系时在黑板上画出一个金字塔，最下一层是工人、农民，往上是小资产阶级，再往上是民族资产阶级，最尖上是大资产阶级。最上面的人最少，最下面的受压迫最大。讲到解放后的阶级关系时老师画了一列火车，工人阶级是火车头，共产党就是司机，其他阶级是车皮，大家都在一条火车道上，但是想要跑得快得司机把稳了方向，还得车头铆足了劲儿。这个比喻形象，二赖子一下子就懂了工人的社会地位和历史任务。他似乎变成了一个火车头，只想喷着热气，“呼哧呼哧”地向前猛开，只想尽快修好那高炉让它快出铁、多出铁，而且他现在做梦都想着加入共产党。尚世杰看中的正是二赖子的这种劲头，推荐他去工人大学，想让他再多锻炼锻炼，提高提高政治觉悟。可这样一来二赖子犯了难，自己本已下了决心去参军，去杀敌，可如今却来个烧鸡大窝脖，要去学校坐在教室里学习，这个变化也太大了，太怂了，还不如修高炉呢，好歹算是为支援前线做贡献啊。

“二赖子，二赖子，想啥呢，和我说说！”媳妇大莲的追问终于让二赖子缓过神来。二赖子心里藏不住事，对媳妇更是，大莲总说他是狗肚子藏不了二两香油。二赖子把事情告诉了大莲，大莲乐得坐在炕上直拍大腿，说是好事。

“好啥啊，不咸不淡的，那边打仗打得热火朝天，这边生产忙得热火朝天，我去上学算是咋回事，一天三个饱俩倒的，那我成啥了，成接收大员啦！”

“你糊涂啊二赖子，合着去工人大学的都成了接收大员啦？”大莲开导丈夫，“我问你，上学是为了干啥？”

“学文化呗！”

“学文化是为了干啥？”

“为了有文化呗！”二赖子不以为意，“有文化就能像知识分子一样了，戴个眼镜夹个包，我不稀罕！”

“哎呀，你这个笨蛋，脑袋就是不开窍！人家也没让你去读什么四书五经，不就是让你学咋修高炉嘛，你学完了回来把高炉收拾的更好了，产量比以前更高了，你说这算不算是做了更大贡献啊！”

二赖子拍拍脑袋一合计，好像也是这个理儿，转而笑道：“合着我去上学也是做贡献，不是白吃饱？”

“可不是咋地，不但不是白吃饱，还得算是立功呢！况且，你有了文化说不定还能早入党呢！”

立功好，入党更好，二赖子最想干的事就是立功和入党，他闹心了一天的事情一下子就被媳妇给说开了窍。

“那……那我就去？”

“必须去！”

“哈哈，去，就这么定了，明天就去！”

“那我赶紧给你收拾收拾东西，穿得干干净净的，都要学文化了可别这么埋哩巴汰的！”大莲刚要下地就被二赖子拦住，说明天早上再收拾就来得及，今天他要抱着老婆孩子睡觉。

这一晚上，夹在中间的孩子睡得很香，二赖子和大莲却一直聊天，从伪满聊到了解放，从护厂聊到了恢复生产，从现在聊到了未来，直到公鸡打了鸣俩人才渐渐睡下。

三

孟泰这些天忙得脚打后脑勺，不但要抓紧时间修高炉还得随时接待来采访他的记者，还要时不时到各个厂、市里和学校作报告，有点闲工夫还得被工友们拉去追问情况，不因为别的，就因为这个朴实的老工人前一阵子作为工人代表参加了北京的国庆庆典，毛主席还请他们吃了饭，有谁不想听孟泰亲口讲一讲当时的情景呢。

这天孟泰总算是早一点回了家，躺在床上心里还合计着在北京的事，越想心里越觉得暖和，越想越激动越精神，说啥也睡不着了。

“他爸，还没睡呢啊？”孟大嫂也没睡，询问老伴儿。

“啊，没睡，不知咋了，一合计见到毛主席他老人家的事情就精神！”孟泰低声回答。

“那你要是睡不着也给我讲讲呗！”

听到老伴儿这么说，孟泰心里一阵翻腾，从北京回来两个月了，一会儿在工厂作报告，一会儿到市里作报告，谁来问他都不厌其烦地讲一遍，想让大伙都知道北京是多么好，国庆是多么的隆重，毛主席是多么的和蔼可亲。自己回来的总是太晚，老伴儿不愿添麻烦，孩子也懂事，所以自己讲了一大圈，唯独没对自家人说过，真是不应该。

“对对对，我也要听听，你都没和我讲过！”这时候几个女儿也来了精神，纷纷响应。

“哈哈，原来你们都没睡啊！”

“你就今天回来的早，咱们都等着听你讲讲呐！”

“好，好，那我就讲讲！”

孟泰开始回忆起去北京的前后。

国庆前夕，孟泰搭乘着东北代表团的专列一路进了山海关，专列上都是到北京参加全国劳模大会的代表。绵软的床位，门上带着大镜子，从大玻璃窗望出去能看老远老远。像这样的车厢从前都是达官贵人坐的，劳动人民连见都没见过。孟泰坐在这里，望着外边一望无际的田野，虽然没喝酒，可也像喝醉了一样。

孟泰和孙照深孙工程师都是市里选出来的劳模代表，出发时工人队伍打着红旗一直把他们送进了车站，街上欢送的人群也排成了长队。这是个人的光荣，也是全市的光荣。火车走走停停，沿路都有送花的，送水果的，送鱼肉的群众，那热闹劲儿就不用说了。到丰台时刚好碰到另一个南方来的专列，南北两地的模范彼此都知道，互相仰慕好久了，听说都在列车上，一拥都上来了，握手的，拥抱的。

到了北京，那种热闹就更没法形容了。车还没进站，军乐队奏出的乐曲就像风一样刮过来。远远地听见一片声喊着“向战斗英雄学习，向劳动模范学习，向祖国的优秀儿女学习！”月台上，早挤满了人。学生、军队、工人、机关干部，都在那里欢呼。鲜花和彩旗四处飘扬，车站成了一片欢乐的海洋。

孟泰看花了眼，只顾用力向大伙招手，一出车门，觉得头上簌簌地落下雨点，定睛一瞅原来是彩色的小纸片。他跟代表们一路走出车站，觉得脚下软绵绵的，因为他醉了，也因为地上满满铺了一层的花纸片。

开会的头一天，代表团的各组都开预备会。沈阳的公推赵国有在大会上发言，宁山的就公推了孟泰。

“我干啥都行，就是别叫我讲话”孟泰说。“在宁山的时候，我上了台，只说‘同志们’三个字就激动得嘴唇哆嗦，舌头发硬，说不下去了。”

“你不讲谁讲啊？”代表团长问他。

“孙工程师就行！”

“厂长、工程师会不会讲？会。讲的好不好？好。可大家伙就是要听你的。你只要走上台去报个名，说我是宁钢的孟泰就行啦！”

孟泰推辞不掉，愁得吃不下饭在招待所的院子里直打转儿。幸好孙照深孙工程师帮他想词儿，陪他演练了好几次他心里才多少有了谱。

劳模大会的会场设在中南海的怀仁堂。进门时，有人把孟泰带到了主席团休息的屋子，因为他是主席团的成员。孟泰恍恍惚惚地走上台阶，这里有一排花花玻璃隔着，找不到门在哪。一个同志告诉他，原来门就在眼前。他一推，门开了，第一眼就看见了李立三。还有好多人，有在画像上见过的，也有没见过的，都起来和他握手，问他高炉怎么样。他只说了三个字：“出铁啦！”大家都很高兴，说道：“就是需要多出铁！”

开会了，孟泰心里更紧张了。有人引他上了台，正好坐在李立三旁边。他想定心看看，可就是稳不住神儿。他面前是一排五彩缤纷的花，下面就是大会场，早坐满了人，一个个红光满面，喜气洋洋。

一会儿，从旁边的小门进来一个人。大家伙都站起来，热烈欢呼。孟泰一看，是朱副主席，只见他笑着回礼，上了主席台，坐在了“党的好女儿”赵桂兰身旁。又过了几分钟，会场里忽然又都站了起来，后边的都向前拥，这是毛主席来了，可盼到这一刻啦，可算是见到啦！孟泰跟大家一起欢呼，眼睛一下子被泪水蒙住了。

孟泰本来要仔细认一认，要看看他的脸色，看看他的眼神，可是一时看不清，只觉得他很高，进了门口，稳稳地站在那里伸出一只手和大家打招呼，后来稳稳地走上主席台，而且就是从自己身边走过去的，坐在李立三旁边。孟泰又兴奋，又感动，又快乐，说不出多少情绪一起涌上心头。心想，自己是一个普通的工人现在却能坐在全国总工会主席身旁，隔着他，就是全国人民敬爱的领袖，这是怎样一种荣幸。开会的时候，他悄悄地向前探身子，能看清楚了，见他气色挺好，身体健康。孟泰心里高兴，终于稳下了神。

这次会上，孟泰听了好多讲话，句句都好像是从自己心里掏出来的，印象特别深的是毛主席的指示。他在代表中共中央的致词中有一段话："你们在消灭敌人的斗争中，在恢复和发展工农业生产的斗争中克服了很多的艰难困苦，表现了极大的勇敢、智慧和积极性。你们是中华民族的模范人物，是推动各方面人民事业胜利前进的骨干，是人民政府的可靠支柱和人民政府联系广大群众的桥梁。"

孟泰暗暗下了决心，一定要记住这几句话，一定要尽一切力量起到模范作用、骨干作用和桥梁作用。而后，他也聆听了好多其他人的发言，他觉得都比自己强，都比自己贡献大，觉得处处要向人家学习。

国庆节当晚，孟泰坐车经过天安门。晚霞照红了西边的天空，广场里飘扬着红旗，门上挂着大红灯笼。白天游行的时候少先队员们放出了成群的鸽子现在还在故宫上面飞着，到处是和平与安乐的景象。观礼台上早没了人，可孟泰的心还留在那里。他记得毛主席穿的是淡灰色的上衣，笑着举起一只手向千万欢呼的人招手，广场上人山人海，掌声雷动，仿佛一片欢乐的海洋。

"没有毛主席哪有今天，没有毛主席哪有今天！"

孟泰就这样讲着，越讲心里越暖和，越讲心里越舒坦，越讲心里越踏实，不知不觉，老伴儿和女儿们都睡着了，不知不觉他也睡着了，这一觉睡的是真甜啊。

四

1951年，宁山市政府通过人民代表会议接连发出积极支援前线、捐献飞机大炮和增产节约竞赛的号召，三项工作同时开展，齐头并进，宁山“抗美援朝，支援前线”运动因此被推向了高潮。当年4月至“五一国际劳动节”期间，全市举行了盛大的群众集会和示威游行，参加人数达16万人次之多，占了全市人口的一半以上。为了支援前线，宁山市认购9架飞机，各界人士纷纷倾尽全力，慷慨解囊，争先捐献。宁钢工人也喊出了口号：“现在我们一切都准备好了，只要命令一下，要人有人，要钱有钱，要什么有什么！”大莲把自家那点积蓄和当初存下的银元都翻出来了，觉得不够，趁着二赖子外出学习，也没商量就把他当初送自己的那对金耳环也一并捐了出去。玉凤当年嫁给李家时手里攒下一些积蓄，留下点年吃年用的，金镯子金戒指啥的都捐了。陈景林儿女多，家里穷，就有一副爷爷传下来的烟袋锅，杆儿是黄花梨的，嘴是岫岩玉的，去当铺当成了钱也捐了。劳模孙照深捐献了贵重的电器材料，价值1400万元。归国华侨、工程师高豫夫妇将国外带回来的400美元全都捐献了。有些工人家里实在没啥可捐的，但是可以凭借着劳动挣钱啊，机械总厂的职工家属杨玉珍组织起了一个50多人的缝洗队，日夜加班，把挣来的2326万元全部都捐了出去。轧钢厂组织工人师傅利用下班的时间轧铁锅，轧农具，拿到农村去卖，挣了钱也都捐了。类似这样的例子不胜枚举。几个月的时间里，宁钢上上下下捐款捐物总额达到90亿元，等于6架飞机的钱款。

对于宁山这样一座重工业城市，单单捐款还是远远不够的，它有更大的责任，那就是生产钢铁。打仗打的就是钢铁，当时全国几乎超过一半的钢铁都出自宁钢，这个时候宁钢不站出来谁站出来？毛泽东提出了“增加生产，厉行节约，支援人民志愿军”，对当了家做了主的宁钢工人来说，这就是主席对自己的期待和教诲。于是宁钢提出了“军工第一”的口号，把军工生产放在了高于一切的地位。

然而，军工生产还是出现了问题，炮弹钢产量严重不足，军锹和军镐的质量也不过关。

5月，抗美援朝第四次战役结束不久，中央财经委员会副主任兼重工业部部长李富春带着周恩来总理的手令亲自来到宁钢。政务院要求宁钢尽快查清支援抗美援朝前线的军锹、军镐质量差的原因。

当天夜里，在召开的紧急会议上李富春说：“志愿军在朝鲜同美帝国主义战斗，流血，牺牲，他们用祖国生产的锹镐挖战壕，抠掩体。锹镐的质量好坏直接关系到战士的生命，关系到战争的胜负。你们的锹镐不是卷边，就是断头，这怎么能对得起志愿军同志啊！”

李富春讲话的语气里掺杂着愧疚、伤感、失望和期盼的复杂感情，这比单单的责骂要厉害得多，足以深深刺痛所有参会者的心。总经理李达，分管生产的副经理马兵都当场立了军令状，机械总厂厂长李宇也当场表了态，说不生产出合格的军锹军镐自己就到前线当敢死队去。

散了会已经是晚上十点多，李宇拿着会场上当作反面教材的军锹回了厂里，进了车间。工人们坚守在自己的岗位上，争分夺秒，不敢有半点放松，可得知军锹军镐质量不过关，影响了前线作战也十分愧疚和失落。实际上，工人们对军工生产一直都是加了一百二十个小心，从来不敢大意，但无奈工艺落后跟不上去，大家心想咋说也是钢的，再不济挖个土刨个坑还是手拿把掐的。此时，又一批军锹已经加班加点赶制出来，堆在了地上，加上了把儿就可以运往前线了。

李宇看到堆在地上的军锹火气噌噌往上冒。

“弄出这么多废品有个屁用！”李宇怒骂了一声，顺手捡起一把军锹就摔在地上，刚好摔在了一块石头上，军锹“咔”的一声断成了两截。现场的人都傻了眼，他们没想到平日里平易近人的李厂长会发那么大的脾气，更没想到自己厂造出的军锹像玻璃一样一碰就碎。

李宇被那摔断了的军锹惊得愣了神，缓了好半天，捡起军锹，一手一半，端详了老半天，眼泪止不住地流。

“同志们，师傅们，你们看到了，这……这就是我们机加总厂生产出来的军锹！”李宇走到工人中，抖动着军锹给大家看。“朝鲜战场上漫天都是美国鬼子的轰炸机，炸弹跟下饺子一样的往下扔，山头硬是给炸成了平地。我们新中国刚刚成立不久，比不上美帝国主义，我们没有几架飞机，也没有多少炮弹，战士们只能挖地道躲避轰炸，挖得越深，我们的战士就越安全，挖得越深，我们胜利的可能性就越大，可……可就靠这样的军锹能挖得深吗？我们对得起流血牺牲的战士们吗？我们这可是变相地害了咱们的志愿军，变相地帮了美国鬼子啊！”

李宇一席话说得工人们也流了泪，一个个低下头，无地自容。

然而实际困难也摆在面前，目前厂里的检验器材太简单，根本无法测出产品的强度，只能凭借着经验去干，每生产出来一把都当作宝贝一样，恨不得马上送到前线，也没人舍得去摔。

“以后生产出来的军锹我们都要上手试一试！”一个老师傅说了

话，“知道大家舍不得，可这都不过关拿到前线有啥用？每一批咱都摔他几把，摔不碎咱再挖他个大坑试试，咱绝不能拿次品给前线的战士用！”

“对，对，咱得保证每一把都保靠！”大家应答。

当晚，李宇连夜找来炼钢车间主任庄宗勋，加上本厂的几个经验丰富的老师傅共同“会诊”，问题到底出在了钢材本身上还是加工上，谁也说不清楚。几个人拿着断裂的军锹对着台灯仔仔细细观察了半天，最后李宇在断面上发现了一个稻壳般的气泡，内表面呈黑色，肉眼可见里面有细小的沙粒，有经验的老师傅立刻看出了毛病。

“不是钢材的原因，就是加工本身的毛病！”老师傅说。

军工生产时间紧，任务重，炼钢厂面临的压力十分巨大。此前，炼钢厂已经取得了不少成绩，自从赢了炼铁厂后又有6座平炉恢复了生产，其间马德成深造学习三个月，宁钢副经理马兵还专门代当了三个月的厂长，可见公司对他的重视程度。炉子是陆续恢复了，可遇到的问题也着实不少，设备老化严重，不是马达烧了就是火车脱轨了，最老大难的还是平炉本身的问题，炉顶不禁烧，生产不了多久就烧塌了，生产就得停下来，主要是耐火砖质量上不去。最差时一个平炉只炼9炉钢就报废了，这恐怕是创造了当时世界最低的纪录。这边产量迟迟上不来，完不成计划产量，那边军工生产又压了上来。前几天在一次工作例会上，苏联专家点名批评了炼钢厂，说新的计划已经下来一周了，可没有一天能完成的，当时马德成这脸一直红到了脖子根儿，心想有能耐你这专家去解决问题啊！可憋了半天还是没说出来。马德成也没了办法，唯一能做的就是以身作则，带动大家坚守岗位。他白天黑夜守着炉子，生怕出事故，鼻尖被钢水烤的起了皮，眼珠熬得全是血丝，嘴里也起了好几个大火泡，可产量还是完不成。马德成被熬得有些丧气，有时候想干脆就跳进平炉里化成一股灰算了，一了百了！

五

刺耳的防空警报突然响起，美国的轰炸机排着队一架一架从宁山上空掠过，“噼里啪啦”地扔下炸弹，“轰隆轰隆”的爆炸声连成了片。孟泰正扛着零件准备上高炉修水管，眼见着飞机越来越近，咆哮着掠过。“糟了，高炉！”孟泰心里“咯噔”一声，扔下零件就奔着高炉跑，可人腿咋能追得上飞机，就算追上了又有啥用。飞机投下了炸弹，顿时山崩地裂，火光冲天，高炉被炸得东倒西歪，铁水喷涌着从裂缝里流出。孟泰眼前一黑，也被炸飞了起来。

“高炉，高炉！”孟泰猛地惊醒，惊出一身冷汗，继而反应过来自己是在做梦。“又是这个梦！”

“他爸，又做噩梦啦？”孟大嫂起身安慰，“没事，没事，高炉不是好好的嘛！”

老孟泰也不说话，起身下地出了屋，站在窗台前朝着西边望。孟泰家住的地方叫做对炉山，就是因为对着高炉得名，所以那边只要有什么大动静这边就能看得到。孟泰望啊望，听啊听，只能听到厂里那机械发出的隆隆声，没啥异常。

孟大嫂拿着一件棉袄出来了，给孟泰披上，担心地说：“都一把年纪了，一提到高炉却还像个愣小子，不管不顾的，天多冷，眼瞅着就要冻冰了！”

“冻冰?”被媳妇这么一提醒，孟泰来了神，“不行，天这么一冷，管道肯定出毛病，我得进去看看!”

“哎呀，你才眯瞪多大一会啊，也不差你一个，不是有值班的嘛!”

“不行，我不放心，我得进厂!”孟泰说着回了屋，套上了衣裤就奔外走。孟大嫂赶忙追上，递给他一根棒子。

“这是干啥?”

“黑灯瞎火的，天上连个星星都没有，你拿着探探路!”

“那也用不了这么粗的!”

“万一遇到坏人了呢!”其实孟大嫂担心的就是这个，市里面下了通知说最近有一波敌特借着打仗的风儿返活了，开始四处搞破坏，有个市政府的干部半夜还被扎了一刀，好在是救过来了。开妇女会的时候，妇女主任还特意提到像老孟这样的全国劳模更是敌特的眼中钉，得加小心点儿。“拿着，说啥也得拿着!”孟大嫂不容置疑地把棒子按在老伴儿手里。

孟泰不再推辞，嘿嘿笑了一声，转身离开。走马路绕远太慢，爬上了对炉山的山包可以抄个近道儿。山包上干枯的大槐树支楞着树杈，夜宿的鸟儿听到了响动“扑楞扑楞”都惊飞了。站在高处这么一看，只见这漆黑寂静的深夜里唯独宁钢还灯火通明，高炉上灯光耀眼，犹如黑夜里悬在半空中的夜明珠。电焊闪闪，把黑夜都染成了亮蓝色。列列火车拖着白烟，游龙一般穿梭往来。面前的就是伟大的宁钢，昼夜不停地生产着钢铁的宁钢，支援着全国的建设，支援着战争前线的宁钢，这是多么令人骄傲的事情啊。

孟泰心里亮堂，把棍子往肩膀上一扛，好像一个勇猛的英雄，任它牛鬼蛇神也不怕，走起路来犹如年轻的壮小伙。他确也是个猛士，生产战线上的猛士，提起高炉他总是一马当先，无怨无悔，因为这个老猛士打心眼里敬畏党，热爱党，感谢党。

到了厂里已经是半夜三点多，正是来困劲儿的时候，夜班的工友们打着盹，孟泰也没惊动他们，一来是想让他们眯一会儿休息休息，二来也怕大伙有想法。其实无论是大半夜还是平时下了工，孟泰不回家呆在高炉上都是见怪不怪的事儿了。一开始他怕别人有想法，还得编几句遮面子的话。他并不是不放心别人，就是离不开这高炉，心里始终惦记着，他认为冷却系统与高炉的寿命直接相关，看好了水也就是看好了高炉，所以这上上下下的阀门都得挨个看个遍才行，按照他的说法："宁可人找事故，别叫事故找人"。孟泰这样"多管闲事"难免有人看不惯，说他把自己当成老干部了，后来直接叫他"二厂长"。对此，孟泰也不急也不怒，他那一颗赤诚的心就摆在那里，任凭别人咋埋汰，他心里托底。再说了，就算是有人夸你千句万句又能咋地，顶不上找到一处毛病，减少一次事故。他的一举一动大家伙都看在眼里，久而久之也就都理解、敬佩、效仿他了。孟泰就这样没白天没晚上地在高炉上上下下，这敲敲，那打打，这瞅瞅，那看看，哪好了哪坏了都装在他心里，厂部里每次开设备会，他提出的问题都最多最中肯。尚世杰有一次打趣说，这老孟师傅可不是什么"二厂长"，要我说他是二郎神，有三只眼，别人看不到的毛病他一打眼就能找到。

这一晚，孟泰照旧爬上爬下，生怕骤冷的天气冻坏了冷却水管，仔细检查了一遍发现没啥问题才放心。眼瞅着天就要亮了，他就窝在值班室里迷瞪了一觉等着天亮上工。

朦朦胧胧中，孟泰又听见了防空警报的声音。“又是梦……”

不是梦，美军的飞机真来了，刺耳的防空警报此起彼伏。外面已经乱了套，一群一伙的工人着急忙慌都往防空洞和掩蔽壕里跑。纠察队的同志在组织疏散，大喊道：“稳住神儿，稳住神儿，注意脚下！”

“这梦还挺逼真……乱糟糟的……”

“孟师傅，孟师傅，别睡啦，再睡就被炸死啦！”一个工友猛晃醒了孟泰。

“啊，不是梦啊，飞机真来啦？”孟泰一激灵缓过神来。

“可不咋地，赶紧走吧！”工人说完蹿了出去。

这时孟泰拎起两尺多长的管钳子就出了屋。

“孟师傅，快进防空洞，快进防空洞！”尚世杰边喊着边奔着反方向高炉那里跑。

“我走了高炉咋整，莫不说炸坏了高炉，就是炸折了两根冷却水管这炉子也得烧坏！”

实际上此前厂里制定过防空措施，飞机来时专门派两个人维护高炉，水管炸坏了咋修，阀门炸坏了咋修，要是特务来破坏咋办，都安排的妥妥当当的。可遇到真格的都慌了神。此时唯独老孟泰分开人群，一口气冲上了高炉。

一号和二号高炉中间有一座过桥，是孟泰早就选好了的地方。从这里向东，可以看到从办公室来的路；向西，能观察到通往修理车间和铸铁车间的路；向南，不远处就是高炉重要的设备起重机和电车；向北，从一排热风炉的空隙中能看见绕过不远处的铁路和马路。站在这个位置，周围什么动静都能看得一清二楚。而且最重要的是，高炉冷却水的总阀就在离自己四五米的位置，他合计好了，这个地方除了厂长、党委书记和工会主席能过来，不然就算是亲爹来了也不能靠近，要是谁硬上要搞破坏，就一管钳子把他砸死。只要把住了这个关，炉子就断不了水，高炉就烧不穿，就算飞机扔下几个炸弹也不怕。

孟泰拎着管钳子，挺直了腰板儿，瞪着眼睛四处巡视，就如铜铸的塑像一般岿然不动。为了防止特务趁机搞破坏，宁钢纠察队的人及时赶来，围住了高炉，尚世杰腰间也别着枪在炉下坐镇。高炉上的孟泰还是一动不动，怒视着盘旋的飞机。敌机大概只是来侦查的，盘旋了几圈就拖着长长的尾巴飞走了，可大伙都愿意相信是屹立在高炉上的那尊“塑像”把美国鬼子的飞机吓跑的。那“塑像”就是钢铁一般的工人，老英雄孟泰。

六

伴随各项支前工作的深入开展，整个宁山上下一心，同仇敌忾，空前团结，于是市委又乘胜追击，在全市范围内开展立功竞赛运动，强调要发挥集体的智慧，劳技结合，使发明创造成为群众性活动，一方面号召所有企业开足了马力，努力生产，刷新纪录；一方面鼓励发明创造，持续增产。

市委的号召毫无疑问是为了不断增产，支援战争和全国的建设，但到了具体实施中却遇到了实际问题。

这天一大早，宁钢总经理李达组织了一次会议，参加的人数不多，仅有监委杨秋盛，副经理马兵和严志，副经理王立群因身在苏联没有参加。讨论的议题就是如何具体在宁钢开展立功竞赛运动。

开展立功竞赛，刷新生产纪录的号召肯定是没错的，是客观形势的需要，但操作起来可不是那么容易。想刷新纪录首先需要工人阶级更加忘我地工作，全身心地投入，但人的体力有限，设备的生产能力有限，再抓紧时间一天也不过是24个小时，假如这一切都到了极限那产量还怎么提升？这就要靠发明创造和技术的革新，也就是为何强调要发挥集体智慧，发动群众性创造的原因。然而，问题的关键就在这里，这个群众性创造指的是谁，是留用的专家，是知识分子，是技术人员还是职工群众？从字面的意思来看当然要全部依靠，可是当不同的方面产生了矛盾该如何侧重如何权衡呢？按理来说，留用的原国民党时期的专家更了解宁钢，专业素质强，应该是主力军，但是从目前来看他们中的一部分人在思想和行动上还相对落后，没有被完全改造过来，与工人阶级格格不入。最为突出的就是他们从不相信群众的智慧，单纯迷信西方科学，迷信书本上既有的知识，教条思想尤为严重；宁钢自己的技术人员大多来自各个大学和技工学校，这些青年思想觉悟高，工作热情也高，但缺乏实际经验，有的大学生甚至分不清工厂里的氧气瓶和氮气瓶，还需要一段时间的培养和锻炼；工人队伍是最应该依靠的，他们忠实可靠，经验丰富，但最大的不足就是文化和专业底子太差，仅仅依靠工人队伍搞发明创造恐怕行不通。而且，这仅仅是问题的一部分，如今支前的军工生产任务异常紧张，各个厂开足了马力仍然疲于应付，搞发明创造就需要试验，这一试验成功了倒好，要是失败了耽误了生产这个责任谁来负责？

在会议上，几个人的意见也没能统一，马兵副经理对职工群众单纯发动劳动竞赛是大力支持的，但对于搞发明创造持反对态度，这个很好理解，万一耽误了产量他这个分管生产的副经理可要负首要责任。严志副经理之前也在延安搞过军工，靠着老百姓的土办法做出不少军队急需的军工物资，所以他一直以来相信群众的聪明才智，所以大力支持。杨秋盛作为市委书记，肯定是要从政策方面出发，持支持的态度，但至于宁钢如何具体开展还是留出了空间让经理李达决定。李达又皱起了两道立眉，权衡着利弊，最后采取了一个折中的办法——号召群众广泛参与，但提出的意见要经所在单位的厂长和工程师进行商议，共同研讨修正。如涉及影响生产的大改动必须上报公司，由公司具体商定。一般性建议由各厂自行决定。

在严志看来，这个决定活动空间仍是很大，或者说是左右逢源。可就目前来看，在上级没明确指示前任何一个单位都不会冒着影响生产的风险去做大的变动，况且如果工人群众的建议在基层或者厂一级就被压住了，或者说厂里根本不重视，渠道被封死了怎么办？

对此，市委书记杨秋盛提出了一个建议，在市里派出一批干部到各个厂区蹲点，他们直接对接公司，好比是过去的钦差大臣。一来是表示重视，鼓舞士气。二来，可以督促各厂领导，畅通渠道。

这个方法得到了与会者的一致同意。

七

二赖子结束了沈阳工人大学三个月的学习，回到了宁钢立马就找尚世杰报道。尚世杰一看，这小子身上还是那套行头，可系上了最上面的风纪扣，头发也理了，斜挎个小包，胖了点，精神了不少。

“行啊二赖子，出息啦，活像个知识分子啊！”尚世杰笑道。

“得了，可别埋汰我啦，就我这样的想当知识分子除非回回炉！”二赖子被夸得不好意思了。

“怎么样，有收获吗？”

“有，收获可大了，政治课学了不少，文化课更是学了不少，还有个苏联的专家给我们上课，专门就讲高炉，你看，我这笔记足足记了三大本！”二赖子说着把包里的笔记拿出来。

尚世杰翻开看了看，虽然字写的不咋地，歪歪扭扭的，但是很详细，图文并茂，看来是真用了心了。

“二赖子，不，以后我要叫你李长青同志，看来你真是出息了！你回来的正是时候，宁钢搞生产竞赛，现在把你调到吴明那个班去，他是老炉前工了，有经验，跟着他再好好锻炼锻炼！”

“好，这个好，你可不知道啊，这仨月我做梦都想着高炉啊，恨不得现在就能摸一摸！啥时候开始？”

“你刚回来，今天回家歇一歇准备准备，明天正式回来上工！”

“妥了！”

第二天一大早二赖子就上了工，去找吴明报道。吴明是夜班，天亮了也没走，拿着自己画的图纸在高炉下面转悠，琢磨，见二赖子来了很高兴，悄悄把二赖子拉到一边，打开图纸和他讲自己最近一直在研究的事儿。

“啥，你要提高热风炉温度？操作规程上写得很清楚，要控制在520度左右，你这能行吗？”二赖子吃惊道。

“所以这不才问你呢嘛，你都是上过工人大学的人了！”吴明说。

“可也没学过这个啊，没听老师讲过啊！靠谱吗这个？”

“二赖子，我大道理讲不明白，但是我就合计这高炉里一层矿石一层焦炭这么叠着，有点像用笼屉蒸包子，一层一层的，你说要想包子快点熟得咋整？”吴明问。

“那还用问啊，火大点呗!”

“对啊，也就是说让笼屉里的温度更高些才熟得快，熟得快了，一屉一屉的自然蒸出来的就多了!”

“咋一个劲儿说包子呢，我都饿了!”

“好好好，咱说高炉！据我看，眼下咱们这热风炉送来的风温度不够高，所以不能加太多矿石，加多了就凉了都成铁粑粑了!”

“你这么一说我倒是懂了，但有多大把握啊，咱说实在的，尚厂长也和我说要想办法提高产量，可没有十拿九稳的把握就上，万一失败了挨一顿批都是小事，浪费国家资源可就是大事了!”

“你说的对，我得再好好合计合计，没有个七八成的把握都不能说出去!”

八

这天早上尚世杰早早起来，洗漱完后还特意在镜子前面照了照，理了理发型，出了门，发现曹静初骑车正奔前走。

“小曹，这么早你咋来这了?”尚世杰仍不知道曹静初就是曹奉儒的侄女，也住在台町里。

“糟了糟了，以前都绕着道走，就今天着急走了大道就被发现了!”曹静初心想。“我……我来给曹工程师送点东西，送完了，准备上工呐!”

曹静初说了个谎而后一溜烟儿骑车跑了。

“这丫头，还挺积极!”尚世杰一边想着一边也锁了门，推着车径直到了冷亦水家。冷亦水也住在台町，离尚世杰家不远。最近这些日子，他和冷亦水接触频繁，主要是因为市里派干部到宁钢各个厂蹲点，冷亦水负责炼铁和炼钢两厂，这样一来俩人几乎天天能见到面，一起研究工作。一来二去，尚世杰发现这个“母夜叉”其实人挺好，大眼睛双眼皮，说话办事都痛快，都带过兵打过仗有共同语言，加上两人年纪相仿又都是单身一人，不禁对她产生了想法。

想法是有的，可尚世杰觉得冷亦水那人性格敞亮对自己倒是不错，可关键是对别人也那样，所以这事儿他总担心自己是剃头挑子一头热。其实尚世杰觉得自己条件也不差，还是有可能的，可恨就恨在工作安排总让俩人产生摩擦，上次转运器材是，这次蹲点也是。市里的意图很明显，鼓励和督促生产自不必说，最主要的目的就是能在各个厂和市里搭建一个直接的沟通桥梁，大事小情可以直接拿到市里讨论协商，实际上这也是用切实的行动鼓舞和支持工人队伍，受到了工人们的欢迎，大家伙都说三个臭皮匠赛过诸葛亮，人人都能为厂里出谋划策这才叫当家做主。可在绝大多数厂长看来这个蹲点的领导就像是“钦差大臣”，能解决很多实际，但更多时候是把自己夹在了里面，左右为难。道理很简单，上面生产任务抓得紧，如同前线打仗一样，一个个都打了保票，守在现场眼睛瞪溜圆，生怕出一点事故耽误了产量。搞创新是好事，不少工人们都提出了建议，可到了厂里这个层面实在是不好实施，产量产量还是产量，产量是命根子，创新那都是没准儿的，成功了还好，万一失败了呢？这些老八路们怕的倒不是失败，怕的就是实验当中耽误产量，耽误了一天就等于给国家损失了几百吨的钢铁，这个锅可不好背。况且，每个厂里都或多或少有那么一股力量反对创新，反对工人们的意见，这股力量主要是聘用的国民党时期的知识分子和技术人员。至于他们反对的理由也很充分——根据资料和现有知识，国内国外尚无先例，所以仍应当按照原操作规程和技术标准实施。这句话力道足，无论啥情况啥场合都一招鲜，没人能反驳得了，那些坚定不移地依靠着工人阶级的党员干部实际上也不爱听这句话，心说这“共产主义”还没先例呢，咱不也努力着要实现。可碍于产量的硬指标，大家伙也都选择了默认，把工人们的意见搁置到了一边。

尚世杰也遇到了同样的问题，前两天吴明来找他，用了一个蒸包子的比喻和他讲了通过提高热风温度来增产的想法，尚世杰很高兴，问他有没有什么科学依据，吴明一晃脑袋说工人哪有啥科学依据，就是凭经验，凭感觉。尚世杰问有几成把握时吴明却犯了难，心想也没有数据试验啥的，自己觉得有七八成把握，但要真较真他只能说四成。尚世杰犯了嘀咕，心想四成的把握可太危险，去问曹工程师，曹工程师的回答还是雷打不动的那句：“根据资料和现有知识，国内国外尚无先例，所以仍应当按照原操作规程和技术标准实施。”尚世杰被曹奉儒咽了回去，可吴明不甘心，找到了冷亦水说了自己的想法，冷亦水眼前一亮，说这个方法好，可以尝试尝试，于是又找了尚世杰，尚世杰觉得说自己怕耽误产量显得胆小怕事，又找不到合适的理由，所以只能现学现卖，搬出了曹奉儒那套话“无先例”和“违反规程”的说辞。冷亦水被气得涨红了脸无言以对，只恨腰间无枪，不然肯定会拔出来朝天开几枪。从那天以后，她也一连好几天都不去炼铁厂了。

尚世杰也觉得自己用那套话糊弄人不仗义，心里过意不去，几天没见冷亦水又有点想，于是主动来找，想套套近乎。他推门进了院子，发现冷亦水家房门大开，煤气炉上烧着开水，可水都已经烧干，壶底烧得通红，尚世杰赶忙用旁边的水龙头添了水，水壶“嗞嗞”地升腾起一阵蒸汽。而后他往屋子里面探探头，没啥动静，进了屋发现布置十分简单，军用暖壶、军用茶缸、军被、军包，一切都还保持着军人的作风。“都说这冷亦水是男人性格，不承想平日里生活也这样，和我家里几乎就一样嘛！”尚世杰心想着又往里走了走，穿过一条走廊，发现冷亦水披着一件军大衣，伏在小院的栏杆上一动不动，合计事呢。

冷亦水确实在思考着问题，思考的当然是宁钢的问题。如今，市里把宁钢的生产当成头等大事，尽管宁钢已经开足了马力生产可还是满足不了战争和经济建设的要求，为此市里面号召宁钢开展立功竞赛。口号是喊出来了，可依靠谁呢？前些日子市里的会其实也没有给出明确的指示，上级都没达成一致，下面产生分歧就是必然的了。“我们必须全心全意地依靠工人阶级，团结其他劳动群众，争取知识分子，争取尽可能多的能够同我们合作的民族资产阶级分子及其代表人物站在我们方面，或者使他们保持中立，以便向帝国主义者、国民党、官僚资产阶级作坚决的斗争，一步一步地去战胜这些敌人。”冷亦水想起了当初中央的指示精神，越深加琢磨越觉得正确，越觉得深刻，工人阶级是坚强的后盾，所以一定得培养出属于工人阶级的专家和技术人员，一定要发挥工人阶级的智慧和伟大的创造力，这一点在“七九”开工之前就已经被印证了，所以积极支持工人，使发明创造成为群众性的运动是具有重要且长远意义的。如今炼铁厂的工人吴明提出了个好想法她就觉得完全可以试一试，可她心里怄气，不明白尚世杰为啥就是榆木脑袋不开窍。其实话说回来，这几天通过与各个厂蹲点同志的谈话她也明白了，原来绝大多数的厂长都是“榆木脑袋”，只不过是故意的，都被产量这个“紧箍咒”箍着呢，谁也放不开手脚。不过她万万没想到就连那当初从死人堆里爬出来的尚世杰也怕这一套。

“这个老尚，本以为他胆子大，有魄力，不承想也畏首畏尾的！”冷亦水想，“我还得找机会和他说说，这个事必须试一试！”

“亦水！”这时尚世杰说了话，他自己也没注意到不知从何时起把“冷亦水同志”这个称呼换成了“亦水”。

冷亦水转过身来，发现是尚世杰有些意外，心里本来挺高兴可一想到吴明的事就立刻冷下来脸，奚落道：“呦，咱们天不怕地不怕就怕领导骂的尚大厂长咋有时间来我家串门，你不是得赶任务嘛，片刻可都耽误不得啊！”

“这不正要上班，刚好路过嘛……刚好看到你烧水烧干了，我就进来看看！”尚世杰任凭奚落，避重就轻找了个借口。

“炉火一旺水烧的就快，隔一会儿的工夫就烧开了，那你说高炉里面的温度要是再高一点，铁水是不是就出的更快？”

“完了，撞枪口上了，她不会是故意的吧？”尚世杰心想。其实他心里明镜一般，知道冷亦水是因为吴明的事情和他闹别扭呢。这几天其实他也没少琢磨这件事，觉得吴明说的在理，有必要试一试，可就是下不了决心。其实挨领导批他能扛得住，什么和老马飚劲儿也是次要的，只不过是他这个经历过残酷战争的老八路太知道缺物资的滋味了，这个节骨眼儿上他这真要是耽误了时间，前线得少多少武器弹药，得多死多少人，心里的这个坎儿他无论如何也过不去。但是面对冷亦水，他也不想过多解释，这都是他自己心里的小九九，不能说出去，也没必要因为这事情争论，于是他继续装傻，“嘿嘿”一笑，也不作答。

“笑啥?”

“没啥?”

“没啥那就走吧，我去炼钢厂!”

“又去炼钢厂啊，不拿咱炼铁厂当回事啊?”

“我蹲点是为了工人的创新解决实际问题，可你尚大厂长只手遮天，我管不了啊，去了还有啥用?”

“老马那现在也开锅了，你去也解决不了啥问题啊!”

“问题都是人解决的，没有解决不了的事情，就看想不想解决，你还别说，这一点老马比你强多了!”冷亦水说着套上了军大衣头也不回就往外走。“我还真就告诉你，就凭老马现在这个劲头用不了几天你们炼铁厂就喂不饱炼钢厂啦，到时候人家又去地里挖日本人埋的铁锭去，我看你这脸往哪放!”

“你看你这人，咋说急眼就急眼，还不让人说话啦!”尚世杰赶忙追上。“热风炉的事情啊我也合计了，得慢慢研究嘛，稳妥点嘛!”

“等你研究完了，恐怕前线都要打完仗了!”

“不能，我不能那么磨蹭!”

“懒得搭理你!”

俩人就这么你一句我一句的往前走，在路口处看到了马德成提着个包袱，灰头土脸推车奔西走。

“老马，老马!”冷亦水叫住了马德成。

“咋?”

“你这像个逃荒的一样，干啥啊这是?”

俩人这么一看老马不免有些吃惊。几天没见他就瘦了一圈，满脸疲惫，无精打采，鼻头都被烤糊了，就好像是刚受过刑一般。

“我这回来拿两套换洗的衣服，还得赶紧回厂里！”马德成说。

“炉子昨天咋样了？”冷亦水问。

“炉底问题是解决了，可炉顶还是不行，用不了多久就烧塌，生产就得停下来，太耽误产量，再不想点办法出来我看我就真要跳炉子了！”

“你咋不找雷天康雷工程师？”

“找了，咋没找啊，说这个不行那个不行的，要我看啊这些知识分子都拿架子，还是思想上有问题，不实心实意为咱共产党工作！”

“话可不能这么说，据我所知这个雷工程师为人正直，有理想有抱负，况且当初宁山刚解放时人家是主动要求留下的，表现的也一直很积极，只不过近来工作遇到了问题心气儿也就跟着下去了。‘全心全意地依靠工人阶级，团结其他劳动群众，争取知识分子’这句话你忘了？”

“合着你这意思，咱还得去找雷工程师？”

“找啊，必须找啊，你才去一次就给人家定性啦，得‘三顾茅庐’才行！”

“行，那我也给他来个‘三顾茅庐’，要是他真能转变过来可就解决大问题了！”

“走，我跟你去，今天我就去炼钢厂解决问题去！”冷亦水说着斜了身旁的尚世杰一眼。这时候马德成才注意到原来自己的“死对头”也在。

“哎，我才发现，这大清早的你俩咋在一起？”马德成疑问，“算了算了，我问这事干啥，不咸不淡的，赶紧进厂！”

马德成说着带着冷亦水骑上了车奔着宁钢，把尚世杰晾在了一边。

“不行不行，要坏事，老马一个劲儿在亦水那表现，他们要真是找雷天康弄成了，我可就是赔了夫人又折兵啊！我得找吴明去！”尚世杰突然反应过来。

九

炼铁厂一号高炉上，吴明愁眉不展，无精打采，他心里想不明白为什么自己的建议连冷大姐都十分赞成，可到了尚厂长那就石沉大海，没了动静。其实他身边的工友们都看明白了，如今生产任务那么紧，成天忙得脚打后脑勺，哪有多余工夫搞试验，就算尚厂长点头了可那帮工程师和技术员们也不能同意。所以，大家伙都劝吴明别钻那个牛角尖，都是大字不识几个的工人，搞啥个创新，按照操作规程来就是了。可吴明不死心，心想自己虽然比不上孟师傅那样资格老，可也守着高炉十几年了，摸出了不少门道。以前给日本人干活，给国民党大员干活，祸害他们还来不及呢，如今工人当家做主了有好办法就得提啊。可吃亏就吃亏在没文化上，不懂科学不懂原理，虽说上过工人技校但是底子还是太薄，心里明白是怎么回事可就是解释不清楚，他曾找了曹工程师说了那套“蒸包子”的理论，可把人家工程师给逗笑了，而后奚落到如果可以的话以后厨师都可以到高炉上炼铁了。要是再追的紧点人家曹工程师就拿着写着外国字的资料冷冰冰的说：“没有先例，没有科学依据，不符合操作规程！”

吴明就这样四处碰钉子，三番五次下来自己也灰了心。其实高炉现在的日平均产量早就超过了当年日本人的，状态也都稳定下来了，大家伙还都不愿意他何必操这个心呢，真着急也轮不到自己一个工人，吴明这样自己安慰着自己。

眼看着到了换班的时间了，吴明也不打算多呆了，收拾收拾准备回家睡觉。这时候二赖子带着曹静初过来了，神秘兮兮地把他拉到一边。

“大吴，你那事研究的咋样了？”二赖子问。

“啥事？”

“还能啥事，你还有啥事？不就是你那‘蒸包子’的想法嘛！”

“哎，你说那个啊……黄了！”

“黄了？谁说黄的啊，为什么黄？”曹静初问。

“我说的呗，没人管，我说的也不算，还不就黄了咋地！”

“怎么没人管，我和曹技术员不来了嘛！”二赖子说。

“你俩，你俩来有啥用，说话又不算！”

“吴大哥，我和二赖子私下没少研究这个事，觉得你说的有道理，至于什么数据啊什么原理啊，我觉得也都得靠试验才能获得，哪个发明创造没经过试验啊！”

“这话说的在理！”吴明终于得到了别人的认可，心里不免一阵感动。

“大吴，我问你，你想干这件事不？”二赖子问。

“这不废话吗，我成天成宿都在想这件事，做梦都想试一试，好把产量弄上去！”

“那咱就干！”

“咋干？”

“吴大哥，无论如何这都是个大好事，我和二赖子合计好了，咱们仨一同联手，给他来个先斩后奏。”

“啥意思，我咋还是不明白？”

“哎呀，大吴啊，真是笨啊！”二赖子一脸嫌弃道：“你看我是配管的，成天在高炉上转悠，曹技术员专门负责记录数据，你说咱啥事干不成？”

“这……还是没明白你啥意思！”

“哎呀，吴大哥，说白了吧，二赖子那意思就是他帮你放风，我帮你改数据，你就专心搞试验，提高‘蒸笼’的温度！”

“啥，那这不就是背着厂里嘛！这是犯错误啊！”吴明终于明白了。

“嘘！”二赖子赶忙把吴明嘴捂上，“你恐怕别人不知道是不？”

“吴大哥，谈不上犯错误，厂里有一伙人反对咱们创新，咱拧不过他们，尚厂长也被产量弄的放不开手脚，不都说了嘛，要依靠咱工人队伍，关键时候咱得挺身而出啊！”

“对啊老吴，你不都说了嘛成功的可能性很大，那咱就试一试呗，要是真成功了那就是利国利民的好事，要是真惹麻烦了咱站出来，啥事咱自己扛着就是了，再说了，有我和曹技术员一起和你扛着呢，怕啥！”

吴明咂么了半天嘴，而后一咬牙一跺脚，说道：“那就干，必须干出点成绩！”

仨人商量已定，说干就干，而后吴明和一个工人师傅窜了个夜班，打算今晚就趁着“月黑风高”先“烧”它一把火。赶巧吴明刚要下班回家遇到了尚世杰，尚世杰赶忙把他叫住，这可把吴明吓坏了，心想这咋刚研究“干坏事”就被发现了？不承想尚厂长又问他热风炉的事能有多大把握。吴明被问懵了，之前都没人搭理，今天这左一波儿右一波儿的是咋回事。吴明不敢夸海口，还是说只有四成把握，尚世杰低头合计了一会说：“你再好好研究研究，要是能有六成的把握咱就干这个事，你要是需要什么帮助也尽管提出来！”听到这话吴明来了精神，想立刻就告诉厂长自己至少有六七成的把握，可又一合计刚刚都与二赖子和曹静初有了“盟约”，不能转过身就毁约啊，晚上的事还得照常办下去。

“妥了尚厂长，我肯定再好好琢磨琢磨，尽快给你答复！”吴明说着转身就走。

当天晚上，二赖子也窜了个班儿，半夜的时候和吴明俩人上了高炉，二赖子打掩护，吴明觉得自己有种做贼的感觉，心里“咕咚咕咚”直跳，悄悄将热风炉的温度提高了5度，而后，就在那瞪眼儿看着炉子，生怕出点什么事儿。二赖子一旁冻得直蹦跶，见大吴还不下来就上去问：“咋回事，还没完事啊？”

“你先回去歇着吧，我不放心，再看一会儿！”

“哪能留你一个人啊，我不得放哨啊，我陪着你！”

第二天天刚蒙蒙亮，曹静初就上了高炉，见俩人都操着手，窝在上面，脸冻得青一块紫一块。

“你俩就一直在上面冻着啦？”曹静初问。

“啊，大吴不放心炉子，我不放心他！”二赖子嘚嘚瑟瑟回答。

“咋样咋样？”

“我看没啥问题，一切正常，估计产量能提高！”吴明说。

当天不到上工的时间，这炉铁水出来了，产量竟然比最好时还高出了一吨，刷新了纪录，大家伙眼前一亮，喜出望外。吴明、二赖子和曹静初暗喜，心想这试验算是成功了第一步啦。

而后的几天，仨人把能窜的班儿都一起窜到了晚上，照旧是吴明操作，二赖子放哨，曹静初改记录。热风被五度十度的往上调，产量一吨两吨地往上涨，一点点刷新着纪录。尚世杰鬼画符，心想这是咋了，也没动啥怎么产量就眼见着涨？可再多疑问也抵不上那兴奋劲儿，每天只要曹静初把产量报告给他，他就咧着大嘴让曹静初赶紧写个捷报给公司。

虽然产量提高的不多，但是在现有设备基础上连续稳定提高可不是正常现象，工程师曹奉儒觉得有蹊跷，亲自带着爱徒方哲到值班室里查看记录，数据却都正常。方哲多了个心眼，发现凡是产量提高的都是吴明的班。

“吴明？不就是那个要提高热风温度的炉前工？”曹奉儒问。

“对对对，就是他，我看最近他和曹静初还有二赖子形影不离的，窃窃私语，莫不是他们动了手脚？”

“还有曹静初？”

“没错！”

隔天白天，二赖子照旧放哨，方哲在炉子下面喊他说有人找，二赖子没合计就下去了。他这一下高炉不要紧，曹奉儒转身上去径直奔了热风炉管道。如今吴明心里有了谱，托了底，白天他也敢照着自己的方法干，而且也用不着死盯着炉子看了。他正合计着要不要来把大的，直接提高二十度，产量说不定能再提高五吨十吨的。一回身发现曹工程师就在热风管道旁边盯着温度表看。吴明心里一惊顿时冒了汗，赶忙想去解释，可曹奉儒冷冷地看了他一眼，厉声说了一句：“胡闹!”而后快步下了高炉。

中午，厂里召开了紧急生产会，前面坐着厂长尚世杰、蹲点的干部冷亦水、工程师曹奉儒和其他一些相关领导。下面第一排中间位置坐着的就是吴明、二赖子和曹静初。从仨人耷拉着的脑袋和曹工程师那严肃的表情就可以看出，这是一场批评会。可尚世杰和冷亦水的脸上却看不出气愤，反而轻松不少。大家一时间糊涂了，不知道这到底是个什么会。

“应曹工程师的要求我们临时召开了一个生产会，具体情况我大致有了了解，但还是请曹工程师给我们先具体介绍一下情况吧!”尚世杰先说了话。

“那我就先说一说!”曹奉儒习惯性地扶了扶眼镜，清了清嗓子，“今日一号高炉产量出现了波动想必大家也是知道的!”

“那怎么叫波动呢，明明就是稳步增长!”曹奉儒的侄女曹静初悄悄嘟囔。

“至于波动的原因我已经调查清楚，是因为炉前工吴明擅自违反操作规程，不断升高热风温度造成的，并且还有两个人与他狼……”情绪激动的曹奉儒差点说出了狼狈为奸，但瞬间想起其中有一个是自己的侄女便改了口：“共同隐瞒事实，这是严重的错误!”

曹奉儒停顿了片刻，继续说道：“我们知道，高炉炼铁不是儿戏，是有严密的科学依据和逻辑在其中的，这个依据和逻辑体现到实际生产中就是操作规程，只有严格按照操作规程执行才能获得稳定的产量，这个规程就好比是铁定的法律，不容侵犯，更不允许任何人擅自改动，不然一切就都无从谈起！咱们先抛开吴明同志的做法经没经过批准不说，根据规程我们在用的高炉的热风温度只允许在520度左右，超过了或是低于了都是违反操作规程的！我也没有见到过国内外任何文献提到过可以把温度升高到如今的550度，一旦出现了问题谁能负责？”

“这话说的有点过啊……”尚世杰心想。

如吴明所料，这个工程师又搬出了操作规程来吓唬人，但自己又毫无还手之力。

“曹工程师我想问问，我们提高了产量如何解释？”突然第一排的曹静初厉声问道，这一问让曹奉儒一愣神，万没想到自己乖巧的侄女会向他发难。实际上曹静初早就对自己那高高在上的叔叔有所看法，认为他太过看重自己早年的几本专著，以学术专家自居，抱残守缺，过度迷信西方科学和什么制度，根本不与工人队伍站在一起。她不吐不快，今天正好借着这个机会，以技术员的身份和这个大工程师论道论道。

“这……纯属巧合，不可作为科学依据！”曹奉儒回答。

“那我们的日平均产量早就超过了当年日本人的了，如果规程那么有用，为啥日本人还不如咱？”

“这……我们只是在操作规程的基础上将高炉的能力发挥到了最大程度！”

“那第一个规程又怎么发明出来的呢？”

“自然是在科学和实践的基础上总结出来的！”

“按照之前的科学的操作规程，我们又通过实践连续提高了产量，那你说这该不该是新的操作规程呢？”

“这……”

伶牙俐齿的曹静初一个接着一个的提问，毫不留情，问得叔叔曹奉儒没了招架之力，问得会场上一阵惊叹。就着问题，大家伙也明白了道理。

“是啊，咱们工人日积月累总结出来的也可以算是操作规程啊！”

“对啊对啊，谁说操作规程就得是坐在屋子里编啊？”

会场内的风头一下子被转变过来。

“我们吴明师傅也不是一下子把温度调到550度的，是5度5度调的，效果大家伙也看到了，每调高一点，产量就有所增加，难道这不是通过试验获得的数据嘛？”曹静初越说越来劲，“就包括我在内，每天都在高炉上跑上跑下，数据都是我看着，温度对产量的影响我现在心里也有了数，这难道不是实践经验？反观咱们曹大工程师，好像高炉都不怎么上，从来没炼过一炉铁吧！”

“你放肆！”曹奉儒拍案而起，气得脸色发白，勃然大怒道：“何时轮到你和我这样说话，忤逆！”

“小曹，你怎么说话呢？”尚世杰一听这势头不对，赶忙接话：“你是个技术员，怎么和工程师这么说话！”

“党不是告诉咱人人平等，畅所欲言嘛！”曹静初红了眼，不管不顾。

“你……混账！”曹奉儒拂袖而去。

会场鸦雀无声。

高炉产量提高的原因终于弄清楚了，工人们无不拍手称赞，把吴明当作英雄，说吴明为工人争了一口气，他曹工程师都办不到的事情咱工人做到了，不少其他班的炉前工也都来向他取经。大家伙都说，这炼铁厂的立功竞赛就指望着他了。可仍有那么一小撮人极力反对，指责吴明他们几个不但没经过厂里同意擅自行动，而且违反生产操作规程，这都是公司明令禁止的两项制度。正反两方面的争论到底谁对谁错？要求创新增产没错，要求遵守生产规程也没错，其实表面上看两方面都没错，只不过是站在两个不同的角度看待问题。归根结底，是资产阶级思想和无产阶级思想的矛盾，落后的生产制度和紧迫的生产形势的矛盾。所以，尚世杰和冷亦水俩人一商量，取了一个折中的方法，一方面表扬曹奉儒工程师认真负责，及时发现违反操作规程的行为，并给予吴明、李长青和曹静初三人厂内通报处分。另一方面，把吴明对于热风炉的建议进行立项，厂里给予全力支持。

这个处理决定着实有点意思，谁都能看出来这是明着罚暗里奖，可又让以曹奉儒为主的一撮知识分子们无话可说。说是无话可说，也是表面上的，背地里这群知识分子们可谓义愤填膺，群情激愤。实际上，这样的情况尚世杰和冷亦水都能想得到，表明厂里的态度，为这些人泼泼冷水也是两人的目的。

还有一件事，会议当天下午，正当所有人都为曹奉儒对曹静初那反常的态度进行猜测时，曹静初找到了厂里，和尚世杰说明了自己和曹奉儒的关系。并坦白隐瞒身份一开始是不想受到叔叔的庇护，不想让旁人说闲话。可到了后来，他发现了叔叔的问题和别人对他的态度后，就更不愿意承认这层关系了，原因还是怕人说闲话。而通过今天，她也彻底看明白了叔叔还存在这严重的资产阶级思想。

当天晚上，曹家传来激烈的争吵声，而后胖妻子拉也拉不住，只见曹静初抱着行李，提着包袱气呼呼出了门，直接住进了职工宿舍。

十

这天早上，耐火材料厂工程师雷天康大老早就跑到了炼钢厂的车间看了一圈，又一个平炉的炉顶被烧塌了，此时工人们正顶着炽热的钢水用铁钎扒炉顶呢。大冷的天，可工人被炙烤的大汗淋漓，隔一会儿就得去水管子那喝一顿凉水，冲冲脑袋。这些日子他总来炼钢厂，工人也都认识他了，都以为这位耐火材料方面的专家是来解决问题的，可眼见着他一次一次来却始终没啥动静，后来工人们着急了，询问他有啥好办法没，他只是摇摇头。几次过后，大家也就不再问了。

雷天康一屁股坐在椅子上，叹了口气，面色阴沉，郁郁寡欢。他是个湖南人，清华大学的毕业生，当初也是接收大员，宁山解放后他选择留下来，被委任以耐火材料厂副厂长，总工程师。共产党干实事，优待知识分子，雷天康也暗下决心定要干出点名堂出来。

对于炼钢厂炉顶寿命短的原因雷天康其实早就心知肚明，原因是没有建立起正确的操作规程，工人经验不足，操作不当，但更重要的原因还是耐火材料本身不过关。炼钢厂一直沿用着酸性材质硅砖来砌炉顶的旧方法，而平炉属碱性，二者本来就相冲，寿命长不了也属正常。日本人在宁山时一直研究用东北原有的江密峰硅石制砖，可在烧成问题上迟迟解决不了，后来也就不了了之。雷天康担任耐火材料厂总工程师之后就开始琢磨着解决江密峰硅石砖的烧成难题。当年日本人也束手无策的事情怎么可能那么轻易实现，失败一次接着一次，有两次试验还因为砖的体积膨胀太多把整个窑都给撑坏了。而后，下面议论的声音就来了，有的说这是拿工厂的东西不当回事，可劲儿的糟践，有的说这工程师是个冒牌货，没啥真本事，还有的干脆说国民党留下来的知识分子不可靠，这就是诚心来祸害宁钢的。

一时间，吐沫星子快把雷天康淹没了，他心灰意冷，心想自己这番折腾也没换来好，弄得一身不是，莫不如默不作声，冷眼旁观。

对此，马德成多少也了解一些，也听工人说雷工程师没少来平炉旁转悠。马德成给他打过几次电话，还特意找了他一次，可雷天康的答复还是那句话——没办法。

“变了天可不变地，宁钢还是那个宁钢，不还都是一样，不求有功，但求无过吧！”雷天康叹了一口气。

这时，办公室的门被敲响，接着马德成带着冷亦水笑盈盈地进了屋。

“呀，马厂长，冷主席！”雷天康赶忙站起来，料定二人肯定又是为了耐火材料的事情来的。

“雷副厂长，雷工程师，我和马厂长刚才平炉车间看了一圈就过来到你这来了，怎么，听说你比我俩还早到的那里？”冷亦水问。

“啊，是啊，来得早，顺便就到那看了一眼！”雷天康故意说得很轻松。

“路可不咋顺啊，得绕挺大一圈啊！”马德成说。

“啊……反正我来得早也没什么事，去看看炉顶的状态也是我分内之事！”

“你咋能说没事呢雷工程师，那炉顶可都指望着你呢，没有你，我们天招儿也没有啊！”马德成说。

“你那不是还有苏联专家嘛！”雷天康说这话的时候语气有些不对。

马德成立马反应过来这句话的意思，心想这雷天康的肚子里还是有气啊，但又岂止是雷天康，就连他本人也是一肚子气，只不过他作为厂长不能表现出来罢了。

这段时间以来，苏联陆续派了一批专家到宁钢，帮助恢复生产。由于炼钢厂地位尤为重要，所以派到炼钢厂的专家人数最多。

话说马德成这人一直对老毛子印象不好，这一点和绝大多数人可不一样。日俄战争以前东北遍地是俄国人，也没少糟践人祸害东西，东北人把俄国人叫做老毛子，从这称呼上也足以见得他们不受待见。可太老年间的事情他马德成也没经历过，十月革命，列宁和斯大林他可是了解的，延安学习的时候也没少听中央领导们讲，但是马德成心里一直有个疑问，为啥当初那么多犯了左倾和右倾的中央领导都是苏联派来的，或是在苏联留学的？这一点他想不明白。要说他和苏联人打交道那还是日本投降以后的事，他跟随部队从山东进了东北，在旅顺上了岸，沿着中长铁路往北走，路上可没少受苏联兵的盘查和为难，好几次他差点掏枪动手。特别是苏联和蒋介石政府签订《中苏友好协定》之后，东北的苏联军队转而维护起国民党政府，这可让马德成寒了心，心想敢情苏联人也是看人下菜碟，从此他心里就有了坎儿。

炼钢厂来了这么多苏联专家，一个个人高马大，晃来晃去的，看着挺像那么回事的，可炉顶该塌还是塌，产量完不成还是完不成，前些日子那个专家组组长马林科夫还在公司会议上点名批评自己说任务下达了一周，竟然没有一天完成计划的，这不是当众扇他嘴巴嘛！

马德成心里也明白，苏联老大哥发展的比咱快，比咱好，经验比咱足，远来的都是客，何况这还是专门为了帮助咱来的，可他们来得时间太短，对于中国，对于宁钢都不了解，他们提出的很多意见都水土不服。就比如马林科夫提出那个炼钢的“六同时”操作法，一会儿要求这个同时，一会儿要求那个同时，说得他脑袋直迷糊，说得炼钢工人和技术员们直咧嘴。炼钢工人研究了好几个礼拜才弄明白，而后对马德成说这“六同时”很好很先进，可当下咱们的检测设备没那么先进，还有的根本就没有，具体实施起来根本达不到“六同时”的要求，还得凭经验。再有，这些苏联专家对我们的工人和技术人员还不信任，对于咱们自己提出的合理化建议基本都持否定态度。就拿雷天康这件事，他就找过几次马林科夫，可马林科夫置若罔闻，说还是等苏联这边研制出了再说吧。为了这个事情马德成还私下找监委杨秋盛和经理李达谈过，二人态度出奇的一致，只不过杨秋盛是微笑着和他解释，苏联老大哥在工业化道路上经验成熟，我们需要全面且严格的学习。而李达则是拍着桌子告诉他，遵照苏联专家的意见不仅是生产任务，更是政治任务，在这条路上走偏了可是要犯大错误的。

马德成别看人有点呆，嘴皮子没有尚世杰利索，可胆子大，心里有道道儿。在华北战场上打游击时他就奉行着随机应变和将在外军令有所不受的原则，就算现在在内了那也得看情况。他心里有自己的小九九，反正听苏联专家的也是完不成计划，不听还是完不成，那就不听呗，万一自己弄成功了还可能将功补过，何乐而不为。

“雷工程师，其实我们都能看得出来，你内心是很想为增产做贡献的，这不也是你当初留在宁钢的目的吗，这不也是你当初读书报国，实业报国的初衷嘛！”冷亦水说。

一句话说到了雷天康的心坎里，知识分子最怕提这个，“读书报国，实业报国”这八个字对他这样的人来说可不是一句口号，是实实在在的信仰。普通人可以懈怠，甚至可以沉沦，但对于有信仰的人来说目标总是坚定的且无论如何也不能放弃的。

“我本一心向明月，奈何明月照沟渠！”雷天康叹了口气，“这个沟可不浅，不好迈啊！”

“不好迈就死劲儿迈，我们帮你迈！”

“哎呀，你们知识分子啊，动不动就读诗！”马德成有些不耐烦了，“说白了就是三道坎，第一道坎你是怕群众有议论，包括你们厂的，我们厂的，上达领导的，中至你们知识分子，下至工人群众。这个你不用担心，全市范围内的立功竞赛都开展起来了，大家伙你追我赶都飚劲儿呢，再不干就要跟着人家屁股后面跑了！咱们工会主席冷亦水都来支持你了，你还怕啥？”

冷亦水点了点头说：“你们厂长出去学习去了，但是我会尽快以市里的名义全力支持你，这点你放心。”

雷天康眉梢一动。

“第二个坎儿不就是生产任务嘛，我是想开了，虱子多了不痒，债多了不愁，我这反正也完不成计划，还怕啥，你就可着劲儿的试验，出了问题我顶着！”

雷天康眼前一亮，似乎来了神儿，赶忙问：“那苏联专家那道坎儿呢？”

“呃……”这道坎儿是马德成最大的忌讳，一提也头疼，可事到如今就算是枪林弹雨也得往前上。“放心，苏联专家那边我也顶着，你就放心干就是了。要真是罪不可赦了那咱也不干这个厂长了，申请到前线当兵打仗去！”

听到这话雷天康高了兴，心想这共产党的干部就是不一样，敢顶事儿。旁边的冷亦水一听这话可愣了神，心想老马要是真这样不管不顾可是要犯错误的。

“此话当真？”雷天康问。

“一言既出，驷马难追！”

“好，好，其实我就等着马厂长这句话呢！”雷天康说着打开了抽屉，拿出一块砖头，“实不相瞒，新型耐火砖我一直没断了研究，私下里烧了几次，据我的试验，这块就能达到平炉的要求，眼下就差大量生产了！”

“已经出来啦？”马德成一阵惊喜，拿着耐火砖来回打量，虽看不出什么名堂但是心里也敞亮，心想这要是批量烧制成功，那炼钢厂可就有希望了。“好，好，你老兄隐藏的够深的了！”

“那咱们说干就干？”雷天康问。

“说干就干！”马德成信心满满，“你赶紧批量烧制，苏联专家的问题我这就回去解决。”

马德成说完转身出了屋，冷亦水有些担心，赶忙跟上。

“老马，老马！”冷亦水叫住了他，“你干啥去？”

“解决苏联专家去！”

“你咋解决啊，你会谈判啊还是能和人家讲明白技术，人家凭啥听你的啊？”

“额……那我就去找经理……”马德成刚一说这话就打消了自己的想法，“不行不行，经理那我可不敢去，他老拍桌子，而且态度那么明确，去了估计也就是挨顿训！”

“你还知道呢啊？刚才夸下海口时咋不合计这个？”

“我激动了……冷大妹子，给我想想办法！”

“既然找领导行不通，那咱就直接找苏联专家私下研究，只要他们点头了李经理也得尊重人家意见！”

“对，就得直接找那个马林科夫谈！”

“那你心里到底有没有点谱，就算苏联专家同意了你打算咋干啊？”

“我之前倒是合计了，我的要求不多，苏联专家一个月不管我就行，让我自己放手干，成功了功劳归他们，搞砸了处分我担着！”

这话听得冷亦水心里舒坦，心想甭管这老马有没有文化，但是这带兵打仗出身的就是有这份勇气和无畏。她一想，自己和老马都是辽南独立师出来的，说啥也得帮他一把，况且自己蹲点炼钢厂，这又是分内之事。

“就你那样，连尚世杰都说不过，一紧张嘴上就跟打了封条一般，急眼了还开始骂人，你能谈啥判？”

“那……”马德成也知道自己这毛病，当年在华北抗日时他和尚世杰分战利品的时候就因为说不过人家没少吃闷亏。“那咋整！”

“走，我跟你去！”

十一

马林科夫到公司开会直到中午才回来，马德成和冷亦水早已在苏联专家的办公室里等候多时。

“马同志，你来了，又是为了平炉炉顶的事情吧！”马林科夫说话直来直去，开门见山。“这回还带来个女同志帮忙？”

马德成对于马林科夫的态度比较微妙。他是苏联冶金方面的专家，又是个参加过卫国战争的军人，军衔还高，两人虽年纪相仿但论文化、论资历、论经验甚至论长相，马林科夫都比马德成强一大块。马德成有个优点，从不嫉贤妒能，遇到有能耐的人喜欢还喜欢不过来呢，但他就是打心眼里膈应这马林科夫，一来因为他是个老毛子，另一点就是这马林科夫说话从不给人留面子，一副高高在上的感觉，他决定的事情就不容被改变，甚至一点商量的余地也没有。

“对，还是关于平炉的事情，我们的雷天康同志已经试制造出了江密峰硅石耐火砖，正准备批量生产呢，我打算用这种砖来封炉顶！”

“什么，你说雷同志研制出了江密峰硅石耐火砖？”马林科夫先是一愣，而后摇着头说：“不可能我的同志，连日本和我们苏联都没有研制出来，他怎么可能？”

“不试一试怎么知道，我们可以用一个平炉试，成功了再都改！”

“没可能成功的事情为什么要试呢，要知道半个月的时间里，你们炼钢厂没有一天能完成日生产计划，如果再因为改炉顶耽误了时间岂不是更糟糕！”马林科夫态度很坚决，他摆着手说，“马同志，你叫马德成，我叫马林科夫，都是马，是兄弟。我们苏联和中国也是兄弟，我是不会害你的，我在帮你，眼下我认为你要做的就是严格按照操作规程管理好生产，至于耐火砖的事情还要等苏联的同志研究出来再说！”

“你……”一听这话马德成来了火，“你这话什么意思，合着我们炼钢厂的工人就得顶着高温苦等你们那边的信儿，但凡自己有一点意见都施行不了？”

“我不是这个意思！”虽然马林科夫心里确实这么认为，但他意识到了自己有些措辞不当。“我是想最大程度帮助你避免不必要的事故发生！”

“少来那套，你们定那什么‘六同时’操作法也不咋地，实际根本无法操作，我看你这就是只许州官放火，不许百姓点灯！”马德成气得嗷嗷直叫，“我还就告诉你了，咱老马还真就没少斗那些官老爷，你这套我不吃！”

“马同志，你……”

“你啥你，我看你们就是瞧不上咱们宁钢的专家和工人，啥都得可着你们来，都指望着你们，那美国鬼子都得打到咱家门口啦！”

冷亦水一看老马这架势要掀桌子，赶忙上前拦住，一边大喊一边冲他挤咕眼儿：“老马，你这是干啥，来之前咱说的，李经理的话你都忘啦？”

一提李经理马德成立马泄了气，又想到他和自己拍着桌子说的原则。

“反正……反正我就要试试，爱咋咋地！”马德成还不服气。

冷亦水把马德成按坐在凳子上，而后伸出手与马林科夫握手说道：“你好，马林科夫同志，我叫冷亦水，是宁山市人民政府工会主席！”

马林科夫也在气头上，可一见女同志站出来，便也如绅士般压下了火，点头示意。

“马林科夫同志，老马他也是军人出身，脾气大，但没恶意，这个我想你一定理解！”

马林科夫深吸了一口气，强迫自己点头示意。可马德成那边还瞪着眼睛，不依不饶。气得冷亦水狠狠瞪了他一眼。

“马林科夫同志，事情我都了解了，刚才的话我也都听明白了，其实要我说啊，你们俩谁都没错，都是对的，你们都是为了宁钢产量！”

“这叫啥话，不是来帮我的吗，怎么开始和稀泥了？”马德成心想。

“但是，在具体方法上我们还是要区别对待。”冷亦水接着说，“苏联是老大哥，毫无保留地帮咱们新中国，这有目共睹。可老大哥发展的那么快，咱们中国不也得迎头赶上是不？咋赶，当然要靠你们不断的帮助，可也得靠咱自己的努力啊！”

这不可反驳的开场白听得马林科夫频频点头。

“就拿咱们宁钢来说，依靠着工人阶级用了十个月时间就复工生产了，这是多么大的奇迹啊，所以我们有意愿、有勇气去不断向前，靠你们，也靠自己，这其中肯定会遇到不少挫折与失败，就好像我们伟大的革命一样，但失败是成功之母，从中吸取经验，必定能取得成功，但前提是我们得尝试啊！”

“你这个女同志话说的很大，我无法反驳！”马林科夫摇着头说。

“这么说你同意啦？”

“不，我还是不能同意！”

“为啥？”

“因为这是我们苏联专家组既定的工作计划，也是我们的原则，况且我根本不同意你们的改造，也不知道怎么去帮助你们完成这件事！”

“我说你还蹬鼻子上脸了是不？”马德成“噌”地一下站了起来，指着马林科夫鼻子说：“你咋还软硬不吃呢，茅房里的石头是不？这啥玩意啊！”

“老马，老马，你这是干啥?”

“我就不信了，没你同意我老马还办不成事了，这个炉顶我还就非得改不可了!”

“这个炉顶你改不了，影响生产的项目必须要有苏联专家签字才能实施，这是宁钢的规定!”

“我就硬改，爱咋咋地!”

冷亦水见事情不妙，一边道着歉一边把马德成硬拉了出去。

下午，冷亦水又敲门进了马林科夫的办公室，后面跟着耷拉着脑袋的马德成。一中午的时间，马德成被冷亦水数落的服服帖帖，他自己也知道激动了，胡言乱语，什么州官百姓，茅房的石头啥的都顺嘴胡说。实际上，马林科夫还真不是危言耸听，没有他的同意根本就没法进行这么大的改动。况且，他要真是打了小报告到公司里汇报上午的情况，那够马德成喝一壶的。

“马林科夫同志，我们又来了!”冷亦水一脸尴尬地笑着说。

“我也来了，马林科夫同志!”后面跟着的马德成硬挤出点笑容。

“是你们两位，为什么又来我这，马同志现在应该在忙着改炉顶才对!”马林科夫不失礼貌地奚落。

“你别生气马林科夫同志，老马不比你，你是大学生，他读的书比你少多了，人粗!但咱们都为了公家，又不是为了私人利益，冲这点你也不能生气!”冷亦水解释道。

虽然今天才认识，但马林科夫觉得冷亦水这个女同志很有水平，彬彬有礼，谈吐也恰到好处，于是缓和下了情绪。“那你们又来找我做什么，我说过，我是不会帮助你们改炉顶的，这是原则!”

“不用你帮不用你帮，你看这样行不行!”马德成急忙上前赔笑道："你给我一个月时间，就一个月时间，不用你管，你就研究你的图纸和资料，其他的放手让我去干就行，我保证不但能改成炉顶，还能完成产量任务，这样你也不用每次在公司做汇报时都弄个大红脸不是？退一万步说，咱要是成功了，功劳算你的，失败了，处分我扛着！"

马德成一脸严肃，一脸真诚，眼巴巴看着马林科夫。旁边的冷亦水也是同样的表情。马林科夫犯了难，思索了半天。

"马林科夫同志，请你让我们试一试，这不仅仅是我和老马的请求，这更是所有炼钢厂工人的请求！"冷亦水说。

"好吧，那就让你们试一试！"马林科夫终于松了口。"但也不能任由你们行事，我会进行监督和必要的提示，我不是帮你们改炉顶，而是履行我应尽的职责！"

闻听此言，俩人乐坏了，紧忙上前握手感谢，而后又急忙要出门。

可就在出门的那一刻，马林科夫又说了话："马同志，你比我想象的要精明，你这招是叫'瞒天过海'还是叫'借尸还魂'？"

马德成一愣，心想这小子还懂《孙子兵法》，但又不知道他说的是啥意思。

"我只要一同意，李达经理那边就不会责怪你了，因为按照规定他也得尊重我的意见。可如果失败了，就算你保了证，我还是脱不了干系！"

"哈哈哈，我差点忘了，你也是个军官，军衔还比我高呢！"马德成大笑着说。

三人都会意地笑了。

十二

小型轧钢厂压延车间里，轧制成型的炙热钢条从辊道飞快地滑出，辊道头上捂得严严实实的工人们手里握着大铁钳子严阵以待。钢条“嗖”地一下滑出来了，掉在了地上，就好像落在地上的火长虫一样来回乱蹦。工人们躲着又“乱蹦”又“咬人”的“火长虫”，拿着大铁钳子，一下钳了起来，拖拽着把“蛇头”塞到后续的压延机里。这种工作叫做“喂钢”，顾名思义就是要把钢条喂到下一个机器里。长年累月的喂钢，工人师傅们都练就了眼疾手快的绝技，真好像打蛇七寸一样，要稳准狠，一击致命。可是，再好的猎人也有走眼的时候，况且这样的操作要在高温的炙烤中每天反复进行上百次，几乎每个工人腿上、手上、胳膊上甚至脸上都被“火长虫”咬过，所以在旧社会时小型轧钢厂都被称为“阎罗殿”。

喂钢工得有三样宝贝——顺手的大铁钳子，时时刻刻不离手；厚厚的工作服，无论冬天夏天都得穿得严严实实；再有就是超大个的搪瓷茶缸，隔一会就得补一回水。要是平日里生产任务不紧的话，其实也还好，大家伙当点心。可生产任务一上来之后，厂里冒着烟儿的干，工人们累的昏头涨脑，一不留神就会被“咬”，就在前几天还有一个老师傅小腿肚子被“咬”了一口，肉都烫熟了。

老师傅张明山本已下了工，可是还没走，瞅着压延机在那发呆，心里琢磨着昨天试验失败的事。这个张师傅打伪满时期就一直在小型轧钢厂当喂钢工人，和这“火长虫”打了几十年交道，没少被“咬”。小鬼子在的时候，烫伤了就烫伤了，没人管你，不能干就回家去，很多工人怕丢了饭碗，被“咬”也忍着，结果伤口都捂烂了，捂臭了，愣是废了一条腿。如今厂里有了操作规程，受了伤按照工伤处理，大家伙心里踏实了不少，可规程再好这活儿也得人上手干，被“咬”是早晚的事，所以张明山就合计着，现在不都提倡机械化自动化了嘛，能不能让这个“火长虫”自己钻到“洞”了，那喂钢工人不就解放双手了嘛！

想法是好想法，可当时喂钢是世界性的难题，还没有解决的方法，无论是美国、苏联还是那小日本都得这么喂钢。所以他刚和工友们提出这个想法后就被嘲笑了一番，说咱这没文化的工人练好技术就得了，那苏联老大哥和那老美都没弄明白的东西你还要碰碰，你咋不上天呢？

张明山不服气，他在工人夜大补课时就听说美国那造出飞机的兄弟俩就是个修自行车的，咱成天摆弄这老大的机器咋就不比修自行车的强。老张对压延机最为了解，每一个工序甚至每一个零件他都心中有数，他总觉着让喂钢自动化是个能够实现的事。有那么一阵子，他去水沟边上挖了不少泥，在那捏啊捏的，路过的小孩都羞他，说这么大个人了还玩泥巴。没过几天他把这些捏好了的泥巴摆到了桌子上，媳妇不明白那到底是啥，老张说这就是他工厂里压延机的模型。

“弄这干啥？”媳妇问。

“干啥，干大事！”

从那天以后张明山就跟着了魔一样，媳妇眼见着他没白天没晚上的写啊，画啊，捏啊，还弄一轱辘铁丝在里面捅咕捅咕的，也不知到底是干啥，反正桌子是被占满了还不许别人动，弄得她吃饭都得放炕沿上吃。还有两次老张气得把一桌子的模型都扒拉到地上，说不弄了，媳妇心里高兴，赶忙划拉划拉都扔了，可没过两天他又捣腾回来一堆模型。

终于有那么一天，老张拍着大腿哈哈大笑，“成啦，成啦！”而后就带着图纸进了场。厂长也是为生产任务忙得脚打后脑勺，没来得细听，让老张把图纸放下，说忙完看，而后这件事情就没有动静了。

老张等得着急，心里长了草抓心挠肝的，又画了张图纸找厂长，厂长说上次忘了，这次一定看，可后来又没了动静。老张后来学聪明了，不找厂长了，直接找工程师。工程师看了半天说，看图纸倒是有那么点道理，但是这种设计美国、苏联还有日本人不会想不到，看来还是有问题，他需要研究研究，考虑考虑。而后，事情再次石沉大海。老张心灰意冷。

后来市总工会副主席徐木到了小型轧钢厂蹲点，几乎天天都要到车间里找工人们谈话，号召献计献策，搞生产竞赛。老张一下子来了精神，把自己的想法告诉了徐木。徐木很高兴，当天就去了老张家里看了他的模型。

“可以啊张师傅，看样子没问题啊！”徐木说。

“看着是没问题，可到底行不行得试试才知道！”

“那咋不赶紧试呢？”

听徐木这么一问，老张面露难色，把之前的经历告诉了徐木。徐木二话没说，离开了老张家又径直回了小型轧钢厂了解情况。

实际上厂长并非压根儿没看老张的图纸，工程师也并非完全不同意，两人私下为这事讨论过，他们眼下的难题和炼铁厂，和炼钢厂，和宁钢所有厂矿的问题都一样，就是生产压力太大。况且实现自动化喂钢见所未见，闻所未闻，厂长怕这么一动就彻底打乱了生产计划。

徐木找到了二人，把政策又从头到尾讲了一遍，二人都懂，可还是下不了决心。

“宋厂长，按照你现在的打法，你说咱们的产量啥时候能赶上咱苏联老大哥，啥时候能超过老美？”

“超过啥啊，咱就别跟他们比了，能完成生产任务我就阿弥陀佛啦！”

“那你说工人们再加把劲儿呢？”

“别说再加一把劲儿，就是加十把劲儿，成天成宿不睡觉，瞪大了眼睛盯着看，也追不上人家！”

“那按照你的意思，咱们的钢条产量永远也超不过他们啦？”

“这……这得有技术，得有更先进的技术才能超过！”厂长被问得卡壳了。

“那技术和设备得咋弄呢？”

“靠咱们苏联老大哥支援呗！”

“如果技术和设备永远靠人家苏联支援，那我们产量咋能超过人家呢，不还是得跟在人家后面走！”

“这……”

“我的宋厂长，我看你犯了教条主义的毛病了，陈云同志说过，我们要靠苏联的帮助，但更要靠自力更生，不然就会被动。你说自动喂钢的技术全世界都没有，我说这是好事啊，人家老张的图纸都画出来了，模型都做好了，就等着试验了，一旦成功那咱可是开天辟地头一个啊，还怕超过不了他们？再说了，我听冷大姐说，炼铁厂和炼钢厂可都已经动了起来，开始搞创新竞赛了，一旦人家成功了，钢产量都上来了，就指望着咱们厂现在的生产能力，那等着轧制的钢条不得堆上了天!”

宋厂长合计合计，觉得有道理。

“那生产计划?”

“大不了挨批评呗，你们都是带过兵打过仗的老八路，还怕那个?你没听说嘛，炼钢厂的老马都和苏联专家打了赌了，要了一个月时间改造平炉，出了事情他顶着!”

“那咱试试?”

“必须得试试啊!”

“那就试试!”

“对了，老张的建议叫什么?”

“叫‘反围盘’!”

谈话的第三天，老张安装好了设备，一切都准备就绪，徐木、宋厂长、工程师和前来观看的工人们挤得满满登登。

张牙舞爪的“火长虫”顺着辊道出来了，一路狂奔，奔着人们就过来了，几个师傅准备好了铁钳子，怕万一试验不成好赶紧捉住它。“火长虫”，老张的心提到了嗓子眼，所有人都抻着脖子看。

“当”的一声，“火长虫”的脑袋撞在了“洞口”弹了出来，掉在了地上噼里啪啦“乱蹦乱跳”，喂钢工们“诶呀”一声，赶忙上前钳住了它，拖着送到了压延机里。

试验失败了。

大家不欢而散，有的人摇着头说，看来没苏联的帮助真是不行啊，咱们还是老老实实用钳子钳吧!

试验失败后，老张愁的一宿没合眼，闭了灯后在炕上来回翻滚，隔一会一开灯下地看看模型，用铁丝在里捅咕捅咕，嘴里叨咕着:

“不应该啊，不应该啊!”第二天老伴儿醒了的时候发现老张已经没影了，进了厂了。

老张两眼熬得通红，死盯着“火长虫”，站在那里一动不动。工友们都知道张师傅这么苦熬苦业的都是为了他们能少受伤，少挨累，为了厂里能提高产量。可眼下看来这事情就是行不通，那天厂长和工程师都是摇着头默默离开的，所以大家都劝他别再死心眼了，他的好意大家心领了。可是老张跟个木头人一样，也不听他们讲话，也没有反应，就是在那死盯着。

“角度，角度，是角度问题!”老张突然喊了一嗓子，大家还以为谁受了伤。

“咋啦老张，咋啦?”大家伙问。

“我知道啦，昨天没成功是因为‘火长虫’的‘脑袋’没抬起来，角度不对!”

大家伙你看看我，我看看你，心说这老张彻底魔怔了。

“老张，老张!”这时车间里有人喊张明山，回头一看原来是徐木，后面还跟着宋厂长和工程师。工程师手里拿着图纸说道:“老张，昨天的试验我看出了门道，回去研究了一夜，发现了问题!”

“是角度问题吧?”老张抢着回答。

“对，对，是角度问题，用你们的话就是‘长虫’耷拉脑袋啦!”

“妥了，妥了，这下问题能解决啦!”张明山乐得直跺脚。

第二天，同样是在压延车间里，“反围盘”第二次试验开始了。“火长虫”还是那样嚣张，不管不顾地往出跑，可到了头却像被施了法术一般，自己把“脑袋”伸到了机器里，束手就擒了，乖乖地进了下一道工序——“反围盘”试验成了，车间里的工人们一阵狂喜，高兴地把铁钳子扔出老远，老张激动地眼含热泪。

老工人张明山发明的“反围盘”获得了巨大成功，使得工人彻底从纯手工劳动中解放出来，结束小型轧钢厂27年人工喂钢的历史，初步实现了生产自动化，解决了当时世界性的难题，就连苏联专家都不禁赞叹“反围盘”是具有世界水平的发明创造，《人民日报》为此也发表了《努力推进现有企业的技术改造工作》的社论。更重要的是，“反围盘”的成功给宁钢开了个好头儿，一场机械化、自动化运动就此在宁钢开展起来。

十三

“反围盘”成功了，炼铁厂那边也传出了好消息，热风试验获得了成功，高炉出铁量创了生产以来最好的纪录，并且超过了日伪时期最高水平，真是大快人心。胜利的消息第一时间登上了市报的头版头条。炼铁厂的各车间各科室本来都有一份报纸，但远远满足不了需求。厂里赶忙又买了一百多份分到各车间各工段，可手慢的人还是抢不到，没一会儿的工夫报纸就被看烂了。

全厂热气腾腾，好像一大锅翻着花的开水。各单位都用大红纸写来贺信，表示要向炼铁厂学习。人们议论纷纷，惊奇的、赞叹的、佩服的、怀疑的、吹冷风的应有尽有。不管怎么说，这一炮打得好。大多数人的脑瓜受到了震动，原来日本人一向吹嘘的生产水平并不是高不可攀，中国人是有能力把他远远抛在脑后的。既然高炉这种极复杂的生产过程都可以创纪录，那么别的单位还原地踏步，能说得过去么？

吹冷风的当然是工程师曹奉儒和他的爱徒方哲，方法也还是老一套，他们不会到高炉上评头论足，多半是在办公室里讨论研究这件事情是多么得不合理，多么得不科学。如果是工作时恰好路过高炉，看到那兴奋的人群，他们也多半是斜着眼说上一句："邪门歪道，难登大雅！"而后就快步离开。可眼见着高炉产量逐步稳定下来，一直保持在较高的生产水平上，他们也渐渐没了声，开始闭口不提这件"伤心事"。

这些日子，记者们围着吴明不放松，都想知道这个平时不爱说话的黑小伙哪来的这么大能耐，二赖子和曹静初也借光被采访，名字上了报纸。当然，作为一厂之长的尚世杰也成为了被表扬的对象，市委特意召开了一次常委会，找了尚世杰去作报告。会上，杨秋盛表示，要把创新纪录的水平稳定下来，变成日常生产的水平。偶然冒几次尖其实不难，但是如果山峰和山峰之间是无尽的深谷，那反而是不利的事情。李达也对尚世杰提出了新的任务，希望他能再接再厉，解决贫矿烧结矿冶炼的难题。一听这话，尚世杰心气立马凉了下来。

大雪静静下了一夜，早上晴了天，松树、杨树和柳树也都白了头，台町一座座日式小洋楼上都覆盖着厚厚的积雪，家家户户烟囱里冒着袅袅炊烟，熹微的阳光映着厚厚的白雪美丽极了。

一大清早，裹着军大衣，带着狗皮帽子的尚世杰就又"顺路"到了冷亦水家。冷亦水家房门照旧大开着，炉子上的水壶照旧烧干了，尚世杰照旧帮她往壶里添水，心里合计着就冷亦水这大大咧咧的样子，估计在家也喝不上热水。

这些日子，尚世杰忙着各种汇报也没咋见到冷亦水，心里一直惦记着。之前冷亦水始终埋怨尚世杰不知创新，也不给他好脸子看。可最近这段日子炼铁厂成了典型，就在前几天孟泰孟老师傅还提出了一套改造高炉冷水系统的方案，趁着天大冷之前都陆续换完了，效果十分明显，不但冷却效果更好了，每天还能节省两万吨水，受到了公司的表扬，又为铁厂挣了脸，因此冷亦水也就转变了对尚世杰的态度。

尚世杰刚添完了水，冷亦水就披上了大衣从屋里出来了，看到尚世杰在也没意外，打趣道："呦呵，这不是咱们的典型吗，咋地，今天不到市里做汇报啦?"

"哈哈，你可别羞臊我啦亦水，别说我不是典型，就算是那也是你拽着小辫把我提上去的!"尚世杰嬉皮笑脸地回答。

"算你有良心!"冷亦水说着拿起水壶要倒杯水。

"凉水，我刚添里的，水壶又烧干啦!"

"算了算了，不喝了，我得去一趟炼钢厂!"

"咋了?"

"炼钢厂改造的平炉炉顶今天试车，这要是成了可是一件大事，我得赶紧过去看看！我得赶紧走了，这两天我抽空去炼铁厂看看去!"冷亦水说完话转身就走。

尚世杰心说不好，之前他就听"侦查员"二赖子说那炼钢厂正运着气要闹出点动静，还跟苏联专家达成了什么君子之约，要"独立"一个月改造平炉炉顶，不承想今天就试车，炼铁刚刚把炼钢喂饱，要是他那边成功了产量还得往上提，自己这边又得落下。

冷亦水到炼钢厂平炉车间时那里已经聚了不少人，马德成和雷天康早就到了，而后马林科夫也来了，他先上前彬彬有礼地和冷亦水打了招呼，说自己这个被"架空"了的工程师也要来看看热闹，希望今天的试验能成功。

雷天康和几名工人师傅最后一次对炉顶进行了检查，而后马德成一声令下，上了炉顶，平炉开始生产。直到晚上，第一炉钢出来之后，众人急忙上前检查，发现炉顶完好如初，没有一丝烧坏的迹象。第二天凌晨，第二炉钢出来了，炉顶仍没什么问题。接连几天下来，马德成守着平炉哪也不去，只要这边一出钢，他赶忙就上前去检查情况。第四天，炉顶已经达到了之前平均使用寿命，可耐火砖损坏的程度并不大，照此看来，再出个六七炉都不是问题，试验成功已经是板上钉钉的事情了。又过了三天，炉顶已超过了以往最长使用寿命，且还可继续使用。试验已经证明雷工程师的耐火砖成功了，炉顶改造也成功了，二人抱在一起老半天，一直压在雷天康心头的大石头终于沉下去了。

“马同志，祝贺你，你真的成功了，太伟大了！”一直担心着这件事的马林科夫激动地说，“我收回之前的话，中国的同志同样可以独立解决他国解决不了的难题，而且表现的更为出色！”

“哈哈，马林科夫同志，即使是搞成功了那至少也有一半的功劳是你的，没有你替我顶着，我哪能放开手脚去干！”马德成握着马林科夫的手回答。

“这样一来，炼钢厂的产量就能翻一倍，我想我应该对明年的生产计划作出调整，应该增加到100万吨！”

“100万吨？马林科夫同志，你刚说完要信任我们，这一转眼就忘啦，100万吨这也太小瞧我们了，我和你说，今年我们就能完成100万吨的任务，明年你得给咱定200万吨！”

“这怎么可能，我相信你我的同志，但是我们也要遵循客观规律，200万吨根本达不到！”

“是不是还和我犟，之前炉顶的事你还说我们做不到呢！”

“炉顶是炉顶，产量是产量，200万吨是根本达不到的，这不可能！”

“我说能就能！”

刚刚还高兴的双手紧握，转眼的工夫俩人又争得面红脖子粗，一旁的冷亦水看着觉得好笑：“这样，你们俩也别争了，再打个赌怎么样？”

“怎么赌？”马德成问。

“年底前老马要是能完成100万吨的产量，马林科夫同志就改变明年产量计划，谁输了谁请吃饭，咋样？”

“好！”

“好！”

马德成和马林科夫看看对方，会意地笑了。

“快，快去向公司，向市委发捷报！”而后马德成大手一挥命令宣传员。刚说完这句话他就觉得脑袋发胀，身子发飘，一屁股坐在了地上——这个老八路实在是累坏了。

马德成被扶回了办公室，大家伙都劝他赶紧回家歇一歇，他说在办公室缓一缓就好。他对着镜子一看发现里面的人胡子拉碴的，跟在辽南打游击猫在山沟里十天半个月不出来的那副样子没啥区别，自己也乐了，说是得回家拾到拾到了。

“还别说，这干工业可没比打仗轻松！”马德成心想。

晚上下班的时候马德成发现尚世杰在厂门口等他，要请他去自家吃饭。老马说，要请也应该是他请，炼钢厂平炉试验成功了。尚世杰虽然上午就知道了，心里高兴，但脸上还始终绷着。

“那你继续努力吧，争取也上市委作报告！”尚世杰故意气他。

“呦呵，咋地，你有了点小成绩就开始骄傲自满了是不？我告诉你，多亏冷亦水在后面拿鞭子赶你，不然你们炼铁早就喂不饱炼钢啦！”

“好大的口气，我可告诉你，我们炼铁马上就又要有大动作啦，到时候让你们吃不了兜着走！”

“那敢情好，我得多兜点！”

二人边走边斗回到了台町，尚世杰说这场合必须得叫上冷亦水才行。而后照例推门进院，往水壶里添水。马德成一看这小子套路倒挺熟，看样子没少来。

冷亦水刚打算下点面条，听说有好吃的，还是庆功宴，二话不说就跟着走了。

尚世杰亲自动手炒菜，冷亦水一边也帮着忙活，工夫不大，做了四个家常菜，有鱼有肉。马德成特意还回家取了一瓶好酒，要喝两盅。

饭桌上，两人自然少不了拌嘴，开始互相揭短，说的话就没边了。

老马说：“我们家那有个地主老财，院墙外就是片瓜地，有人看着。十岁那年夏天，我说我想吃西瓜，老尚也想吃，而后他眼睛一转又说还想吃鸡蛋，他要帮我偷西瓜，让我帮他偷鸡蛋。结果，他把西瓜偷回来了，我偷鸡蛋被地主抓了挨顿毒打。后来我是明白了，他其实不想吃鸡蛋，他准知道瓜地里有狼狗，一听见院里鸡窝有动静就都回院子了，结果瓜地空了，他抱着西瓜就跑，我被抓了！”

“哈哈，老尚，你也太坏了，合着从小就算计老马啊！”

“这叫兵法，声东击西，丢车保帅，要不然咱俩啥都吃不上，都是评书里面学来的，要不然我带兵打仗咋比你厉害呢！”尚世杰在那狡辩。

“扯淡，你哪是打仗厉害，你就是划拉战利品厉害，我还不知道你！”

话说尚世杰和马德成还真是从小玩到大，也从小斗到大，当兵后互相争着立功，而后双双当了团长，争着抢着夺战利品。说来也是缘分，这么多年来这俩人分分合合，最终又都到了一个企业里，一个炼铁厂，一个炼钢厂，成了“对头”。

俩人聊得兴起，冷亦水在一旁听得哈哈大笑，笑出了眼泪。

酒过三巡，也吃不动了也喝不动了，马德成放下筷子，开始和尚世杰研究正经事。

“我说老尚啊，咱俩斗了快半辈子了，也没个胜负，眼下又打了个平手，我看啊，再斗也没意思了！”

“老马，你这么说就不对了，大体相当，但我要略胜一筹！”尚世杰非得压马德成半头。

“行行行，你占我便宜占惯了，就让你略胜一筹！行了吧！”

“不是你让着我，事实确实如此！”

“你啊你……”马德成拿这个发小毫无办法，“眼下全国的钢铁产量一半多是咱宁钢的，我是炼铁的，你是炼钢的，都说炼铁炼钢是死对头，我说那是扯淡，炼钢炼铁谁也离不开谁，都是在为国家做贡献！”

“谁说不是呢，老马，就冲着你这份觉悟，我再敬你一个！”尚世杰说着自己搬了一盅。

“对对对，老马说的对，我也敬你一杯！”冷亦水也跟着喝了一杯。

“咱俩得联手！”

“咋联？”

“我觉得咱们两家产量还是太小，特别是我们炼钢厂那更不行了。眼下我这炉顶试验是成功了，可就算都弄成了就那么6个平炉也不顶事啊，那边朝鲜还打着仗，这么大个国家还等着建设，就指着6个平炉得啥时候能实现工业化啊！所以我说，趁着现在咱宁钢立功竞赛这势头咱们还得往前赶！”

“你说的对，咱们炼铁厂是创了纪录了，可产量也就增加了三成，不够，还远远不够！”

“光提高产量不行，还得提高质量，我这炼钢厂就得等着你喂我，你多喂我好铁，我这边才能多出钢，出好钢！眼下我合计出来这么一个道道，我那里除了6个平炉外还有三座预热炉，这两样炉子长得差不多。这预热炉是啥？说白了，就是先把你们那的铁水热一热，闷一闷，然后再倒进平炉里炼。刚一开始我还不明白，合计这不是脱裤子放屁嘛，去那暖和暖和有啥用。后来才知道，原来是伪满时期炼铁的质量不够高，铁水里硅的含量太高，所以得在预热炉里闷那么一会儿，把硅去掉。可目前来看，咱的技术在不断提高，你们铁厂出的铁越来越好了，硅含量越来越低，我想只要你们再努把力，想办法让硅达标，我就可以把那三个预热炉改成平炉！”

“这是个好事啊，我这边要是能行，你那边保准儿能改了？”

“估计差不多！”

“哎呀，这可是好事啊，那预热炉是不是比平炉大不少？”

“大一倍!”

“那就是说，要是真改成了，产量还能翻一番?”冷亦水惊叹。

“可不是咋地，但翻不翻得看他老尚了!”马德成回答。

“行，没问题，明大我回去就开会研究这个，这要是翻了翻，可就等于打了一场大胜仗啊!”尚世杰说。

“还有一件事咱俩合计合计，不是产量的事，是工人的事!”

“工人咋了?”

“你发没发现，咱们的工人劲头没以前那么足了?”

“嗯……你还别说，我是真发现了!”

“其实，我蹲点的这些日子里也有些老工人和我反映这个问题，说工人队伍里‘磨洋工’的现象抬头了。”冷亦水说，“但这是为啥呢?”

“亦水啊，我是最早进入宁钢的一批党员干部，很多事情我心里比你们有数，你想想群众为啥这么拥护咱共产党?是因为咱们解放宁山，给老百姓带来了希望。从护厂开始，到后来的抢运物资，再到恢复生产，如今又支援抗美援朝，职工群众始终跟着党走，响应号召，全力支持。可是个人就有累的时候，特别是最近，运动一个接着一个，大家伙有些疲于应对了。”尚世杰说。

“老尚说的对，是个人就会累，思想觉悟高的职工群众还有信念和理想支撑，但对于更普遍的职工群众来说，有惰性太正常不过了。但如何去对付惰性呢，难道只能靠群众的热情?我觉得不行，不是长久之计，热情嘛，早晚有用尽的一天!”

“对，而且情绪这个东西也很容易受到影响，一旦工人队伍里出现了消极的情绪，就会悄无声息地蔓延。依我看啊，现在这种情绪就有蔓延的倾向！”

“这么严重嘛？”冷亦水问。

“如果不重视，不改变，问题就会那么严重！”尚世杰说。

“呦呵，今天你俩这是怎么了，一唱一和的，好像一个人似的，不唱对头戏了，不签生死状了？”冷亦水调侃二人。

“哈哈，就算是国共双方也得在大是大非面前建立统一战线嘛，何况是我们两个共产主义战士！”尚世杰说。

“对对对，风也是你们，雨也是你们，你们俩咋说咋有理！”

“老马，先说说你的想法！”尚世杰问。

马德成抹了一把脸，抖擞抖擞精神，开始细细说起自己的想法。在他看来，宁钢工人们如今的工资收入并不是实际劳动的体现，当然这个问题由来已久。打我党刚刚接手宁钢成立护厂队时起，每个人靠统一分发的三斤粮食过活。公司成立后逐渐形成了八级工资制，但实际上收入差别不大。最近开展生产竞赛有了奖金的奖励，但受众面还是不广，毕竟不可能所有人都参与其中。而且，由于政治原因，公司在制定工资的标准上更倾向于平均，这在一定程度上打消了一部分工人的积极性，又助长了一部分工人消极怠工的情绪。从目前来看除了动员之外，工人队伍中缺乏激发提高劳动效率的制度作为长久保障。

对于这个问题尚世杰感受最深，当初他当护厂队长的时候就遇到过这样的问题，都是三斤粮，像赵景林那样拖家带口的积极分子根本不够，可还是一心朴实保厂护厂。那些偷懒打诨不干活的，甚至是“特勤队”的人也是三斤粮，这边一发下来他那边就拿出去换了钱推牌九，这显然是不公平的。然而，当时涉及的工人较少，面对的任务仅仅是护厂和一部分生产，处理起来相对容易，可如今宁钢面对的却是大范围的恢复生产任务，不久后还要面对大规模的建设任务，显然这种一味追求平均的工资制度是不符合当前和未来的形势的。这个问题是普遍存在的难题，在炼铁炼钢这样的大厂里表现的尤为突出，曾有人设想过要建立一套能够涉及每个工人劳动成果的奖励办法，但由于缺乏经验，国内又无先例，所以都未成型。

这个问题马德成琢磨了许久，也形成了一些想法，草拟了初步方案，也和厂里的几个同志商量过，简单说来就是在苏联计件工资制的基础上实行定额制，产量超过了定额按照比例给予奖励，未达到给予惩罚，具体定额视各区域实际情况而定。这样一来，多劳多得，避免了平均摊，大家伙的积极性必然会被调动上去。

“好啊，好！”听到这个想法后尚世杰立刻表示同意。实际上这也是他一直在琢磨着的方法，但谈到具体实施却存在很大问题，“老马，这个想法我举双手同意，但是你想没想过具体实施中可能会遇到的问题？你比如，定额如何确定？从生产任务的角度来看是定得越高越好，而从工人的角度应该是定得越低越好，这样就出现了矛盾。一个班生产到一半交到下一个班，这算是谁的定额？再有，各个生产部门间的定额如何协调，非生产岗位又该怎么办？”

“我想过，这个问题不能领导们拍脑门做决定，得需要开职工大会，反复商讨，而且得试行一段时间逐渐打磨才行！”马德成说。

“对，这个你说的对，不能脱离群众，必须要开职工大会讨论！”

“但是……”听了二人的谈话冷亦水面生忧色，“老马，你的想法我肯定是同意，但是会不会太冒进……”

马德成知道冷亦水的意思，这就是问题迟迟没有被解决，或者说迟迟没人愿意正式提出来的原因。前线打仗，国内大规模建设迫在眉睫，有谁不想尽快提高产量，方法都能想到，可唯独没人敢率先冒头，成还好说，不成可容易被扣帽子，这可是政治问题。

“螃蟹好吃，可不尝尝怎么知道！我老马三起三落，还差点就被军法处置了，这个螃蟹我先吃！”马德成说着拿起酒盅要干了，可被尚世杰拦下。

“我最看不上的就是你逞能装英雄，啥事我老尚落在你后头过？你想先吃，我还不让呢！你想挨枪子，咱老尚陪着你！”说完，尚世杰先干了。

十四

最近这几天曹奉儒曹工程师春风得意，一扫之前的阴霾，脸上开始有了笑容，因为就在一周前，他在《冶金学报》上发表的一篇论文引起了业界的轰动，论文的论题就是反驳利用贫矿烧结矿炼铁，其中他引用了大量的科学原理、国外文献、当初俄国和日本失败的案例加以论证，其目的显而易见，就是为了反对炼铁厂最近提出的要用烧结矿冶炼的想法。论文一发，这期报纸很快就售光了，赞成的，反对的，怀疑的都想要看一眼。无论如何，曹奉儒这个当初学术界炙手可热的人物在沉寂多年后再次受到了关注。他觉得一些熟人都用另一种眼光看他，虽然这部分人不多，仅限于固定的圈子里，但见了面却要比以往亲热些，这些人的眼光里有一种赞许和默契，好像是说：“好，你把我们心里要讲的话讲出来了。”也有人直接把这种赞许用语言表达出来，说论文写的这么引人入胜，一点也不枯燥，是大手笔。还有的说，妙在没有一点火药味，可又像钢筋水泥的工事，是攻不破的。

有一个人打来电话，报了一个陌生的名字，电话里说没有别的事，因为读了他的论文，特向他致意。

虽然兴奋异常，但曹奉儒心里也有一些不安。他还不清楚“对方”是什么态度，在他看来这个“对方”以尚世杰为代表，不仅人多势众，有权有势，而且还是极其愚蠢顽固的。他觉得自己好像是一个代表着正义的孤军奋战的义士。

曹奉儒的论文写的确实是好，无愧于冶炼专家的名声，也达到了他的目的——尚世杰动摇了。使用品位低的烧结矿冶炼的呼声虽由来已久，但却仅限于呼声而已。大家都清楚，宁山是个铁矿资源极其丰富的地方，但绝大部分的矿石都是铁含量低的贫矿，富矿占比很小，但从节约成本和战略储备方面来讲利用烧结矿势在必行。从目前的任何中文或是外文的资料上来看，得不到什么根据。美国的、德国的、英国的、日本的所有权威性的观点都认为难以用贫矿的烧结矿冶炼。除此之外，还列出了一个最有力的证据：日本人曾经试用过烧结矿，闹了一次大悬料，好比一个人换了肠梗阻，一连三天三夜憋在那里，炉子差一点报废，此后就再无人敢提及此事。前不久市委会议上李达正式下达了这项任务，尚世杰顿时觉得一座大山迎面而来，轰地压在他身上。而曹奉儒的这片论文无疑又给了他沉重一击，这个从没服过软的老八路也慌了神，没了信心。

有一天，他去找了李达，说自己没信心完成上级交给的任务。李达立马猜出了缘由，从抽屉里拿出《冶金学报》拍在桌上，问是不是因为曹奉儒的论文。尚世杰低头不语。李达知道，自己这员天不怕地不怕的虎将都耷拉了脑袋，可见这肩上的担子实在是太重。

“世杰，你和我说说，你怕什么，怕丢了这个厂长？”

尚世杰摇摇头。

“怕搞不成让人笑话？”

尚世杰摇摇头。

“那你到底怕什么？”

“怕失败，怕辜负上级的信任，怕给国家造成损失！”

“世杰啊，死人堆里爬出来的大将怎么变得畏首畏尾了呢？我问问你，二十年前，十年前，再短一点五年前，我们党面临的哪一件事情比这个要容易呢？哪一件是有着现成的经验的呢？不还都是咱们党自己摸着石头过河创造出来的！在这个过程中会犯错误，我们党也出现过左倾和右倾，这个是不可避免的，但问题是能不能从中总结经验，有没有勇气再去尝试，把这个问题想明白了，把这两个坎儿迈过去了那还有什么解决不了的。关键在于你敢不敢迈过去。那论文我看了，写的是挺好，是资产阶级知识分子惯用的笔法，也是他们惯用的逻辑，无非就是旁征博引，跟着人家屁股后面跑，拾人牙慧嘛，这招儿要是真管用，为啥他八百万军队被消灭了，为啥他们靠着库存才凑够了十万吨的钢产量，我们却快到了一百万吨？客观规律我们要遵循，但可绝不是从他们嘴里说出来的就是客观规律，我看我们共产党才是最务实最客观的嘛！我李达能扛事儿，我允许你犯十次错误，但到了第十次，你尚世杰敢不敢再试第十一次？”

这一席话犹如醍醐灌顶，让尚世杰瞬间茅塞顿开，脑袋也抬起来了，腰板儿也挺起来了，眼睛里又有了光彩。

“我敢，再来二十次我也敢！”

“别介，我只是打个比方，你可别真给我来二十次！”

尚世杰彻底通透了，心想自从高炉修复至今，那一撮反对的声音从来就没断过，可也一步一步走过来，如今炼铁厂士气大振，形势又逼着自己往前赶，这个时候不试一试那在何时？可现实是，眼下确实没有充分的理论依据和经验，所以也不宜展开什么论战，还应该按照之前的老路子，找一些坚实可靠的，经验丰富的人去摸索，去试验。

而后，他找来了吴明、二赖子、几个技术员，还专门从炼钢厂请来了冶炼专家马林科夫共同开了个会。马林科夫坦言，通过一段时间的研究他发现，用烧结矿冶炼不是没有可能，之所以没有成功经验是因为绝大多数企业都直接选用更为容易冶炼的球团矿。这无疑给在场所有人打了一剂强心针。大家伙当场表态，说要完成任务，非要推翻曹工程师的那个什么论文不可。而后大家伙确定了研究小组，具体实施方案和工期，会议可谓十分顺利。但有一个奇怪的事就是参与上次“违规操作”行动的曹静初没来。其实并不是她没来，而是尚世杰故意没让她来，原因很简单，因为上次的事儿曹静初和他叔叔曹奉儒翻了脸，气得离家出走了，最近听说他俩关系好不容易有点缓和，此时再让她参与进来岂不是搅浑水，于是也就没告诉她。

“没让这丫头参加，她肯定得闹情绪！”尚世杰心想。说来，尚世杰还挺喜欢曹静初这个有热情有想法的小丫头，作出这个决定也完全是出于爱护的角度，虽然这个曹静初从小生活在资产阶级的家庭中，可完全没有沾染上那种习惯，反而迅速且坚定地融入到了工人队伍里。本来人家就是东北工学院毕业的大学生，从哪一方面都应该好好培养好好爱护。“我们就是要培养出工人阶级自己的专家和技术人员嘛！”

“哐”的一声，尚世杰的办公室门被踢开了，而后曹静初眼里含着泪水，气呼呼地进来了，“啪”的一下扔到了桌子上一个信封。

“嚯，准知道要来，可来的也够快的！”尚世杰心想。

“你看看这个！”曹静初指着信封没好气地说。

“啥啊这是？”

“辞职信！”

“辞职信，你要干啥，干的好好的辞职干啥？”

“我干的好？尚厂长真是会捧人，我干的好你干嘛不让我进小组？”

“不出所料，还是因为这件事。”尚世杰想。“小曹，你误会了，不让你进小组不是因为你能力不行，是另有原因！”

“哦，我就说嘛，原来真是因为论文的事？这些天我背后没少被人戳脊梁骨，一个个都在后面议论说那论文就是我叔叔写的，我叔叔写的和我有啥关系啊，又不是我写的！我心里难受，觉得如果有人能理解我那也就是厂长你了，还想找你开导开导我，没成想你比他们还过分！”曹静初说着一屁股坐在凳子上“呜呜”地哭起来。

“别介，别哭啊！”尚世杰一听哭声慌了神，“你这丫头，谁说是因为这个了，根本不是这回事，曹工程师这篇论文纯属学术性文章，其实也是在提醒我少走弯路，我得感谢他，你理解错啦！”

“那你为啥不让我进组？上回立功也有我的份！”

“哎呀，实话和你说吧，我是怕你叔叔曹奉儒误会，怕你因此再和家里闹掰了！”

“呀，原来你是担心我啊！”曹静初瞬间大雨转晴，脸上竟露出了笑容，“这么说你不是对我有看法啦？”

“表扬你还来不及呢，能有啥看法？”

“那就好那就好！”曹静初心里欢喜，“那你就得让我入小组！”

“这……”尚世杰看着曹静初那水汪汪的大眼睛和那期待的表情竟然服了软，“好，原则上同意，原则上同意！”

“那就是同意啦！”曹静初高兴的蹦了起来。尚世杰无可奈何地摇摇头。

“对了，尚厂长，我来找你还有另一件事情！”

“什么？”

“就是……就是关于我叔叔的事，我要和他彻底划清界限！”

“为啥？”

“因为那篇论文，我是彻底看清楚了，他就是个彻头彻尾的接收大员，资产阶级知识分子，是个保守派，顽固派，成天就知道翻这个文献那个资料，到头来什么都行不通却还要发表文章打消咱们积极性！”

“嚯，这帽子扣的够大的，这要是有人不知道你俩的关系还得以为是阶级敌人呢！”

“对，你说的没错，阶级立场不一样，他就是我的敌人！”曹静初越说越来劲儿。

“嗯，说的没错，那既然你都说了他是阶级敌人，我看明天我就找公司辞掉他的工程师职务，再找警察好好盘问盘问他，没准还能有什么大发现呢！”尚世杰逗她。

“别，别啊，我叔叔是好人，绝对的好人，而且他真的很有文化！”

“那到底是敌人还是好人，我到底得咋对待啊？”

“这……”曹静初被问住了。“反正不能抓我叔叔！”

“哈哈，你啊你……”

“可我现在不知道该如何对待叔叔了。”

“我问你啊小曹，你无法面对的单是你叔叔吗？”

“呃……还有他的那个跟屁虫学生方哲，还有其他一些浑身酸臭气的知识分子！”

“也就是说你无法面对的是一个集体，或者说一个阶级，而且是一个很有知识很有文化很有能量的集体！”

“对，对！”

“这么厉害的一群人我们就简单的把他们定义为‘阶级敌人’是不是有点太草率？”

“是……”

“你也说了，他们顽固保守，格格不入，但是为什么呢？要我说这一半是因为资产阶级知识分子对西方的崇拜，一半是因为对我们党的不了解不信任，瞧不起工人的智慧和创造性。”

“那我们得怎么办？”

“党中央指示我们‘必须全心全意地依靠工人阶级，团结其他劳动群众，争取知识分子，争取尽可能多的能够同我们合作的民族资产阶级分子及其代表人物站在我们方面’，‘争取’二字十分重要，要想重用这些人，就需要有耐心，好好改造他们一番，让他们认清自己的历史地位，要跟无产阶级一路走到底。”

“也就是说这些资产阶级知识分子也能成自己人？”

“按理来说，你从小生活在资产阶级家庭，也是个知识分子，那你到底是不是自己人？我觉得是！革命的或不革命的或反革命的知识分子的最后分界，看其是否愿意并实行和工农民众结合。”

“懂了……”曹静初体会着尚世杰的话，越想越觉得有道理。

“我真的懂啦，我今晚就去找叔叔谈，我要把他争取过来！”

曹静初说着起身就走，临出门的那一刻她突然站住，羞羞答答地转过身来，说道：“尚厂长，今天我对你又有了新的了解……原来你这么会做思想工作！”

“我这才哪到哪啊，都是亦水教给我的，我照比她差得远呢，以后还得多学习！”

一听到“亦水”两个字，曹静初不高兴了。其实她一直以来都默默喜欢着尚厂长，虽然自己比他小十几岁，但她不在乎，她就是喜欢这个一身军人气，敢做敢当的男人。她不曾表现出来过，当然也不敢表现出来，她心里知道自己是一厢情愿，她能看出来尚厂长喜欢冷亦水，也觉得俩人更般配，可是爱情是自私的，这个东西又怎么好谦让呢。

“你好好学吧，我走啦！”曹静初气呼呼说道。

“对了小曹，我问你点事，你没对象呢是吧？”

“啊，怎么了？”曹静初心里一惊，赶忙转过身来，脸蛋绯红。“问这个干嘛？”

“没事，我合计着有合适的帮你介绍一个！”

“你还是管好你自己吧！”曹静初摔门出去了。

十五

可能是写论文消耗了太多的精力，最近曹奉儒身体不太好，告了病假。本以为可以借此机会好好修养修养，不承想没几日就愁上心头，继而心乱如麻，如坐针毡，他本以为自己的论文会成为一张坚固的大网，拦住“敌人”的去路，揽住更多的伙伴，可实际情况完全不是按照这个预想发展的。

那天，曹静初突然拎着水果回来，曹奉儒本以为侄女因自己的论文而茅塞顿开，回心转意，不承想这个丫头竟然是回来做说客的，张嘴闭嘴什么阶级啊，什么主义的。他这个冶金专家近来已经被无数的工人看了笑话，又怎么能受得了这个。他拍着桌子破口大骂：“你这个忤逆，何时轮到你来教育长辈，你给我滚，滚回你的工人大宿舍里！”若不是胖媳妇拉着，曹奉儒恨不得扇这个“不孝女”一耳光。

曹静初的表现要比叔叔沉稳得多，平静得多，因为她牢记着尚厂长的话，一定要有耐心，一定要把这个抚养自己长大的叔叔争取过来。被骂之后她缓缓起身，行了个礼说道：“叔叔，你先歇着，我改天再来！”

侮辱，在曹奉儒看来这种平静的表现无异于侮辱，他变得更加暴躁了：“滚，快滚，再也别回来！”而后还把曹静初拿来的水果猛地扔出门外。曹奉儒无论如何也不相信，就连如女儿一般的亲侄女也彻底“背叛”了自己，可现在却又不得不相信。实际上，那篇发表在《冶金学报》上的“精彩”论文在绝大多数人看来无异于一张宣战书，彻底使他站到了工人阶级的对立面。没有塔吊斜桥也扶正了，高炉里的铁砣也一厘米一厘米被“啃”干净了，一、二、三、四号高炉都相继恢复生产了，“白丁”吴明还让高炉产量超过了伪满时期的最好水平，这都曾是曹奉儒嘴里不可能完成的事，但却真真切切地一件一件被完成了。所以，就连当初追随着曹奉儒的那些知识分子们也恍然大悟，意识到自己犯了错，转而真心实意投入到工人阶级的怀抱里，而这是他曹奉儒做梦也想不到的。

曹静初被轰走了，曹奉儒缓了好半天才平静下来。突然他猛一激灵，后悔刚刚自己的行为，他意识到如今自己和曹静初已经不仅仅是叔叔和侄女的关系，而是两个阶级的关系，侄女已经是尚世杰的追随者了，那么她的到来可不可以理解成“对手”释放出来的信号呢？

“不应该不应该，实在是不应该！”曹奉儒后悔自己的鲁莽行为，无论自己多么正确，可人单势孤，如此一来自己将落入被动。

周末的时候，曹奉儒特意让保姆买来些新鲜的瓜果，沏上了好茶，还让胖妻子穿上了最体面的旗袍，等待宾客的到来，他今天要做东请一些知识分子到家闲谈。实际上，这无非是想借机看看当下的形势。到了时间可大大的石桌上还只是曹奉儒一个人，屋里的电话倒是响个不停，都说工作忙脱不开身，祝贺他论文获得成功，有机会再聚。

“虚伪，虚伪！”曹奉儒气得直拍桌子。

这时，门外终于进来个人，却不是哪个知识分子，是自己的爱徒方哲。方哲好像做贼一般朝四周瞄了一圈，而后才进了院子，告诉老师说如今他的论文已经被搁置在脑后了，公司大力支持尚世杰，厂里成立了研究小组，专门要用4号高炉做烧结矿冶炼试验，眼看着就要开始了，不少原来反对的人都转而支持了。他还告诉老师，现在风头不对，最好注意言行，别顶风上。

说完这话，方哲又瞄了一圈悄悄离开。而后的几天里，曹奉儒寝食难安，胡思乱想，熬红了眼，愁白了头，却无论如何也想不通，觉得自己要被这个时代毁灭了。

曹奉儒的胖妻子当初也是家世显赫，曾留学国外，是个精明强干的女子，只不过这几年生活安逸，所以那点心思就用在了家长里短上。如今，丈夫的境遇和形势的变化她都看在眼里，也划出了道道儿。这天，胖妻子急急忙忙回到家，进了书房，掏出两张到德国的船票。曹奉儒一惊，问道："这是要干嘛？"

"干嘛，眼下的形势你看不出来嘛，再不走是要出问题的！"胖妻子低声惊呼道。

"出什么问题，我是冶金专家，他们要依靠我！"

"哎呦，我说你这个脑子是不是坏掉了，没你这个专家人家不是照样生产的好好的，留着你我看就有一个用处。"

"什么？"

"给人家当阶级敌人，当反面教材，到时候我都得跟你受牵连！"

曹奉儒沉默不语。

"我跟你讲，就月末的船，赶紧准备准备，悄悄的，以你的能力到了德国随便找找你老师同学那以后都不得了，何必在这吃亏受罪不招待见！"胖妻子说着已经开始归置东西了。

曹奉儒不想走，他不想为了钱财或者生活的优越去给德国人做贡献，他想为国家、为宁钢做贡献，但无奈宁钢又偏偏"容不下"他。其实，他还没意识到，资产阶级思想已经让他扭曲，甚至癫狂，他已经无法正确地作出判断和选择了。

曹奉儒病得更严重了，是身体的病，更是思想上的病。

临近5月末，炼铁厂传来好消息，4号高炉顺利地用烧结矿冶炼出了铁，虽然冶炼比例还不到40%，但已经是一个了不起的飞跃了。这是一个重大的胜利，但对于个别人来说却也是压死骆驼的最后一棵稻草。消息传出当天，曹奉儒知道自己大限已到，那天他犹如没了灵魂的躯壳一般烧掉了自己的论文，装上了行李，准备离开这个伤心地。

当天晚上，胖妻子收拾好了一切，留下了一封信，告诉侄女等一切稳定后定要去德国找他们，不要留在此处耽误前程。而后又找来一辆不显眼的马车，准备连夜离开。就在这时，一心要争取回叔叔的曹静初拎着水果来到，后面还跟着他请来的“老师”尚世杰和冷亦水，他们想借着这个胜利的消息再劝一次曹奉儒。在门口，他们眼见着一个身体消瘦，面容枯槁的“老者”提着皮包踉踉跄跄爬上了马车。

“叔叔，你是叔叔?”曹静初看了好久才发现这个“老者”竟是自己的叔叔曹奉儒。

十六

外面是白天还是黑天，是冷还是暖，这都不要紧，总之地道里是漆黑而湿冷的，空气稀薄，令人窒息。这里是朝鲜战场的前线，地面上不断传来沉闷的，巨大的爆炸声，那是美军飞机的轰炸。战士们早已习惯了黑暗，为了随时有精神战斗，他们也养成了在巨响中入睡的特殊能力。然而，一个叫做李雪三的志愿军战士却无论如何也睡不着，他怀里抱着军镐，蜷着腿，依靠着冰冷的土层，翻来覆去，头脑里还反复回忆着在宁钢时的情景。

一个月前，李雪三作为中国人民志愿军归国代表团团长带团参观宁钢，那是他头一次去宁钢，也是他头一次见到那么大的工厂，那高耸的烟囱，那巨大的高炉，那炽热的钢水，那火热的生产场面让他目不暇接，最重要的是他还见到了那个拿着管钳子迎着美军飞机守护高炉的老英雄孟泰。一切是多么美好，多么令人兴奋啊!

李雪三一打挺坐了起来，从兜里掏出了一小截蜡烛。蜡烛对于战士们来说实在是太珍贵了，只有在给亲人和爱人写信的时候才舍得用那么一小会儿。

“嚓”的一声，蜡烛被点燃。顿时，漆黑的地道里有了耀眼的光，照得那些挂在地道壁上的从宁钢带回来的照片熠熠生辉。这群最可爱的战士们，“听不到”巨大的爆炸声，却对光尤为敏感，知道一定又是谁想家了，要写信了。然而李雪三却不是要给家人写信，他是要为那伟大的宁钢写上一封信。

亲爱的宁钢职工同志们：

当我们完成了代表团归国工作任务，即将返回朝鲜前线的时候，能够有机会到宁山来，亲自看到祖国工业建设中占有极重要地位的、也是远东闻名的钢都，感到万分荣幸。在宁钢生活的五天当中，处处感受到了你们的无比热情，特别是你们那种高度的爱国增产热情与伟大无穷的创造能力，深刻地教育了我们，更加增强了我们打败美帝国主义，保卫世界和平，保卫祖国的决心和信心。

我们深深知道，祖国工业的发展与强大是抗美援朝战争及早胜利的重要因素。而工业建设的基本关键又在于重工业，也就是钢铁工业。在这里，我们看到了你们——祖国伟大的工人阶级在为建设人民自己的钢铁工业，为着支持我们志愿军而进行着忘我的劳动。在这里涌现出了像孟泰、马殿选、周传典、张菊泉、韩永武、顾宝山、李风恩等出色的劳动模范与先进生产者，我们是怎样的感动啊！我们深深地敬佩你们。你们伟大的创造，就是祖国迅速走上工业化和抗美援朝战争早日胜利的源泉。我们志愿军的全体指战员，在朝鲜战场上和美帝国主义浴血苦战，正是为了祖国的繁荣和富强。他们天天盼，夜夜想，盼望的就是祖国迅速工业化。有的战士，曾经在战壕里用石头、木片摆设各个城市、工厂、矿山、铁路的模型。这就是他们对于将来的社会主义社会的憧憬。亲爱的同志们，我们前后方斗争的目标是一致的，我们之间又是如此密切地配合着。我们将在相互鼓舞下永远胜利地前进！我们中国人民志愿军会以更勇敢顽强的战斗，以更大的胜利来回答你们，同时再一次地预祝你们在完成1952年的增产任务中获得更伟大的成就！

1952年6月11日

李雪三

唯一剩下的那一丁点蜡烛燃尽了，信也写完了，黑暗中围坐一圈看着李雪三写信的战士们不知不觉在黑暗中流下了激动和思念的泪水。而后这封信随着宁钢汽车队离开了前线，过了鸭绿江，回到了祖国，送到了宁钢。

十七

这天，杨秋盛和马兵面带笑容来到李达办公室，杨秋盛递给了他一封信。李达一看这信是上个月到宁钢慰问的李雪三写的，赶忙打开，越看越高兴。话说，最近一段时间从朝鲜前线寄到宁钢的信如雪片一般络绎不绝，但是李雪三同志的信感人至深，十分具有代表性，就连李达这“粗人”都看得动了情。

“好，好，这信写的太好了！”李达说着习惯性地一拍桌子，“李雪三同志的信可以在全公司范围内发表，鼓舞斗志！”

“这就是我来的目的！”杨秋盛点着头说，“志愿军在朝鲜战场上节节胜利，代表团的慰问对宁钢来说也十分提气，大家伙也都心心念念惦记着前线呢，这信来得及时！”

“是啊，我听说咱们志愿军第五次战役打得美国丢盔卸甲，开始主动寻求谈判，看来这‘纸老虎’真是要不行啦！”李达站起身来，乐得背着手满地溜达，“志愿军取得这阶段性的胜利，我们宁钢也算是立了大功一件啊！”

李达说这样的话并不是自吹自擂，单不说宁钢派出的支前基建队伍和汽车大队，也不说那捐出去的6架飞机，单单在军工这方面宁钢就可谓是立了头功。之前，军镐军锹出了问题，机械总厂厂长李宇和工程师杨树棠昼夜突击，找到了病因，先是打破常规用了铸造法，而后又发明了旋转串铸法，保证质量的同时大大提高了产量，而后炼钢厂又生产出了50锰炮弹钢，这都极大地支援了前线的战争。为此，中央和东北局的领导多次发来电报表扬。

“还有好事呢！”负责生产的副经理马兵说，“我听说炼铁厂用烧结矿冶炼低硅铁眼看着就要成功了，炼钢那边三座预热炉也改造成了平炉，这样一来产量还会翻翻！”

“好啊，好！”李达乐出了声，“尚世杰和马德成这两个刺儿头没给我丢脸。”

“不过人家俩人现在和好了，一起研究事了，还一起给你出了个难题！”马兵说。

“哦，这两个榆木脑袋能出什么难题？”

“你还别说，还真是大难题，要是弄好了意义重大啊！”杨秋盛说。

“说说看！”

而后，杨秋盛把前几天马德成和尚世杰二人提交的报告交给了李达。这回，李达的表情远没有刚刚看信时那样愉悦，反而是眉头紧皱，边看边思索。看完报告他又点燃了一根烟，隔了好一会才开口说话："老杨，小马，这个报告你们怎么看？"

"从政治角度来说，有些冒进……"杨秋盛说，"不过……"

"不过什么？"李达问。

"不过从企业角度，从生产的角度来讲却很具有实际意义！"负责生产的副经理马兵替杨秋盛开了口。

"没错，毕竟企业有其特殊性，生产是要放在第一位的，我党又尚无管理大企业的经验可遵循，所以必要的创新和尝试不应该仅仅体现在增产上，我觉得制度上也需要。"杨秋盛说。

"况且，马德成和尚世杰说的意见很有道理，就算是无产阶级也有血有肉，也得吃饱穿暖，光靠着一波一波的运动，一波一波的动员，产生惰性是迟早的事，所以我们需要从制度层面找到持续激励的方法。我们的目的就是要在提高产量的同时，不断改善工人阶级的生活水平嘛，这个和政策也不抵触！"马兵说。

"话是这么说，可这个事情一旦搞下去，万一行不通就会留下口实，说我们宁钢这是搞资本主义那一套！"李达担心地说。

"其实这是所有人都在担心的问题，但凡事都有两面性，也就是说如果我们成功了，那宁钢的生产说不定会因此向前大大迈一步！"马兵说。

"有没有具体的方案？"李达问。

"目前还只是领导层的一些初步方案。依我看来，这件事情要想稳妥进行，最好的办法就还是要依靠职工群众，首先要听取工人的意见，形成广泛认同，形成了方案也要试点，要打磨，不宜一下子在全公司范围内铺开。”

“对对对，杨书记说的对，一定不能脱离群众，不能操之过急，要先尝试。”李达说。

“那这么说，您是同意了？”马兵问。

“这个……原则上我是同意的，但具体应该以什么名义去开展呢？我觉得直接用公司的名义实施不稳妥。”李达说。

“对，那样确实不稳妥。”杨秋盛同意李达的意见，“我想过这个问题，目前我们对于各厂厂长的实权并没有明文规定，说白了，厂长的权力很大，特别是像马德成和尚世杰这样党政一把抓的，很多事情可以用厂里的名义去开展。莫不如我们就默许了这件事，等他们搞出了名堂再说，老马和老尚这两个人我觉得还是可以倚重的！”

“嗯，老杨说的有道理，这样一来，就封住了一些人的口。”李达说，“既然是试点，就不要搞的那么大，就先在炼钢厂试点，有点眉目了炼铁厂再说！”

十八

马德成接到了公司的电话，被告知关于工资改革的事情可以以厂子的名义去搞，但不能脱离群众，切忌冒进。在他看来，这个结果已经是当前形势下公司给予他最大的支持了。

几天后，炼钢厂就召开了职工大会讨论此事。一石激起千层浪，职工们眼前一亮，讨论十分激烈，问题也一个一个被提出。正如当初马德成和尚世杰所预料的那样，焦点主要集中在定额上。一味追求产量定得太高，脱离了实际反而伤了士气。定得太低又调动不了积极性。再有，对于完不成定额的如何扣罚，如何界定操作原因和设备原因对定额的影响等实际问题都被一一提了出来。第一次会议没有形成具体结果，但马德成心里仍然高兴，在他看来这样广泛的讨论，这样大的轰动正反映了工人们对于改变目前工资制度的热切期盼。接下来的几周里，从班组到车间再到厂里，不同层面的讨论都在分别展开着。第二次的职工大会的讨论更加激烈，也没能形成结果。第三次职工大会，由于前两次的积淀，各个方面都形成了比较客观且可行的意见，形成了初步方案，并开始在一个车间内搞试点。而后，又经过几次讨论和修改，取得了十分明显的效果，并开始在整个炼钢厂实行。一下子，炼钢厂内掀起了一波全民竞赛的热潮，每一个职工都能切实的参与其中，努力工作的成果实实在在地变成了收入。不仅如此，为了不断提高产量，不少工人开始主动学起了文化和技术，下班后不再懒洋洋的回家“老婆孩子热炕头”，而是跑到职工学校参加各种学习班。学到了知识，结合平日里的工作经验，又献计献策，促进了生产的优化。总之，通过这次工资制度的改革，炼钢厂工人的劳动积极性得到了极大地提高，并形成了一种良性循环。改革的效果是显著的，在这一期间，炼钢厂发明出了快速炼钢法，将原来炼一炉钢 8 小时的定额缩短为 6 小时多一点，刷新了纪录，毛主席还特意对此提出了表扬。

马德成顶着风头，率先在炼钢厂实施了工资改革并取得了成功，露了大脸，这让他的老对头尚世杰恨得牙根儿痒痒，实际上一开始他想替老马吃一回螃蟹，结果没逞上英雄不说，还被老马抢了风头。公司层面也肯定了炼钢厂在工资改革方面取得的成绩，号召各厂向他们学习先进经验。这回尚世杰最先带队去学习，公司各厂和其他兄弟单位也纷纷前来取经，一时间，马德成这个一见人多就说不出话的老八路也成了公众人物，成天被人包围着问这问那。不过既然是为了全公司提高产量，操心受累磨破了嘴也在所不辞，而后他又熬了几个晚上写出来一个经验总结分发给各个单位，广受好评。一时间，宁钢上下又掀起一波生产高潮。

尾　　声

一转眼，1952 年马上就要过去了。这一天大清早，孟泰雷打不动地来到高炉上走上那么一圈。年终岁尾了，太阳似乎也要最后加一把劲儿，阳光格外的明媚暖和。东山那边的山峦一片朦胧，整个城市都覆盖在厚厚的白雪之下。繁忙的铁路专线横贯宁钢，一直延伸到了白茫茫的天地之间。远处，蔚蓝深邃的天边是蕴藏着无数宝藏的群山，它们高低起伏，勾勒出一条优美的曲线。此时，宁山的一切都是如此静谧美好。可要是回头看看你又定会惊叹起来，因为这么一座巨大的工厂里，无数的工人们挥汗如雨，甩开臂膀，无数的设备开足了马力，隆隆作响，一刻不停地为国家生产着钢铁。这是一幅多么壮丽的画面。

“共产党万岁，工人阶级万岁！”站在高炉上眺望这恢弘景象的孟泰情不自禁发出呼号。

三年的时间，共产党带领着工人阶级让一座座工厂在“高粱地”焕发了生机，产出了钢铁，让中国钢铁工业迈出了艰难而又扎实的一步。自从 1949 年“七九”开工之后，宁钢生产取得突破性进展，1950 年比 1949 年增加了 385%；1951 年比 1950 年增加了 130%；1952 年又比 1951 年增加了 129%。持续攀升的钢铁产量不但极大地支援了抗美援朝的前线，也为祖国经济建设打下了坚实基础。

然而，积贫积弱的新中国还需要更多的钢铁，更多的工业，国家对宁钢的希望也远不止现在。对于宁钢来讲，一场更大规模的建设早已在酝酿之中。

上部完

2019 年 12 月 17 日